江守义 ◎ 著

叙事形式与主体评价（修订本）

安徽师范大学出版社

·芜湖·

图书在版编目(CIP)数据

叙事形式与主体评价/江守义著. — 修订本. — 芜湖：安徽师范大学出版社，2018.5
ISBN 978-7-5676-3478-7

Ⅰ.①叙… Ⅱ.①江… Ⅲ.①叙述学 — 研究 Ⅳ.①I045

中国版本图书馆CIP数据核字(2018)第064429号

叙事形式与主体评价（修订本）

XUSHI XINGSHI YU ZHUTI PINGJIA XIUDINGBEN

江守义　著

责任编辑：侯宏堂
装帧设计：丁奕奕
出版发行：安徽师范大学出版社
　　　　　芜湖市九华南路189号安徽师范大学花津校区
网　　址：http://www.ahnupress.com
发 行 部：0553-3883578　5910327　5910310(传真)
印　　刷：江苏凤凰数码印务有限公司
版　　次：2018年5月第1版
印　　次：2018年5月第1次印刷
开　　本：700 mm×1000 mm　1/16
印　　张：20
字　　数：300千字
书　　号：ISBN 978-7-5676-3478-7
定　　价：58.00元

序

序

守义来电话，说他的博士论文就要出版了，并嘱我写一篇序。不久，就寄来了经过修改的打印稿，经过修改的论文又有了新的提高，我感到非常欣慰和高兴。

叙事学于20世纪六七十年代在法国兴起，很快就越出国界，引起欧美各国学者的关注。我国实行改革开放以来，叙事学作为西方的学术思潮流派，与其他西方思潮流派一起，潮水般涌入国门，在学术界、文艺界得到广泛的传播。有关叙事学的代表性论著先后被翻译过来。不久，我国学者也有了自己的叙事学研究著作。我国叙事学的传播和研究有一个很突出的特点，就是迅速与实际的文学批评活动和创作活动结合起来，直接影响了我国叙事文学作品的创作和评论。

对于长期局限于社会学文艺批评和政治图解式文学批评的我国文论界来说，叙事学提出的面向文本本身的形式结构理论，无疑是一股清风。由于叙事学理论有较强的可操作性，也很容易为批评界所接受和掌握，并在实际的叙事文学批评中得到运用，使批评深入到叙事的形式层面，深入到叙事作品的某些特性上来，这都是过去很少涉及的审美领域。改革开放以后，中国的小说等叙事文学作品空前的多样和丰富，这一变化固然得力于外国叙事文学作品的影响，但叙事学作为叙事作品的理论研究，对作家自觉地提高和丰富自己的形式技巧，自觉地掌握叙事作品的艺术创造规律同样起到积极的作用，这也是不能抹杀的。

但西方叙事学的不足之处也是非常明显的。西方叙事学在俄国形式主义和法国结构主义的影响下，专注于语言形式分析和研究，将叙事作品看成一个独立自足的封闭体系，其最大的弊病就是切断与社会历史、社会生活之间的联系。从实际的批评实践来看，叙事学理论使文本的分析，特别是叙述形式的分析，具有很强的可操作性；但在实际操作上，由于忽视内容，犹如外科医生手中冷冰冰的手术刀，常常把本来统一整体的艺术作品，肢解成条条块块，繁杂琐碎。分析是细致了，但整体的神韵也随之消失了。叙事理论的这种片面性和局限性，在一些学者那里被推向极端，以后，由于它无法解释复杂多样的文学现象，也就慢慢失去了它的生命力。

西方叙事学的这种片面性和局限性，也遭到愈来愈多的西方学者的批评，它的封闭的理论体系不断受到冲击，并逐渐被新兴起的新历史主义、女权主义以及接受批评所代替。这些自然都有其深刻的社会背景以及社会文艺思潮自身的演变原因，在此不能评论。但在守义看来，这一切并不意味着我们可以简单地否定叙事学的研究成果，更不是意味着要重新回到粗放的社会学批评和政治图解式批评，或者抛弃叙事学的结构形式的研究，平地另起炉灶，而是在充分吸收叙事学积极研究成果的同时，对其进行批判性的改造，其中必然有修正，有吸收，有补充。因此，这个工作就不仅仅是对西方叙事学的研究，而是以实际存在的叙事为客体对象，以西方叙事学研究成果为出发点的叙事研究。

首先，针对西方叙事学研究中局限于文本形式的片面性，提出"叙事文体评价"的新命题，对叙事聚焦、叙事方式、叙事时空等叙事形式从主体评价的角度进行新的审视，从中发现叙事形式与主体评价之间的关系：只有不同形式的叙事评价，不存在没有叙事评价的作品。赋予叙事形式以新的含义和新的内容。

其次，叙事学是对叙事形式横向的共时性的研究，守义把历史观念引进叙事分析，对叙事以及叙事形式进行历时性的考察，使最具共时性的叙事理论也富有历史感。

再次，在叙事形式的研究中，引进美学和文化的因素，努力从内部把两者有机地结合起来，给叙事研究增添新的思想活力，并运用这个新的观点，去研究西方，特别是我国的文学叙事传统，去突破西方叙事学的片面性和局限性，使叙事研究更加充分地反映人们的叙事实践活动。

西方叙事学是一个独立自足的封闭的理论体系，要突破它，发展它，结合中国的实际，建立自己的中国化的叙事学，并非易事。实现这个目标，守义还有许多艰苦的工作要做，包括进一步完善自己的思想和方法，但毕竟已经迈出坚实可喜的一步。历史已经证明，叙事研究如果脱离历史的、文化的、美学的因素和内容，就会失去它的生命力；相反，如果与历史的、文化的、美学的因素和内容结合起来，成为它的一个有机的组成部分，就会获得蓬勃发展的力量。总之，要全面正确地反映人的叙事的审美实践活动，叙事研究就应该是一门开放的发展的科学，特别是需要不断总结人们历史的和现实的叙事审美实践活动的经验，用创新的思想实现对叙事作品创作和评论的指导和推动作用。我想，这也是守义论著所作的探索和研究的意义。是为序。

应必诚
2003年岁末

目　录

导论

叙事学回顾与问题的起点

第一节 叙事学在西方

自1969年托多罗夫提出"叙事学"这一名称以来，叙事学成为一门独立的学科不过三十多年，但在当前文论界，叙事学已成为一门"显学"，甚至有学者断言，当代的小说理论已让位给叙事理论①。纵观叙事学在西方的发展历程，大致可分为两个阶段：20世纪80年代末以前为经典叙事学阶段，20世纪90年代以来为后经典叙事学阶段。在经典时期叙事学作为一门独立的学科被确立下来，其显著特点是依托结构主义来进行文本分析，着重探讨叙事作品内部的结构规律和各要素之间的关联，后经典时期，叙事学的特点是打破纯粹文本分析的藩篱，使文本分析与其他的研究方法结合起来，诸如精神分析、读者反应批评、女权主义、电影理论等。需要说明的是，后经典叙事学并没有取代经典叙事学，而是和经典叙事学共存，因此，后经典时期，经典叙事学的分析方法仍然广为流行。

一

现代经典叙事学大致可分两个阶段，一个是1966年以前的准备阶段，一个是1966年以后的形成发展阶段。准备阶段主要涉及叙事学的两个起点和芝加哥学派的修辞学研究，形成发展阶段主要是指先在法国兴起后辐射世界各地的经典叙事学阶段。

现代叙事学主要有两个起点：一个是英美对"视角"问题的讨论；一

① ［美］华莱士·马丁：《当代叙事学》，伍晓明译，北京大学出版社1990年版，第1页。

个是俄国学者对"形式"因素的重视。

英美对"视角"的讨论，源于福楼拜的小说创作。在《包法利夫人》中，福楼拜主要通过爱玛的眼光来描绘外在世界，而让叙述者的声音从小说中消失。这一尝试，在后世形成两种趋势。一方面，莫泊桑和海明威为了让叙述者的声音消失，注重外在世界的描绘，在小说中尽量使叙述冷静、客观，只记录出现在叙述者眼前的场景，不加任何评论。叙述也不进入人物内心。这形成了"客观视角"。另一方面，亨利·詹姆斯为了让叙述者声音消失，注重通过人物的眼光来描绘世界。在他的小说中，重要的不再是事件，而是人物对事件的反应，这就形成了"限知视角"。同时，詹姆斯对人物的重视，不在其外部活动，而在其内心活动。他的小说，基本上通过第三人称的内心活动，来反映人物对生活的印象。佳作迭出，给英美文学界很大震动。

詹姆斯的影响，不仅表现在创作上，还表现在理论的建树上。早在1884年，为了与沃尔特·贝桑爵士争论，他发表了著名论文《小说的艺术》，文中声称："按照它的最广泛的定义，一部小说是一种个人的、直接的对生活的印象：这印象首先构成其大小根据印象的强烈程度而定的价值。"①这意味着，小说的价值在于人物对生活的印象，小说中的一切叙述都要通过人物思想的过滤，叙述者的权威"退场"了。这种"意识中心"理论，其实是叙事视角的转换问题。詹姆斯通过为自己的小说撰写的一系列序言，将自己的创作经验发展成小说的美学原则，其中便有对视角的强调。在《朋友的朋友》的评论中，他对叙事视角倾注了极大热情："或者，如果我没有这种'第三人称'叙述者，人们能够从这种非人格化的形式中获得什么效果呢？……我可以'无人格地'包含第三人称以及他（或她）的感受——从他的或她的角度出发来讲述故事。"②对叙事视角的强调，在小说史上是一种划时代的变革。维多利亚时代，小说中总有一个无

① [美]亨利·詹姆斯：《小说的艺术——亨利·詹姆斯文论选》，朱雯、乔佖、朱乃长等译，上海译文出版社2001年版，第10—11页。

② [美]W·C·布斯：《小说修辞学》，华明、胡晓苏、周宪译，北京大学出版社1987年版，第380页。

所不知的叙述者，詹姆斯的人物"限知视角"修正了这一传统手法；他的"意识中心"理论，为后来小说中的内心独白和意识流提供了理论依据。

直接追随詹姆斯的是卢伯克。詹姆斯的评论是零散的，不成系统。卢伯克的《小说技巧》则使之全面化、系统化。有人认为，詹姆斯的小说评论，尤其是他为自己的小说写的一系列评论性序言，是"圣经"，卢伯克的《小说技巧》则是"圣经"的解释①。沿着詹姆斯的思想道路，《小说技巧》对"视角"进行了系统的阐述。

《小说技巧》详细讨论了"绘画"手法和"戏剧化"手法的差异，并将这一差异的原因归之于视角，为此，它不仅对视角进行静态的描述，而且对视角进行动态的探讨，提出诸如视角的转换移动和视角戏剧化等问题。在分析具体作品的角度后，卢伯克得出结论："小说技巧中整个错综复杂的方法问题，我认为都要受角度问题——叙述者所站位置对故事的关系问题——调节。"②这一结论强调视角的重要性，与詹姆斯思想一致；但他将角度问题看作"叙述者所站位置对故事的关系问题"，却走过了头。在詹姆斯那里，视角强调的是人物的眼光，在卢伯克那里，角度强调的是叙述者与故事的关系。这二者表面相似，实质不同。强调人物眼光，是通过人物的视角来加工故事，侧重故事的加工过程。这样，视角问题，是个叙述加工的方式问题，视角决定着叙述格局，视角不同，叙述者与故事的关系也不同。卢伯克将视角本身定义为叙述者与故事的关系，则意味着要知道视角，就必须也要知道叙述格局，二者是二而一的东西。叙述格局是作品成文后才存在的，因而，作品成文前不存在视角，这显然不符合常识。用这样的"视角"观，也难以解释卢伯克本人的某些言辞。在分析《包法利夫人》时，他指出："这么一则轶事……也可能有许多不同的角

---

① [英]卢伯克、福斯特、缪尔：《小说美学经典三种》，方土人、罗婉华译，上海文艺出版社1990年版，第3页。

② [英]卢伯克、福斯特、缪尔：《小说美学经典三种》，方土人、罗婉华译，上海文艺出版社1990年版，第180页。

度，从这些角度出发，一些平凡的事实可以编出一部作品。"①如果视角依赖于叙述格局，作品"编出"前根本没有视角，所谓从"角度"出发来"编出"作品便无从谈起。

卢伯克对视角的阐发，引起了理论界的轰动。后来，许多论者都提及这一问题。但在初始阶段，这一术语本身并没有确定下来。詹姆斯称之为"意识中心"（center of consciousness），卢伯克称之为"视点"（point of view），阿伦·泰特称之为"观察站"（post of observation），让·布庸称之为"视界（vision），布鲁克斯和沃伦称之为"叙述焦点"（focus of narrative），等等。从某种意义上说，现代叙事学便是从视角的讨论中诞生的。

俄国形式主义是法国结构主义的理论源头。雅各布森在研究失语症的过程中发现了语言的"两极"原理，即隐喻和换喻的两极。隐喻指语言的相似性关系，换喻指语言的毗连性关系。诗歌重相似性关系，散文重毗连性关系。受雅各布森"两极"原理的启发，列维－斯特劳斯运用语言学模式研究了原始社会的婚姻与家庭制度，从音位学的"对立关系"中发现了人类学中的"二元对立"现象，由此，创立了结构主义人类学，对结构主义的形成和发展起了巨大作用。结构主义叙事学便是直接采用结构主义的方法来研究叙事作品的学科。因而，有论者认为："现代结构主义的叙事分析始于法国结构主义人类学家列维－斯特劳斯对神话所进行的开创性研究。"②

什克洛夫斯基从"技巧"与"素材"的区分出发，划分了"故事"与"情节"，结构主义叙事学区分"故事"与"话语"与此类似，很难说后者未受到前者的启发。什克洛夫斯基对母题和童话的研究，对梯级式重复故事的探讨，对《特里斯特拉姆·山迪》和《哈克贝利·芬》的分析，几乎涉及叙事理论的一切方面。对他来说，重要的是要"建构一个真正全面的叙事理论，一个能够沟通法国结构主义者所碰到的、传统文学中的重复性

———

① [英]卢伯克、福斯特、缪尔：《小说美学经典三种》，方土人、罗婉华译，上海文艺出版社1990年版，第47页。

② [英]特雷·伊格尔顿：《二十世纪西方文学理论》，伍晓明译，北京大学出版社2007年版，第100页。

的、公式化的结构与现代小说的独创性情节之间的鸿沟的叙事理论"。①

与什克洛夫斯基不同，普罗普寻找的是存在于俄罗斯民间故事中共同的结构，他分析了不同故事中的要素，提出了"叙事功能"的概念。这一贡献对法国叙事学影响极大，布雷蒙、格雷马斯等人便是按照它的理论路线展开各自的叙事学研究。

巴赫金反对形式主义为了强调小说技巧而牺牲社会的和政治的因素为代价，但他没有拒绝什克洛夫斯基等人的理论，而是以他们的理论为出发点，提出了小说的话语中存在"多音齐鸣"和"复调"现象。对形式主义的陌生化，他也从话语表现的角度加以补充，认为叙事作品没有使世界陌生化，"它使之陌生化的是谈论世界的不同方式"②。这些思想，在法国叙事学中都有所折射。

雅各布森和巴赫金主要从语言学角度切入叙事分析，什克洛夫斯基和普罗普主要从情节结构的角度进入叙事的探求过程。这样，俄国学者的思想就从两方面汇入到法国叙事学之中。

在准备阶段，对叙事的其他方面也有所涉及。福斯特的《小说面面观》提出了"扁形"人物和"圆形"人物的划分，是他对小说美学的最大贡献。他还认为，"国王死了，后来王后死了"是故事，而"国王死了，后来王后由于悲伤也死了"是情节③，这一观点引起了后来的叙事学者长久的关注。爱德温·缪尔的《小说结构》"主要研究小说怎样通过叙述的结构来表现小说的时间与空间"，其"目的在于探索小说所能采取的各种不同的样式及其规律，并为这些规律寻找出美学上的正当理由"。④这对叙事学也不乏启迪。这两本书和卢伯克的《小说技巧》都出版于20世纪20

---

①［美］华莱士·马丁：《当代叙事学》，伍晓明译，北京大学出版社1990年版，第14页。

②［美］华莱士·马丁：《当代叙事学》，伍晓明译，北京大学出版社1990年版，第51页。

③［英］卢伯克、福斯特、缪尔：《小说美学经典三种》，方士人、罗婉华译，上海文艺出版社1990年版，第271页。

④［英］卢伯克、福斯特、缪尔：《小说美学经典三种》，方士人、罗婉华译，上海文艺出版社1990年版，第11—13页。

年代，它们"标志着西方小说美学的首次崛起"。①

这一阶段，还出现了一本巨著，即弗莱的《批评的剖析》。这是一本原型批评的集大成著作，和弗雷泽的《金枝》一样，具有人类学意义；同时，它又"以原型理论为基础，以结构主义方法为手段对整个西方的文学经验和批评实践作出了独特的、富有启迪性的分类"。②从"历史批评"出发，他将叙述结构分为神话、喜剧、浪漫故事、悲剧、反讽和讽刺五类。对叙述结构的划分，首先要寻找不同故事中共同的结构，这同结构主义试图寻找文本的内部结构相类似，但视野更为宽广。从叙事的"基本呈现方式"出发，他又从两方面对叙事作品进行了划分，一是就作者看世界的目光而言，作品可分为"外倾的"与"内倾的"，二是就把握作品主题的角度来说，作品又可分为"个人的"与"心智的"，两种两分法的组合及交叉，一共可产生十一种小说分类。这是弗莱对叙事理论的巨大贡献，它直接影响了斯科尔斯和凯洛格合著的《叙事的本质》。③

1961年，美国芝加哥学派的布斯出版了《小说修辞学》。在书中，布斯质疑上了当时广为接受的有关叙事技巧的概念，诸如，讲述与显示的区别；"真正的小说一定是现实主义的"；"所有的作者都应该是客观的"④。认为这些都是教条。在他看来，小说是一种"修辞"形式，它必然包含着隐含作者的基调、态度和评价，包含着从隐含作者到读者群体之间的交流。从总体上看，《小说修辞学》并非纯粹的叙事学研究，它缺少"叙述学作为一种描述性科学的客观态度"⑤。但它详细探讨了叙述的类型、作

① [英]卢伯克、福斯特、缪尔：《小说美学经典三种》，方土人、罗婉华译，上海文艺出版社1990年版，第2页。

② [加拿大]诺思罗普·弗莱：《批评的剖析》，陈慧、袁宪军、吴伟仁译，百花文艺出版社1998年版，第4页。

③ 参看《当代叙事学》第26—29页及《批评的剖析》"第四篇"。《叙事的本质》2006年第二版增加了詹姆斯·费伦的研究成果，署名为斯科尔斯、费伦和凯洛格三人，该书中译本（于雷译）2015年由南京大学出版社出版。

④ [美]W·C·布斯：《小说修辞学》，华明、胡晓苏、周宪译，北京大学出版社1987年版，第1页。

⑤ 微周：《叙述学概论》，《外国文学评论》1990年第4期。

者的声音和非人格化叙述等叙事学家普遍关心的问题；而且区分了作者和隐含作者，这一区分在叙事学研究中具有划时代的意义。因而《小说修辞学》的问世，在一定程度上预示着现代叙事学形成发展期的到来。

纵观准备阶段的叙事理论，有一个基本特点：对叙事学的研究与对一般小说技巧的研究结合在一起，大部分著作是小说研究专著，而不是叙事学专著。但其中蕴含的丰富的叙事思想，为60年代以后的叙事学提供了理论来源和探索经验。

二

1966年，叙事学的黄金时代到来了。这一年，格雷马斯的《结构语义学》出版，初步形成"叙述符号学"理论。尤为重要的是，巴黎《交际》杂志该年第8期出了专刊，标题是"符号学研究——叙事作品结构分析"，这一专刊是"法国叙述学家们的圣经和先知"①，它标志着现代叙事学的正式诞生，标志着经典叙事学形成发展期的到来。这一时期，叙事学的成就主要集中在法国叙事学界。根据研究对象的差异，法国的叙事学可分为三大派，一派受普罗普影响，注重被叙述的故事的结构，以布雷蒙、格雷马斯、托多罗夫等人为代表；一派以热奈特为代表，注重叙述者的作用；一派以巴特为代表，注重叙事作品的构成体系。

普罗普的《民间故事形态学》出版30年后（1958年）被译成英文，立即产生了广泛的影响。1960年，列维-斯特劳斯撰写《结构与形式》一文，向法国学术界介绍普罗普的叙事理论。1963年到1964年间，格雷马斯在自己的语义学课上讲授普罗普的理论。1966年以后，普罗普仍备受关注。布雷蒙、格雷马斯、托多罗夫等人从各自的兴趣出发，对他的理论主张发表了自己的见解。

布雷蒙认为在探讨故事时，不应该像普罗普那样仅仅列举一连串功能，而应该"先将叙事作品逻辑可能性的图式勾画出来"，研究每个功能

---

① 张寅德编选：《叙述学研究》，中国社会科学出版社1989年版，第4页。

为故事发展的下一步提供了哪些可能性。为此，他用自己的四步分析法取代了普罗普的功能分析，其核心的第三步指出："与普罗普所见不同，这些功能在序列中并不要求前一个功能发生以后，后一个功能一定要跟随发生。相反，开始序列的功能出现以后，叙述者既可以使这一功能进入实现阶段，也可以将它保持在可能阶段：既然一个行动是以即将采取的形式出现的，既然一个事件是以即将发生的形式出现的，那么，这一行动或这一事件既可以发生也可以不发生。另外，叙述者可以把这一行动或这一事件化为现实，也有自由或者让变化过程发展到底或者在中路把它截断：行动可能达到目的，也可能达不到目的；事件可能发展到底，也可能不发展到底。"①这样，他就用注重可能性的"树型"结构代替了普罗普注重功能的"线性"结构。对布雷蒙的这一做法，巴特认为是"比较真正意义上的逻辑途径"②。乔纳森·卡勒则认为布雷蒙实际上"混淆了阐释代码的活动与选择行为代码的活动。后者的成分必须作反时间顺序的界定，而前者的成分则是按时间顺序加以识别"③。在卡勒看来，功能是某一事件在整个故事中起的作用，只有知道后面的事件，才能确定前面事件的功能。就结构分析法而言，布雷蒙的方法其实是不科学的，他"研究的是情节发展的过程，而不是情节结构"④。里蒙－凯南则认为，布雷蒙的方法"不能表现参与者的意愿与他们的行动的叙述关联之间可能存在的脱节，这是一个严重的缺陷"。布雷蒙认为叙述者既可以使功能进入实际阶段，又可使功能保持在可能阶段，言下之意，叙述者对自己的行为总是有所意识的。但是，在叙事作品中，"人物并非总是意识到自己的所作所为"。⑤因此，即使就情节的发展过程看，布雷蒙的考虑也不够周全。

在格雷马斯看来，普罗普的研究过于表面化，没有反映出叙事作品的

① 张寅德编选：《叙述学研究》，中国社会科学出版社1989年版，第154页。

② 张寅德编选：《叙述学研究》，中国社会科学出版社1989年版，第19页。

③ [美]乔纳森·卡勒：《结构主义诗学》，盛宁译，中国社会科学出版社1991年版，第313页。

④ 申丹：《叙述学与小说文体学研究》，北京大学出版社1998年版，第39页。

⑤ [以色列]里蒙－凯南：《叙事虚构作品》，姚锦清、黄虹伟、傅浩、于振邦译，生活·读书·新知三联书店1989年版，第239页。

本质结构，需要"从语言学角度进行再解释"①。在语言学中，音位和意义都通过二元对立呈现出来，在叙事作品中，二元对立同样是产生意义的最基本的结构。格雷马斯主要在"音位"和"句法"两个层次上，展开他的语义分析。在"音位"层次上，他将普罗普概括的人物的七种"行动范围"进一步简化，形成三对行动元，即主体/客体，授者/受者，助手/敌手。在句法层次上，他要求建立"意义基本结构"。这一结构"是黑白对立这类二元义素范畴的逻辑发展。这范畴的两项之间是反对关系，每一项又能投射出一个新项——它的矛盾项，两个矛盾项又能和对应的反对项产生前提关系"②，这样，就形成了一个语义方阵。从语义方阵出发，便可解释叙事作品的意义。显然，格雷马斯的兴趣不在表层事件的行为功能，而在深层结构的逻辑关系。就其理论建构而言,他存在两方面的疏忽：其一，在他看来，行动元是故事中的角色功能，属于故事结构；同时，行动元又由故事的"语法"决定，属于话语结构。对要求严格区分故事与话语的叙事学来说，"行动元"的归属显得过于模糊。其二，语义方阵是"试图从文本的构成成分的意义引出文本意义"③，但这种"引出"的类型应该是多种多样的。格雷马斯希望借助语义方阵来解释一切叙事作品的形成过程，而单一的语义方阵难能穷尽类型的多样性，这不能不说是格雷马斯的遗憾。

对叙事学研究最全面的是托多罗夫。他认为普罗普"从所有民间故事中提炼出三十一个'功能'"，并不能使人心悦诚服，因为"这样的一个数字既太大又太小"，对"所有可能的行为"来说，它太小；就公理模式而言，它又太大。④在他看来，叙事作品的结构和句子的结构相似，因而可以用分析句子的方法分析叙事作品。最基本的句子是叙述句，如"X是

①张寅德编选:《叙述学研究》,中国社会科学出版社1989年版,第119页。
②张寅德编选:《叙述学研究》,中国社会科学出版社1989年版,第98页。
③[美]乔纳森·卡勒:《结构主义诗学》,盛宁译,中国社会科学出版社1991年版,第148页。
④张寅德编选:《叙述学研究》,中国社会科学出版社1989年版,第88页。

一位年轻姑娘。Y是X的父亲。Z是一条龙。Z抢走了X"。①其中XYZ是行动元，是主语，具有所指功能和句法功能，其余的是谓语部分。句子的关键在谓语。在此基础上，他分析了"段落"和"整个作品"的情况，得出的结论是："一篇理想的叙述文总是以稳定的状态作为开端，而后这个状态受到某种力量的破坏，由此而产生一个平衡失调的局面，最后另一种来自相反方向的力量再重新恢复平衡。第二个平衡与第一个似乎差不多，但它们从来不是一模一样的。"②这种"平衡—不平衡—平衡"构成了一个完整的序列。不难看出，托多罗夫对行动元的分析，既与普罗普的"功能"相对应，又吸收了二元对立的理论。他对序列的分析，注重故事的表面，因而和布雷蒙的"序列"相仿佛。总体来看，托多罗夫可以说是叙事理论的集大成者，涉及叙事学的诸多方面。在《文学作品分析》中，他从语义形态、语域等七个方面展开了详细的叙事分析，既有对热奈特等人的借用，又不乏创见，从叙事语法出发，他重视叙事谓语，抓住了叙事的关键。

与上述三人不同，热奈特关注的不是故事的结构，而是叙述者的叙事话语。在《叙事话语》（收入《辞格之三》，1972年）中,他对叙事作品从"故事""叙事话语"和"叙述行为"三方面进行层次划分，并反复强调了叙述行为的重要性。同时，搬用语言学术语，从语式、语态等方面对故事展开讨论。热奈特以普鲁斯特的《追忆逝水年华》为研究对象，既对这部作品的叙述机制进行了详尽精微的分析，又试图由此总结出一套分析所有叙事作品的理论。他的兴趣不在故事，而在叙事话语及叙述行为。这引发了不少争论。施洛米思·里蒙认为"在热奈特的分析中缺少一套帮助识别初始叙事的属性"③；朵丽·高安从三个方面对他的转述话语提出批评④；

---

① 张寅德编选：《叙述学研究》，中国社会科学出版社1989年版，第83页。

② 张寅德编选：《叙述学研究》，中国社会科学出版社1989年版，第85页。

③ ［法］热拉尔·热奈特：《叙事话语 新叙事话语》，王文融译，中国社会科学出版社1990年版，第241页。

④ ［法］热拉尔·热奈特：《叙事话语 新叙事话语》，王文融译，中国社会科学出版社1990年版，第220—225页。

米克·巴尔则对整个热奈特体系提出质疑①。这一切，迫使热奈特在十一年后（1983年）发表《新叙事话语》，为自己辩护。但就叙事学的历史而言，热奈特的贡献是巨大的，他将叙述运动（"时距"）划分为省略、概略、场景、停顿四种基本形式，他用"聚焦"理论来分析视角，他对人称和故事关系的探讨，都是叙事学中无可替代的成就。《叙事话语》以其精到的分析和细致的描述，"至今仍然代表着叙事学研究取得的最坚实、最有价值的成果。"②

相较之下，巴特显得更为灵活。他既注重故事的功能，又注重话语分析。《叙事作品结构分析导论》（1966年）指出："理解一部叙事作品不仅仅是理解故事的原委，而且也是辨别故事的'层次'。"③为此，他将作品分为功能层、行动层和叙述层，"这三个层次是按照逐渐归并的方式互相连接起来的"，功能层只有在行动层中才能有意义，行动层只有在叙述层中才有意义。④在文中，他对普罗普有所继承，对布雷蒙、格雷马斯等人有所评析，眼光开阔，立论也颇公允，使该文成为法国当代文论的代表作之一。但是，巴特的思想前后有所变化。1970年《S／Z》发表，对作品结构的系统分析让位于作品的代码分析。在书中，他用五种代码对巴尔扎克的《撒拉辛》展开自己的阅读。他把小说划分成561个词汇单位，然后用行为代码、义素代码、解释代码、象征代码、文化代码来进行具体分析。作品不再是有层次的系统，而是代码的产物。《撒拉辛》本来是"可读的"作品，在巴特的阅读中，却变成了"可写的"文本。巴特的这种阅读方式是革命性的："阅读是一种工作……具拓扑学特性：我不隐于文之内，我仅仅是游移不定地居于其中：我的任务是移动、变换种种体系"⑤，这就带有了后结构主义倾向。《S／Z》既可看作结构主义的继续，

---

① 参《叙事话语 新叙事话语》第233—236页及［荷］米克·巴尔《叙述学：叙事理论导论》（谭君强译，中国社会科学出版社1995年版）。

② 罗钢：《叙事学导论》，云南人民出版社1994年版，第2页。

③ 张寅德编选：《叙述学研究》，中国社会科学出版社1989年版，第9页。

④ 张寅德编选：《叙述学研究》，中国社会科学出版社1989年版，第9—10页。

⑤ ［法］罗兰·巴特：《S/Z》，屠友祥译，上海人民出版社2000年版，第70页。

又可看作对结构主义的批判。

叙事学在西方引人注目，首先是以结构主义分支的面貌出现的，但它又超越了结构主义而获得了独立发展。经典叙事学不仅在法国领一时潮流，在世界各地也激起了很大反响，形成了一股世界性的研究热潮。在这股热潮中，法国叙事学的成果被不断深化。就人物而言，热奈特是焦点之一，以色列里蒙－凯南的《叙事虚构作品》追随热奈特，而荷兰米克·巴尔的《叙述学：叙事理论导论》则以自己的体系与热奈特体系相抗衡。就问题而言，视角仍备受关注。对第一人称回顾性叙述中特有的双重视角，便有三种观点，分别以查特曼、热奈特和里蒙－凯南为代表[①]；1995年，荷兰还主办了国际叙事视角研讨会。叙事学深化最引人注目的成就是美国叙事学派的崛起。乔纳森·卡勒对结构主义进行了系统的研究，对格雷马斯和巴特等人的理论进行解读。他得出结论：结构主义"基本上不是一种阐释性的批评；它并不提供一种方法，一旦用于文学作品就能产生迄今未知的新意……它是一种旨在确立产生意义的条件的诗学"。[②]与法国叙事学重视故事和文本不同，卡勒将目光更多地投向读者。这样，他实际上是将结构主义的方法运用于文学批评的理论建设，这是一个"超越"。查特曼综合法国叙事学重故事和重话语两派的成果，在研究中兼顾故事和话语，《故事与话语》的书名便明示出此点。在谈及叙事交流时，查特曼提出了一个模式："真实读者……→隐含作者→（叙述者）→（被叙述者）→隐含读者……→真实读者"[③]。这一模式后来被经常讨论，成为经典模式。华莱士·马丁的《当代叙事学》系统地回顾了叙事学的发展历程，他提出的叙事交流模式与查特曼的略有不同："作者——隐含作者——戏剧化作者——戏剧化叙述者——叙事——听叙者——模范读者——作者的读者

---

① 申丹：《叙述学与小说文体学研究》，北京大学出版社1998年版，第252—253页。

② [美]乔纳森·卡勒：《结构主义诗学》，盛宁译，中国社会科学出版社1991年版，第16页。

③ [美]西摩·查特曼：《故事与话语：小说和电影的叙事结构》，徐强译，中国人民大学出版社2013年版，第135页。

——真实读者"①，相较之下，马丁的模式更细，但失之琐碎，也没有体现出不同的交流环节在模式中的不同作用，因而反响不大。此外，1987年普林斯出版了《叙事学辞典》，三年后查特曼推出了《叙事术语评论》，两书对叙事学术语进行了梳理。总之，较之法国学派，美国学派表现出两方面的特点：一是将文本和叙事交流并重；二是注重总结已有的成果，使叙事理论进一步条理化。

三

早在20世纪70年代，有识之士就注意到经典叙事学文本形式分析的局限性，对早期经典叙事学中相对绝对化的理论有所怀疑，要求打破叙事文本的限制，要求考虑文本和文本之外的其他因素的联系。托多罗夫观点的变化就表明了这一点。1968年，托多罗夫出版了著名的《诗学》，最后一章名为"以自身为对象的诗学"，强调诗学研究的对象局限于自身这样一种方法，而在1973年的再版中，最后一章被改名为"作为过渡的诗学"，强调文学的开放性，强调"对文学的研究应当过渡到对一切本文和象征系统的研究"，这多少意味着，"决定文学特性的因素恰恰不在于文学自身之内，而在其自身之外。"②在经典叙事学方兴未艾的年代，就已经有人认识到经典叙事学过于强调文本的局限性。随着德里达的崛起，逻各斯中心主义被颠覆，结构主义"结构中心"的神话被打碎；随着历史主义、女权主义等批评方法的流行，尤其是随着西方社会现实问题的日渐突出，叙事学那种只关心文本不考虑文本之外的现实世界的做法越来越受到人们的冷落，到80年代中后期，叙事学的纯形式研究受到了强烈的冲击，这种冲击在美国最为明显。美国叙事文学研究协会会刊《叙事技巧杂志》原来集中关注形式技巧的研究，到1993年更名为《叙事》，由关注文本内部的形式技巧转而关注文本和社会或意识形态之间关系的探讨，由关注以小说为主

---

① ［美］华莱士·马丁：《当代叙事学》，伍晓明译，北京大学出版社1990年版，第191页。

② 谭君强：《叙事理论与审美文化》，中国社会科学出版社2002年版，第226—227页。

的文字叙事转而关注以绘画、电影等为代表的非文字媒介的叙事①。但叙事学形式分析的衰落并没有影响叙事学的进一步发展，90年代以来，研究者们从新的角度介入叙事研究，到20世纪末21世纪初，在美国，甚至出现了"小规模的叙事学复兴"②。主编《新叙事学》的戴卫·赫尔曼在说这句话的时候，他的心目中已经有了两种叙事学：一种是经典叙事学，即结构主义叙事学，另一种是后经典叙事学，它在认真分析经典叙事学的基础上"吸纳了大量新的方法论和研究假设，打开了审视叙事形式和功能的诸多新视角"③，因而它不再是一门"叙事学"（narratology），而是已经裂变为多家"叙事学"（narratologies）。④

和经典叙事学相比，后经典叙事学的显著特点是呈现出一种多样化的趋势。经典叙事学主要是寻找某一类叙事作品共有的形式特点，即使是从具体的作品出发，其目标仍是为了建立一套完整的关于一般叙事作品的分析模式，热奈特的《叙事话语》便是如此。后经典叙事学在具体作品分析和寻找叙事作品共有特点两方面都体现出新的特点。

就具体作品分析而言，后经典叙事学有时候以阐释具体作品为主要目标，虽然意义的阐释有时候难免要运用某种叙事模式，但其着眼点已经不是叙事模式而是具体作品的意义。申丹教授在总结这一点时说："其特点是承认叙事结构的稳定性和叙事规约的有效性，采用经典叙事学的模式和概念来分析作品（有时结合分析加以修正和补充），同时注重读者和社会历史语境，注重跨学科研究，有意识地从其他派别来吸取有益的理论概念、批评视角和分析模式。"⑤比如说，詹姆斯·费伦《作为修辞的叙事：技巧、读者、伦理、意识形态》的正文有九章，每一章都具体分析了一部

① 申丹：《美国叙事理论研究的小规模复兴》，《外国文学评论》2000年第4期。
② ［美］戴卫·赫尔曼主编：《新叙事学》，马海良译，北京大学出版社2002年版，第1页。
③ ［美］戴卫·赫尔曼主编：《新叙事学》，马海良译，北京大学出版社2002年版，第3页。
④ ［美］戴卫·赫尔曼主编：《新叙事学》，马海良译，北京大学出版社2002年版，第1页。
⑤ 申丹：《经典叙事学究竟是否已经过时？》，《外国文学评论》2003年第2期。

作品，从作品的分析中得出某种意义。虽然作为一本书来说，该书"显然自成体系"①，每部作品的分析都是构成这个体系的组成部分，但是这种体系总体上看是比较松散的，章与章之间并没有非常严格的理论体系安排，充其量只是每章有一个侧重点而已，和热奈特那种力图建立分析叙事作品共有模式的努力有很大差别；更为重要的是，书中除第五章以外的八章都以单篇论文的形式先期发表过，作为单篇论文，它只能是针对某一作品的具体分析，从这些分析中很难看出有什么宏观理论体系的建立。如其中的第九章《走向修辞的读者—反应批评：〈宠儿〉的难点、顽症和结局》，在直觉阅读经验的基础上，将阅读经历和阐释活动联系起来，"把颇具抒情意味的反应表达与抽象的理论化"并置起来，从而得出结论：有些像《宠儿》那样的"文本顽症不可能得到全面解释"。②显然，其出发点和目标都是具体的作品《宠儿》。

就探讨叙事作品的共有特点来看，后经典叙事学与经典叙事学在诸多方面表现出一种移位倾向，援引申丹教授的观点，主要有以下五个方面：其一，"从作品本身转到了读者的阐释过程"；其二，"从符合规约的文学现象转向偏离规约的文学现象，或从文学叙事转向文学之外的叙事"；其三，"在探讨结构规律时，后经典叙事学家采用了一些新的分析工具"；其四，"从共时叙事结构转向了历时叙事结构，关注社会历史语境如何影响或导致叙事结构的发展"；其五，"从关注形式结构转为关注形式结构与意识形态的关联，但对结构本身的稳定性没有提出挑战"。③从这五个方面看，后经典叙事学在分析工具、分析方法、分析对象等方面都大大突破了经典叙事学的范围，多样化的趋势非常明显。

除了在具体的作品分析和叙事作品共有特点的探讨上表现出差异之外，后经典叙事学还有一个显著特点就是它的文化分析。虽然上文所说的

---

① [美]詹姆斯·费伦：《作为修辞的叙事：技巧、读者、伦理、意识形态》，陈永国译，北京大学出版社2002年版，第5页。

② [美]詹姆斯·费伦：《作为修辞的叙事：技巧、读者、伦理、意识形态》，陈永国译，北京大学出版社2002年版，第144页。

③ 申丹：《经典叙事学究竟是否已经过时？》，《外国文学评论》2003年第2期。

"文学之外的叙事"、"形式结构与意识形态"的关联等多少已经关系到文化分析，但它们毕竟主要还是着眼于文学分析，而在后经典叙事学中，由于文化热的兴起，着眼于文化进行叙事研究也已经成为一道新的风景。如果说后经典叙事学在具体的作品分析和叙事作品共有特点的探讨上表现出对文本叙事理论的纵深化拓展，着眼于文化分析则可以说是后经典叙事学开始了文化化的进程。在巴特看来，叙事虽然表面"自然化"，但叙事的符号总是人为的，有意识形态属性。叙事表面的"自然化"是社会使文化形态规范化的结果："我们社会尽最大的努力消除编码痕迹，用数不清的方法使叙述显得自然，装着使叙述成为某种自然条件的结果……不愿承认叙述的编码是资产阶级社会及其产生的大众文化的特点，两者都要求不像符号的符号。"①这样，叙事与意识形态便有无法割舍的内在联系，叙事可折射出文化的特点。在西马阵营的詹姆逊看来，历史是一种阐释性的历史，阐释作为一种"本质的寓言行为，包括根据某一特殊的阐释主符码重写特定文本"②，这意味着，阐释必须以历史的理解为前提。他在《政治无意识——作为社会象征行为的叙事》中提出"永远历史化"③的口号。"永远历史化"意味着历史不是某种确定的存在，而只能不断地"以文本的形式接近我们"，这样，"我们对历史和现实本身的接触必然要通过它的事先文本化，即它在政治无意识中的叙事化"④，因而，对文学史来说，它所揭示的"真实"并不存在于文学文本或叙述本身，而是存在于文学集体中间的政治无意识。文学史写作是对文本进行政治的或意识形态的阐释。

叙事学在西方经过经典叙事学和后经典叙事学两个阶段后，表现出强

---

① 转引自赵毅衡：《当说者被说的时候——比较叙述学导论》，中国人民大学出版社1998年版，第228页。

② [美]弗雷德里克·詹姆逊：《政治无意识》，陈永国译，中国社会科学出版社1999年版，第3—4页。

③ [美]弗雷德里克·詹姆逊：《政治无意识》，陈永国译，中国社会科学出版社1999年版，第3页。

④ [美]弗雷德里克·詹姆逊：《政治无意识》，陈永国译，中国社会科学出版社1999年版，第26页。

劲的分析叙事作品的能力，在当前多种批评方法并起的时代，叙事学已经失去了20世纪六七十年代刚兴起时那种开时代之风的锐气，相对而言，显得比较灵活而稳健。如今，后经典叙事学正在进一步发展之中，同时，经典叙事学的许多方法也仍然很有市场，叙事学作为一门研究方法，正在继续显示它旺盛的生命力。

第一节 叙事学在西方

第二节　叙事学在中国

　　中国古代叙事文学基本上处于弱势地位，但仍有一些叙事理论，尤其是经过金圣叹等人对小说戏剧等叙事文学进行评点以后，中国叙事理论以"评点"的独特形态已经存在了几百年。不过，评点只能是叙事研究的一种操作手段和存在形态，远远没有达到作为一门独立学科的高度。深入的叙事研究真正在中国兴起，是接受了西方叙事学之后的事情。

　　20世纪60年代以来，随着语言学理论的盛行和结构主义的兴起，叙事理论逐渐取代了传统的小说理论。中国学术界在80年代就将新奇的目光投向叙事学，在90年代更兴起了叙事学热。如今，叙事学在中国已渐渐降温，但余绪不断。经典叙事学的主要成果和后经典叙事学的部分成果被陆续介绍进来，叙事学的研究方法也被不少文学批评者运用到具体的作品分析之中，有的还形成专著，如许子东《为了忘却的集体记忆——解读50篇文革小说》便追随普罗普和叙事学的分析方法，探究"不同流派、倾向的'文革故事'如何贯穿某种共通的叙事模式和叙述规则"①。纵观中国的叙事学研究，主要有如下特点：一方面，大量文章和专著用力于对西方理论的介绍和应用，形成一股颇为强劲的学习西方叙事学的"热"潮。另一方面，对中国自身的叙事缺乏系统的理论建构，相形之下，显得过于"冷"清。

---

　　① 许子东：《为了忘却的集体记忆——解读50篇文革小说》，生活·读书·新知三联书店2000年版，第14—15页。

一

1985年，中国出现了"方法论"热，新批评、结构主义、心理分析、接受美学等西方文艺学美学方法论一齐涌入中国，作为结构主义分支的叙事学也进入中国。这一年，西马阵营的当代理论家詹姆逊（杰姆逊）在北京大学作了有关西方文化理论的系列演讲，并且用格雷马斯的语义方阵理论，对《聊斋志异》中的《鸲鹆》进行了叙事学的示范分析①。这一分析在中国成为应用叙事理论分析文本的经典。时隔近十年，胡经之、王岳川主编的《文艺学美学方法论》在介绍结构主义叙事学时，便引用了它。1985年以后，中国学界就对叙事理论表现出极大的兴趣，这可从两方面见之：一是对西方叙事理论的译介和运用；二是对西方叙事理论的研究与反思。

对西方叙事理论的译介和运用最为广泛。从翻译来看，1989年，王泰来组织编译了《叙事美学》，选译了法、德、英三国的叙事学论文，让学界对早期叙事学有个大概的了解。同年，布斯的《小说修辞学》中文版面世，该书从叙述技巧角度，探求了小说作者、叙述者、人物与读者之间的修辞关系，涉及叙事学的一些基本问题。1989年，张寅德编选的《叙述学研究》出版，收集了几乎所有法国六七十年代最有影响的叙事学成果。叙事学作为一门独立的学科，始于巴黎《交际》杂志1966年第8期的"符号学研究——叙事作品结构分析"专号，法国的叙事学代表了结构主义叙事学的最高成果。因而，张寅德的书对中国产生了非同寻常的反响，它成为文论研究者的必备书之一。它的广为流传也促进了叙事学在中国的传播。同年，里蒙－凯南的《叙事虚构作品》由生活・读书・新知三联书店出版，第一次向国内展示了一个系统的叙事理论。90年代，《当代叙事学》《叙事话语 新叙事话语》《结构主义诗学》《叙述学：叙事理论导论》等陆续翻译出版，除了这些经典叙事学的译本外，到新世纪的2002年，北京大

---

① [美]弗・杰姆逊：《后现代主义与文化理论》，唐小兵译，陕西师范大学出版社1987年版，第90—98页。

学出版社策划出版了"未名译库"中的"新叙事理论译丛"，为学界提供了西方后经典叙事学的范本。这些叙事学原著的中译本的出现，既为中国的研究者提供了难得的第一手材料，又激发了学界对叙事学的兴趣，增强了研究的热情。就介绍应用看，1988年，陈平原的博士论文《中国小说叙事模式的转变》问世，该书以中国文学传统和晚清、五四的小说状况为根基，借鉴托多洛夫的叙事理论，从叙事时间、叙事角度、叙事结构三个方面"把纯形式的叙事学研究与注意文化背景的小说社会学研究结合起来"①，开大陆学者应用叙事理论以成专著之先河。1989年，孟繁华出了本介绍性的小册子《叙事的艺术》，对叙事的视角、时间、语言等均有专题介绍，并以中国的文学为例证加以分析，深入浅出。但总体看来，全书过于简单，且不涉及人称这一必不可少的叙事要素，故反响不大。此后，孟悦《历史与叙事》（1991年）、徐岱《小说叙事学》（1992年）、傅修延《讲故事的奥秘——文学叙述论》（1993年）、赵毅衡《苦恼的叙述者》（1994年）、罗钢《叙事学导论》（1994年）、陈顺馨《中国当代文学的叙事与性别》（1995年）、王彬《红楼梦叙事》（1998年）、刘世剑《小说叙事艺术》（1999年）、吴文薇《话语与故事——叙事本文研究》（2000年）、董小英《叙述学》（2001年）、王平《中国古代小说叙事研究》（2001年）、谭君强《叙事理论与审美文化》（2002年）等纷纷面世，它们或侧重于介绍，或侧重于运用，多方位、多角度地展开了对西方叙事理论的分析和运用，使叙事学成为中国当前的一门"显学"。其中，值得一提的是上海三联书店1998年出版的《文学的维度》，作者南帆视野广阔，从文学真实、修辞、叙事话语、文类四个方面，对新时期以来的文学创作及其模式的递嬗进行了叙事学的技术分析。具体分析时，还在汉语言文化的大背景下，借鉴西方现代语言学成果和后现代理论，提出了话语与权力、文学与历史等溢出文学的问题，将文学的维度延伸到文化。全书的兴趣不在具体叙事文本的话语分析，而在语言的文化功能，一改过去介绍、搬用之习气。它既有对叙事理论的分析，又有对文学实践的批评；既有对文学维度的探讨，

① 陈平原：《中国小说叙事模式的转变》，北京大学出版社2003年版，第2页。

又有对文化意蕴的关注。可以认为，这本书是中国在运用西方叙事理论方面所取得的突破性成果。

　　1990年，《外国文学评论》有组织地发表了由赵毅衡、申丹、微周等人撰写的"叙述学研究"论文。其中，既有微周对西方叙事学的系统介绍，又有赵毅衡对叙事形式的文化意蕴的阐发，还有申丹对叙事情节的理论反思。赵毅衡和申丹是叙事学专家，他们在1998年分别推出《当说者被说的时候——比较叙述学导论》和《叙述学与小说文体学研究》，前者是赵毅衡对叙述学"公理"的阐发，后者是申丹跨学科研究的成果。赵毅衡在《自序》中声称，经过多年的思考，他悟出了很多西方学者一直没说清的"叙述学第一公理"，即："不仅叙述文本，是被叙述者叙述出来的，叙述者自己，也是被叙述出来的——不是常识认为的作者创造叙述者，而是叙述者讲述自身。在叙述中，说者先要被说，然后才能说。"①作为公理，它过于啰唆，但它表达了叙述"自身分层自身互动"的道理。就全书看，它自成体系，也体现出"第一公理"的特点，较之西方叙事理论，不乏突破，但基本上仍沿袭西方的叙事模式，只是为了适应中国读者的接受习惯，有所改造而已。因而，该书的价值在于：它给学术界提供了一套系统的中国特色的西方叙事理论。申丹进行的是叙述学与小说文体学相结合的研究，她在《后记》中指出："本着求深、求实、创新的原则，笔者与西方学者在较深的层次上展开了交锋和对话。"②从成书情况看，该书达到了这一要求：它对叙事话语、叙事情节和叙事视角等问题都进行了深入的探讨；对西方的相关理论提出质疑；对西方理论界概念上的模糊和分类上的混乱作了清理。作者的分析颇具深度，其论断也富于独创性。对普通读者而言，这本书过于艰深；对叙述学者而言，它则可以启人心智，引发深入的思考和对话。就理论色彩看，该书代表了中国学术界对西方叙事理论反思的新成果；就研究对象看，国内外均未出现对叙事学与文体学理论同时

② 申丹：《叙述学与小说文体学研究》，北京大学出版社1998年版，第379页。

第二节　叙事学在中国

展开研究的论著，因而，该书又是一本填补空白之作。

二

与学习西方叙事理论的"热"形成鲜明对照的是建构中国自己的叙事理论的"冷"。国内虽出现多本叙事学专著，但大部分或用力于"术"的层面上的应用和发挥，而缺乏"学"的层面上的挖掘和探讨；或侧重于对西方理论的译介，而缺乏必要的批判的眼光。早在1996年，钱中文先生就指出：叙事学"80年代介绍到我国后，一些青年学者趋之若鹜，到目前为止，已出版了多部著作……但都是综合外国学者的观点写成，最多加些中国文学的引证，处在介绍、搬运阶段"。①如今，申丹的成果已远远超出介绍和搬运阶段，达到了和西方叙事学界同步对话的高度，但她用力的仍是对西方叙事理论的反思，其出发点仍是西方的叙事理论而非中国的叙事理论。在中国大陆的叙事学热潮中，中国自身的叙事理论却备受冷遇，几乎无人问津。

这首先表现在对海外汉学家的态度上。海外汉学家对中国的叙事艺术倾注了一腔热情。法国的埃梯安伯尔认为，吴敬梓和刘鹗的小说足以说明："没有理由认为中国小说比欧洲落后，有必要接受西方蛮人的小说形式"②。捷克的普实克在《抒情的与史诗的》一书中对晚清的小说叙事有详细的分析。韩南、浦安迪等人也致力于中国的叙事艺术。但他们的著作大都没有中译本，中国学界感兴趣的是法国的结构主义叙事学，而不是中国小说的叙事特点。在遭受冷落的汉学家著作中，浦安迪的《明代小说四大奇书》是个例外，它早在1993年就由中国和平出版社翻译出版，但未能引起学界的足够重视。1996年，同一作者的《中国叙事学》问世，三年后，林岗先生才在《文学评论》上撰文响应③。就这两本书而言，《中国叙

---

① 杨义：《中国叙事学》，人民出版社1997年版，第424页。

② 转引自赵毅衡：《苦恼的叙述者》，北京十月文艺出版社1994年版，第14页。

③ 林岗：《叙事文结构的美学观念——明清小说评点考论》，《文学评论》1999年第2期。

事学》不少取材于《明代小说四大奇书》，而且，就总体看，前者不如后者深刻周到。后者理应激起更大的反响才是，但事实并非如此。1993年前后，正值学界大张旗鼓地学习运用西方叙事学之际，对研究中国叙事的专著却无心眷顾。就《中国叙事学》而言，它问世三年，才得到热心人的响应，与张寅德编选的《叙述学研究》等书一出版便风行的情况相比，相形见绌。西方学者对中国叙事的热心，在中国本土，却遭到了冷遇。

其次，从中国学者对中国叙事的态度变化上，也可看出中国叙事理论不受青睐。中国有些学者对传统叙事理论也曾有所关注，却未能持久。赵毅衡《苦恼的叙述者》对中国白话小说的叙述形式进行深入分析，以探讨"20世纪第一个四分之一中国文化与中国小说的关系"①，创获颇多。该书"上篇"对叙事学的分析，基本上沿用西方理论框架。其主要特色在"下篇""中国小说的文化学研究"部分。但赵先生并未将该书的特色发扬光大，反而倒退一步，将对中国小说特色的探讨消融于对西方叙事理论的反思之中，这可见于他后来的著作。《苦恼的叙述者》一书出版后四年，《当说者被说的时候——比较叙述学导论》问世，后者删去了前者的"下篇"，在相当大的程度上是前者"上篇"的改写。全书的兴趣集中于西方叙事理论的反思和建构，不再进行中国小说的文化学探讨。这固然有助于西方叙事理论的深化，但对中国叙事理论的建构，却不能不是个遗憾。对中国叙事的特色，从关注走向背离，反映出中国学者在西方理论的诱惑下对传统叙事的漠然态度。中国叙事理论的建构工作，焉能不"冷"？

到目前为止，大陆学者只有杨义先生和傅修延先生对中国叙事理论的建构倾注了大量心血。杨义先生的《中国叙事学》从中西思维方式和叙事手法的差异入手，认为西方从语言学领域进入叙事分析的方法不适合中国的叙事研究。全书本着探讨的精神，沿着"还原—参照—贯通—融合"的思路，力图"建立具有中国特色的、又充分现代化的叙事学体系"，以期与"现代世界进行充实的、有深度的对话"。②全书立足于中国的叙事传统

---

① 赵毅衡：《苦恼的叙述者》，北京十月文艺出版社1994年版，第3页。
② 杨义：《中国叙事学》，人民出版社1997年版，第33页。

和文化成规，"从史学文化的角度切入叙事分析"①，极少搬用西方的术语和形式方法，隐然有自成一家之气势。书中"结构篇"从"道与技的双构性思维"来探讨叙事结构，与西方纯形式主义的结构分析形成鲜明的对比；"意象篇"和"评点家篇"更是中国叙事的特色所在，为历来西方叙事理论所无。在建构中国叙事理论的道路上，杨义先生已迈出了坚实的一步。傅修延先生的新著《先秦叙事研究》对中国叙事传统的形成过程进行了相当细致深入的研究，全书从叙事工具的探寻、叙事载体的纷纭、口舌传事的流行、史传运事的兴盛、诸子言事的繁荣等方面对中国的先秦叙事展开全方位的寻根溯源的工作，最终得出结论："中国古代文明基本上是在中国区域内独自发生与成长起来的。叙事传统作为中国古代文明的重要组成部分，大背景决定了它应该有独属于自身的规律与特点。"②该书的用意很明显，就是要建设中国自己的叙事学，但和杨义先生不同，它不是从总体上对中国的叙事特点进行研究，而是从具体的叙事作品入手，来探求中国叙事的源头，在此基础上，再来进一步分析中国叙事的具体情形。作者指出："本书的讨论对象虽然属于先秦，其作用力却是指向现在"③，相当突出地表明建设中国叙事学的雄心。但仅仅两本有中国特色的叙事学著作，还不足以与数量庞大且影响深远的西方叙事学专著相抗衡。在中国，它也只能被众多的西方叙事学著作所淹没，偏于理论界之一隅，显得凄清、孤单。

三

中国对西方叙事学热情很高，对自身叙事理论的建构却兴趣不大。这一切，都有其内在原因。

西方叙事学在中国的主体是结构主义叙事学，它随着结构主义在中国的传播发展而得以盛行。1979年，袁可嘉在《世界文学》第2期上发表

① 杨义：《中国叙事学》，人民出版社1997年版，第6页。
② 傅修延：《先秦叙事研究》，东方出版社1999年版，第318页。
③ 傅修延：《先秦叙事研究》，东方出版社1999年版，第318页。

《结构主义文学理论述评》，为结构主义在中国的传播开了先河。此后，结构主义便以其不可阻挡之势，在中国蔓延、深入，叙事学便是结构主义的主要分支。结构主义的产生有其理论背景。就20世纪的理论背景看，索绪尔的现代语言学是一场划时代的革命，它开启了20世纪哲学、美学的新方向。40年代中后期，列维－斯特劳斯通过雅各布森接受了索绪尔的语言结构观点，并加以发展，创立了结构人类学。此后，结构主义便应时而生，反映了历史的趋势。中国对结构主义叙事学的接受和传播，便迎合了这种趋势。同时，中国的国门敞开不久，对外来理论满怀新奇。出于猎奇心理，理论界对叙事学投去关注的目光，也可以理解。

西方叙事学的广为流行，主要还得力于它的成就。它在叙事人称、叙事时间、叙事视角等方面细致入微的分析，对理解作品、提高审美鉴赏力都不无帮助。它对文本的形式分析，比中国以前盛行的社会历史研究法更能抓住文本的特点，更让人信服。因此，它一出现，就引起人们的注意，有些青年学者更是"趋之若鹜"，这样，学习西方叙事学的热潮便不难形成。

由于将精力过多地投入西方叙事学之中，建构中国的叙事理论便相应地受到忽视。不过，中国叙事理论遭受"冷"遇主要还由于叙事学自身的特点。

叙事学之所以形成，有其内因和外因。内因是俄国形式主义滋生了法国结构主义，叙事学重视事件的次序和叙事的文本形式便是结构主义的要求。外因是社会因素，结构主义骨子里是对社会现存的结构表示疑虑和不满，力图寻找出其完善的结构，叙事学便是一种隐蔽的表现形式。而这一切，在中国都缺乏必要的土壤。就外因看，八九十年代的中国和六七十年代的法国不同，没有重视叙事结构的自觉要求。从内因看，一方面，中国传统的"尚象"思维重感悟，表现在叙事文学的研究中，评点成为中国叙事学的独特存在，"评点家的文字重在直觉"[1]，而非西方那种周密细致的逻辑分析。这使西方现行的叙事学方法在中国的文学传统中显得陌生，难

---

[1] 杨义：《中国叙事学》，人民出版社1997年版，第342页。

以融入。另一方面，中国的文论界在极短的时间内将西方上百年的文论发展匆遽地重演了一次，出现了流派纷呈的局面。但这只能是一种没有思想质量的演变史，较之西方文论，既无必要的理论准备，又无系统的理论建构，相形之下，中国的叙事学研究失之简单。同时，流派纷呈也导致人们理论趣味的转移，中国学界在接受结构主义和叙事学的同时，也接受了解构主义。解构主义在逻辑上已颠覆了结构主义"中心结构"的神话，这使得中国学界在探索传统叙事的结构理论时，不能不有所考虑，从而失却了叙事学当年在法国的尖锐性、先锋性。文学传统和理论现状决定了中国叙事学的命运。

叙事理论的建构依赖于对语言的运用和把握。但中西语言在根本上就存在差异，因而有些问题在西方可以深入探讨，在中国则不行。比如对"自由间接引语"，西方利用拼音文字的形态变化，可以很精微地探讨叙述者的声音和转述内容的关系。但由于汉语不具备拼音文字的形态变化，在中国，"自由间接引语"的研究便难以充分展开，它所涉及的有时只能是对语言进行的风格分析，这遭到申丹教授的指责，但申教授本人在分析时，得出的结论是：由于中文无时态变化，造成了"直接式与间接式的模棱两可"①。这从另一侧面证明了在中国进行"自由间接引语"分析的艰难性。而这种分析又是叙事建构所依赖的基础之一。中国叙事学的建构受到汉语自身特性的制约。

要摆脱这一制约，走出中国叙事学困境，首先就要求冲破语言的牢笼，不再像西方那样，从现代语言学切入叙事分析，而应另寻蹊径。这样，杨义先生和傅修延先生的工作便富于开创性。但两位先生的工作并不能使中国叙事学摆脱目前的处境。杨义先生从史学文化角度切入叙事分析，就需要对浩如烟海的古代典籍进行爬梳整理、钩玄提要，这本身就是一项浩大的工程，一般人连这一基础工作也难以完成。即使完成了这一工作，也不等于就能建构中国叙事理论。建构理论还需要在基础工作上进行总结、概括，以发现不同于西方叙事的中国叙事的文化密码，这又需要相

① 申丹：《叙述学与小说文体学研究》，北京大学出版社1998年版，第356页。

当高的理论素养。杨义先生穷十数年之功，心无旁骛，在完成一卷《中国古典小说史论》和三卷《中国现代小说史》的基础上，佐之以牛津、剑桥的文化氛围，经过苦思冥想，才使《中国叙事学》得以锱铢而成。而普通学人，一般不具备此等功力，也缺乏类似机遇，更谈不上建构中国的叙事理论体系。傅修延先生则很早就积极准备建设自己的叙事学体系，自1990年以来，他在叙事学方面，已发表论文数十篇，并完成一部专著《讲故事的奥秘——文学叙述论》。在此基础上，通过耐心地对典籍的爬梳整理，才完成这部《先秦叙事研究》。此外，他不仅有很好的国学根底，而且又有专业的外语水平，并潜心在国外求学，师从著名文艺理论家诺斯罗普·弗莱，众所周知，诺斯罗普·弗莱在叙事学领域有较高的威望。较之傅修延先生，一般人缺乏这种持之以恒的精神，也很难有机会直接聆听有国际威望的大师的教导。鉴于此，中国叙事的"冷"也就不足为奇了。

第三节 问题的提出:叙事是一种评价

一

20世纪60年代，叙事学在法国兴起，法国叙事学者致力于叙事结构和叙事话语的研究，让人耳目一新，很快成为国际性的"显学"，欧洲、美国、中国，都曾掀起过叙事学研究的热潮。叙事学的显著特点是其科学化的操作方式，力图通过细致入微的形式分析，总结出叙事的某种规律。叙事学的这种努力不乏其价值，但它对叙事中的人文精神采取或拒斥或弱化的态度。就拒斥看，格雷马斯从语义学出发，对叙事作品进行数学式的语义方阵分析，压根就不提作品中的人文内涵；就弱化看，罗兰·巴特虽然认为："结构主义本质上是一种活动"，"是世界的某种形式"[①]，但在对叙事作品进行结构主义分析时，又采取形式化的分析方法，几乎不谈作品对现实世界的意义。因此，总体上看，叙事学是将活生生的有血有肉的叙事作品肢解成冷冰冰的毫无生气的符号，将叙述者的人生感悟和对生活的理解消融于抽象的机械的符号分析之中，这就从根本上抹杀了叙事作品的固有特性。针对这一现象，有论者指出："在建立叙事作品形式分析框架的意义上，西方叙事理论交出了一份令人满意的答卷。但是，如何将形式分析与审美的批评结合起来，使得形式分析……能够重构作品的审美意义，

① ［法］罗兰·巴特：《结构主义———一种活动》，袁可嘉译，见伍蠡甫、胡经之主编：《西方文艺理论名著选编》(下卷)，北京大学出版社1987年版，第465、472页。

叙事研究还有很长的路要走。"①鉴于这种情况，本书认为，叙事研究不能只作纯形式的文本分析，还应该重视叙事主体的作用。叙事主体在叙事时总要表现出对人物和事件的看法，表现出一定的文体风格，表现出某种美学追求，这一切本书称之为"叙事评价"。本书将对这一问题进行探讨，在探讨时，力求超越纯形式分析，将形式分析和审美批评、文化批评结合起来。在探讨过程中，既立足于经典叙事学理论，又借鉴后经典叙事学的研究方法：立足于经典叙事学理论，在形式层面的讨论中，对现行叙事学理论关注的主要问题进行分析，以见出即使是形式分析也难以完全摆脱叙事评价这一事实；借鉴后经典叙事学的研究思路，才有对叙事评价的文化探讨和美学总结，从而对叙事评价作出整体的把握。鉴于此，本书将要进行的工作便不是对西方叙事学的研究，而是以西方叙事理论为出发点对叙事的研究。本书试图以此纠正经典叙事学只注重形式而忽视评价的偏颇，从而丰富叙事学研究，并为创作提供必要的指导。

在进行具体探讨之前，我们必须解决一个问题，即"叙事评价"这种提法的可靠性问题。如果一种提法在实践上和理论上都得不到支持，那么这种提法本身也很可能成问题。

二

在中国古代，"叙"与"序"相同，叙事常称作"序事"。《周礼·乐师》说："乐师掌国学之政，以教国子小舞……凡乐掌其序事，治其乐政。"唐代贾公彦疏："掌其叙事者，谓陈列乐器及作之次第，皆序之，使不错缪。""序事"在此被称作"叙事"。此外，"序事"是讲礼乐仪式上的安排，目的是为了"国学之政"。由此推衍，"序"容易使人想起社会秩序、伦理道德等。伦理纲常是社会遵守的公约，破坏这一公约，便被视为违规，遭人诟病。"序"，无形中含有一种道德伦理上的认同。从"序事"到"叙事"，这种道德伦理上的取向渐趋淡化，但还存在一个基本的条

---

① 林岗：《明清之际小说评点学之研究》，北京大学出版社1999年版，第223页。

件，即所叙之事是按"序"叙述的结果，"序"意味着对事件的安排有轻重缓急之分，这就表明了叙述者的某种态度。顾炎武说："古人作史，有不待论断而于序事之中即见其指者"，可作如是观。

叙事成为一种文类术语，始见于唐代刘知几的《史通》。该书《叙事》篇探讨了历史书的编写方法，并认为"国史之美者，以叙事为工"。"国史之美"，离不开精工的叙事，"美""工"二词，都包含明显的赞扬之意。到南宋绍定年间，真德秀编选《文章正宗》，也专列了"叙事"卷，卷首的《纲目》写道："按叙事起于古史官……若夫有志于史笔者，当深求春秋大义而参之以迁、固诸书……"《春秋》乃六经之一，是后代的典范，叙事学《春秋》，可成高格。这中间既有对《春秋》的推崇，又有对叙事的要求。换个角度看，叙事应像《春秋》那样，微言大义，成为治世的良方。而"叙事起于古史官"，则暗示了中国古代叙事的范式是历史叙事。章学诚说："古文必推叙事，叙事实出史学"，便指明了这一点①。历史叙事，并非为历史事件而叙事，而是为理解历史而叙事。克罗齐曾说过，"只有对现实生活产生兴趣才能进而促使人们去研究以往的事实"②，因而一切历史都是当代史。历史的意义，不在过去，而在现在和未来。既然如此，历史叙事就应该对所叙的历史事件要有所褒贬，对其中的是非曲折有所交代，才能"史为今用"，起到很好的治世效果。因而，历史叙事"不仅贯穿、解释其素材，本身亦非一透明无我的中介过程，而必须挟带文化理念的动机"③，叙事受当下文化理念的影响，不可避免地带上叙事者的倾向性。司马迁《史记》藏之名山，是为了"待来者"。司马光将他的书定名为《资治通鉴》，是希望借历史教训帮助治理赵宋江山。历史叙事的功利性、实用性非常明显。同时，就历史的叙述看，"历史叙述毕竟

---

① 以上引文未加注释者，参见杨义：《中国叙事学》，人民出版社1997年版，第10—16页。

② 克罗齐：《历史和编年史》，见张文杰等编译：《现代西方历史哲学译文集》，上海译文出版社1984年版，第293页。

③ [美]王德威：《想象中国的方法——历史·小说·叙事》，生活·读书·新知三联书店1998年版，第324页。

是‘书写’出来的‘作品’，也必然具有叙事特征以及修辞技巧”，“有其难以规避的想象层面”。①这样，历史叙事或多或少带有叙事者的人为因素，这是历史叙事蕴含评价的根本原因。

随着文学独立性的增强，叙事的主干逐渐从历史叙事转向文学叙事。但在中国，即使是文学叙事，有时也离不开历史叙事的影响，这一方面表现在所叙之“事”上，如果小说叙述的是历史事件，则为历史小说。历史小说的叙事是一种文学叙事，但不脱历史叙事“借古鉴今”的功用，而且加入了叙述者更多的感情色彩，主观倾向更为明显。如《三国演义》中明显的“拥刘反曹”倾向，暗含了叙事者罗贯中的思想：封建帝王的子孙是正统的合法的继承人。书中称曹操为“奸雄”，认为刘备是“宽厚爱人”的明君，便是评价之语，且感情色彩极为强烈。另一方面表现在虚构事情的“叙述”（纯文学叙事）上。可以说，20世纪80年代以前，中国的文学叙事基本上还是停留在重视情节的整一性上，这与《左传》《史记》传统不无关系。这种叙事，叙述者总把自己的情感评价寄寓于故事情节的发展之中，叙事文学一般都有一个明显的主题，主题总包含道德因素，“因为小说家总是通过主题对事物作出评价并让读者看到他所感到的真理的某一新的方面”②。主题便是叙述者有意或无意的目的所在。

撇开历史叙事的影响，文学叙事中的评价，具体分析可见于西方传统小说和中国80年代以后的小说。本书所说的叙事，主要指文学叙事（尤其指小说叙事），对“叙事评价”问题，在此将主要从文学史和文论史的角度加以简要的梳理，以见出评价是叙事固有的特性。

三

从文学史看，文学叙事一般无法回避评价，其具体分析可见于西方传

---

① ［美］王德威：《想象中国的方法——历史·小说·叙事》，生活·读书·新知三联书店1998年版，第323、315页。

② ［英］伊利莎白·鲍温：《小说家的技巧》，傅维兹译，见伍蠡甫、胡经之主编：《西方文艺理论名著选编》（下卷），北京大学出版社1987年版，第198页。

统小说和中国80年代以后的小说。

古希腊以降，叙事一直是西方文学的主潮。在几千年的叙事文学长河中，评价也相伴始终。不妨以弗莱的批评模式分析之。需要说明的是，此处对弗莱的解读，用意不在作文学理论的批评，而是作文学类型的分析。

在巨著《批评的剖析》中，弗莱设计了他的叙述结构理论。在他看来，西方文学的叙述结构，总体上是对自然界循环运动的摹仿。与自然界春夏秋冬的往复交替相对应，文学的叙述结构存在四种类型，即：喜剧——春天的叙述结构；浪漫故事——夏天的叙述结构；悲剧——秋天的叙述结构；反讽与讽刺——冬天的叙述结构。西方文学的发展，从神话发端，然后相继转化为喜剧、浪漫故事、悲剧、反讽和讽刺。到现代，卡夫卡、乔伊斯等人的小说又表现出向神话"回流"的趋势。因此，文学叙述类型的更替显示了文学发展的历史，文学史便是由这几种叙述类型构成的，这几种类型包容了全部的叙事文学。了解了这几种叙述类型，换个角度看，就是了解了文学史；如果这几种类型的叙事文学都含有评价，就意味着整个文学史中的叙事文学也无法离开评价。

应该指出，弗莱在设计他的叙述模式时，并没有考虑到文学的评价特性，甚至有意回避这一问题。但就其具体论述而言，经过仔细发掘，可以发现其中闪烁着"评价"的微光。

"就叙事而言，神话是对以愿望为限度的行动，或近乎愿望的可想象的限度的行动之模仿。"[①]愿望是基于对现实的不满，希望将来能达到某种目的的想法。因而，神话是现实的影子，神话世界是现实世界的象征。换言之，神话其实是对现实的反映和评价。维柯对此有深刻的认识，他认为神话在当时是"真实而严肃的叙述"，只是后来的人们不理解这种叙述的真正用意，才认为神话不可信，并试图将神话中的文化英雄还原为社会中的阶级象征。[②]弗莱则进一步将神话与现实主义相提并论："正如现实主义

① ［加拿大］诺思罗普·弗莱：《批评的剖析》，陈慧、袁宪军、吴伟仁译，百花文艺出版社1998年版，第150页。

② ［美］大卫·比德内：《神话、象征与真实性》，见［美］约翰·维克雷编：《神话与文学》，潘国庆等译，上海文艺出版社1995年版，第179页。

是一门含蓄的明喻艺术，神话则是一门含蓄的通过隐喻表现同一的艺术。"①说到底，神话所表明的仍是对现实的态度。

至于喜剧，弗莱指出："喜剧通常走向一个愉快的结尾，而观众对愉快结尾的正常反应是：'应该这样'，而且这种反应听起来似乎是一种道德评判，实际上也的确如此，只是它在严格意义上不是道德评判，而是社会价值评判。"②需要补充的是：一，无论是道德评判，还是社会价值评判，都是喜剧本身所固有的，并非仅仅是观众生发出来的感想。二，"应该这样"不仅是观众的正常反应，也是剧作者的正常要求。喜剧中，通常的表现是"情节的任意性压倒了性格的连贯性"③，但"情节的任意性"绝非剧作者的"任意"为之，而是其匠心所在。正是这种"任意性"导致了喜剧的荒唐、滑稽中又有"必然的圆满结局"④，"应该这样"首先是剧作者个人的评判。

浪漫故事情节的基本因素是冒险，其完整形式则是成功的追寻。在这一冒险的追寻历程中，人物性格极其鲜明，"人物不是站在追寻的一边就是站在敌对的一边。如果人物支持追寻，他们则被理想化为简单的勇敢和纯洁。倘若他们阻碍追寻，他们则被漫画化为简单的邪恶和怯懦的小人。"⑤简单的"理想化"和"漫画化"既表现出叙事者强烈的爱憎态度，也暗示了浪漫故事中道德评价的坚定性："浪漫故事中每个典型人物都有其道德上的反对者与之对立，就像象棋中的黑白两方。"⑥推而广之，这种

---

① [加拿大]诺思罗普·弗莱：《批评的剖析》，陈慧、袁宪军、吴伟仁译，百花文艺出版社1998年版，第150页。

② [加拿大]诺思罗普·弗莱：《批评的剖析》，陈慧、袁宪军、吴伟仁译，百花文艺出版社1998年版，第198页。

③ [加拿大]诺思罗普·弗莱：《批评的剖析》，陈慧、袁宪军、吴伟仁译，百花文艺出版社1998年版，第202页。

④ [加拿大]诺思罗普·弗莱：《批评的剖析》，陈慧、袁宪军、吴伟仁译，百花文艺出版社1998年版，第202页。

⑤ [加拿大]诺思罗普·弗莱：《批评的剖析》，陈慧、袁宪军、吴伟仁译，百花文艺出版社1998年版，第237页。

⑥ [加拿大]诺思罗普·弗莱：《批评的剖析》，陈慧、袁宪军、吴伟仁译，百花文艺出版社1998年版，第237页。

"理想化"和"漫画化"不仅是叙事者个人的情感道德评价，还代表了某一社会的时代风尚，因为"每个时期的社会或知识界统治阶级都喜欢用某种浪漫故事的形式表现其理想"。①"德才兼备的男主人公"是浪漫故事中最引人注目的英雄，"读者的所有评价都与英雄联系在一起"。②因此，浪漫故事的评价，有一个基本出发点，即对英雄的爱戴和向往，其他的评价都以这个出发点为旨归。

悲剧的评价集中于对悲剧主人公的评价。弗莱认为："悲剧是对正当的恐惧感（主人公必须堕落）和对失误的怜悯感（主人公的堕落太不应该）的自相矛盾的结合。"③这是亚里士多德悲剧"净化"理论的继续，却将重心转向主人公。亚里士多德认为悲剧主人公是有过失的"比我们好的人"。弗莱的论述则意味着，主人公的"好"与"坏"是"自相矛盾"的，主人公想逃避某种评价，却因此而置身于这种评价之中，因此对主人公就不能以简单的"好""坏"来评价，紧紧缠绕着悲剧主人公的是"尼采所谓的某种超越评价的山巅气氛"④。

反讽的"中心原则是以最佳方式去接近对浪漫故事的嘲仿"，浪漫故事追求不平凡的冒险和追寻，反讽则与"完全的现实主义内容相符"，不再是一味的浪漫理想，因而，反讽又与"作者方面态度之含而不露相应"。"含而不露"并不表明作者没有态度，只是这种态度隐含在貌似客观的叙述中。"讽刺是激烈的反讽"，与反讽不同，它不再追求与现实主义内容相符，而刻意追求荒唐材料并加以筛选，"而筛选的行为就是一种道德行为"，因而，讽刺的"道德准则相对而言是明确的"，读者在看出荒谬内容的同时，也能看出其中隐含的道德标准。介于讽刺与反讽之间是讽刺性

① [加拿大]诺思罗普·弗莱：《批评的剖析》，陈慧、袁宪军、吴伟仁译，百花文艺出版社1998年版，第225页。

② [加拿大]诺思罗普·弗莱：《批评的剖析》，陈慧、袁宪军、吴伟仁译，百花文艺出版社1998年版，第227页。

③ [加拿大]诺思罗普·弗莱：《批评的剖析》，陈慧、袁宪军、吴伟仁译，百花文艺出版社1998年版，第264页。

④ [加拿大]诺思罗普·弗莱：《批评的剖析》，陈慧、袁宪军、吴伟仁译，百花文艺出版社1998年版，第255页。

的反讽，弗莱将其定义为"叙述者所做出的某些平板的道德评判……与作品的妥帖合式十分相称"，就是说，讽刺性反讽的叙述者也作出了评价，只是这种评价不像讽刺那样，是精心筛选的结果，而是"平板的道德评判"。①总之，反讽和讽刺的评价主要是道德评价。

《批评的剖析》发表于1957年，我们用其理论证明了此前的西方叙事文学中评价的存在。20世纪80年代以来，西方的意识流、魔幻现实主义、黑色幽默等叙事方法在中国产生巨大的影响。因此，对当前文学叙事中的评价，本节将集中论述中国的叙事文学。

纵观最近二十年来的小说发展，大致经历了四次大的变更。第一次是1980年前后，王蒙的实验性小说使叙事进入人的内心，第二次是1985年前后出现的"寻根文学"，第三次是1987年前后"先锋文学"对文坛的冲击，第四次是90年代大规模盛行的"新写实主义"。

王蒙的实验小说受西方"意识流"的启发，他自己承认："'意识流'小说……它给了我一点启发：写人的感觉。""意识流"深入人的内心，写人意识的任意流动。意识是现实在人脑中的反映，意识流动的顺序展现了不同的现实在人脑中的分量。意识流动过程，也就是对现实的解释过程，解释的过程中便蕴含有解释主体的态度倾向。王蒙的小说并非纯粹的"意识流"，它顶多只能是"准意识流"，因为他的小说叙事在很大程度上仍得到理性的控制。他之所以选择写人的内心世界，着意描写"灵魂所受的创伤"，是因为他觉得精神打击比肉体遭遇要痛苦得多："文化大革命时期，每个人在心理活动上受到的考验，有时超过了他的肉体"。②理性的写作总是一种带倾向性的写作，王蒙以理性来指导"意识流"，其实验小说和传统的现实主义在本质上并无差异，它蕴含着王蒙对现实的看法和评价。

"寻根文学"受惠于拉美文学的"魔幻现实主义"。在这里，作家获得

---

① [加拿大]诺思罗普·弗莱：《批评的剖析》，陈慧、袁宪军、吴伟仁译，百花文艺出版社1998年版，第277—278页。

② 以上参看南帆：《文学的维度》，上海三联书店1998年版，第258页。

极大的自由，他可以上天入地，纵横驰骋，创造出一种魔术般的变幻世界。这个变幻的世界令人惊奇，难以置信。但反过来，这个变幻世界是否就相信我们处身其中的常规世界呢？或者，作家是否觉得用变幻世界来折射常规世界能更好地理解并评价常规世界呢？不论是否相信，不论如何理解，"魔幻现实主义""并非写现实的'魔幻'，是要描述人类心灵对'现实'的'魔幻'式映现"。①

"先锋小说"重视故事，却在叙事时使故事的连续性中断，将诸多无关的故事片断粘贴在同一个故事中，甚至使叙事化为语言的自我指涉，使小说成为语言的游戏。故事没有中心，真理、本质或终极价值在"先锋小说"中退场了，但这并不能证明"先锋小说"就不再含有评价。"先锋小说"的得名，是相对传统小说而言的，它反叛传统的叙事成规，厌倦文学的深度，抛弃小说的意义，一切都显得与传统格格不入，这本身便显示出一种彻底背离文学传统的勇气和决心。

"新写实主义"写平凡人的平凡生活，其显著特点是所谓的"从情感的零度写作"。叙述者的情感不介入故事，呈现在读者面前的是"生活的原生态"。但是，只要是叙事，叙述者就必须"在场"，这由语言的特性所决定。叙述者"在场"，他的情感就不可能是"零度"，挑选生活场景，组织情节，都显示出叙述者的兴趣所在。即使是摄像机，也还有一个"取景"的角度。"取景"，就需要比较。选定某一场景，是摄像者认为这一场景优于其他场景，这就隐含着评价。在"新写实"小说中，叙述者的评价与此类似。此外，"新写实主义"选择平凡人的平凡生活，表现出一种与传统叙事的背离，传统叙事在很大程度上是"以主流文化话语形式的政治意识形态"的产物，"新写实"小说"对日常生活进行任意选择而不作观念的价值批判，便隐然表现了艺术和艺术家对主流文化的漠然和政治意识形态的放逐"②。换句话说，新写实小说不作具体的价值判断本身便是一种总体的价值取向。

---

① 程麻：《文学价值论》，人民文学出版社1991年版，第165—166页。
② 王德胜：《扩张与危机》，中国社会科学出版社1996年版，第211页。

综上所述，无论是历史叙事，西方的传统文学叙事，还是中国的当代文学叙事，都包含着评价。评价是叙事固有的特性。

四

西方文论界，自柏拉图起，就对叙事进行了讨论①。《理想国》将诗歌分成叙事和摹仿两种不同的方式，它借苏格拉底之口，否认叙事的摹仿性，重视单纯的叙事。柏拉图本义，是谴责诗人进行摹仿，认为诗人摹仿将削弱城邦的意志，因而主张将诗人赶出他的"理想国"。但从我们的角度看，区分摹仿和单纯叙事，说明了叙事中评价的存在。单纯叙事是"诗人自己在讲话，没有使我们感到有别人在讲话"②。对同一件事，各人有各人的看法，说话时这种看法便包含其中。不同的人说同一件事，效果不一样。诗人叙事就应该以诗人自己的眼光去看待事情，以诗人自己的口吻去叙述事情，这样，才能恰如其分地传达出诗人自己对事情的真实态度。如果摹仿别人说话，就只能见出"别人"对事情的态度，而无法传达诗人自己对事情的评价。

当代西方叙事学的一个理论来源是俄国形式主义。俄国形式主义将矛头指向历史文化学派和心理学派，既反对前者以现实反映的逼真程度来评价作家作品，又反对后者以心理学规律来研究评价文学。表面上，它拒谈叙事的评价，将一切归之于"形式"。事实上，它仍有一个评价标准，即是否"陌生化"。"陌生化"的文学"形式"，才有"文学性"。"形式"，在形式派手中，已不再是传统的与内容对立的形式，而是作品中的一切，"包括程序、风格、体裁，甚至情绪评价、主题、意义等"。③这样，至少从两方面可以看出"形式"中的评价：一方面，"情绪评价、主题意义等"已包含于"形式"中，主题、意义都含有评价的因素，如此，"形

---

① 中国文论界中占主导地位的是诗歌的抒情理论，叙事理论在明清以前较少，五四后的叙事理论又多受外国影响，所以，在此只谈西方的叙事理论，不谈中国的叙事理论。

② [古希腊]柏拉图：《理想国》，郭斌和、张竹明译，商务印书馆1986年版，第97页。

③ 胡经之、王岳川主编：《文艺学美学方法论》，北京大学出版社1994年版，第185页。

式"是包含着评价的"形式"。另一方面，"形式"的好坏在于其"陌生化"的程度，"陌生化"的参照标准便是现实的审美习惯和叙事成规。形式派忌谈作品中的"现实"成分，最终仍坐实到"现实"上来，是否背离现实习惯仍是"形式"成功与否的评价准绳。

对俄国形式主义，巴赫金提出了集中的批评。在批评时，他对文学中的"评价"成分进行了说明。在《文艺学中的形式方法》一书中[①]，他从两方面指出了作品中"评价"的存在。其一，"每一个时代都有其思想视野的价值中心"，因而，评价的存在是不以人的意志为转移的客观事实："评价的表达也与文学作品一样，都是'独立于意识之外的事实'"。对作品而言，内容和形式融合在一起，社会评价也就无法从作品中排除出去，因为社会评价"是每一结构成分中内容和形式通分的公分母"。其二，就作品的材料和技巧而言，评价也同样存在。就材料看，作品必不可少的材料是语言，语言总是特定社会的语言，负载着特定的社会评价，即使是无意义的语言，在作品中以"某种声调发出，它也会自然而然地表现出某种评价倾向，某个评价姿态"。这样，作品中的语言，在任何情况下，都是"那些还具有生命力、还可以感觉到社会评价的词语和形式"。就技巧看，一切技巧说到底是对语言的组织安排。由于评价附着于语言，组织语言的技巧便也离不开评价："诗人在选择词汇、词的具体搭配及其结构布局的同时，也就等于选择、提出、组合其中蕴含的评价。"[②]应该指出，巴赫金的论述照顾到了形式主义的特点，并没有简单地用社会评价来否定形式主义注重的技巧和"陌生化"，相反，他以形式主义的理论为出发点，"以建立一种一反传统的形式与内容观念的理论。"[③]什克洛夫斯基侈谈叙事作品的"陌生化"，"陌生化"是基于同"惯例与现实的对比"，但是，按照形式主义理论，作品中没有"现实"成分，它有的只是"陌生"的现实，

---

① 当然，对《文艺学中的形式方法》一书，是否真的是巴赫金所写，目前已有人表示怀疑。此处仍以该书中文版所署名的作者为准，对其他问题暂不深究。

② 以上引文分别见[苏]巴赫金：《文艺学中的形式方法》，邓勇、陈松岩译，中国文联出版公司1992年版，第229、212、206、180、181、180页。

③ [美]华莱士·马丁：《当代叙事学》，伍晓明译，北京大学出版社1990年版，第50页。

"陌生的现实"与"现实"缺乏一个比较的基准。这样，"陌生化"既是与"现实"比较的结果，又缺乏与"现实"比较的尺度，构成一对矛盾。巴赫金认为，叙事作品并没有使世界陌生化，"它使之陌生化的是谈论世界的不同方式"①。这里，就出现了重大差别，说叙事作品使世界"陌生化"，当然无法以"现实"来评价已"陌生化"了的叙事作品。说叙事作品的"陌生化"是由于谈论世界的不同方式，则意味着，叙事作品的世界与现实的世界仍是同一个世界，只是用另一种方式"谈论"出来而已。这样，就可以通过两个本质上同样的"世界"的比较，来评价"谈论方式"的得失；进一步说，由于对现实世界可以进行评价，对本质和现实世界同样的"陌生化"后的世界，也可以用评价现实世界的标准去进行价值判断。应该说，巴赫金看出了问题的关键，什克洛夫斯基虽然强调"陌生化"，却"从未清楚地说明被陌生化的究竟是内容还是形式"②，如果真如什克洛夫斯基所言，"叙事作品使世界陌生化"，那么，这个陌生的世界不再是现实的世界，将使现实世界的读者茫然无措，无从认识，因而也就失去了存在的价值。

结构主义叙事学虽然主要关注叙事结构，但并非绝对不涉及叙事评价。托多罗夫尽管对叙事作品进行了较全面的形式分析，仍清醒地意识到："文学作品总是一个主体向其他主体发出的有一定倾向的信息"③，指出叙事主体的倾向性，其实已触及我们所说的叙事评价。热奈特在对文学作品进行语言学解读的同时，指出："文学是从其他文本中构建出来的第二文本"④，将注意力投向文学与社会之间的联系，这既溢出了纯形式的文本研究，又暗示了叙述者通过文学来反映社会。以文学来反映社会，其中便难免有反映者的意图和评价。巴特更干脆从结构主义转向后结构主

---

① [美]华莱士·马丁：《当代叙事学》，伍晓明译，北京大学出版社1990年版，第51页。

② [美]弗雷德里克·詹姆逊：《语言的牢笼》，钱佼汝译，见《语言的牢笼 马克思主义与形式》，百花洲文艺出版社1995年版，第63页。

③ 张寅德编选：《叙述学研究》，中国社会科学出版社1989年版，第458页。

④ 王丽亚：《分歧与对话——后结构主义批评下的叙事学研究》，《英美文学研究论丛》（第一辑），上海外语教育出版社2000年版，第408页。

义。他曾是结构主义叙事学的重要代表，他的《叙事作品结构分析导论》在叙事学界享有很高的声誉。他重视文本的自足性，但也承认："原始材料最终还是通过某种方式变成了目的，文学在根本上还是变成了同义反复的活动……作家终究还是要把世界为何如此的问题彻底带入自己如何写作的问题中去。"①即使是巴特所说的"可写的文本"，也摆脱不了"世界为何如此"的追问。从巴特的五种代码看，其指涉代码的功能便是"为特定的文本提供一个文化参考构架"②，它无可避免地带有文化历史的痕迹。一涉及文化，就必然卷入一个包括宗教、道德、信仰等评价色彩在内的现实世界。文本自足的理论，也无法绝然排斥文本与世界的联系，无法回避文化的潜在影响。事实上，巴特还关注着文化的意识形态属性，他认为传统的文学批评"从来没有公开说明他们的意识形态究竟是什么，他们在许多情况下甚至不承认自己所从事的批评实际上具有意识形态的特征"。③意识形态的一个基本特点就在于其先天的评价功能。当前的后经典叙事学，对叙事学专注形式的研究也有所突破。在1999年美国达特茅斯大学举行的国际叙事学年会上，便出现了"叙事与意识形态""文化、政治、形式：20世纪南非叙事作品"等专题研究④，将叙事与文学之外的文化、意识形态等因素结合起来，多少涉及叙事评价的有关问题。2000年6月2日，美国叙事学家布莱恩·理查森在互联网上发表了自己对"隐含作者"问题的思考，在网上引发了长达两周的热烈讨论。对"隐含作者"问题的重新思考，反映了叙事学界对纯形式讨论的疑虑，这与20世纪80年代以来重视文化研究和政治批评等文本的外部研究不无关系。⑤对纯形式研究的突破和反思，为叙事评价的研究提供了一个契机。

---

① 转引自[英]约翰·斯特罗克编：《结构主义以来》，渠东、李康、李猛译，辽宁教育出版社、牛津大学出版社1998年版，第63页。

② 罗钢：《叙事学导论》，云南人民出版社1994年版，第241页。

③ [英]约翰·斯特罗克编：《结构主义以来》，渠东、李康、李猛译，辽宁教育出版社、牛津大学出版社1998年版，第53—54页。

④ 申丹：《从国际叙事文学研究协会99年会看叙事文学研究的发展动态》，《外国文学动态》2000年第1期。

⑤ 申丹：《究竟是否需要"隐含作者"？》，《国外文学》2000年第3期。

不过，总体而言，西方叙事学尤其是经典叙事学将叙事作品视为一个不受任何外部规定性制约的独立自足的封闭体系，社会历史和作者意图与这个体系无关。此外，叙事学强调研究对象的抽象性，它以探求叙事的形式结构，总结叙事话语的规律为己任。因而，对叙事学者而言，评价不是他们的兴趣所在，甚至在他们的视域之外。从理论上说，这无可厚非，因为每种理论都有自己的理论重心，不能强求一律。但"他山之石，可以攻玉"，叙事学探讨叙事作品的规则，对我们进行叙事的"评价"研究，不无启发；或者说，叙事学对叙事评价的抗拒并不妨碍我们对它进行自己的分析。在对"叙事评价"的可靠性进行简要的论证之后，我们可以转向对"叙事评价"的具体分析。考虑到评价要有评价主体这一必要条件，我们首先将对评价的主体因素进行考察，然后再展开对叙事评价的形式分析。

第一章

叙事评价的主体因素

叙事离不开叙事主体。对叙事主体，托多罗夫曾以"我跑"这个短句为例，做过精彩的分析："跑的我与说的我两者不同，一旦陈述出来，'我'不是把两个'我'压缩成一个我，而是把两个'我'变成了三个'我'"①。他的意思是：在"我跑"这个短句里，有三层主体：一是话语主体"我"；二是言语行为主体"我"，三是被话语表述出来的行为主体"我"。用叙事学的名词来说，它们分别是人物、隐含作者和叙述者。这三层主体中，人物是个特殊的因素，它一方面是主体，在事件中有行动和思考的能力，一方面又是客体，是叙述者叙述的产物，因此，在本章的讨论中，人物基本上被排除在外。这样，本章讨论的叙事主体只剩下隐含作者和叙述者。

---

① 徐岱：《小说叙事学》，中国社会科学出版社1992年版，第66页。另参看张寅德编选：《叙述学研究》，中国社会科学出版社1989年版，第72页。

第一节　从叙述者权威到主体分化

一

西方文论史上，"隐含作者"和"叙述者"的分离，始于布斯1961年出版的《小说修辞学》。60年代，现代小说已成为时代的主潮。现代小说的一个显著特点是作家不直接介入小说，因此不少现代小说家和批评家都主张，作者不应该在作品中品头论足，作者的声音应该从小说中消失。比奇宣告：现代小说最引人注目的事件是"作者的隐退"。卢伯克更认为这才是小说真正起步的地方："直到小说家把他的故事看成一种'显示'，看成是展示的，以至于故事讲述了自己时，小说的艺术才开始。"但就小说的特点而言，作家完全不介入是否可能，布斯对此表示了深刻的怀疑。在他看来，作者可以不在作品中直接露面，但他总是存在于作品中："虽然作者可以在一定程度上选择他的伪装，但是它永远不能选择消失不见。"由此，他提出了"作者"和"隐含作者"的区分。"作者"指实际生活中写小说的那个真人，"隐含作者"是作者在写作时创造了出来的"第二自我"。作者在写作时，"他不是创造一个理想的、非个性的'一般人'，而是一个'他自己'的隐含的替身，不同于我们在其他人的作品中遇到的那些隐含的作者。"显然，对小说来说，重要的是"隐含作者"而不是"作者"。隐含作者"隐含"于小说中，并不明显，它是小说叙述的产物。但"隐含作者"并不等于"叙述者"。"'叙述者'通常是指一部作品中的

'我'，但是这种'我'即使有也很少等同于艺术家的隐含形象。"①布斯的用语比较晦涩，他的意思是：小说是叙述出来的，既然是叙述，就得有"叙述者"；在叙述者之外，还有一个"隐含作者"，它们有时等同，但更多的是不一致。

隐含作者和叙述者的存在，说明了叙事中评价存在的必然性。就隐含作者看，他只是写作时的作者，作者必然具有某种人格。作为人格，它"体现了一系列社会文化形态和文学价值观念，也体现了一系列个人心理特征"。②社会文化形态、文学价值观念和个人心理特征，都难以完全摆脱评价的因素。就叙述者而言，他要想不作评价，只能在小说中表现出某种中立性、公正性或冷漠性，但正如布斯所说：第一，"即使最中立的议论也会暴露出某种信奉"；第二，"在文学中完全公正是不可能的"；第三，即使是冷漠，也是"取决于手头作品的需要"。就这三点看，叙述者无论如何都必须在小说中表现出某种评价的姿态。其一，即使是中立，也会暴露出某种信奉，信奉是一种价值取向。其二，文学不可能完全公正。小说必须选择讲述故事，但"选择了讲述这个故事的小说家不能同时又讲那个故事"，选择要有所衡量、有所取舍，这是一种评价行为。其三，冷漠的态度是由于作品的需要，冷漠可以造成作品的某种美学效果，这同样体现了叙述者的价值追求。因此，布斯断言，无论什么样的小说，"作者的声音从未真正沉默。"③

二

布斯将叙事主体区分为"隐含作者"和"叙述者"，揭示了叙事主体的复杂性。这种复杂性，是现代小说的特点；在传统小说中，情况没这么

---

① 以上引文分别见［美］W·C·布斯：《小说修辞学》，华明、胡晓苏、周宪译，北京大学出版社1987年版，第3、10、23、80、82页。

② 赵毅衡：《文学符号学》，中国文联出版公司1990年版，第210页。

③ 以上引文分别见［美］W·C·布斯：《小说修辞学》，华明、胡晓苏、周宪译，北京大学出版社1987年版，第85、88、92、88、63页。

复杂。传统小说信奉的一个原则是作者权威（其实是叙述者权威，但由于叙事主体没有分化，便没有区分作者和叙述者的必要）。在传统小说向现代小说的转变中，叙事主体发生了变化。

西方的现代小说起源于福楼拜和詹姆斯。在中国，自五四始，叙事方式也发生了较大的变化，传统白话小说转向现代白话小说。

先看西方。在西方传统叙事中，作者即叙述者，叙事是一种全知叙事。全知叙事的重心在故事，作者对故事的一切成竹在胸，对故事的形成、发展、高潮、结局都有自己的安排。整部小说便是在叙述者态度的支配下完成的。因而传统叙事的评价主体往往是单一的。比如巴尔扎克，他虽声称作一个"书记"，记录下社会的种种现象，但他的"《人间喜剧》的构思，大部分是不自然的，是随着他的创作意图的扩大而勉强搞出来的"①，作品成为创作意图的产物，作品中的画面、人物，都服从叙述者的权威。通过《人间喜剧》，巴尔扎克为资产阶级唱了一曲"无尽的挽歌"，整个《人间喜剧》，便是这曲挽歌的华美乐章，没有其他杂音。

到福楼拜和詹姆斯，情况发生了变化。在《包法利夫人》中，福楼拜一反过去"无所不知"的叙述方式，而主要通过爱玛的眼光来描绘外在世界，尽量让叙述者的声音从小说中消失。受福楼拜影响，詹姆斯也注重通过人物的眼光来描绘世界。在他的小说中，重要的不再是事件，而是人物对事件的反映，这样，小说的重心就从传统的外在情节转移到现在的人物的内心活动上来。小说所表现的一切，都要通过人物思想的过滤，叙述者权威"退场"了。正是这种"退场"，造成了叙事主体的复杂化。原因有三：其一，叙述者失去了过去的权威，凸显出人物，这一方面冲淡了叙述者的主体作用，另一方面，人物仍是叙述者叙述出来的，叙述者的作用仍然存在，但由于人物的凸显，这种作用便隐藏到人物背后，显得朦胧。这样，叙述者受制于小说中人物的凸显程度，人物在小说中愈凸出，叙述者声音就愈隐蔽。人物凸显程度在不同的小说中是千差万别的，因而导致了

---

① ［英］卢伯克、福斯特、缪尔：《小说美学经典三种》，方土人、罗婉华译，上海文艺出版社1990年版，第151页。

叙述者的声音千差万别。较之过去的叙述者权威，叙述者复杂化了。其二，人物凸出，使人物声音与叙述者之间的关系发生变化。在传统小说中，人物的声音与叙述者的声音一致，在现代小说中，人物声音可以与叙述者的声音一致，也可以不一致。人物与叙述者之间的关系复杂化了。其三，当小说中存在叙述者权威时，隐含作者和叙述者的区分往往被忽视。叙述者复杂化后，隐含作者与叙述者的区别便要受到相应的注意。叙述者有时与隐含作者一致，有时又背离隐含作者。这样，隐含作者与叙述者之间的关系也复杂化了。

叙事主体从叙述者权威走向主体分化，导致了叙事评价的变化。在传统小说中，人物的声音从属于叙述者和隐含作者的声音，在整体上，小说的评价基调便是叙述者和隐含作者的价值取向；同时，叙述者权威决定了叙述者与隐含作者的基本倾向一致，这样，叙事评价只能是一种单一的评价。在现代小说中，叙事主体分化，人物的声音与叙述者、隐含作者的声音可能不一致，小说由此出现"复调"或"众声喧哗"的现象，从而造成叙事评价的多重性。

三

中国小说的主潮是白话小说。"白话小说来源于'说话'艺术，作者毫不掩饰自己作为叙述者的身份，他时时中断叙述直接与读者说话，使读者感觉他与故事之间始终存在一个叙述者的中介。"[①]表现在叙述格局上，通常出现"说书的""列位""看官"等字眼，小说的叙述者犹如面对听众在讲一个故事，当讲到难以理解的地方，就停下来加以特别的解释和评论，这造成白话小说叙述者两方面的特点：其一，叙述者只是故事的讲述人，而不是故事中的人物，因而这是一种全知叙述。其二，由于叙述者外在于故事，对故事的评价便往往是一种外在的评价，叙述者直接现身，评价很直接，很明显。

---

① 石昌渝：《中国小说源流论》，生活·读书·新知三联书店1994年版，第21页。

到五四，情况有了变化，五四小说完全抛弃了传统白话小说拟书场叙述格局。美国汉学家白之曾指出："1917年至1919年文学革命之后几年发表的小说最惊人的特点倒不是西式句法，也不是忧郁情调，而是作者化身（authorial persona）的出现。说书人姿态消失了，叙述者与隐含作者合一，而且经常与作者本人合一。"①对白之的这番话，可从两方面加以理解，一方面是"说书人姿态消失了"，另一方面是"叙述者与隐含作者合一，而且经常与作者本人合一"。较之传统白话小说，五四小说的叙述者不再是"说书人"，他或者介入故事，成为故事中的人物"我"，如鲁迅的《狂人日记》；或者不介入故事，成为"半显半隐的叙述者"，如叶圣陶的《潘先生在难中》；或者"充分隐身"，小说中几乎找不到任何叙述者的影子，如鲁迅的《示众》。这三种情况，叙述者的声音都不像"说书人"那么明显。叙述者成为人物"我"，小说便是一种"限知叙述"，其叙述者不可能像"说书人"那样随心所欲，可随时对事件进行解释和评论，他必须受他的人物身份制约。"我"可以发表评论，但不能发表"说书人"那种随心所欲的、外在的评论。评论从一个纯然的旁观者和讲述者的评论转向故事中的人物的评论，评论虽然也较明显，但与"说书人"的评论相比，仍有程度之分。"半显半隐的叙述者"，虽然不像介入故事的叙述者那样受身份的约束，但也不可能像"说书人"那样高高在故事之上，因而"叙述者的控制也不可能像'书场格局'中的叙述者那样自诩客观的意义权力"。②他偶尔也作评论，但不会像"说书人"那么频繁。这两种叙述者分别从质上和量上使传统的"说书人"的评论的明晰性渐趋淡化。第三种叙述者，即"充分隐身"的叙述者，他不做任何直接的评论，他只通过某个场面的叙述，间接表达他的看法，这与"说书人"的直接评论有很大差别。"说书人"的判断已被冷静、客观的记录所代替，评论由明显而变得隐晦。

白之的话还有另一方面的内容："叙述者与隐含作者合一，而且经常

---

① 白之:《中国小说的继承与变化》，见［美］西利尔·白之:《白之比较文学论文集》，微周等译，湖南人民出版社1987年版，第155页。

② 赵毅衡:《苦恼的叙述者》，北京十月文艺出版社1994年版，第47页。

与作者本人合一。"这意味着，五四小说中存在一个声音，即叙述者权威，这与西方传统小说的情况差不多。因此，我们说现代西方小说起源于福楼拜和詹姆斯，中国现代小说始自五四的白话小说，"现代小说"的内涵是不同的：在西方，现代小说指打破传统的"全知叙事"的叙述方式的小说；在中国，现代小说基本仍是"全知叙事"，但摆脱了传统白话的"口述"方式，外在的"说书人"的姿态被或隐或显的叙述声音所代替。就叙事评价而言，中西小说从传统向现代的转换，评价变化的侧重点有所不同：西方侧重于从单一评价转向多重评价；中国侧重于从显性评价转向隐性评价。

　　中国出现西方意义上的现代小说，主要是20世纪80年代后的事。70年代末，王蒙便借鉴西方的"意识流"，开中国现代派小说之先河。（但中国的现代派小说不能与西方现代主义各流派之间划上等号）到1985年，扎西达娃《西藏，系在皮绳结上的魂》、马原《冈底斯的诱惑》、刘索拉《你别无选择》等纷纷面世，掀起了现代派小说创作的热潮。80年代中期兴起的先锋小说，是现代派小说的中坚；马原一般被认为是先锋小说的先行者。看马原的小说，有两个特点很明显：一是叙述者的直接介入，二是"叙述圈套"的设置。从这两个特点看，叙事评价都很隐晦。先看第一个特点。《虚构》开头就写道："我就是那个叫马原的汉人，我写小说。"这种叙述方式受中国文言小说的影响很明显。在文言小说中，叙述者有时也直接使用作者的名字。李朝威在《柳毅传》中说："陇西李朝威叙而叹曰：五虫之长，必以灵者，别斯见矣。……愚义之，为斯文。"李朝威的"叹"固然带有评价色彩。但一来这种评价在小说中只是偶尔为之，叙事主体基本上是单一的；二来这种评价不是他的主要意图，他的主要意图无非是想说明故事是真实的，以提高读者的信任感；三来这种评价较明显，一个"义"字，叙述者的倾向便显现出来。在马原的小说中，情况有所不同。一来叙述者经常从故事中跳出来而叙述生活中的马原如何如何，容易使人产生错觉，以为小说中的马原有时候真的就是生活中的马原。叙事主体分化。二来真实作者有时直接取代叙述者，《冈底斯的诱惑》在叙述过程中便出现"作者注""作者又注"的字样，这种"注"，是直接针对叙述者的叙述而发的议论，评价的味道很浓。三来这种貌似明显的评价只是作者的随感，对整个故事的进展无关痛痒，也不必然表达隐含作者的态度，对整篇小说来说，这种看似明显的评价其实根本不是评价，只是叙述的一种手段而已，它们融于小说之中，隐含作者和叙述者的评价要通过整个小说才能显示出来。这样，叙事主体便用表面明显的评价来掩盖实际上隐晦的评价，唯其如此，这种评价隐藏得更深。再看第二个特点。由于叙述者的直接介入，"马原"这个人一会儿是叙述者，一会儿是人物，有时候还俨然是真实作者，他在几个平行发展的故事中来回穿插，让人感到很迷茫，既不知道他要说什么，又不知道到底谁是叙述者，谁是叙述对象，我们在小说中只"看到马原和马原小说中的马原构成了一条自己咬着自己尾巴的蛟龙"[①]。在《冈底斯的诱惑》中，"我"往复交错，使四个几乎独立的故事（猎人穷布与喜玛拉雅山雪人的故事、顿珠顿月兄弟的故事、陆高、陆亮看天葬的故事，老作家的故事）被交叉切割组合，在一个个"叙述圈套"中形成一个相互影响的整体。对叙事主体而言，他应该能通过这四个故事说明点什么。但在小说中，这显然并不重要，重要的是如何将这四个故事写出来。"怎样写"已完全压倒"写什么"，形式本体的倾向很明显。这样一来，叙事主体的评价便被形式的游戏所遮蔽，很难看清楚。因而"叙述圈套"使叙事评价显得很模糊、很朦胧。对文体实验而言，"叙述圈套"也许是一种尝试，但对叙事评价而言，这种尝试的反复运用实在没多大意义。

也许出于对"先锋小说"文体实验的厌倦，1987年，池莉的《烦恼人生》与方方的《风景》与读者见面，"新写实小说"由此拉开帷幕。这些小说的创作方法"以写实为主要特征，但特别注重现实生活原生形态的还原"[②]，因而有些评论家认为新写实小说中不存在叙述者的价值判断，"新写实主义作家不强调乃至放弃了作品的倾向性，'中止判断'成为新写实

---

① 吴亮：《马原的叙述圈套》，《当代作家评论》1987年第3期。

② 《新写实小说大联展·卷首语》，《钟山》1989年第3期。

主义一个响亮的口号。"①但这只能是评论家的一厢情愿，在他们下这些断语之前，没有一个作家发表过类似的见解。《烦恼人生》《一地鸡毛》《一唱三叹》这些题目本身就是价值判断。从本书的立场出发，新写实小说也无法回避叙事评价，只是由于叙事主体的特殊面貌，评价过于隐蔽而已。

新写实小说展示的是人的日常生活，似乎是一种客观冷静的叙说。从叙述者的声音中，看不出他的倾向性；从小说的文本中，看不出隐含作者的身影。从叙述者的声音，看不出他的倾向性，只能说叙述者对叙述的内容不作判断，但他在选择内容之前，必须要有取舍判断，因而，叙述者的评价仍然存在，只是这种评价不是对具体叙事的评价，而是对叙事选择的评价。《烦恼人生》选择印家厚一天繁琐的生活流程作为叙述对象，便传达了叙述者对生存艰难的喟叹。从小说的文本中，看不出隐含作者的身影，可以有两种解释。其一，这证明隐含作者与叙述者合而为一。依叙事学理论，当隐含作者与叙述者一致时，便有可能出现叙述者权威，这种可能性关键取决于人物是否与叙述者和隐含作者保持一致。如果一致，便是叙述者权威；如果不一致，人物的声音与叙述者和隐含作者的声音便有所冲突，形成"复调"。新写实小说是客观叙事的产物，叙述者只是客观地展示一幅原生态的图画，无力使人物服从自己的意愿，因而，不可能是叙述者权威。（这与"自然主义"有所不同）同时，新写实小说的人物固然有自己的声音，但叙述者和隐含作者对此却不置可否，因而无法形成"复调"。这样看来，第一种解释行不通。其二，这说明叙述者的叙述是一种"冷面"叙述。"在'冷面'叙述中，作者的第二自我（隐指作者），与叙述者不可能一致"②，但隐含作者体现出来的人格是某种普遍接受的价值观念，这时候，叙事评价便主要取决于叙述者的态度。他既可以赞成隐含作者的价值观念，与隐含作者合而为一；又可以反对隐含作者，表达自己的倾向；还可以既默认隐含作者，又有自己的观点。新写实小说的叙述

①丁永强：《现实主义与新写实主义》，《文艺理论研究》1991年第4期。

②赵毅衡：《当说者被说的时候——比较叙述学导论》，中国人民大学出版社1998年版，第43页。

采取的是第三种态度。方方《风景》中的七哥，为了摆脱环境的逼迫，抛弃了原来的恋人，与一个大自己 8 岁而又丧失生育能力的高干女儿结了婚，他并不讳言自己的选择主要是因为女方父亲的权力；他的选择使他成为团省委的干部。从隐含作者认同的道德角度看，七哥应受到谴责，但在叙述者看来，他的不择手段，也是环境逼迫的结果，他的以恶抗恶，应值得同情。这其中的是非善恶很难判断，因此，叙述者既默认隐含作者对七哥的道德谴责，又坚持自己对七哥的同情态度。谴责和同情互消，使小说看起来似乎既没有谴责，也没有同情，只是七哥行为的实录报告。实际上，谴责和同情的双重评价就寓于实录之中。

本章花不少篇幅论述了先锋小说和新写实小说中评价的主体因素，主要有两个目的。一个是想说明，先锋小说和新写实小说的叙事主体仍是分化的，叙事评价既隐蔽又复杂。另一个是想说明，前些年评论界对先锋小说只推崇"文体实验"而拒谈人文精神，对新写实小说只重视其"从情感的零度开始写作"的特点而忽视叙事主体的价值取向，都是不足取的。文学是人学，它应该反映生活，引导生活，对不同的人生道路和人生价值进行评判，从而陶冶人生情操，促进生命升华和社会前进。如果只讲形式实验和冷静客观，有可能将创作引向误区。

第二节　评论介入

一

布斯在论及"菲尔丁的模仿者"时说:"一个介入的作者必须以某种方式令人感到有趣",在论及"形式整一性"时又说:"在全知的或不可靠的介入性叙述者的历史上,我们发现了几百种著作"①,这说明在小说中存在"作者介入"和"叙述者介入"的情况,但叙述由叙述者控制,作者不可能直接介入叙事,因此所谓的"作者介入"实际上不存在,存在的只是"叙述者介入"。

叙述者介入至少有两种:对叙述形式的介入可称为指点介入;对叙述内容的介入可称为评论介入②。评论介入主要指叙述者在叙述过程中发表议论。关于议论,米克·巴尔指出:"议论性的本文段落并不涉及素材的一个成分(过程或对象),而是涉及到一个外部的话题。"即不是涉及素材本身,而是涉及对素材的看法。在她的叙事学体系中,素材指事件、行为者、时间和场所,议论既包括对这四者的看法,又包括除它们以外的知识性陈述:"我们可以将任何涉及到素材以外的某些一般知识的陈述看作

---

① [美]W·C·布斯:《小说修辞学》,华明、胡晓苏、周宪译,北京大学出版社1987年版,第245、247页。

② 赵毅衡:《当说者被说的时候——比较叙述学导论》,中国人民大学出版社1998年版,第29页。

'议论性'的。"①显然,这种"议论"观过于宽泛,对叙述者的评论介入意义不大。相比之下,倒是里蒙－凯南的观点更让人信服。她认为评论"可以是关于故事的,也可以是关于叙述的",同时,它还包括对人物的评论。②在我们看来,"评论介入"主要有两方面的要点:一是"评论",指叙述者对人物、故事和叙述的看法。二是"介入",指叙述者在叙述过程中插入自己的见解,这种插入一般是插在叙述语流之中,如果插在人物话语中则很不协调。

对叙事而言,评论介入是必要的。对口头叙事而言,它是拟书场格局的必然产物。一来它可方便叙述者对人物和事件发表评论或进行说明。二来可造成一种亲近感:评论介入可使听众感觉叙述者与故事融为一体,而听众和叙述者处于同一场所,从而缩小听众和故事的距离,增强故事的可信度和可听性。对文学叙事而言,评论介入是叙事的一种手段,是叙述者声音的重要表征。当人物或场面不适宜直接表达某个价值观念或思想倾向时,或者人物对自身认识不清时,叙述者便"出场"了。正如菲尔丁所言:"由于我无法请我的任何一个演员来说,所以我被迫自己宣布。"③

二

评论介入因评论对象、介入方式的不同而有所不同。综合里蒙－凯南的观点,叙述者评论的对象可包括人物、故事和叙述。本章以此为依托进行分析,但在具体评述时,对某些观点又加以必要的修正和补充。

里蒙－凯南沿袭查特曼的观点,将"人物的识别"和"人物的定论"与"评论"并列为叙述者的"可感知度"。"人物的识别"通常用于人物介绍,如"爱玛·伍德豪斯,漂亮、聪明而且富有",如果说"富有"是一

---

① [荷]米克·巴尔:《叙述学:叙事理论导论》,谭君强译,中国社会科学出版社1995年版,第149页。

② [以色列]里蒙－凯南:《叙事虚构作品》,姚锦清、黄虹伟、傅浩、于振邦译,生活·读书·新知三联书店1989年版,第175—179页。

③ [美]W·C·布斯:《小说修辞学》,华明、胡晓苏、周宪译,北京大学出版社1987年版,第190页。

种事实，"漂亮、聪明"则既可以是事实，又可以是叙述者对这一事实的认同（评论）。但是，"人物的识别"中的评论未必是插入式的，叙述者一般事先就了解人物（如上文所引对爱玛的介绍），因而不能断言它一定是"评论介入"。"人物的定论则还暗示出叙述者所作的某种抽象、概括和总结，以及他希望把这样的鉴定当作权威的人物刻画表现出来的一种意愿。"①洪峰《重返家园》中有一段话："我今年三十一岁。以我这个年纪去回忆自己的过去，可想而知不会有什么可歌可泣惊心动魄感人至深的事迹。如果说还能引起更年轻些的朋友们的阅读兴趣，那只能是我自己的一部分感情生活了。我想说明的是：我的感情生活不会比大家的更有意思，但肯定会有所不同。"这段话既割断了叙事语流，是明显的叙述者介入，又是对"我"三十一年的总结和评定，差不多是在陈述事实。这样的评论可称为认知性评论。对人物的评论介入，更多的是里蒙－凯南未曾言及的"讽刺"。讽刺是指叙述者用比喻、夸张等手法对人物进行揭露或嘲笑。对人物的讽刺往往是在介绍人物的行动或外貌后，叙述者从叙述语流中跳出来，以调侃的语气，来形容一番。比如《围城》写高松年出尔反尔，将方鸿渐降为副教授后，方鸿渐前去询问，高松年便即兴演戏。此时，叙述者突然插入一句："他没演话剧，是话剧的不幸而是演员们的大幸"，极言高松年老于世故、精于骗人。

在里蒙－凯南看来，"评论可以是关于故事的，也可以是关于叙述的"②。将故事和叙述明确区分出层次，是热奈特影响的结果，也是查特曼《故事与话语》的基本原则，已为叙事学界普遍接受。

关于故事的评论，主要有两种，一种是解释性评论，一种是判断性评论。解释性评论"是指叙述者对故事梗概或某一故事环节的意义及相关内容加以阐释"。③这个故事梗概或故事环节是小说中的人物不便或不可能解

① ［以色列］里蒙－凯南：《叙事虚构作品》，姚锦清、黄虹伟、傅浩、于振邦译，生活·读书·新知三联书店1989年版，第176页。

② ［以色列］里蒙－凯南：《叙事虚构作品》，姚锦清、黄虹伟、傅浩、于振邦译，生活·读书·新知三联书店1989年版，第177页。

③ 罗钢：《叙事学导论》，云南人民出版社1994年版，第228页。

释，而又不得不向读者交代清楚的叙事因素。布斯所说的评论者"最明显的任务是告诉读者他不能轻易从别处得知的事实"①，主要便是讲解释性评论。解释性评论主要是对故事所进行的解释。《冈底斯的诱惑》讲完穷布的故事后，叙述者说道："现在你们知道了，穷布遇到的是野人；也叫喜玛拉雅山雪人。这是个只见于新闻栏的虚幻传说；喜玛拉雅山雪人早已流传世界各地，没有任何读者把这种奇闻轶事当真的。"很明显，前一句话是侧重解释穷布的故事，后一句话则侧重对此加以评论。从这一评论中，可看出叙述者是用社会成规（一般不相信有野人）来解释故事的离奇（穷布遇到野人），"一般解释性评论正是试图用社会上大家都同意的规范来解释情节中的离奇行为"②。解释性评论的对象是故事，但里蒙－凯南认为，"解释常常不仅提供关于直接对象的信息，而且也提供了关于解释人自己的信息"③，这固然不错，但"关于解释人自己的信息"与故事已不在同一层面。既然将解释性评论规定为对故事的评论，就不宜再包括对解释人的评论。

与解释性评论侧重于解释不同，判断性评论侧重于评价。判断性评论"是叙述者依据某些外在的价值、信仰、道德准则对故事中人物或事件的评价"④，判断可揭示出叙述者的道德立场。有论者指出："判断性评论绝大部分是就道德问题发言，文学作品中所写的人和事，毕竟大多数是社会性的，逃不脱道德判断。即使是向现行规范挑战的作品也是道德性表意活动。"⑤判断性评论，在中国古代话本小说中较常见。叙述者一般先说明某种道德教训，然后展开故事，对此加以验证。《拍案惊奇》卷二十五《赵司户千里遗音，苏小娟一诗正果》讲这样一个故事：钱塘名妓苏盼奴，爱

①［美］W·C·布斯：《小说修辞学》，华明、胡晓苏、周宪译，北京大学出版社1987年版，第191页。

②赵毅衡：《当说者被说的时候——比较叙述学导论》，中国人民大学出版社1998年版，第38页。

③［以色列］里蒙－凯南：《叙事虚构作品》，姚锦清、黄虹伟、傅浩、于振邦译，生活·读书·新知三联书店1989年版，第178页。

④罗钢：《叙事学导论》，云南人民出版社1994年版，第229页。

⑤赵毅衡：《苦恼的叙述者》，北京十月文艺出版社1994年版，第54页。

上太学生赵不敏，资助他发愤读书，赵终于功成名就，任襄阳府司户之职。但盼奴仍在娼，赵不敏想将她落籍，事未成却相思而死，临终托付兄弟将积蓄的一半给盼奴，并让其弟娶盼奴之妹为妻。兄弟到钱塘后，才发现盼奴也因相思而死，其妹被陷入狱。后救其妹出狱，结为夫妻。叙述者在故事开始前，先对"娼家"的起源进行解释性评论，寥寥几句后，便是大段的判断性评论："做姊妹的，飞絮飘花，原无定主；做子弟的，失魂落魄，不惜余生。怎当得做鸨儿、龟子的，吮血磨牙，不管天理……而今小子说一个妓女，为一情人相思而死，又周全所爱妹子，也得从良，与看官们听。见得妓女也有好的。"这段评论在小说的开头，但明显是叙述者插入的评论。它充满道德说教，其标准是社会成规，小说对娼家、子弟、鸨儿的看法，与世俗无二；最后一句"见得妓女也有好的"预设了一个前提，即妓女一般不是好的，这也是社会的普遍看法。同时，小说的评论是针对故事而发的，它看似泛泛而谈，其实与故事暗合。

关于叙述的评论和关于故事的评论不同，"它所涉及的不是那个再现的世界，而是如何再现这个世界的各个问题。"[1]这种评论是叙述者对叙事话语本身的评论，叙事话语是叙述者的话语，故这种评论可称为自我意识评论，即元叙事[2]。在热奈特看来，"元叙事是叙事中的叙事"，但前缀 meta（元）表示"在……后"或"超越……"，因而元叙事的定义应与热奈特的正好相反，它是谈论叙事的叙事。热奈特自己也表示："不过应当承认这个术语的用法正好与其逻辑学和语言学的范例相反……但我认为不如把最简单和最通用的名称留给第一度，并因此颠倒嵌合的前后关系。"[3]根据习惯，有必要将热奈特"颠倒"的关系再颠倒过来。这样，"如果一部虚构的叙事作品诉诸叙事行为本身及其构成要素"，它就可以称为元叙事[4]。

---

① [以色列]里蒙－凯南：《叙事虚构作品》，姚锦清、黄虹伟、傅浩、于振邦译，生活·读书·新知三联书店1989年版，第179页。

② 罗钢：《叙事学导论》，云南人民出版社1994年版，第230页。

③ [法]热拉尔·热奈特：《叙事话语　新叙事话语》，王文融译，中国社会科学出版社1990年版，第158页。

④ 罗钢：《叙事学导论》，云南人民出版社1994年版，第230页。

马原的《旧死》有这样的评论:"那些看惯了我东扯西拉的老读者,请不要在这里抛弃我,这一次我至少不是东扯西拉,我是认真地做一次现实主义实践,请一行一行循着我的叙述读下去,我保证你不会失望,正儿八经的,就这么说行了吗?非常感谢。"叙述者对自己的叙述满怀信心,吁请读者注意。这和故事本身没有关系,但却是叙事话语的必要成分,它暴露出叙述的人为性。

三

以叙述者声音的显隐为尺度,评论介入可以有多种方式。现撮次如后:

第一种,公然的介入。指叙述者对故事、人物或叙述直接发表评论,篇幅一般比较长。它既可以是小说中楔子的说明,也可以是小说结尾的"卒章显志",还可以是小说中叙述者的感想。上文提到的《赵司户千里遗音,苏小娟一诗正果》中的长篇评论,便可视为楔子的说明。从《左传》开始的"君子曰",经过《史记》的"太史公曰",到《聊斋志异》的"异史氏曰",都是"卒章显志"的典型表现。小说中的公然评论更为常见,如萨克雷《名利场》第十章,叙述者描述了丽贝卡性情的变化后,发表评论:"我们的丽贝卡采用了谦恭顺从的一套新作法,这究竟是否出于真心还有待于观望她往后的历史。对于年仅21岁的人来说,要常年累月地弄虚作假,一般难免露出破绽。然而,读者一定还记得,我们的女主角虽然年龄不大,却阅历丰富、经验老到。如果读者到现在还没有发现她是一个非常聪明的女人,那我们的书就白写了。"在这种介入中,叙述者过于显身,且为时较长,因而打断了故事的叙述流程,使评论介入显得很醒目。

第二种,按语和脚注。在叙述过程中,叙述者采用按语和脚注的方式,对自己的叙述进行评论,因而这种做法属元叙事。由于按语和脚注通常是真实作者做出的,它给人的错觉是真实作者似乎也介入了叙述。梁启超《新中国未来记》第四回,一位老人讲述俄国入侵满洲,叙述者加了按语："著者案：以上所记各近事，皆从日本报纸中插来，无一字杜撰，读者鉴之。"关于脚注，里蒙－凯南举过一例子："五代，二十八个人，九百零八年，这就是当瓦特开始为诺特先生效劳时林奇家值得骄傲的历史记载。[1] [1] 这里的数字不准确。所以后面的计算是错上加错。"①按语和脚注都是明显的介入，但由于其篇幅不长，又不是对人物或故事的直接评论，故给人的印象一般不如公然介入那样深刻。

第三种，诗赞和词赞。这是中国白话小说常用的介入方式。叙述者用"有诗为证""有词为证"之类的形式对人物、故事进行评论。这种介入的明显，首先在于文体风格的断裂：散文化的叙事语流中突然冒出来的韵文，使叙述者的声音异常清晰。不过，诗赞或词赞因"有诗为证""有词为证"而显出一种有机性，好像诗词不是叙述者自己强加上去的；当引用的诗词是别人的成句时，这种倾向更明显。这种评论介入，叙事语流也被打断，但总体上看它不如前面两种介入那样明显。

最重要的介入方式是第四种，即隐性介入。隐性介入的叙述者不直接出面，他的评价隐含在叙事中。小说中可以没有前面三种介入，却不能没有隐性介入。隐性介入可通过多种方式来实现。

其一，半隐半显式介入。这种介入在书的标题中便可见到，如《忠义水浒传》《三侠五义》等。忠义、侠、义等都是叙述者评价的结果，但给人的感觉似乎忠义、侠、义等本就是一种事实，叙述者只是将这种事实叙述出来而已。然而任何客观的故事，本身都不可能有所褒贬，褒贬必然是叙述者加工的结果。在回目中也可见到这种介入，如《红楼梦》的"薄命女偏逢薄命郎"，"薄命"便是叙述者的声音。在故事叙述中，这种评论介入常常很短，短到只有一句、半句甚至一个词。《李自成》中这种例子较多，如"李自成镇定而威严地向全场慢慢看了一遍。奇怪，仅仅这么一看，嚷声和谩骂的声音落下去了……"其中，"奇怪"便是评论介入，但夹在叙述语流中，非常自然。半隐半显式介入的特征是在一句话中，既有

①［以色列］里蒙－凯南：《叙事虚构作品》，姚锦清、黄虹伟、傅浩、于振邦译，生活·读书·新知三联书店1989年版，第180页。

人物的声音，又有叙述者的声音。《李自成》中有这么一句话："刘仁达被李自成这种威武不能屈的英雄气概和毫无通融余地的回答弄得无话可说……"刘仁达是来劝降的，"毫无通融余地"是他对李自成的看法，"威武不能屈的英雄气概"不可能是他的评价，只能是叙述者的评价。叙述者把自己的评价直接加在人物的叙述上，显得很自然。

其二，叙述者通过人物来介入叙事。此时，叙述者不直接将自己对人物或事件的看法说出来，而是通过人物之口说出来。《红楼梦》第二回便通过"冷子兴演说荣国府"将叙述者的看法表达出来。冷子兴所说的"如今的这荣宁两门，也都萧疏了，不比先时的光景"和"如今的儿孙，竟一代不如一代了！"，其实正是叙述者的感慨之辞，但通过人物来表达，似乎这些言语只是人物的感叹，与叙述者无关。这样，叙述者就隐藏在人物的背后。

其三，叙述者通过象征来介入叙事。叙事中的象征形象一般比较具体生动，表面上看，叙述者只是在描绘某一形象，并没有对这一形象进行评价。但形象之所以有象征性，正是由于形象一般都有某种言外之意，这种言外之意，是叙述者赋予作品的，它比较隐晦，只有通过象征的解读才能看出来。《老人与海》中的"老人"形象很鲜明，叙述者也没有直接对"老人"表示赞美。但人们读完作品后，又明显能感觉到"老人"这一形象之中蕴含着作者的赞美。"老人"绝不仅仅是个老人，他还是力量、崇高、伟大等等的象征。通过"老人"这一象征形象的塑造，叙述者将自己的赞美之情表达出来。

其四，叙述者通过暗含的讽刺来介入叙事。叙事中讽刺的情形大量存在，但有的讽刺，是叙述者直接出面完成的，叙述者的介入是明显的。但有时候，叙述者还可以在叙事时不动声色地暗含讽刺，表面上看，叙述者是在陈述某一事实，实际上，讽刺就暗含在事实的陈述中。《傲慢与偏见》第一卷第二十三章中有这样一段话："在威廉爵士尚未告辞之前，贝内特太太恼怒之极，气得说不出太多的话来。可他一走，她的情绪马上就发泄了出来。第一，她坚持不相信整个这回事；第二，她十分确信柯林斯先生上了当；第三，她相信他们在一起永远也不会幸福；第四，这个婚约也许会被解除……"这段话看起来只是在陈述贝内特太太的不满之情，叙述者本人并没有对此发表意见，但仔细阅读，可以发现陈述之中暗含着叙述者的讽刺。贝内特太太一方面"坚持不相信整个这回事"，一方面又"十分确信柯林斯先生上了当"，这种实际上的自相矛盾又通过表面上合乎逻辑性的"第一""第二"表示出来，二者之间形成强烈的反差，突出了贝内特太太对女儿婚事干预失败后的自相矛盾的心情，字里行间暗含了叙述者对贝内特太太的嘲讽之情。[1]

其五，叙述者通过特定的语调来介入叙事。这种介入一般从一句话上看不出来，要联系上下文才能推出来。在特定的语境中用特定的语调来叙事，叙述者即使不直接介入叙事，特定的语调仍能表达出叙述者的某种态度。《变形记》中的格利高尔变形后听到自己的妹妹的琴声，他想仔细欣赏，小说写道："他决心再往前爬，一直来到妹妹的眼前，好拉拉她的裙子让她知道，她应该带了小提琴到他房间里去，因为这儿谁也不像他那样欣赏她的演奏。他永远也不让她离开他的房间，至少，只有他还活着……"这段话只是格利高尔的内心独白，但联系上下文语境，这种抒情中夹带沉痛的语调，将这个不幸的孤独者的苦闷和渴求表达出来，流露出叙述者对格利高尔深刻的同情。

其六，叙述者通过场面的描绘来介入叙事。这种介入最为隐蔽。表面上看，叙事只是在呈现某一场景，与叙述者毫无关系。但是，到底呈现什么样的场景，又只能是叙述者选择的结果，叙述者通过展示自己选择的场景，将自己的看法含蓄地表达出来。《示众》选择"示众"这一场面，通过看客们的麻木和好奇心，将叙述者的悲愤和批评深沉地表现出来。同时，貌似"客观"的展示使小说整体上呈现出一种"冷峻"的风格，这种"冷峻"，正是叙述者所追求的美学效果，正是叙述者介入叙事的一种表现形式。

① 对这段话的具体分析见申丹：《叙述学与小说文体学研究》，北京大学出版社1998年版，第233—239页。

西方自19世纪末开始，便要求尽量避免评论介入。福楼拜说："一个人对一件事感受得越少，他就越可能按它真正的样子去表达它。"①但是，评论介入的方式多种多样，显性方式或许可以抛弃不用，隐性方式则不可能完全回避。评论介入不可避免。

---

① ［美］W·C·布斯:《小说修辞学》,华明、胡晓苏、周宪译,北京大学出版社1987年版,第75页。

第三节　叙述可靠性

　　叙述主体分化后，隐含作者和叙述者便可以有各自的评价，这就出现了一个问题，即叙述可靠性。叙述可靠性主要指叙述者的可靠性。当叙述者与隐含作者一致时，叙述者是可靠的，反之，则是不可靠的。叙述者从评论介入可以看出来，隐含作者却是一个麻烦的问题。

　　布斯指出隐含作者的存在，意义是巨大的，但他遗留了两个问题：其一，隐含作者与真实作者的关系如何？其二，如何界定隐含作者？对第一个问题，英国文体学家利奇和肖特认为二者并无实质区别："除了通过作者创作的作品，我们一般无从了解现实中作者的想法。"罗杰·福勒则认为不能完全脱离作者的经历来理解作品。他以创作原则为基础，试图将隐含作者的概念拓宽，以涵括真实作者，"文本的结构在一定程度上界定了它的'作者'。"但福勒的良好愿望不可能实现，原因有两点。首先是从文本出发，只能推出隐含作者，无法界定真实作者；其次，他赞成巴特的观点，认为文本一旦写成，就完全脱离了作者，这与联系作者理解作品相矛盾①。我认为，隐含作者既与真实作者有所区别，又不能与真实作者毫无关系，它毕竟是真实作者的"第二自我"，与真实作者有千丝万缕的联系。明白了隐含作者是真实作者的"第二自我"，也就解决了第二个问题，即隐含作者是一个或多个真实作者写作时的执行者，它的价值观是真实作者置于文本中的。隐含作者只有一个。

　　明白了隐含作者的来由，就可以比较隐含作者和叙述者的评价是否一

---

　　① 申丹：《叙述学与小说文体学研究》，北京大学出版社1998年版，第230—231页。

致，进而确定叙述可靠性。由于隐含作者的价值观是真实作者赋予的，而真实作者的价值尺度又受到社会的制约，因此，考核叙述是否可靠，就"有一个基本的法则，即：以社会——读者与研究者的平均态度(社会平均值)为取舍标准。这种平均值，一般说，与隐含作者的价值取向基本上是一致的"。①叙述可靠性不外乎两种：可靠叙述和不可靠叙述。

可靠叙述，指叙述者的声音与隐含作者的声音一致。"可靠的叙述者的标志是他对故事所作的描述评论总是被读者视为对虚构的真实所作的权威描写。"②在全知叙述中，叙述者具有上帝般的权威，因而"一般享有以常规程式为基础的绝对可信性"。③全知叙述其实就是叙述者权威的叙述，此时叙述者与隐含作者之间没有距离，叙述自然可靠。

既然叙述可靠性的标准是"社会——读者与研究者的平均态度"，叙述者要想自己的叙述可靠，就应该尽量获得读者的认同和支持。这一目标可以用道德判断控制全部叙述来加以实现。叙述由道德判断加以控制，容易使人物带上太多的道德色彩，成为时代精神的传声筒，从而使人物脸谱化。"三突出"的作品便是如此。人物脸谱化，叙述者对人物的理解符合读者的理解，叙述因而可靠。人物脸谱化的方法之一是让人物的名字带上叙述者的评论。《水浒传》中人物的绰号有时便带上了叙述者的评论，如"及时雨宋江"等。到晚清小说，出现了以叙述者评论的谐音给人物取名的情况，如《官场现形记》中的陶子尧，在小说中不负责任地逃之夭夭，刁迈鹏，在后文果然出卖朋友。人物的名字与其行为一致，读者易于相信，叙述显得可靠。④

叙述者和隐含作者保持一致，还有一个直接的办法，即叙述者直接发表评论，而这些评论又符合隐含作者的价值取向。《孔乙己》中有这一样一句话："孔乙己是这样的使人快活，可是没有他，别人也便这么过。"叙

---

① 王彬：《红楼梦叙事》，中国工人出版社1998年版，第65页。

② [以色列]里蒙－凯南：《叙事虚构作品》，姚锦清、黄虹伟、傅浩、于振邦译，生活·读书·新知三联书店1989年版，第180页。

③ 申丹：《叙述学与小说文体学研究》，北京大学出版社1998年版，第234页。

④ 赵毅衡：《苦恼的叙述者》，北京十月文艺出版社1994年版，第74页。

述者公开的评论，与隐含作者的基本取向一致，《孔乙己》的叙述者是可靠的。

可靠叙述的情况比较简单，不可靠叙述则复杂得多。它可以通过多种方法来实现。

其一，是叙述者成为人物。人物一方面由于他在事件中的位置而使自己的视野受到限制，从而造成自己的叙述不可靠。另一方面，更为重要的是，人物的感情与事件息息相关，人物在感情的支配下，以"有色眼光"来叙事，叙事带上浓重的感情色彩，很难公正。韩南在《鲁迅小说的技巧》中指出："在《伤逝》中，那个叙述者尽管满心悔恨，却并没有在道德上和感情上公平对待被他抛弃的子君"，他"并没有特别说谎，但却都没有充分地反映事实，也没有真正凭良心说话"。①他的叙述并不可靠。

其二，叙述者的"价值体系有问题"，是指叙述者的价值体系与隐含作者的价值体系有所差异。"叙述者的道德价值观如果和作品的隐含作者的道德价值观不吻合，就可以被认为是值得怀疑的。"②可以说，道德差异是造成不可靠叙述的主要原因之一，因为小说的评价主要是道德观，布斯便说过"作者对非人格化、不确定的技巧选择有着一个道德尺度"③。如果叙述者在道德上与社会认可的一般标准（这代表着隐含作者的道德观）相差太远，叙述便是不可靠的。余华《现实一种》的叙述者以欣赏的态度写血淋淋的死亡场面和解剖场面，与一般的道德要求相去太远，这种叙述只能是不可靠叙述。

以上两种方法是从叙述者与隐含作者的差异入手。叙述不可靠有时也可直接从叙述者的声音中看出，而不需要与隐含作者进行比较。这就是反讽。反讽与讽刺不同：讽刺是叙述者就某一情况进行正面的夸张；反讽是

---

① [美]韩南：《韩南中国小说论集》，王秋桂等译，北京大学出版社 2008 年版，第 374 页。

② [以色列]里蒙－凯南：《叙事虚构作品》，姚锦清、黄虹伟、傅浩、于振邦译，生活·读书·新知三联书店 1989 年版，第 182 页。

③ [美]W·C·布斯：《小说修辞学》，华明、胡晓苏、周宪译，北京大学出版社 1987 年版，第 433 页。

正话反说或反话正说。反讽时，叙述者非常清楚自己在说反话，按照布鲁克斯的说法，即"语境对于一个陈述语的明显的歪曲"①。《红楼梦》叙述者对贾宝玉的某些评价便可视为反讽。《红楼梦》第二十九回写道："原来宝玉生成来的有一种下流痴病，况从幼时与黛玉耳鬓厮磨，心情相对，如今稍知些事，又看了些邪书僻传，凡远亲近友之家所见的那些闺英闱秀，皆未有稍及黛玉者，所以早存一段心事，只不好说出来。"这段话中的"下流痴病""邪书僻传"是贬斥之词，但《红楼梦》叙述者对宝玉的态度，又始终是同情的。叙述者说这些话时，对宝玉的性格是肯定的，对他看《四书》《五经》之外的书也持赞扬的态度，因而这些话是正话反说，是反讽，其叙述是不可靠的。反讽叙述的不可靠虽然不需要与隐含作者比较就可得知，但究其根底，仍由叙述者与隐含作者之间的差异造成。反讽叙述者的真实意图与隐含作者的价值取向基本重合，反讽的表面叙述与叙述者的真实意图相反，其实就是与隐含作者的价值取向相反，从而造成不可靠叙述。

反讽是叙述者故意制造与自己真实意图不同的价值取向，是在积极地制造不可靠叙述。叙述者也可以消极地制造不可靠叙述，即叙述者对一些事件和人物，不做任何道德上的评判和价值上的裁定；而隐含作者对一切事件和人物都有自己的评判，这样，叙述者与隐含作者拉开了距离，形成不可靠叙述。《红楼梦》中的贾政是一个没有任何办事能力的官僚，但叙述者对他没有任何评论，这样叙述出来的贾政与隐含作者心目中的贾政是否是同一个贾政，就值得怀疑。

叙述不可靠，归结一点，就是叙述者与隐含作者之间存在差距。这种差距，在作品中可由各种因素来表明，里蒙－凯南总结了这些因素："当事实和叙述者的观点相矛盾时，叙述者的观点就被判定是不可靠的（……）；当行动的结果证明叙述者错了的时候，叙述者对以前的事件的报道的可靠性就会重新遭到怀疑；当其他人物的观点和叙述者的观点总是冲

① ［美］克利安思·布鲁克斯：《反讽——一种结构原则》，袁可嘉译，赵毅衡编选：《"新批评"文集》，天百花文艺出版社2001年版，第379页。

突时，读者头脑中就会产生怀疑；当叙述者使用的语言含有内在的矛盾、模棱两可的形象和类似现象时，这种现象就会产生一种反作用，破坏这种语言的使用者的可靠性。"[1]

叙事评价是叙事主体活动的结果。本章从三方面对叙事主体进行了分析：从叙述者权威到主体分化是论述叙事主体在文学演化中的纵向发展；评论介入是分析叙事主体在文本层面的横向展开；叙述可靠性是对叙事主体本己性质的追问。这三个方面的分析有助于对叙事主体的全面把握，从而更好地认识叙事评价。在考察叙事评价的主体因素之后，我们可以进一步考察叙事主体如何将评价渗透进叙事形式之中，由此，我们转向对叙事评价的形式分析。

① [以色列]里蒙－凯南:《叙事虚构作品》,姚锦清、黄虹伟、傅浩、于振邦译,生活·读书·新知三联书店1989年版,第182—183页。

第二章

叙事评价的形式层面

叙事学的主要功绩在于其对文本形式的详尽分析，在我看来，这些形式分析中也很难完全摈弃叙事评价的成分。叙事学的形式分析主要有叙事人称、叙事聚焦、叙事方式、叙事时空等方面的内容，下面就从叙事评价的角度出发，对这几个方面进行讨论。需要指出的是，如上文所说，叙事评价的主体因素主要有隐含作者和叙述者，但隐含作者只是写作时的作者，是作者在文本中表现出来的第二"自我"，很难说与现实世界毫无关系；只有叙述者才完全归属于文本世界。因此，在形式层面的讨论中，叙事评价主要是指叙述者的评价。

第一节　叙事人称

对叙事评价而言，叙述者与所述事件的位置关系颇为重要：就叙述的事件看，叙述者的位置不同，事件的情形也不一样；就叙述看，叙述者的位置不同，叙述效果便有所差异。叙述者所处的位置，一个明显的标志便是叙事人称。热奈特指出：人称即"叙述者与他讲述的故事之间的关系"①。叙事作品离不开叙事人称，本节拟从叙事评价的角度出发，对叙事人称进行探讨。

一

叙述者叙述时，首先遇到的一个问题便是人称问题，现代小说的重要标志是产生了"人称意识"②。但自20世纪中叶以来，人称"在叙事理论中的重要性却一落千丈"③。布斯在论及"人称"时指出："也许被使用得最滥的区别是人称。说出一个故事是以第一人称或第三人称来讲述的，并没告诉我们重要的东西，除非我们更精确一些，描述叙述者的特征如何与特殊的效果有关。"④第一人称叙述者和第三人称叙述者都不能必然代表隐

---

① [法]热拉尔·热奈特：《叙事话语　新叙事话语》，王文融译，中国社会科学出版社1990年版，第249页。

② 徐岱：《小说叙事学》，中国社会科学出版社1992年版，第274页。

③ 罗钢：《叙事学导论》，云南人民出版社1994年版，第167页。

④ [美]W·C·布斯：《小说修辞学》，华明、胡晓苏、周宪译，北京大学出版社1987年版，第168页。

含作者的真实意图，因而人称的区别"并非通常人们宣称的那么重要"[①]。布斯的理由固然不错，但他的结论却未免武断。当我们对人称分析得"更精确一些"时，也许就是另外一种情形。

人称无非有三种：第一人称、第二人称、第三人称[②]。小说中常用的是第一人称和第三人称。第一人称叙事，"我"可以是事件中的主人公，也可以是一个旁观者和见证人。不论"我"是事件的主人公还是旁观者和见证人，"我"都受第一人称的视野限制，不能进入别人的内心世界，不能叙述自己看不到的事情，但"我"可以看到我所能看到的一切，并带上自己的情感，这使得叙述很充实，也很动人。

第一人称叙事，由于"我"的视野受到限制，"我"所看见的不可能是全面的情况，但由于"我"在场，"我"所看见的又的确是事实。正是这种情况，导致第一人称叙事评价的复杂性。当"我"是故事外的见证人时，故事是"我"亲眼所见，亲耳所闻，它是可信的，"我"的感想和看法也是针对可信的故事而发的，所以它们有坚实的基础，叙事评价基本上可靠。同时，由于"我"在叙述时，投入了一定的感情因素，使叙事评价带上较浓的主观色彩，这种主观色彩由可信的故事引发而来，它一般不会引起人们的猜疑，显得自然亲切。《孔乙己》通过小伙计"我"来叙述，"我"所看到、听到的孔乙己，是一个寒酸、穷困而又善良的读书人形象，他既是别人打趣的对象，又对别人的生活无关紧要，由此出发，第一人称叙述者发出了"孔乙己是这样的使人快活，可是没有他，别人也便这么过"的沉痛之语。这样的评价是对孔乙己实际生活的写照，真实而自然。当"我"是故事中的主人公时，情况有所不同。"我"是故事的主人公，故事是围绕"我"展开的，"我"的一举一动，对故事的发展都有影响。当故事发展于"我"不利时，"我"会竭力避免自己所受的伤害，并力图改变故事的发展方向和进程。因此，"我"在叙述时就要为自己的行

①［美］W·C·布斯：《小说修辞学》，华明、胡晓苏、周宪译，北京大学出版社1987年版，第169页。

②为方便起见，此处只论述三种人称的单数形式。

为作出解释，对自己的判断进行分析，从这些解释和分析中，可以推断出"我"的性格。性格是自我评价的一种结果。"我"当然了解自己，故这种性格有时候是可靠的，换句话说，此时叙述者所作的自我评价具有可靠性。只要第一人称叙述者比较公正，这种情况就不难理解。但更多的时候，第一人称叙述者很难公正，他为了博得接受者的同情，故意歪曲自己的性格，其自我评价又是不可靠的。同样的道理，也很难说第一人称叙述者对事件的评价就一定是可靠的。《伤逝》通过涓生的手记来回忆自己和子君的爱情悲剧，但第一人称叙述者更多地是在替自己辩护，他所说的未必完全符合事实。正如我们在第一章中引用韩南的话所说的："在《伤逝》中，那个叙述者尽管满怀悔恨，却并没有在道德上和感情上公平对待被他抛弃的子君"，他"并没有特别说谎，但却都没有充分地反映事实，也没有真正凭良心说话。"①他的评价并不可靠。由于第一人称叙述者与故事较为贴近，在叙述上的感情投入很多，所以他的叙述有"以情动人"的特点，特别吸引人。但由于他是以"情"来动人的，他更多地注重的是"情"而非"理"。"情""理"有时一致，有时不一致，当"情""理"一致时，他在以情动人的同时，也是在以理服人，因而评价较为可靠。当"情""理"不一致时，由于他要维护自身性格的整一性和坚定性，必然从自己的情感要求出发来叙述故事，故事经过他情感的渗透，与真相已有一定的出入，此时，"情"压倒了"理"，而且由于"情"的强大力量，使人觉察不到"理"的存在，或者使人认为"情"就是"理"，叙事评价在此富于欺骗性。《孔乙己》的叙述者与孔乙己毫无利害关系，他在同情孔乙己的同时，又能较客观地反映出孔乙己所处的地位，所以他的感叹让人觉得合情合理。《伤逝》虽然是涓生悔恨和悲哀之情的袒露，但由于自我辩护的需要，他将抛弃子君的原因大半归之于子君的不求上进，而较少扪心自问，叙述时虽凄切动人，却未必尽合事理。

由此，我们可以推论，在第一人称叙事中，选择什么样的"我"至关

---

① [美]韩南：《韩南中国小说论集》，王秋桂等译，北京大学出版社 2008 年版，第 374 页。

075

叙事形式与主体评价

第一节　叙事人称

重要。首先，作为叙述者，"我"是通往叙事世界的中介，读者只有通过"我"的引导，才能进入叙事世界。这就要求"我"必须具有鲜明的个性色彩和人格内涵，与众不同，对故事有自己独到的见解，否则，"我"的叙述可能引不起别人的兴趣，因为"在第一人称的作品中，叙述者不能是一个令人感到沉闷而单调的人，他必须在小说的每一个环节，一开始就能吸引住读者的注意力，是一个值得读者去了解的人物"。①同时，更重要的是，如果"我"的个性不突出，"我"的评价便有不够明确、流于泛泛而论的可能性。吸引人的评价，应是明确的评价、与众不同的评价。即使第一人称的叙事评价有时候很隐晦，至少也应该从"我"的叙述中看出隐晦方式，所以，选择什么样的"我"来叙述，对第一人称的叙事评价而言，是一个根本性的工作。《最后一课》选择平时顽皮淘气的小弗朗士作为第一人称叙述者，就比选择平时用功学习的孩子作第一人称叙述者要好得多。因为后者一贯学习认真，在"最后一课"认真也是很正常的，前者则不然，平时顽皮淘气，"最后一课"又格外认真，体现出第一人称叙述者内心的震动，形象地反映出爱国情怀。其次，选择出来的"我"应该最能产生叙事的审美效果。在故事中，有个性的人很多，到底选择谁来充当第一人称叙述者，有一个基本的准则，就是看谁最能产生叙事的审美效果。审美效果不同，暗示了叙事评价的差异。盖利肖曾指出："要是想让小说人物讲一个对自己不利的故事，你就让他做主角—叙述者，但如果你希望小说人物是值得赞美的，那对此就要再三斟酌。"②这种说法有一定道理。当第一人称叙述者是故事主人公时，"我"的所有行为都受到读者的关注。此时，如果"我"是个英雄人物，显得高人一等，"我"可能会被视为一个自我中心主义者。"我"所叙述的故事，"我"所作出的评价，可能会被视为一个自吹自擂者的夸夸其谈，从而引起读者的反感，他们可能会不相信这个故事，拒绝这种评价。如果"我"是个普通人，平易近人，将

---

① [美]利昂·塞米利安：《现代小说美学》，宋协立译，陕西人民出版社1987年版，第59页。

② [美]约翰·盖利肖：《小说写作技巧二十讲》，梁淼译，北京十月文艺出版社1987年版，第81页。

自己的故事娓娓道来，可能会凭借自己在故事中的遭遇和叙述时的情感波澜而打动读者，从而使他们接受"我"的观点。如果"我"是个反面人物，"我"所叙述的一切，"我"所作的评价，可能与事实不符，但读者已经知道"我"是个坏蛋，本来就品质恶劣，他们虽然不相信"我"的故事和评价，但他们更相信"我"是个坏蛋，他们可以将"我"的叙述看作是自我暴露，将"我"的评价看作是自我讽刺。因此，当第一人称叙述者是主人公时，"我"是反面人物比"我"是正面人物更有利。在人们的心理习惯上，反面人物固然可恶，但他至少真诚地说出自己是个坏蛋，可恶而又可爱。正面人物虽然可敬，但当他自以为是时，他成了目空一切的神人，可敬而不可爱；当他竭力为自己辩解时，他很可能又成为一个伪君子，不仅不可敬，反而可恨。因此，我们认为，选择正面人物做第一人称叙述的主人公，可能带有更大的风险性。

二

与第一人称叙述者相比，第三人称叙述者的视角限制宽松了。在第一人称叙事中，"我"一般既是叙述者，又是人物；在第三人称叙事中，"他"只是人物，是被叙述者，而不是叙述者。（"他"虽然有时候也叙述，但那只是故事中的人物在说话，而不是叙述者在说话。）由于叙述者不是人物，不再受第一人称叙事"我"的人物视角的限制，第三人称叙事的叙述者既是自由的，又是全知全能的。他既可以从某一人物的角度来叙事，又可以在多个人物之间变换角度；既可以写人物的外部活动，又可以深入人物的内心。叙述者的自由和全知全能，使他对故事的发展和人物的性格命运都了如指掌，他通览全局，知道某一人物所不知道的事情，也知道故事进程的关键所在。这样，在叙事时，他就能根据自己的需要来安排事件的顺序和人物的活动，既可以多角度地评价人物，又可以综合各种因素来评价故事，因而评价比较全面。《红楼梦》便用第三人称来叙述，既安排"木石前盟"为因，又以大观园为人间净土，多方位地展示了宝黛二人的性格和悲剧命运，赞扬了纯洁的爱情。

在第一人称叙事中，"我"既是叙述者，又是人物，即"我"具有"人格性"，与故事密切相关。第三人称叙事的"他"只是人物，而不是叙述者，叙述者是看不见、摸不着的，具有"非人格性"，叙述者与故事并无直接关系，而是隔着一段心理空间上的距离，这种空间距离的存在"是以时间距离的缩短乃至消失作为陪衬"的[①]。第一人称叙述者是在叙述自己的故事或者自己看到或听到的故事，随着他叙述的展开，故事也渐渐推进，这就给人一种故事是正在发生的感觉。第三人称叙事则不然，由于叙述者与事件无关，他只是在叙述一个似乎很遥远又似乎很切近的故事，在他叙述之前，故事已经结束。但对读者而言，不论他什么时候阅读，他所感觉到的只是故事本身，对故事的发生时间的感觉却并不强烈，这样，"故事时间与阅读时间的距离常常形存实亡。"[②]同样的道理，对叙述者来说，故事时间与叙述时间的距离也名存实亡。米歇尔·布托尔（米谢尔·比托尔）曾说过：只要"面对的完全是第三人称的叙事（当然对话不包括在内）和没有叙述者的叙事，那么在小说中的事件与包含这些事件的时间之间就显然不存在距离。这是一个稳定的叙事，不论是谁，也不论什么时间给读者讲故事，叙事自身都不会因此而改变其存在实体"。[③]《三国演义》中"三英战吕布"的故事，对第三人称叙述者来说，显然是一个早已过去了的故事，但从其叙述来看，这一故事又不像是一个久远的历史场景，而是犹如一幅正在活动的画面，就在自己的眼前，这就淡化了故事的时间性；同时，叙述者又明确显示出自己置身于画面之外，与它保持一定的心理空间上的距离。叙述者与故事在心理空间上的距离，使他带着客观甚至冷漠的目光注视事件的发展和人物的命运，客观使评价显得公正，冷漠使评价不带感情，公正而无感情的介入，评价应是可靠的。叙述者与故事心理时间上距离的缩短乃至消失，使故事似乎无时间性地呈现出来，叙

① 徐岱：《小说叙事学》，中国社会科学出版社1992年版，第285页。
② 徐岱：《小说叙事学》，中国社会科学出版社1992年版，第286页。
③ ［法］米谢尔·比托尔：《小说中人称代词的运用》，林青译，《小说评论》1987年4期。

述者集中关注的只是如何将故事安排好，以使人物形象鲜明，使情节引人入胜。与此相应，他的评价是清晰的，他的态度、倾向在叙述中表露得较为明显，这与第一人称叙事的评价有时具有欺骗性不同。《三国演义》中的"三英战吕布"通过张飞、关羽、刘备的依次上阵，至少显示出叙述者的两点看法：一是刘、关、张注重兄弟义气；二是吕布的武艺超过刘、关、张三人中的任何一人。这两点很明确，毫不含糊。

第一人称叙述者和第三人称叙述者与事件的距离不同，源自他们叙述动机的差异。对第一人称叙述者而言，叙事动机是切身的，叙述者要叙述，是因为他亲眼看到了事件的发生或者他自己就参与了事件，事件在他的脑海中留下了难以磨灭的印象，他是带着感情回味这些事件的。叙述者的叙述，更多的是出自自己感情的需要，更多的是一种"内在的生命冲动"①。此时的叙事评价，并非叙述者有意为之，它往往是叙述者无意间流露出的倾向。《伤逝》的叙述者出于忏悔之情，在手记中进行感情的宣泄，尽情抒发自己的悔恨和悲哀，他对子君和自己的评价也融于感情宣泄之中；而且，第一人称叙述者在述说自己的悔恨和悲哀时，又在不知不觉中替自己辩护，无意中流露出自我辩解的立场。第三人称叙述者与事件并无直接关系，他一般缺少第一人称叙述者那种叙事冲动。即使不乏这种冲动，在叙述时，他更多的考虑还是审美效果。因此，他就要注意如何叙述才能使自己对人物和事件的态度更好地表露出来，如何叙述读者才能更容易被打动。可以说，此时的叙事评价是作者刻意追求的东西。《红楼梦》的叙述者通过"女娲遗石""绛草还泪""太虚幻境"等颇具神话色彩的故事与大观园中一群少年男女的生活场景，辅之以诗词曲赋中的暗示和隐喻，精心编织，共同成就了宝黛爱情的悲剧，谱写了人性的伟大赞歌。第一人称的叙事评价由于附着于叙述者的感情抒发和生命冲动，它会在不知不觉间浸入读者的大脑，读者为叙述者的生命冲动所感染，也就易于接受叙述者的评价。第三人称的叙事评价是叙述者刻意为之的结果，读者很明显地感觉到它的存在；同时，由于叙述者缺少那种内在的生命冲动，读者

---

① 罗钢：《叙事学导论》，云南人民出版社1994年版，第170页。

也就难以用同情之心去体会叙述者，而更多地关注事件和人物本身，并有自己的看法。这样，读者既感觉到叙述者的评价，又有自己的评价。当然，如果叙述很成功，读者的评价与叙述者的评价是大致不差的。阅读《伤逝》和《红楼梦》，便可清楚地知道这些。

三

　　较之第一人称叙述者与第三人称叙述者，第二人称叙述者少见得多，"真正自觉地使用第二人称来进行叙述的是本世纪以来的事。"①但值得注意的是，第二人称有它独特的优点，这主要在于它兼有第一人称和第三人称的特点，具有多维性的叙述功能。第一人称的"我"主要是叙述者，第三人称的"他"主要是被叙述者，第二人称的"你"既可以是叙述者，又可以是被叙述者。对隐含作者来说，"你"只是叙述者所塑造的一个人物，是个被叙述者；对叙述者来说，叙述者必须借助"你"的眼光与心理去叙述故事，"你"在很大程度上就相当于第一人称叙述的"我"，是一个叙述者。第二人称叙述功能的多维性，决定了它叙事评价的多维性。一方面，"你"是个被叙述者，处于叙述者视野的监控之中，对"你"的行为，叙述者有所评价，这一评价与第三人称的叙事评价相差无几。另一方面，"你"又是叙述者，叙事所涉及的内容，都必须经过"你"的视角的过滤，此时，叙事评价与第一人称的叙事评价相仿佛。

　　由于第二人称的叙事评价兼有第一人称和第三人称叙事评价的特点，决定了它与后二者不可能完全相同。在此我们主要辨析第二人称叙事评价与第一人称叙事评价的差异。与第一人称叙事评价比较，我们认为第二人称叙事评价的主要特点在于后者更富于迷惑性。为便于分析，我们不妨举例说明。第二人称的代表作品布托尔的《变》中有这样一段话：

　　　　那么，你为什么神经如此紧张，为什么感到血流不畅，忧心忡忡？为什么还不觉得轻快一些？难道只是时间的变动就会使你如此心烦意乱，

──────────

　　① 徐岱:《小说叙事学》,中国社会科学出版社1992年版,第289页。

怅然若失,惶恐不安？只是因为你乘早上八点的火车,而不像往常一样乘晚车？难道你已经如此墨守成规,沦为积习的奴隶？啊,那么说来,你这次决裂是必要的,刻不容缓的,因为,如果再等几个星期,一切都将化为泡影,乏味的地狱会重新关上大门,你再也不会鼓起勇气来了。解脱的时刻以及美好的岁月现在终于即将来临。

从这段话中,我们可寻找出第二人称叙事评价比第一人称叙事评价更有迷惑性的原因：其一,这段话完全以“你”的视角为出发点,叙述者所知道的,“你”全都知道;叙述者一连发出的五个疑问,也是“你”的反躬自问（将“你”换成“我”后对此可一目了然）。叙述者所说的“解脱的时刻以及美好的岁月现在终于即将来临”,其实也是“你”内心深处对自身行为的评价。同时,“你”毕竟又只是一个人物,“你”所认为的“解脱的时刻以及美好的岁月现在终于即将来临”尽管不符合事实,但它可以是“你”的一厢情愿,“你”作为一个人物,有理由发表自己的看法。因此,我们认为：第二人称叙事一切从“你”的视角出发,“你”所作的评价实际上代表着叙述者的评价。但对整个叙事来说,“你”又是一个人物,是叙述者选择的结果。“你”的评价从表面上看,更像是一个人物的评价。人物置身于事件之中,他的评价自然有自己的考虑,即使偏激,读者也能理解,也乐于接受。其二,从这段话看,叙述者追问“你”神经紧张的原因,并认为“你”这次决裂“刻不容缓”,都切入“你”的内心。读者阅读时,看到“你”,可能会不自觉地以故事中的人物自居,仿佛自己就是《变》中的那个中年男子台尔蒙,并产生这样一种感觉：叙述者是在讲我的心理,是在对我作心理剖析。如果读者与人物“你”有类似的经历和想法,这种感觉会更明显。这样,第二人称使叙事具有“对话”性,“你”的使用使读者很快与故事贴近,并卷入故事之中。布托尔（比托尔）指出：“在小说世界中,第三人称‘代表’着有别于作者和读者的小说世界,第一人称‘代表’作者,第二人称‘代表’读者”①。第二人称

① [法]米谢尔·比托尔:《小说中人称代词的运用》,林青译,《小说评论》1987年4期。

叙述在读者的感觉中，似乎叙述者在与自己交谈，所以对叙述者的话产生亲切感，并认同叙述者的评价。其三，读者既已卷入故事，在心理上就认为叙述者既是在讲"你"的故事，又是在讲读者自己的故事，叙述者对"你"的描述与心理剖析，也是对读者的描绘与心理剖析，叙述者的评价既是从"你"的立场出发的，也是从读者的立场出发的。如此一来，读者与叙述者在感情上产生共鸣，从而比第一人称叙事更易于动情，更易于接受叙述者的评价。其四，将这段话中的"你"换成"我"后，"乏味的地狱会重新关上大门，你再也不会鼓起勇气来了"就成为"乏味的地狱会重新关上大门，我再也不会鼓起勇气来了"，前者是叙述者对人物的心理剖析，可视为第二人称内心独白，后者则是第一人称内心独白，它更多的是叙述者自我辩解的需要。比较二者，可发现两方面的差异。一方面，对叙述者的自我辩解，人们有理由怀疑其叙述的真实性和可靠性；对人物的心理剖析，在人们的印象中，一般较为冷静、客观，值得信赖。另一方面，"我再也不会鼓起勇气来了"，用的是肯定的语气，注重的是"我"在地狱"重新关上大门"后无奈而消极的状态；"你再也不会鼓起勇气来了"则带有假设的口吻，侧重用探求的目光寻找"你"鼓不起勇气的原因。由此可知，第一人称由于叙述者卷入故事，其内心独白似乎有替自己辩解的意味；第二人称的内心独白，似乎是叙述者深入人物内心深处探索的结果，在读者看来，叙述者没有为人物辩解的必要，因而第二人称的内心独白显得更为可靠。同时，第一人称"我"的内心独白是在事情已成定局后对过程的回忆，其出发点在事情的结局上，第二人称"你"的内心独白是人物的内心独白，人物对事情的结局不一定清楚，其内心独白重在事件的过程。①从结局中所作的评价固然鲜明，但从具体的过程中展开评价，评价更为深刻，更能说服人，也更有迷惑性。

在辨别了第二人称叙事评价与第一人称叙事评价的区别之后，第二人称叙事评价与第三人称叙事评价的区别便清楚得多了。第三人称叙述，侧重于人物的外在表现和事件的有序性，叙事评价比较全面可靠。第二人称

---

① 徐岱：《小说叙事学》，中国社会科学出版社1992年版，第293页。

叙述，侧重于人物的内心活动和人物对事件的反应，叙事评价受人物"你"的视角限制，难以全面；由于第二人称叙事评价的迷惑性，很难说它是可靠的。换个角度看，第三人称叙述侧重于横向铺开故事，其叙事评价透过故事便可看出来，是一种外在的、较为明显的评价。第二人称叙述侧重于纵深拓展故事，其叙事评价需借助人物的内心活动才可看出来，是一种内在的、较有迷惑的评价。就叙述效果看，第二人称叙事接近于第一人称叙事，都具有迷惑性，上文已辨别过第三人称叙事评价与第一人称叙事评价的差异，在此，对第三人称叙事评价与第二人称叙事评价的比较，不拟展开讨论。

综上所述，叙事人称的运用中，隐含着叙事主体的某种评价意图，人称的差异，在一定程度上可反映出叙事评价的差异。和叙事人称有密切关系的是叙事聚焦，由此我们转向对叙事聚焦的分析。

第二节 叙事聚焦

一

随着叙事主体的分化，有关叙事形式的一系列问题被提出来了，其中首要的问题便是视角问题。现代叙事学在很大程度上就是从视角的讨论开始的①，而人物视角则被认为是"主体分散的一种特殊形式"②。当亨利·詹姆斯用人物的眼光来描绘世界时，不仅造成了主体分化，同时，更重要的，是他抛弃了过去的全知视角而采用了人物视角。追随詹姆斯的卢伯克则认为："小说技巧中整个错综复杂的方法问题，我认为都要受角度问题——叙述者所站位置对故事的关系问题——调节"③。在卢伯克那里，"角度"只是视角的另一种表述而已。无论这句话是否有值得讨论的地方④，卢伯克对视角的高度重视是显而易见的。在《小说技巧》中，他主要考察了绘画手法和戏剧手法，指出："不管讲故事的那声音是作者的声音，还是他塑造出来的人物的声音，手边的题材总可以用绘画手法处理，也可以

---

① 赵毅衡：《当说者被说的时候——比较叙述学导论》，中国人民大学出版社1998年版，第119页。

② 赵毅衡：《苦恼的叙述者》，北京十月文艺出版社1994年版，第88页。

③ [英]卢伯克、福斯特、缪尔：《小说美学经典三种》，方土人、罗婉华译，上海文艺出版社1990年版，第180页。

④ 赵毅衡认为这种说法是错误的，徐岱则认为这种说法不仅是正确的，而且是经典的。参看《苦恼的叙述者》第85页和《小说叙事学》第188页。

用戏剧手法处理。"①所谓绘画手法，指"作家在写作时……把注意力放在故事的那些细节上面"，所谓戏剧手法，则是"首先考虑那些细节在某一个人的思想中呈现什么形式和色彩"②，从其论述来看，卢伯克更推重后者。布斯在《小说修辞学》中，对"戏剧化的叙述者"和"提供了内心观察的叙述者"等也进行了论述③，强调了叙述者的重要性。但无论是卢伯克还是布斯，都忽视了一个非常重要的问题，即叙述声音与叙事眼光的区别。卢伯克所说的"作者的声音""人物的声音"说的是叙述声音，"注意细节""考虑细节在思想中的呈现"说的是观察视角，即叙事眼光；布斯所说的"叙述者"关系到叙述声音，"内心观察""戏剧化"等又关系到叙事视角，布斯将二者混用，显然没有区分声音和视角。在热奈特看来，卢伯克和布斯都"混淆了视点决定投影方向的人物是谁和叙述者是谁这两个不同的问题，简捷些说就是混淆了谁看和谁说的问题"④，并采用了"聚焦"这一非常形象的术语来说明"谁看"的情况；米克·巴尔同样明确提出二者的区分并采用"聚焦"这一较抽象的术语来代替传统使用的"视角"或"视点"；此后，里蒙－凯南等人都沿用"聚焦"一词，"聚焦"成为叙事学界通用的术语。但"聚焦"实际上与"视角"并无质的差别，"视角"一词有时显得更为自然。只是由于我们在分析时较多地运用了米克·巴尔、热奈特、里蒙－凯南等人的理论，才使用"聚焦"一词。

聚焦与声音既有区别又有联系。先说区别。区别主要在于聚焦表明谁在"看"，属于感知范围；声音表明谁在"说"，属于语汇范围⑤。再说联

---

① [英]卢伯克、福斯特、缪尔：《小说美学经典三种》，方土人、罗婉华译，上海文艺出版社1990年版，第50—51页。

② [英]卢伯克、福斯特、缪尔：《小说美学经典三种》，方土人、罗婉华译，上海文艺出版社1990年版，第52页。

③ [美]W·C·布斯：《小说修辞学》，华明、胡晓苏、周宪译，北京大学出版社1987年版，第238—240、184—186页。

④ [法]热拉尔·热奈特：《叙事话语　新叙事话语》，王文融译，中国社会科学出版社1990年版，第126页。

⑤ 赵毅衡：《当说者被说的时候——比较叙述学导论》，中国人民大学出版社1998年版，第123页。

系。一方面，聚焦必须通过声音才能得到体现，另一方面，声音又依赖于聚焦，聚焦者提供什么，叙述者才能叙述什么。聚焦与声音紧密地结合在一起。一般所说的"全知叙述""限知叙述""客观叙述"便是从声音出发来讨论聚焦的。在本节对各种聚焦的分析中，首先将从聚焦的层面（即"看"的层面）上加以分析，然后分析声音层面（即"说"的层面）上的聚焦，即叙述者眼中的聚焦，以期看出不同的聚焦对叙述者的评价有何影响。需要说明的是，我们只是对聚焦的大致情形进行分析，对各种聚焦的变化以及综合运用则不作过多的考虑。

二

依普林斯《叙事学辞典》，聚焦是指"描绘叙事情境和事件的特定角度，反映这些情境和事件的感性和观念立场"。[1]从中文看，这种定义可能会引起歧义，因为"描绘"和"反映"过于模糊，它们既可以是视觉或听觉上的，又可以是口头表达上的。（如果是后者则意味着叙述。）但从英文看，这两个词都是用被动语态来表示的（are presented, are rendered），明显地给人一种视觉上"呈现"的感觉。普林斯还特地加括号注明这种定义取自热奈特，并详细罗列了热奈特的有关论述。但热奈特并没有对聚焦下明确的定义，倒是米克·巴尔说得干脆："我将把所呈现出来的诸成分与视觉……之间的关系称为聚焦。这样，聚焦就是视觉与被'看见'被感知的东西之间的关系。"[2]在我们看来，将聚焦局限在严格的视觉范围内有些绝对化，聚焦固然主要是针对视觉而言的，但听觉信息、内心意识等也有视觉性质，同样可成为聚焦的对象。自然，"聚焦本身是非语言的；然而和作品本文中的其它任何东西一样，聚焦也是靠语言表达出来的。"[3]就是

---

① Gerald Prince, *A Dictionary of Narratology*, Lincoln & London: University of Nebraska Press,1987. pp.31–32.

②[荷]米克·巴尔：《叙述学：叙事理论导论》，谭君强译，中国社会科学出版社1995年版，第114页。

③[以色列]里蒙－凯南：《叙事虚构作品》，姚锦清、黄虹伟、傅浩、于振邦译，生活·读书·新知三联书店1989年版，第149页。

说，任何聚焦都必须通过叙述才能表现出来，因此，考察聚焦又无法完全离开叙述。

托多罗夫在论述人物和叙述者之间的关系时，划分了三种类别，即叙述者＞人物（"从后面"观察），叙述者＝人物（"同时"观察），叙述者＜人物（"从外部"观察）[①]。热奈特接受并改造了这一划分，认为第一种是无聚焦或零聚焦叙事，第二种是内聚焦叙事，可分为固定式、不定式、多重式三种，第三种为外聚焦叙事[②]。但热奈特在改造时出现了两点疏漏：其一，热奈特虽严格区分了叙述者与聚焦者，但直接从托多罗夫的叙述者与人物的关系来划分聚焦的种类，易于使人产生叙述者与聚焦者混同的错觉。其二，就内聚焦而言，只有固定式内聚焦，才可能出现"叙述者＝人物"，不定式内聚焦，多重式内聚焦，叙述者都比人物知道得多。因此，有必要明确聚焦和叙述者的关系：零聚焦意味着"叙事眼光＝全知叙述者的眼光"，内聚焦意味着"叙事眼光＝（一个或几个）人物的眼光"，外聚焦意味着"叙事眼光＝外部观察者的眼光"[③]。从叙事评价的角度看待聚焦，又给我们增添了一个麻烦，因为聚焦内容的评价首先应是聚焦者的评价，但聚焦者有时并没有评价，而且又只能通过叙述者才能将自己的评价表达出来。叙事评价主要是叙述者的评价。这样一来，叙述者作为评价主体的作用再次呈现出来。

对零聚焦而言，叙述者就是聚焦者，即叙述者－聚焦者，他高高在上，全知全能。他知道事件的来龙去脉，也知道人物内心的想法。他可以直接对事件和人物的行为发表议论，也可以潜入人物的内心，解剖灵魂，并在此基础上形成对故事的整体评价，因而评价关照得比较全面。此时，叙述者用力的，不是对个别事件和人物的评价，而是这种整体评价，对个别事件和人物的评价，都统一于整体评价之中。《三国演义》纵横开阖，叙述了一个长达112年的大故事，在这个宏大叙事中，叙述者往往通过人

---

① 张寅德编选：《叙述学研究》，中国社会科学出版社1989年版，第298—299页。

② ［法］热拉尔·热奈特：《叙事话语 新叙事话语》，王文融译，中国社会科学出版社1990年版，第129—130页。

③ 申丹：《叙述学与小说文体学研究》，北京大学出版社1998年版，第223页。

物之口，对某些事件和人物发表自己的看法，有时候将聚焦的目光放在人物的内心世界和外在的险要地势上，有时候直接出面对人物看不清的形势进行分析，有时候"甚至可以揭示出人物自己都不曾意识到的隐秘"①。在全知全能的叙述中，透露出叙述者的总体评价倾向：拥刘反曹。

较之零聚焦，内聚焦的情形要复杂得多。

固定式内聚焦的叙述者通过某一特定的人物眼光来叙事，这一特定的人物可以是叙述者自己，也可以是故事中的一个人物。前者往往是叙述者对往事的追忆，后者则是常见的人物有限聚焦。叙述者对往事的追忆，有一个较棘手的问题就是追忆形成一种特有的双重聚焦，一重是故事中的"我"对当时情形的聚焦，即经验自我聚焦，另一重是故事外的"我"对过去情形的聚焦，即叙述自我聚焦。热奈特指出："'第一人称'叙事唯一合乎逻辑的聚焦是对叙述者的聚焦"②，申丹教授赞成此说，她明确指出：叙述自我聚焦是第一人称回顾性叙述中的常规聚焦。在她看来，回忆具有视觉性质，"回忆的过程往往就是用现在的眼光来观察往事的过程。如果说故事外的全知叙述者须依据叙事常规来观察事件的话，第一人称叙述者对往事的观察则是自然而然的。我们可以断言在第一人称回顾性叙述中，叙述者从目前的角度来观察往事的视角为常规视角。"③申教授的理由固然不错，但仍让人疑问：叙述自我的聚焦与叙述声音到底有何差异呢？叙述声音是指叙述者将聚焦者所见的故事讲出来，第一人称回顾性叙述的声音并不仅仅是把人物自我当时所看到的情形讲出来，而是带着目前的理解和眼光来讲述故事。这主要表现在叙述往事时，常常穿插叙述自我的评论。经过时间的洗礼，叙述自我的评论可以比较冷静客观，比较全面，不再像经验自我那样，受自身视野的局限。如《茶花女》中的阿尔芒在玛格丽特死后，才痛定思痛，理解了玛格丽特对自己的一片痴情。他带着悔恨和痛惜的心情，叙述自己的恋爱故事，不时地对当时的行为进行反省。以

---

① 胡亚敏：《叙事学》，华中师范大学出版社1994年版，第27页。

② ［法］热拉尔·热奈特：《叙事话语 新叙事话语》，王文融译，中国社会科学出版社1990年版，第141页。

③ 申丹：《叙述学与小说文体学研究》，北京大学出版社1998年版，第255页。

此观之，叙述者对往事的追忆，由于"我"的特殊位置，使叙述自我聚焦既是固定式内聚焦，又与零聚焦有类似之处。它所作的评价虽然不像零聚焦那样，是无所不知的整体评价，但它对经验自我的评价，还是比较全面的。

固定式内聚焦的另一种类型是人物有限聚焦，叙述者通过人物的眼光来叙述，此时，叙述者＝一个人物，人物处于事件之中，视野受到限制，他对事件的评价必然是局部的；同时，人物自身的利益与聚焦对象密切相关，他对聚焦对象的看法难免会有偏见。《子夜》第一章基本上通过吴老太爷的眼睛来聚焦。比如这段话："……他看见满客厅是五颜六色的电灯在那里旋转，旋转，而且愈转愈快。近他身旁有一个怪东西，是浑圆的一片金光，荷荷地响着，徐徐向左右移动，吹出了叫人气噎的猛风……她们身上的轻绡掩不住全身肌肉的轮廓，高耸的乳峰，嫩红的乳头，腋下的细毛！无数高耸的乳峰，颤动着，颤动着的乳峰，在满屋子里飞舞了！"这里，吴老太爷称电风扇为"怪东西"，眼前出现满屋子"乳峰"的幻觉，反映了这个顽固的封建老头对现代资本主义文明的隔膜和恐惧。对聚焦者吴老太爷而言，大上海的生活是令人难以忍受的；在叙述者看来，吴老太爷是可笑的"老古董"，他对现代文明的抗拒说明了他的顽固和迂腐。可以认为，对人物有限聚焦而言，聚焦者的评价不够全面，也带有偏见。叙述者的评价既有对聚焦对象的评价，主要的则是对聚焦者的看法。不定式内聚焦和固定式内聚焦并无本质的不同，它是指叙述者利用不同的人物聚焦来展开叙述。这种聚焦极为常见。固定式内聚焦的叙述者＝一个人物，不定式内聚焦的叙述者＝多个人物。当叙述者＝多个人物时，他实际上比每个单个的人物所知道的都要多。对每个单个的人物来说，都是带着有色眼镜对聚焦对象进行审视；对叙述者来说则不然，他的视角可以在多个人物之间游动，所看到的必然较多，因而他一方面可以摆脱单个聚焦者狭隘的个人利益的局限，显得较为全面，也较为超脱，另一方面又可以通过自己较全面的看法显示出对受视野局限的聚焦者的评价。

多重式内聚焦是不定式内聚焦的特殊形式。当不同人物对同一聚焦对象进行聚焦时，便形成多重式内聚焦。典型的情况是审理案件时，不同的证供人由于各人所知有限，而且对同样的事件有自己的立场和理解，所以，客观上的一件事，在不同证供人的眼中，就有可能成为有巨大差别的不同事件。日本影片《罗生门》便是如此。此外，像福克纳《喧哗与骚动》也可以看作是多重式内聚焦。小说通过白痴班吉，精神崩溃的昆丁，偏执狂的杰生等人对同样的事件进行多次聚焦，叙述者叙述了一个康普生家族没落的故事。自然，客观上同一个故事在不同的聚焦者眼中便是不同的事件。每个聚焦者眼中的事件与事件的真实面目之间的差距，便反映了不同聚焦者对事件的不同态度。此时，叙述者对事件的真相是清楚的，他的评价主要集中在每个聚焦者身上。

外聚焦是聚焦者处于故事外，他只看着故事的发生发展，对故事发生的原因，对人物的举止都不加解释，对人物的内心活动也不作披露，他似乎只是在观看一幅图画，却又不置可否。因此，外聚焦又被称为"戏剧式"聚焦①。外聚焦的聚焦者不发表意见，但这并不意味着叙述者也无动于衷。海明威的《杀人者》是典型的外聚焦，小说几乎由对话构成，读起来像剧本，至于杀人者的动机和被杀对象的内心想法，聚焦者都不知道。但对叙述者来说，情况有所不同。其一，他选择外聚焦，至少可以表明他的某种美学追求，这种美学追求正是叙事评价的表现。《杀人者》用外聚焦来叙事，与海明威的美学追求便有关系。海明威认为作家的任务"不是判断生活"，而是"把生活写活"②，《杀人者》的叙述者便将这种美学追求表达出来，从而体现出某种叙事评价。其二，与聚焦者不同，叙述者出于叙述的需要，偶尔要透露一些聚焦者所不知道的信息，正是这些信息，可反映叙述者的评价。《杀人者》中的尼克被乔治松绑后，叙述者说道：尼克"正想把这事情用豪言壮语打发了"。"用豪言壮语打发"便反映了叙述者对尼克的某种评价。需要指出的是，叙述者的评价一般依赖聚焦者的聚焦，聚焦是叙述者获得全面评价的基础。但外聚焦时，叙述者的评价并

① 罗钢：《叙事学导论》，云南人民出版社1994年版，第181页。

② 邵建：《论海明威小说的现象学叙述》，《外国文学评论》1991年第1期。

不直接依赖聚焦者的聚焦，因而其评价不可能全面，只能是一种零星的、局部的评价。同时，由于聚焦者与聚焦对象无直接的利害关系，叙述者又不易于对聚焦者发表意见。

综上所述，可列表如下：

		聚焦者	叙述者	叙事评价	
零聚焦		叙述者	全知全能	全面	
内聚焦	不定式	不同的单个人物	诸多的"限知"之和	评价聚焦对象和聚焦者，较全面	叙述者"知道"的多少 ↓
	多重式	多个人物对同一对象聚焦	不同"限知"的综合	可以评价聚焦对象，且较公正，但主要评价聚焦者	
	固定式	现身的单一叙述者	"自我"全知	评价经验自我	
		现身的单一人物	"人物"限知	主要评价聚焦对象	
外聚焦		隐藏的单一人物	不知	局部评价聚焦对象，不评价聚焦者	

上面这张表，聚焦者和叙述者这两列的内容，在大多数叙事学著作中可以得到不同程度的反映，但一般只是作纯形式的类型划分，而不是严格按照"叙述者知道的多少"来划分，叙事评价一列，则是我个人的看法，也是本节论述的重心。

三

应该指出的是，各种聚焦之间不存在优劣之分，它们都有其所长所短。零聚焦在叙事手法上可以享有极大的自由度，叙述者可以调动一切手段来展开自己的评论，但上帝般的评论介入又破坏了叙事的逼真性和自然感，有时大段的内心独白甚至截断了叙事的连贯性，使叙事的人为痕迹非常明显。外聚焦由于失去了叙述者直接的外在介入，叙事看上去很逼真，犹如一幅画面活动在读者的眼前，读者易于产生强烈的身临其境的感觉。但叙述者的意图却被掩盖在画面之下，过于隐蔽；读者与人物之间的情感距离也过于疏远，他们只是客观地冷漠地看着事件的发展和人物的命运，很难一洒同情之泪。固定式内聚焦中的叙述自我聚焦，由于是在叙述自己的故事，给人一种真实感和亲近感，读者对"我"的遭遇易于相信，也能同情。但"我"是在事后才追忆当初的故事，中间相隔的时间段，可以使"我"冷静地思考故事的一切，而且，叙述时又是以"我"为中心，这样便难免有自我辩解的意图，因而叙述者的评价虽然较为完整，却很难做到真正的客观。人物有限聚焦能很好地展示人物的内心世界，剖析人物的灵魂，使叙事带上人物的主观感情色彩，但由于人物视野受到限制，人物的行动又总有自身的出发点，叙述者有时便会产生极为矛盾的态度：一方面对人物的行为表示不满，一方面对人物的情感又产生共鸣。这样，作品整体上的评价基调便不够明朗。不定式内聚焦与固定式内聚焦并无本质的差异，只是叙述者的整体价值取向需在叙事结束后才能显现出来，较之固定式内聚焦，评价显得更为隐晦。多重式内聚焦由于对同一事件进行多方位的聚焦，叙述者对事件的评价基本上是可靠的；但每个聚焦者由于各自的利害关系，聚焦时便不乏感情因素的介入，叙述者要剔除这些感情因素，还事件以真实面目，便要对每个聚焦者进行剖析，而这种剖析又不宜于叙述者现身来进行，只能借助聚焦者对同一事件的不同态度来反映，因此，在事件的真相没有呈现出来之前，叙述者很难对聚焦者下断语。事件的真相往往在叙事快结束时才完全暴露出来，这样，读者在阅读过程中，大多时候对事件只有一个朦朦胧胧的概念，不知道真相究竟如何，对叙述者的态度也只有一个模模糊糊的印象，不知道真实意图到底是什么，这一方面增强了叙事的悬念，另一方面又增加了叙事的晦涩难解。

各种聚焦产生不同的审美效果，和形成聚焦的因素有关。聚焦的形成至少包括聚焦者和聚焦对象，正如华莱士·马丁所说："尽管所用的词汇各有不同，但包含在聚焦研究中的两个基本概念始终是聚焦者（观看者）和被聚焦者（被观看者）。"[1]聚焦者和聚焦对象之间不同的关系是聚焦的基础。零聚焦是聚焦者对一切都进行聚焦，其实又是对一切都不聚焦，此

———————

[1] [美]华莱士·马丁：《当代叙事学》，伍晓明译，北京大学出版社1990年版，第180—181页。

时，整个叙事便是聚焦对象；内聚焦是聚焦者处于聚焦对象之中；外聚焦是聚焦者处于聚焦对象之外。从这种关系中，可以看出，聚焦与视觉紧密相关，聚焦者是观看者，聚焦对象是被观看者，当然，这种视角不仅指生理上的视角，也指精神上的视角。热奈特夫人指出："聚焦最强烈的区域就是目光（实际的或精神上的）通常在激动的时刻紧盯着人和物的区域。聚焦和对这种激动所作的评论有关。"①仔细玩味这两句话，可以发现，第一句话强调了视觉在聚焦中的重要性，第二句话似乎暗示着聚焦者和聚焦对象之外的第三者的存在。在我看来，第二句话更为重要。从语义上看，"激动"是聚焦者目光的激动，那么，又是谁对"激动"的目光作出评论呢？是聚焦者本人，还是别的行为主体？聚焦者本人固然可以对自己的"激动"作出评论，但更有权发表评论的还是叙述者。各种聚焦方式说到底都是"叙述加工中的一种策略，叙述者自律的一种手法"②，叙述者对一切都清清楚楚，他之所以采取不同的聚焦方式，只是为了获得不同的审美效果，更好地表达自己的叙事意图罢了。比如，就内部聚焦和外部聚焦来看，有论者指出："与内部聚焦相关的是叙事空间，与外部聚焦相关的是叙事时间"③。就固定式内聚焦而言，第一人称回顾性叙述易于表达忏悔痛惜之情，容易激起读者的同情心；人物有限聚焦则易于产生悬念，使读者欲罢不能，并激发读者的想象力。聚焦意味着限制，意味着选择，意味着突出，这种限制、选择、突出，反映了叙述者对叙事内容的取舍和重视程度，不同的聚焦种类，可视作限制、选择、突出的不同方式。

聚焦的本质是限制，限制只能是对聚焦者目光的限制，换言之，就是对叙事内容的限制。因此，聚焦这种纯形式分析，说到底仍离不开内容，几乎所有的叙事学著作，在谈到聚焦种类时，都离不开对具体叙事作品的"细读"。形式是内容抽象的结果，形式总是内容的形式。聚焦这个颇为形式化的术语，是传统视角理论精致化的产物。在布斯看来，视角问题，不

---

① 张寅德编选：《叙述学研究》，中国社会科学出版社1989年版，第427页。
② 赵毅衡：《苦恼的叙述者》，北京十月文艺出版社1994年版，第87页。
③ 罗钢：《叙事学导论》，云南人民出版社1994年版，第184页。

是一个简单的技巧问题而是一个"道德选择"的问题，他进而指出："创造的形式绝不可能与人类意义相分离，包括道德判断，只要有人在活动，它就隐含在其中。"①道德问题，不再是一个纯形式问题，而是蕴含着人生价值和评价的问题。固然，将聚焦（视角）和道德联系起来，是布斯的一家之言，但至少可说明聚焦离不开叙事的主旨。也许，还是伊恩·P·瓦特的话更为实在："一个作者的技巧不是表现在他使其词语与表现对象相一致的贴切程度上，而是表现在他的文体风格所反映的语言对其主题是否得体适当的文学敏感度上。"②他所说的是一个作者的全部技巧，作为一种叙事手段，聚焦自然包含于其中。本节认为，聚焦中不乏叙事评价。从本节的论述来看，只是较为抽象地从形式层面对这一问题作了尝试性的回答，至于这一问题的深入研究，只能联系具体作品的内容来进行充分的展开才能实现。但这不是本节的任务。

①［美］W·C·布斯：《小说修辞学》，华明、胡晓苏、周宪译，北京大学出版社1987年版，第441页。

②［美］伊恩·P·瓦特：《小说的兴起》，高原、董红钧译，生活·读书·新知三联书店1992年版，第23—24页。

第三节　叙事方式

在"叙事聚焦"一节中，我们分析了聚焦者和叙述者的评价，现在，我们要进一步追问，这些评价是通过何种方式得以实现的。就"聚焦"一词的视觉含义看，它侧重于事件自身的展示过程，就"叙述"一词的听觉含义看，它侧重于故事的讲述过程；同时，"聚焦"的展示过程往往也夹带着叙述，"叙述"在讲述故事时，一般也离不开对故事的展示。从深层看，叙事就是讲述和展示交互作用的结果。因此，我们有必要进一步探讨讲述和展示。讲述和展示是两种基本的叙事方式。

一

柏拉图在《理想国》中区分了单纯叙事和狭义模仿，狭义模仿指叙述者模仿人物的口吻说话，单纯叙事则是"诗人自己在讲话，没有使我们感到有别人在讲话"[①]。亚里士多德在《诗学》中也指出："摹仿方式是借人物的动作来表达，而不是采用叙述法"[②]，把戏剧性和叙述性区分开来。柏拉图和亚里士多德虽各有所指，但两人的分类实质上并无差异[③]。亨利·詹姆斯以前的西方小说，大都有一个"无所不知"的叙述者，叙事中

---

①［古希腊］柏拉图:《理想国》,郭斌和、张竹明译,商务印书馆1986年版,第97页。

②［古希腊］亚里士多德:《诗学》,罗念生译,见《诗学 诗艺》,人民文学出版社1962年版,第19页。

③张寅德编选:《叙述学研究》,中国社会科学出版社1989年版,第281页。

的人为痕迹较为明显，布斯称之为"早期故事中专断的'讲述'"①；并在《小说修辞学》中，对"讲述"和"显示"作了颇为详尽的分析。詹姆斯不再热衷于讲述，而关注展示。他一方面批评"讲述"让人失望："某些才能卓越的小说家却有着一个故意泄露自己机关的习惯，这种做法一定常常使得那些认真对待他们的小说的人们为之伤心落泪"②。一方面指出展示的重要意义："真实之感（细节刻画的翔实牢靠）是一部小说的至高无上的品质……他和他的画家的兄弟展开的竞争，正发生在这里，就在他的努力之中：描绘出事物的外貌——那种表达出它们的意义的外貌——捕捉人生的壮观的色彩、轮廓、表情、外表和实质。"③在他看来，讲述和展示是对立的。他的弟子们继承了这一思想，"几乎原封不动使用的两个词showing（展示）和telling（讲述），很快在盎格鲁－撒克逊人的正宗文艺理论中成为小说美学的奥尔穆兹德和阿里曼。"④奥尔穆兹德和阿里曼是古代伊朗琐罗亚斯德教中善与恶的象征，二者针锋相对，势不两立，热奈特借此比喻讲述和展示的不可调和，但热奈特本人也承认："最高度的展现与最纯粹的讲述"也可以熔于一炉⑤。里蒙－凯南通过"概述"和"场景"发表自己对讲述和展示的看法："概述就是在本文中把一段特定的故事时期'浓缩'和'压缩'为表现其主要特征的较短句子"；场景既包括对话，又包括"对一个事件的详细叙述"，其"根本特征就是叙述信息的量和叙述者的相对隐退"。⑥普林斯《叙事学辞典》，也对"讲述"和"展

---

① [美]W·C·布斯：《小说修辞学》，华明、胡晓苏、周宪译，北京大学出版社1987年版，第5页。

② [美]亨利·詹姆斯：《小说的艺术——亨利·詹姆斯文论选》，朱雯、乔佖、朱乃长等译，上海译文出版社2001年版，第6页。

③ [美]亨利·詹姆斯：《小说的艺术——亨利·詹姆斯文论选》，朱雯、乔佖、朱乃长等译，上海译文出版社2001年版，第15—16页。

④ [法]热拉尔·热奈特：《叙事话语 新叙事话语》，王文融译，中国社会科学出版社1990年版，第109页。

⑤ [法]热拉尔·热奈特：《叙事话语 新叙事话语》，王文融译，中国社会科学出版社1990年版，第112页。

⑥ [以色列]里蒙－凯南：《叙事虚构作品》，姚锦清、黄虹伟、傅浩、于振邦译，生活·读书·新知三联书店1989年版，第96—98页。

示"作了定义和说明，在他看来，讲述和展示是两种基本的调节叙述距离的方式，讲述是"以较少的对形势和事件的细节呈现以及较多的叙述调节为特征：叙述话语构成典型的讲述"[1]；展示则是"以对形势和事件的细节描绘、场景呈现和最小程度的叙述调节为特征：对话构成典型的展示"[2]。由于《叙事学辞典》是权威的叙事学工具书，我们对讲述和展示的探讨，将以它为依据。

二

一般的叙事学著作，在谈到讲述时只注重讲述和展示的对比，而忽视讲述自身的多样性。在我看来，叙事方式只有讲述和展示，叙事中除了细节和场景的展示外，其余的包括对事件和人物的叙述、叙述者的评论等都是讲述。这样，讲述至少有两种：一种是叙述故事，一种是叙述者的评论。《汤姆大伯的小屋》开头："二月里某日黄昏，寒气袭人，肯塔基州P城一间陈设精致的客厅里，有两位绅士对坐小酌"便是前一种讲述，它主要是介绍故事，让读者了解故事的大致情形，从我们的论题"叙事评价"出发，这种讲述的意义不大；与我们论题密切相关的是后一种讲述，我们将加以集中论述，为便于分析，现摘录一段引文：

> 我要给阿Q做正传，已经不止一两年了。但一面要做，一面又往回想，这足见我不是一个"立言"的人，因为从来不朽之笔，须传不朽之人，于是人以文传，文以人传——究竟谁靠谁传，渐渐的不甚了然起来，而终于归结到传阿Q，仿佛思想里有鬼似的。
>
> 然而要做这一篇速朽的文章，才下笔，便感到万分的困难了。第一是文章的名目。孔子曰，"名不正则言不顺"。这原是应该极注意的。传的名目很繁多：列传，自传，内传，外传，别传，家传，小传……而可惜都

---

① Gerald Prince, *A Dictionary of Narratology*, Lincoln & London: University of Nebraska Press,1987. p.96.

② Gerald Prince, *A Dictionary of Narratology*, Lincoln & London: University of Nebraska Press,1987. p.87.

不合。

（鲁迅《阿Q正传》）

从这段文字看，讲述时，叙述者往往直接现身，将头绪纷杂的事件或场面串联成一个井然有序的整体，层次分明地将它传达出来，因此，有时候还要对事件或场面进行必要的说明。写《阿Q正传》，叙述者首先点明想写的时间（已经不止一两年了），接着指出一直没有写的原因（"一面要做，一面又往回想"），最后明确提出了做传的困难共有四点（引文只摘录了第一点）。此外，讲述主要通过概述的方式表达叙述者的见解，一句"我要给阿Q做正传，已经不止一两年了"便交代了为阿Q立传的不是理由的理由。讲述也可以通过抒情、议论的方式来表达：由于叙述者现身，叙述便可以有叙述者的感受（抒情）和对事件场面的评价（议论）。《阿Q正传》的叙述者未立传之前，先感叹"人以文传，文以人传"，感叹"名不正则言不顺"，这自然是他一己之情的抒发，其中也隐含着他对这些现象的评价。评价时，叙述者是现身的，这使得文本中出现了叙述者的声音。叙述者声音在文本中直接出现，叙述者可以公开对事件和人物发表自己的看法，无疑会增加文本的议论性。这种议论性在我看来，主要可通过两种方法来加以体现：一是对事件和人物的直接和间接议论；二是对人物话语的改造。

叙述者对人物或事件的直接或间接议论，是讲述的当然要求。既然是讲述，就有一个"如何讲"的问题，就有一个对人物和事件的基本看法问题，否则，讲述者没有自己的立场，便无法将事件讲述出来。讲述的事件，总是叙述者眼中的事件，而不是原始的故事。什克洛夫斯基对"故事"和"情节"的区分，是侧重于叙述者技巧而带来的"陌生化"而言的。在我看来，叙述者的技巧中便含有评价因素，叙述者用技巧使"自动化"的故事一变而成为"陌生化"的情节，从中可以看出叙述者的主观意图，可以发现叙述者直接或间接的议论。就人物而言，人物一般可分为

"心理性"人物和"功能性"人物①，但无论是"心理性"人物，还是"功能性"人物，都少不了叙述者的议论。"心理性"人物是否具有心理可信性，讲述时，叙述者需表明自己的态度，并针对这一人物发表议论，否则，一方面人物的性格不够鲜明，另一方面叙述者的倾向也不够明朗。而讲述的一个基本要求，便是鲜明性、清晰性。"功能性"人物在事件中起何种作用，讲述时，叙述者也要议论一番，否则，一味注重人物在事件中的功能而又不加以说明，便极易使讲述变成展示。

叙述者对人物话语的改造，是讲述的一个重要特征。讲述时，叙述者要将人物话语用自己的话语转述出来，从而体现自身的存在。这就涉及转述语问题。按赵毅衡先生的分类，转述语可分为直接引语式、直接自由式、间接引语式、间接自由式四种②。赵毅衡是从话语分析的角度来分类的，本节则主要从叙事评价的角度对这一分类加以理解。就叙述者和人物的关系看，在直接引语式、直接自由式中，人物话语几乎淹没了叙述者话语，人物保留了对转述语的控制权，甚至渗透到叙述语流中去，使叙述流受到人物的影响，此时，叙述者失去主体作用，也无法展开议论。在间接引语式与间接自由式中，叙述者取得了控制权，叙述者的主体作用得到加强。

在间接引语式中（他反抗了，他说他不想这样生活下去），"间接式把说话者的语言改写成转述者的语言，说话者自称'他'"；引语式又用一些特殊的标记（本句中的"他说"），"把转述语与叙述语流隔开"。③这样一来，叙述者通过对叙述人称的改造，将人物话语吸纳为叙事话语，从而

---

① 申丹：《叙述学与小说文体学研究》，北京大学出版社1998年版，第56页。

② 赵毅衡：《苦恼的叙述者》，北京十月文艺出版社1994年版，第95页。按赵毅衡的说法，在直接引语式中，"转述部分用引词和引号从叙述语流中隔离出来"，如：他反抗了，他说："我不想这样生活下去"。在直接自由式中，转述语保持了人物的语言，但在书面形式上又与叙述语流混杂在一起，如：他反抗了，我不想这样生活下去。在间接引语式中，书面形式上保留了"他说"之类的引词，但没有引号，人物话语被改写成转述语。如：他反抗了，他说他不想这样生活下去。在间接自由式中，没有引词和引号，人物话语又被改写成转述语。如：他反抗了，他不想这样生活下去。

③ 赵毅衡：《苦恼的叙述者》，北京十月文艺出版社1994年版，第95页。

控制了转述语，体现出主体作用。叙述者的主体作用得到体现，使叙述话语很容易成为叙述者对人物话语的评判和议论。当人物说"我不想这样生活下去"时，叙述者认为"他反抗了"，"反抗"便是叙述者对人物话语的注脚。在间接自由式中（他反抗了，他不想这样生活下去），自由式没有引语式那样的叙述标记，因此转述语与叙述语混杂在一起，甚至转述语"不再像转述语，而像一个叙述声明"①。这样一来，叙述者通过消除转述标记和改造人称，使转述语与叙述语融为一体。从叙述语流来看，似乎只有叙述者话语，没有对人物话语的转述语，叙述者成为唯一的叙事主体。

间接引语式由于转述标记的存在，转述语看起来较为明显，叙述者的议论也较为醒目。间接自由式由于失去了转述标记，转述语不明显，使叙述者的议论也显得模糊。"他反抗了，他不想这样生活下去"，既可视为叙述者的叙述，又可视"不想这样生活下去"为转述内容，"反抗"是对这一内容的议论，这形成了转述语分析的模棱两可。②鉴于此，有必要对间接自由式的议论进行较为细致的分析。

间接自由式转述语，自热奈特遭朵丽·高安批评后，便成为叙事学界普遍关心的问题。但以往的讨论大都关注语言形式本身。从转述语的角度看，还应该关注叙述者对人物话语的态度。如果叙述者相信人物的话语，转述时易产生同情感；如果叙述者不相信人物的话语，转述时可增强讽刺效果。同情和讽刺，均可视为议论性增强的表现。茅盾《林家铺子》中有一句话便说明间接自由式转述语可增强同情感。"林先生心里一跳，暂时回答不出来。虽然［寿生］是［我/他］七八年的老伙计，一向没有出过岔子，但谁能保证到底呢！"后面一句话是直接自由式和间接自由式的混合型。如果读作直接自由式，"寿生是我七八年的老伙计……"，人物的意识很明显，叙述者只是将人物的思想转达出来而已，与这一思想本身并无关系。如果读作间接自由式，"寿生是他七八年的老伙计……"，人物意识被吸收为叙述者的叙述，"寿生是他七八年的老伙计"本来就是事实，一旦

① 赵毅衡：《苦恼的叙述者》，北京十月文艺出版社1994年版，第96页。
② 申丹：《叙述学与小说文体学研究》，北京大学出版社1998年版，第361页。

这一事实成为叙述的内容时，叙述者就直接与这一事实发生关系，因此，后面的"一向没有出过岔子，但谁能保证到底呢"就成为叙述者对这一事实所生发的感慨。感慨中，叙述者不仅同林老板一样为寿生担心，而且能充分理解林老板当时那种惴惴不安的心情，充满对林老板的同情。比较一下直接自由式，叙述者的这种同情会更明显。[1]鲁迅《阿Q正传》中有一段话："他于是并排坐下去了，倘是别的闲人们，阿Q本不敢大意坐下去。但这王胡旁边，他有什么怕的呢？老实说，他肯坐下去，简直还是抬举他。"第二句是典型的间接自由式转述语，是阿Q的内心意识，但通过叙述者的语气表达出来，叙述者对这一内心意识的看法便凸显出来。阿Q认为王胡没有什么可怕，他肯坐下去是在抬举王胡；在叙述者看来，这显然与事实不符。事实是：一方面，阿Q不怕王胡，是过于大意了；另一方面，阿Q也没有资格抬举任何人，包括王胡在内。间接自由式转述语使人物话语转为叙述话语，从表达上看，叙述者对这种表面的理直气壮下了相反的断语，他对阿Q的想法不以为然。阿Q想"我有什么怕的呢"，叙述者则用"他有什么怕的呢"，既揭示出阿Q的内心，又显示出自己的态度：阿Q应该感到害怕，否则就要挨揍。但这种态度必须通过整部小说才能看得更清楚。就所引的间接自由转述语来看，虽然表面上只转述出人物话语，但实际上潜藏了人物意识与叙述者意图的背离，这种表面上的转述与实际上的背离之间，形成强大的反讽，从而增强了讽刺效果。

三

与讲述时的叙述者直接现身发表议论不同，展示时叙述者一般不直接现身，而是隐藏在展示的场面背后，其评价具有较强的暗示性。为说明的方便，我们同样可以摘引一段文字：

> 一天早晨，格里高尔·萨姆莎从不安的睡梦中醒来，发现自己躺在床上变成了一只巨大的甲虫。他仰卧着，那坚硬得像铁甲一样的背贴着

---

① 申丹:《叙述学与小说文体学研究》，北京大学出版社1998年版，第347—348页。

床，他稍稍抬了抬头，便看见自己那穹顶似的肚子分成了好多块弧形的硬片，被子几乎盖不住肚子尖，都快滑下来了。比起偌大的身躯来，他那许多条腿真是细得可怜，都在他眼前无可奈何地舞动着。

（卡夫卡《变形记》）

这段文字是明显的展示，叙述者只是作为一个反映者，忠实地记录他所看到的东西。当然，这种记录也需要选择，至于为什么这样选择，叙述者不作说明；而且，在展示时，也不流露出选择的痕迹。《变形记》的叙述者选择格里高尔变成大甲虫作为场景，肯定有他的用意，但他的用意究竟是什么，从所摘录的展示性文字中是看不出来的。文字中不乏精致的细节描写，但没有对这些细节的评论和说明。格里高尔突然在一天早晨发现自己变成了大甲虫，他眼中所见到的怪异情形便是叙述者展示的内容。经过展示，这只甲虫的具体形状以本来面目呈现在读者眼前，叙述者没有对甲虫进行任何的粉饰或贬斥，叙述者隐藏到他所展示的情景背后。这样，叙述者便不能直接介入叙事，他的意见和评价只能通过场面和情景暗示出来，因此，展示时，叙述者的评价是一种暗示性评价。从卡夫卡对格里高尔怪异外形的描述，看不出叙述者明显的评价。但正如布斯所言，作为大甲虫，它丑陋的肉体令人厌恶，但作为人，格里高尔的处境又令人同情，"因为我们完全与他一起去体验生活，所以我们也完全同情他。"[①]在厌恶与同情之间形成巨大的张力，从而体现出叙述者对生存状况的喟叹和对人物悲惨处境的同情。自然，这种喟叹和同情，叙述者没有直接说出来，而是将它们寓于具体的细节描写和场景展示之中。

从这段引文看，展示在文本中主要通过描写来进行，通过格里高尔的眼睛，大甲虫的怪异形状被详细地描写出来。描写具有客观性，可以将大甲虫的形状栩栩如生地展现出来。较之讲述，展示的东西较为详尽，甚至细致入微。表现同样的信息量，在篇幅上，一般说来，前者较短，后者较长。所引的这段话，改写成讲述，可以只保留第一句。展示对事件和人物

①〔美〕W·C·布斯：《小说修辞学》，华明、胡晓苏、周宪译，北京大学出版社1987年版，第312页。

的详尽描写，可以增强文本的逼真性。我认为，这种逼真性主要可通过场面"自然化"和人物"戏剧化"显示出来。

所谓场面"自然化"，就是说叙述者消除人为叙述的痕迹，使场面像本来面貌那样自然而然地呈现出来。就展示而言，它用力的不是事件的进展，而是事件过程中场面的情形。"自然化"有时候用视点移动的方法，由远到近或由近到远地将某一场面展现出来，有时候又将焦点集中在某一处进行精雕细刻的描绘，使某一事物或细节得以充分展示。后者其实已不是严格意义上的"自然化"，而是"自然化"局部上的放大，可以说是一种"图画化"。不论是场面的"自然化"还是局部的"图画化"，说到底都是叙述者叙述的结果，都是叙述者的评价，只不过如上文所说，是一种暗示性的评价。

就场面的"自然化"来看，叙述者的"目的是要把场景放在我们面前，以便我们观看，像观看逐渐展开的一幅画，或观看演出的一场戏一样"。①表面上看，叙述者不动声色，"其实他们只是以更老练的手法表达他们的感情——把他们的感情戏剧化，以生动的方式体现他们的感情，而不是直截了当地把它叙说出来。"②就是说，"自然化"场面的背后，隐藏着叙述者深沉的感情。格非《风琴》的开头是这样一段话：

> 此刻，冯保长正从一间伞形尖顶的酒店里出来，走到了刺树林边灿烂的阳光下。他没有朝村外看——那里，秋后刚刚被收割的庄稼腾出大片赤裸的金黄色的田野。他注视着脚下的泥沼地，这些铺盖着枯草的泥地在某一时刻仿佛成了一种虚幻之物，在混沌而清晰的醉意中伴随着阳光给他以温暖。掉落了叶子的刺树林在河边颤栗着，那些树木以及它们的阴影遮盖住了河床的颜色。

这段话是典型的"自然化"场面，叙述者的视点由近到远再到近，随

---

① [英]卢伯克、福斯特、缪尔：《小说美学经典三种》，方土人、罗婉华译，上海文艺出版社1990年版，第47—48页。

② [英]卢伯克、福斯特、缪尔：《小说美学经典三种》，方土人、罗婉华译，上海文艺出版社1990年版，第49—50页。

着冯保长的走动，展示了灿烂的阳光、铺着枯草的泥沼地等近景，在两处近景之间，叙述者又将目光投向村外，展示了"金黄色的田野"这幅远景，近景和远景共同的特色是亮丽的底色，在这幅亮丽的画面背后，隐隐露出叙述者的身影：一是对村外远景的描绘，是叙述者亲眼目睹的结果；二是冯保长的"虚幻"之感，是叙述者体验人物内心的结果。联系到后文冯保长女人被日军带走的情景，此处明媚的日光，不能给人以精神振奋之感，却使日军的暴行公之于光天化日之下，冯保长的"虚幻"之感也就可以理解了。由此看来，叙述者展示这幅画面，是为了创造一个氛围，一个与日军暴行不相协调的氛围。在场面与行动的反差中，隐隐透出叙述者的惆怅与无奈。"自然化"的场面中，暗含了叙述者的评价。

就局部"图画化"来看，叙述者将目光停留在某一细节或事物上，使其特征放大。如果说场面的"自然化"侧重于展示场面的本来面貌，局部的"图画化"多少有些背离"自然化"的要求。"图画化"主要将细节或事物的局部特征详细地描述出来，使这些特征犹如画面一样展现在人们的眼前。如果按照"自然化"，这些特征或许并不引人注意，"图画化"却使这些特征犹如电影中的特写镜头，分外醒目，这就明显地体现出叙述者的存在：他有意将某一特征加以放大，放大某一特征可以达到他的叙述意图。《变形记》对大甲虫外形的描写，便是"图画化"的产物。叙述者将大甲虫的外形加以放大描写，以引起人们强烈的反感，联系到后文主人公格里高尔的悲惨处境，这种生理上的反感又让位于心理上的同情，从而体现出叙述者对人情冷漠的哀叹。这样看来，由局部的"图画化"可以看到叙述者的存在，但仅从"图画化"的局部特征又难以看出叙述者的评价到底是什么，叙述者的评价必须联系文本语境才能看出来。

所谓人物"戏剧化"意味着叙述者不用讲述的方式来介绍人物，而是用展示的方式对人物的行动、语言进行惟妙惟肖的刻画和模仿。对人物行动的刻画往往融于场面的"自然化"中，因为人物的行动可以构成一个场面。"戏剧化"对语言的模仿，就是指人物的对话。正如普林斯在《叙事学辞典》中所说的那样，对话是展示的典型表现。对话可以给人一种亲眼目睹、亲耳所听的感觉，它虽然不是在展示画面，但形象性、逼真性较之画面有过之而无不及。通过对话，不仅可以看出人物的心声，还可看出叙述者对人物的价值评判。《阿Q正传》中阿Q从城里回未庄后风光了一阵子，赵太爷想向他买东西，差邹七嫂将阿Q叫来，接下来是一段精彩的对话：

> "太爷！"阿Q似笑非笑的叫了一声，在檐下站住了。
>
> "阿Q，听说你在外面发财，"赵太爷踱开去，眼睛打量着他的全身，一面说。"那很好，那很好的。这个，……听说你有些旧东西，……可以都拿来看一看，……这也并不是别的，因为我倒要……"
>
> "我对邹七嫂说过了。都完了。"
>
> "完了？"赵太爷不觉失声地说，"那里会完得这样快呢？"
>
> "那是朋友的，本来不多。他们买了些，……"
>
> "总该还有一点罢。"
>
> "现在，只剩下一张门幕了。"
>
> "就拿门幕来看看罢。"赵太太慌忙说。
>
> "那么，明天拿来就是，"赵太爷却不甚热心了。"阿Q，你以后有什么东西的时候，你尽先送来给我们看，……"

这段对话形象地写出了阿Q的小人得意、赵太爷的矜持和赵太太的急于求成。阿Q的"似笑非笑"显示出一种人有求于我的得意；赵太爷虽有求于人，却不肯放下老爷的架子，"可以都拿来看一看"，"你尽先送来给我们看"都体现出大户人家的身份和气派；赵太太一句"就拿门幕来看看罢"是那样的慌忙。这段对话表面上是"戏剧式"的，其实是叙述者有意安排的结果。《阿Q正传》的叙述者主要为了写活阿Q的性格，选择这样的对话可以看出阿Q"中兴"时的得意，从而丰富阿Q的性格，为叙述者对阿Q的总体评价提供生动的材料。

四

讲述和展示的不同，造成了叙事效果的差异，对读者的接受产生一定的影响。

讲述由于叙述者的介入，使叙事的人为性比较明显；由于用概述的方式来叙事，容易使事件呈现出一种线性的发展，从而体现出叙事的时间性。展示由于叙述者的退场，使场景"自然化"；同时用描写的方式来展示场景，又往往使场景成为栩栩如生的立体画面，从而体现出叙事的空间性。任何事件，总在一定的时空中存在和发展，讲述和展示，对事件的这两个维度各有所侧重。从读者角度看，讲述与展示的区别主要有：

第一，讲述强调叙事的时间性，使事件与读者的阅读之间隔有心理上的时间差。比如《阿Q正传》的开头是典型的讲述，"我要给阿Q做正传，已经不止一两年了"，读者一看到这里，心理上就产生这样一种感觉：这个故事离现在已有一段时间，已有了结局，我可以跟随叙述者去看看它，却不必过分认真。时间上的差距使读者对事件有一种疏远感，加上叙述者的直接介入，读者在读《阿Q正传》时，犹如在听叙述者讲一个故事，他只想做一个忠实的听众，不需要费神对听到的故事评头论足，很容易就能知道叙述者的评价。展示强调叙事的空间性，使场面犹如画面一般展示在读者眼前，给读者造成强烈的身临其境之感。《变形记》的那段描写，使大甲虫的奇形怪状清晰地浮现在读者眼前，它和读者直接交流，在读者眼前"无可奈何地挥舞着"它的许多条细腿，这种奇特的外形和举动，离读者是如此之近。空间上的贴近使读者对画面产生了浓厚的兴趣，他带着强烈的好奇心欣赏眼前这幅图画，在欣赏过程中，他不禁要问：这只甲虫到底是怎么回事，它以后的命运如何。读者的这些问题，叙述者都没有告诉答案，答案必须等到读者看完整个画面后，加以思索才有可能找到。

第二，讲述时，叙述者以传达者的身份向读者传达故事，传达中，叙述者的评价已蕴含其中，读者只是听众；叙述者说什么，读者只能听什么，读者基本上处于被动的状态。由于讲述侧重于事件在时间维度上的纵向推进，读者比较快地就可以知道故事的梗概以及叙述者的倾向性，但对一些细节可能不清楚，事件在大脑中留下的印象也不深刻。叙述者的倾向性虽然很容易就可以"听到"，但"听到"后读者也没有什么反应。看完《阿Q正传》的开头，读者知道叙述者是要讲一个关于阿Q的故事，却又觉得有诸多困难，如此而已。当叙述者列举困难时，说阿Q的姓名、籍贯不可考，读者的第一印象大都也只是觉得滑稽，倘若不是后文对阿Q的具体描写，读者很难看出叙述者"哀其不幸，怒其不争"的态度。所以，讲述的读者，虽然易于获得叙述者的意图，但这一意图的清晰程度完全取决于叙述者叙述时倾向流露的程度。当叙述者明确说出自己的评价时，读者就很确切地知道叙述者的意图；当叙述者不作明确评价时，读者对叙述者的意图也就只有一个模糊的印象。由于讲述时叙述者直接现身，多少总要透露出自己的意图，因而读者不至于对叙述者的评价一无所知；由于讲述时读者只是被动的接受者，因而他常常认同叙述者的评价，而不刻意对叙述作出自己的判断。展示时，画面以自己的本来面目呈现在读者眼前，叙述者和读者一样，都只是观众，只不过是叙述者先看到所展示的场面而读者后看到罢了。此时吸引读者的，主要是场面本身。读者被场面所吸引，主动去接近它，试图看得更清楚。展示时叙述者评价的暗示性，使叙述者的评价要经过读者的精心寻找才能明晰起来；叙述者意图隐藏在场面背后，使读者有时候可以对场面作出自己的分析和判断。欣赏上文《变形记》的片段，读者被格里高尔奇怪的外形所吸引，他也许一边观看这令人反感的肉体，一边思索：叙述者为什么向我们展示这么一幅难看的图画，其用意何在？也许在观看的同时形成自己的看法，而不管这一看法是否符合叙述者的意图。因此，可以认为，叙述者所展示的画面只是给读者提供了一个思考的契机，至于这一思考的艰难过程，则要由读者自己去完成。读者经过艰难的思考，从画面中看出了叙述者的意图，或者形成自己的看法，不论是叙述者的意图还是读者自己的看法，对读者来说都来之不易，从而对叙述者的意图或自己的看法有很深的印象。此处要指出的是，就展示的暗

叙事形式与主体评价

第三节　叙事方式

107

示性而言，读者应该接受叙述者的暗示，从而接受叙述者的意图；但事实上，仅凭所展示的场面，还难以提供足够的暗示，以使读者接受叙述者的意图，足够的暗示往往还需要联系上下文才能完成。但是，就某一单个场面而言，它也可以给读者以启发，使读者形成自己的评价。

　　第三，由于讲述是在时间维度上对事件进行概述，读者易于从整体上把握事件。当讲述的是人物故事时，由于叙述者的现身，读者可较快地形成一个对人物的总体印象和评价。《阿Q正传》的开头，尽管读者的倾向性不太明朗，读者仍可对阿Q有一个较为笼统的印象，从叙述者揶揄的口吻和阿Q姓名、籍贯的不可考中，读者多少也可以看出叙述者对阿Q的看法。当讲述的是宏大叙事时读者感觉最强烈的是事件和人物所显示出来的历史感。《三国演义》开头一句"话说天下大势，分久必合，合久必分"，叙述者出语凝重，读者立即感觉到历史的沧桑巨变，而叙述者置身事外的讲述，又使读者将"分久必合，合久必分"的"天下大事"视为过眼云烟，从而能与宏大的历史叙事拉开距离，以一种较为达观的态度看待历史的是是非非，接受叙述者的评价。由此观之，不论是人物叙事还是历史叙事，讲述时，读者所接受的评价一般首先是宏观上的评价。展示时情况则有所不同。由于展示是在空间维度上对场面进行描写，读者首先面对的是某个具体场面，读者对叙述者意图的把握，或形成自己的看法，都必须从这个具体的场景入手，叙述者的意图，读者自己的看法，首先都应该是针对所展示的场面的理解和评价，然后才能是对整个叙事的理解和评价。《变形记》所展示的场面，无疑是让读者感到惊奇的。惊奇之余，读者又必须贴近场面，通过格里高尔与众不同的外形才能寻找叙述者的意图或形成自己的评价。就是说，读者接受或形成评价，首先都必须是与展示的场面相关的评价，是一种微观评价。

五

　　以上对讲述与展示在叙事方式和叙事评价上的差异进行了扼要的分析

说明。就叙述方式看，展示"是事件和对话的直接再现，叙述者仿佛消失了（如在戏剧中一样），留下读者自己从他所'见'所'闻'的东西中得出结论。反之，'讲述'是以叙述者为中介的再现，他不是直接地、戏剧性地展现事件和对话，而是谈论它们，概括它们，等等"。①就评价而言，展示主要是一种暗示性评价，讲述的评价则是较为明显的。不过，无论就叙事方式还是叙事评价来看，讲述和展示都是相互依存的，这主要由于以下三点原因：其一，从讲述和展示本身看，二者具有非纯粹性；其二，从功能上看，二者具有互补性；其三，从结构上看，二者具有互渗性。

其一，讲述和展示自身的非纯粹性。就叙述方式而言，一般说来，讲述由于叙述者直接出面，可以有纯粹的讲述，即完全按叙述者的口吻来概述。但有时候，讲述中又带有展示的成分。《阿Q正传》的"序"主要是讲述，但为了突出阿Q姓名的难考，叙述者在讲述的语流中插进了人物的对话描写，详细展示了赵太爷不准阿Q姓赵的情况。展示的场面表面上看是自动呈现出来的，其实仍是由叙述者控制，叙述者在背后操纵场面的展示，使展示中间往往夹带着讲述的成分。如所引《变形记》中的第一句话"一天早晨，格里高尔·萨姆莎从不安的睡梦中醒来，发现自己躺在床上变成了一只巨大的甲虫"既可以说是展示，也可以说是讲述。此外，叙述者有时候会在展示的画面中直接抛头露面，《风琴》中对村外风景的展示便是叙述者直接出面的结果。就叙事评价而言，讲述是现身的评价，叙述者为了使自己的评价能够说服人，在直接的议论之外，有时候还用展示的方法使自己的议论具体化、形象化。《阿Q正传》开头用赵太爷不准阿Q姓赵的场面，加强了阿Q姓名不可考的真实性，强化了阿Q无姓的悲哀。展示是暗示的评价，既然是暗示，叙述者多少要透露一点消息，否则暗示无从谈起。如果没有《变形记》的第一句话，读者甚至不知道随后展示的是什么东西，更不可能知道那个展示的怪东西就是格里高尔的"变形"，这样，评价就失去了确切的对象，所谓的暗示也因评价对象的不确定而

---

① [以色列]里蒙－凯南：《叙事虚构作品》，姚锦清、黄虹伟、傅浩、于振邦译，生活·读书·新知三联书店1989年版，第193页。

落空。

其二，讲述和展示在功能上的互补性。就叙事方式看讲述是用概述的方式来介绍故事，它可以提供故事的背景和梗概；展示是用描写的方式来展现场面，它可以使叙事具体化。只有背景和故事梗概而没有场面，只能是故事介绍而不是具体生动的叙事；只有场面而没有背景和故事梗概，也很难说是完整的叙事。就叙事评价看，讲述是现身的评价，如果一味讲述，会使叙事因为充满说教性的反复唠叨，令人听而生厌；如果一味展示，会使叙事成为令人费解的图画组合，令人望而生畏。只有讲述和展示有机结合，发挥功能上的互补性，才能使叙事既有背景和概要，又不乏具体生动的描写，使叙事成为一个和谐的整体；才能使叙述者的现身评价和暗示评价结合起来，既用抽象的道理说服人，又用具体的议论打动人，从而使读者愉快地接受评价。

其三，讲述和展示在结构上的互渗性。热奈特指出："叙述依附于被视为纯行动过程的行为或事件，因此它强调的是叙事的时间性……相反，由于描写停留在同时存在的人或物上，而且将行动过程本身也当作场景来观察，所以它似乎打断了时间的进程，有助于叙事在空间的展现。"[1]他所说的叙述与描写的区别，其实就是讲述与展示的区别。从叙事方式来看，讲述侧重从时间的维度表现行动与事件，使叙事具有逻辑性、可理解性；展示侧重从空间的维度来描写场面，使叙事具有丰富性、鲜明性。只有时间维度而没有空间维度的叙事，往往是干巴巴的历史编年纪事，提不起读者的兴趣；只有空间维度而没有时间维度的叙事，叙事缺少必要的线性结构，难以让人理解。"任何叙事都包括对行动与事件的表现——它构成严格意义上的叙述，以及对人与物的表现——即今日所称的描写"[2]，任何叙事都是时空的统一体，既包括时间上的事件推进，又包括空间上的场面展开，这样才能形成叙事的立体结构。就叙事评价看，叙事的时间维度主要侧重于事件的纵向把握，是一种宏观评价；叙事的空间维度主要侧重于

① 张寅德编选：《叙述学研究》，中国社会科学出版社1989年版，第286—287页。
② 张寅德编选：《叙述学研究》，中国社会科学出版社1989年版，第284页。

场面的横向展开，是一种微观评价。只有时间维度的宏观评价而没有空间维度的微观评价，评价只能是泛泛而谈，不够具体，不能给人留下深刻的印象，甚至会出现抽象的说教，难以令人信服。只有空间维度的微观评价而没有时间维度的宏观评价，评价只能是对具体问题的感受，而缺乏对整个叙事的观感，甚至会出现"一叶障目，不见森林"的情况，从而对整个叙事作出歪曲的评价。只有宏观评价和微观评价相结合，才能使评价真正做到既有具体的议论，又有抽象的说理，具体与抽象有机地结合起来，使评价具有客观性、可信性。

由以上可见，叙事评价离不开讲述与展示这两种基本的叙事方式，讲述使评价较为公开、明显，展示使评价较为隐蔽、暗示，二者的区别很明显。同时讲述和展示又有某种联系，在谈到它们的联系时，我们指出了讲述侧重于时间维度、展示侧重于空间维度的特点，时间和空间是一切叙事必不可少的基本条件，有必要进一步探讨，由此我们转向对叙事时空的分析。

第四节　叙事时空

时间和空间是叙事得以存在的基础，任何叙事都必须在一定的时空中展开，就叙事评价而言，时间和空间并不像讲述和展示那样直接决定了叙事评价的明显性或暗示性，它们只是在一定程度上影响或制约着叙事评价，因此，在我看来，时间和空间对叙事评价充其量只起某种调节作用。下面，就对时空的调节作用进行讨论。

一

绝大多数叙事学著作，对时间问题都有较详细的讨论。在外国，托多罗夫在《文学叙事的范畴》中，将叙事时间划分为时间、语体和语式三大范畴。热奈特在《叙事话语》中讨论的"顺序""时距""频率"三部分内容更是直接对时间的研究，占全书大半篇幅。热奈特因为对叙事时间的详尽研究在叙事学界获得了崇高的地位。此后，追随热奈特的里蒙－凯南、与热奈特论争的米克·巴尔在各自的著作中都以专门章节论述了叙事时间，华莱士·马丁在对叙事学进行回顾时，也不忘绘制一张叙事时间表。[①]在中国，无论是侧重介绍西方叙事学的《叙事学》《叙事学导论》《小说叙事学》[②]，侧重运用叙事学理论来研究小说史的《中国小说叙事模

---

① 参看里蒙－凯南：《叙事虚构作品》第四章；米克·巴尔：《叙述学：叙事理论导论》第一章第四节，第二章第三、第四节；华莱士·马丁：《当代叙事学》第148—149页。

② 参看胡亚敏：《叙事学》第一章第四节；罗钢：《叙事学导论》第四章；徐岱：《小说叙事学》第五章第一节。

式的转变》《苦恼的叙述者》①，还是侧重建立中国叙事理论的《中国叙事学》②，都无一例外地对时间倾注了相当的精力。无疑，时间问题是叙事的一个重要内容。但在诸多对时间的讨论中，对时间的理解也不尽一致，出现了"写作时间"与"阅读时间"之分；"阅读时间"与"情节时间"之分；"故事时间"与"演述时间"之分；"小说时间"与"编年史时间"之分；"讲述时间"与"被讲述故事时间"之分等等③。这些划分不乏交叉现象，使时间问题显得很复杂。从我们的论题出发，我们所讨论的叙事时间，主要指"情节时间"。因为：其一，"情节时间"是表现于文本中的时间，与我们从文本出发来讨论问题相吻合；其二，"情节"是叙述者的情节，"情节时间"中有叙述者的意图，这直接关系到叙事评价。为方便起见，我们选择"情节时间"中的"时序"和"时长"两个主要问题加以讨论。

所谓"时序"，指叙事时间的顺序。叙事时间是相对于故事时间而言的，托多罗夫指出："叙事的时间是一种线性时间，而故事发生的时间则是立体的。"④用线性的叙事时间表现立体的故事时间，叙事文本往往会出现时序的变形现象，否则，严格按故事时间的顺序来展开叙述，容易使叙事成为流水帐式的记录，显得枯燥、单调。正如米歇尔·比托尔所说："如果竭力遵循严格的时间顺序，禁写一切倒叙，结果会使人惊奇地看到：对通篇故事的任何参照都不成立。"⑤时序变形有很多种，诸如倒述、预述、插述、交错等，但基本的时序变形只有倒述和预述两种。倒述指某个事件的叙述在迟于"故事"应该发生的时刻来进行，或者对某个人物的交代在迟于应该交代的时刻来进行；预述则相反。明言之，倒述"是在事件发生之后讲述所发生的事实"，预述是"提前叙述以后将要发生的事

---

① 参看陈平原：《中国小说叙事模式的转变》第二章；赵毅衡：《苦恼的叙述者》上篇第三章。

② 杨义：《中国叙事学》，人民出版社1997年版，"时间篇第二"。

③ 参看张寅德编选：《叙述学研究》，中国社会科学出版社1989年版，第297页。

④ 张寅德编选：《叙述学研究》，中国社会科学出版社1989年版，第294页。

⑤ [法]米歇尔·比托尔：《小说技巧研究》，任可译，《文艺理论研究》1982年第4期。

件"。①无论倒述或预述，都体现出叙事评价某种程度上的变化，这一变化大体可分为强化和弱化。

叙事评价的强化，与倒述和预述的明晰化有关。明晰的倒述可以是对事件的倒述。对事件的倒述往往是因为两个或多个事件交织在一起，无法同时叙述，不得不说完一个事件后再说另一个事件。中国小说中常见的"花开两朵，各表一枝"便是倒述的明显标记。《水浒传》第四十九回在宋江三打祝家庄的主线之中，倒述了解珍解宝被陷害，引出一批人投梁山的故事。这一倒述使这批人在第三次攻打祝家庄时的出现不显得突然，同时鲜明地体现出"官逼民反"的情形和梁山对好汉们的感召力，与叙述者的总体评价保持一致。倒述也可以是对人物的倒述。在人物出场后，对人物的身份来历或此前的重大活动进行扼要的介绍，人物的性格特征由此得到大致的规定，叙述者也由此对人物有了评价基调。倒述还可以是叙述者的自我回忆，即自我倒述。鲁迅《伤逝》的主体便是叙述者涓生的倒述，开篇一句"如果我能够，我要写下我的悔恨和悲哀，为子君，为自己"可视为倒述的标记。叙述者的自我倒述往往赋予文章一种感伤色彩。《伤逝》通过涓生的内心忏悔，写出了"我的悔恨和悲哀"，小说通篇都沉浸在感伤悲哀的氛围之中，在这一氛围中，叙述者的价值取向得以表达。强烈的感情色彩使叙事评价显得分外醒目。如果没有自我倒述，叙述者很难将"悔恨和悲哀"之情表现得如此动人心弦，也很难使人一下子就清楚他的倒述是为了表达自己的"悔恨和悲哀"。

明晰的预述也离不开叙述者的指点。这种指点既可以是局部指点，也可以是关于整个叙事的指点。局部指点，如话本小说《闹樊楼多情周胜仙》中当范二郎跟踪周胜仙回家时，叙述者指出："因这一去，引起了一场没头没脑的官司"，明确预示了跟踪将引发的后果。从叙述语气看，叙述者似乎认为，如果没有范二郎的跟踪，这场官司就不会出现，范二郎的跟踪有点无事生非的意味；而这场官司的"没头没脑"，又明确预示了官司的复杂性和难解性。由此看来，这一预述，既提前交代了"官司"，使

① 张寅德编选：《叙述学研究》，中国社会科学出版社 1989 年版，第 62 页。

读者心里有所准备，又表露出叙述者对范二郎跟踪的隐隐约约的不满和对官司的复杂难解的担忧。整体指点，如《水浒传》一开头就指出："三十六员天罡下临凡世，七十二座地煞降在人间"，"水浒寨中屯节侠，梁山泊内聚英雄"，既说出了梁山108将之数，又点明梁山好汉是"节侠""英雄"，并用"水浒寨""梁山泊"预示了事件发生的地点。这一预述中，叙述者的总体倾向很明显，即梁山108人都是好汉。对照后文，这一倾向性更明显。在武十回、林十回中，武松、林冲的英雄形象刻画得栩栩如生，不愧有天罡之威严，地煞之气概。尤其是当入伙梁山的英雄上山动机不充分时，叙述者一句"也是地煞星一员，就降了"便解决了一切，将人物的行动与预述应合起来。以此观之，《水浒传》开头的预述，其实已奠定了《水浒传》整个事件的基础，也昭示了叙述者的评价基调。

倒述和预述也可以弱化叙事评价。如果严格按时间的顺序来叙事，叙事评价一般是可以理解的。但有时候，倒述和预述的介入，使时间交错，时序错乱，如果叙述者又不出面加以交代，很容易使人对叙事产生混乱感，也容易使叙事评价隐藏于错乱的叙事之中，让人难以把握。一般而言，单纯的倒述或预述不会弱化叙事评价，因为单纯的倒述或预述容易识别，就是说，叙述者对时间的交代还是比较清楚的，叙事评价在清晰的时间中较容易获得。如果倒述和预述交错在一起，相互包容，很难找到一个时间的基点，叙事文本中，分不清过去、现在和未来，整个叙事像一个解不开的线团，此时叙述者的评价包裹在这个"线团"中，由于"线团"的难解而使评价弱化。时序错乱的一个重要原因是叙事时缺少明确的"现在"，这主要通过两种方式来实现。一种方式是一句话中包含了过去和未来，现在在过去和未来之间游移，既包含过去，又包含未来，难以确定。马尔克斯《百年孤独》的第一句话便是："多年之后，面对着行列队，奥雷连诺上校将会想起那久远的一天下午，他父亲带他去见识了冰块。"从这句话看，"父亲带他去见识了冰块"的事件是清晰的，但"多年之后"的预述、"久远的一天下午"的倒述交错在一起，使这句话变得不那么肯定。叙述者试图用含混的时间消除那种肯定的陈述，叙事评价在这种含混中也显得模糊起来。如果不是时间交错，"面对着行列队"，上校想起"见识了冰块"可能会透露出叙述者的某种意图，但时间交错使人们关注的是时间而不再是叙述者的意图。另一种方式是表面上看来有确定的"现在"，而实际上没有。福克纳《喧哗与骚动》便如此，小说的四个部分都有明确的"现在"，但四个部分的"现在"不同，而且，在前三个部分中，现在与过去交叉在一起，过去的内容压倒了现在的内容，这一切使"现在"在小说中事实上也成为不确定的时间。流露于小说中的，不是时间的精确，而是时间的错乱，以及错乱中的一种难以名状的情绪。萨特指出："至于福克纳对现在的概念，它并不是在过去和未来之间一个划定界限或有明确位置的点"①，所以它已不具有"现在"的意义，从中反映出生存的一种荒谬性和虚无倾向。但这种"反映"需要通过对文本的仔细阅读才有可能，换句话说，叙述者的意图并不容易获得。

时序变形对叙事评价的影响，说到底是时序变形造成因果关系的清晰和模糊，从而导致叙事评价的强化或弱化。应该说，时序就是时序，因果就是因果，所谓"前因后果"早已被拉丁修辞学家们驳倒了②，叙事学家对"前因后果"也颇有微词，米克·巴尔便认为"时间先后关系和因果关系总是相互关联"是"一个屡屡出现的错觉"③。但至少就叙事而言，时序关系与因果关系还是有内在联系的。叙事从根本上说是关于过去的。过去的事件很多，至于讲述何种事件，取决于这一事件对后来事件的影响，"被讲述的最早的事件仅仅是由于后来的事件才具有自己的意义，并成为后事的前因"，正是这一"前因"使叙事评价多为"后见之明"。由此，从时间上看，"是时间系列的结尾——事情最终演变的结果——决定着是哪一事件开始了它：我们是因为结尾而知道它是开端……因此历史、小说、

①［法］萨特：《福克纳小说中的时间：〈喧哗与骚动〉》，俞石文译，易漱泉等选编：《外国文学评论选》（下册），长沙：湖南人民出版社1982年版，第602页。

②赵毅衡：《当说者被说的时候——比较叙述学导论》，中国人民大学出版社1998年版，第196页。

③［荷］米克·巴尔：《叙述学：叙事理论导论》，谭君强译，中国社会科学出版社1995年版，第47页。

游记都基于一种逆向的因果关系。知道一个结果，我们在时间中回溯它的原因"[1]。当然，这种"回溯"是针对叙述者的叙述动机而言的，文本中完全的"回溯"（即整体上的倒述）并不多。但前后事件之间的因果关系始终是潜在的，不论是倒述、预述还是倒述和预述的交错，"小说叙述的时序关系总是隐含着因果关系"[2]，我们理解时序的变形，主要是在变形的时序中寻找一种因果关系和逻辑顺序。

正因为时序关系的外衣下掩盖着因果关系，而因果关系又是我们理解文本、寻找叙事评价的必经之途，所以我认为，时序变形通过引起因果关系或明或暗的变化，从而调节叙事评价。明晰的倒述和预述，用时间上的明晰性使事件之间的因果关系明晰化，使叙事评价不至于比线性叙述时的评价难以理解，而且倒述与预述，还可以产生某种线性叙述所缺少的审美效果，这些审美效果使事件之间的因果关系更加突出，从而强化了叙事评价。这些审美效果中主要的一点是产生悬念。所谓悬念，就是通过事先提供的有关情况，让读者对这一情况产生寻根究底的兴趣。从这一点看，倒述和预述有类似之处。倒述是先有事件的结果，然后回溯原因，可以说是一种结局性悬念；预述是预先知道了某个事件的相关情况，此后事件的进展过程中果然出现了这一情况，可以说是一种过程性悬念。[3]就结局性悬念看，从结局中寻找原因，寻找过程中便会产生"原因到底在哪里"的疑问，这一疑问使事件的因果关系显得很突出，叙事评价也突出。就过程性悬念看，在过程中寻找结果，在寻找过程中会产生"情况到底是如何形成的"疑问，这无形中增强了事件的因果关系，从而增强了叙事评价的力度。

---

① [美]华莱士·马丁:《当代叙事学》,伍晓明译,北京大学出版社1990年版,第81页。

② 赵毅衡:《当说者被说的时候——比较叙述学导论》,中国人民大学出版社1998年版,第197页。

③ 赵毅衡:《苦恼的叙述者》,北京十月文艺出版社1994年版,第161页。从悬念来看,所谓倒述和预述只是相对而言的,如果故事的自然顺序是ABC,叙述时变成了BAC,那么,相对于A来说,B是预述,相对于B来说,A则是倒述。有时候,倒述和预述很难区分,但倒述和预述的侧重点明显不同。我们通常所说的倒述和预述是就叙事的总体情况而言的。

明晰的倒述与预述，之所以"明晰"，是因为它们在总体上不妨碍叙事的线性进展，读者也能较容易地将它们恢复到事件的正常位置上去。倒述与预述的错乱则不然。热奈特指出："内容上的任何推论都不能帮助分析家确定失去一切时间关系的时间倒错的地位，我们只能把它视为无日期无年代的事件"①，"无日期无年代的事件"只是一个特定的事件，它抽去了事件的时间序列，抽去了事件的进展过程，抽去了事件发展过程中的因果联系，在这种情况下，很难对事件作出判断，叙事评价的弱化也就理所当然。时间错乱即使没有达到热奈特所说的"无日期无年代"的程度，但只要错乱的程度使叙事的线性时间难以呈现时，叙事评价就容易弱化。正如上文所说，线性时间意味着因果关系，线性时间的难以恢复，意味着因果关系的难以把握，从而弱化叙事评价。

二

如果说"时序"指时间的向度（顺序），"时长"则是指时间的跨度。"故事中的时间跨度是指单位时间内的历史容量"②。说到单位时间，又离不开故事时间和文本时间。故事时间比较好理解，文本并不具有时间向度，只能"用空间关系（页序）表征时间次序"③。单位时间就是故事时间在文本中的投影，即故事的时间跨度与文本的空间长度之比，一个跨度为三年的故事用三页的篇幅来叙述，单位时间便是一页讲述一年的故事。严格按单位时间来叙事几乎不可能，因此，有必要从故事时间与文本时间中重新寻找"时长"的标准。

故事时间是所指时间，文本时间是能指时间。能指时间与所指时间相等时，时长没有变形，能指时间与所指时间不等时，时长变形。就叙事文本看，时长绝对不变形几乎是不可能的，正如热奈特所言："无论在美学

① ［法］热拉尔·热奈特：《叙事话语 新叙事话语》，王文融译，中国社会科学出版社1990年版，第50—51页。

② 徐岱：《小说叙事学》，中国社会科学出版社1992年版，第255页。

③ 赵毅衡：《苦恼的叙述者》，北京十月文艺出版社1994年版，第137页。

构思的哪一级，存在不允许任何速度变化的叙事是难以想象的，这个平常的道理已具有某种重要性：叙事可以没有时间倒错，却不能没有非等时，或毋宁说（因为这十分可能）没有节奏效果。"[①]热奈特所说的速度变化主要就是时长变形。对速度变化，热奈特曾列出了一张表，表中包括停顿、场景、概要和省略，但热奈特自己也意识到这张表的不完美，因为表中"缺少一个与概要相对应的变速运动形式"[②]。米克·巴尔和查特曼对这张表作了补充，赵毅衡转述查特曼的图表如下：

省略　述本时间 = 0,当然也 < 底本时间

缩写　述本时间 < 底本时间

场景　述本时间 = 底本时间

延长　述本时间 > 底本时间

停顿　述本时间 > 底本时间,因为后者 = 0[③]

从这张表看，以场景（标准时长）为中轴，省略与停顿，缩写与延长两相对应。从叙事评价看，省略有些特殊，因为"省略的内容，不见得是不重要的"[④]，但即使是重要的内容，一旦省略了，叙述者的评价也就隐藏于"空白"之中。从缩写到停顿，文本时间渐渐变长，如果不是纯粹的描写，叙事主体的介入一般说来也渐渐增多，叙事评价也由弱渐强。当然，严格地说，时长变形与叙事评价的强弱并无必然关系，叙事评价的强弱取决于叙事主体的介入程度。但有一点可以肯定，即时长变形可导致叙事内容的或详或略，从而影响叙事评价。

---

① ［法］热拉尔·热奈特:《叙事话语　新叙事话语》,王文融译,中国社会科学出版社1990年版,第54页。

② ［法］热拉尔·热奈特:《叙事话语　新叙事话语》,王文融译,中国社会科学出版社1990年版,第60页。

③ 赵毅衡:《苦恼的叙述者》,北京十月文艺出版社1994年版,第138页,米克·巴尔的图表参看《叙述学:叙事理论导论》第80页。查特曼是用叙述来表达这个图表的意思,见［美］西摩·查特曼:《故事与话语》,徐强译,中国人民大学出版社2013年版,第52页。

④ ［荷］米克·巴尔:《叙述学:叙事理论导论》,谭君强译,中国社会科学出版社1995年版,第80页。

缩写一般是对事件作梗概式的介绍，或者是"表现背景信息，或联接各种不同场景的适当的手段"①，总之，是关于事件外部的情况说明。缩写一般以讲述为主，此时叙事评价较为明显，但缩写的内容是事件的外部情形，叙事评价往往又只是泛泛而谈。《聊斋志异》中"罗刹海市"的开头便是缩写："马骥，字龙媒，贾人子。美风姿，少倜傥，喜歌舞。辄从梨园子弟，以锦帕裹头，美如好女，因复有'俊人'之号。"其中的"美风姿，少倜傥"等看似客观的介绍，其实只是叙述者的主观评价，"辄从梨园子弟以锦帕裹头"，一个"辄"字便缩写了多次裹头的具体情形。这段缩写，总体上只是一个人物的介绍，极其粗略，介绍中含有评价，评价也很不具体。

场景一般是将某个场面真实地再现出来，故事时间与文本时间相等，但正如米克·巴尔所说，这种相等也只是大体上相等而已，严格的相等几乎不可能，即使像对话这样标准的直接转述语也是如此，因为"对话中的停滞时刻，无意义或无结果的评论，常常会被略去"②。场景再现的内容不仅仅是事件外部的情况，它将某一场面活生生地再现出来，是展示的结果，此时是叙事评价隐藏在具体的场景背后，不够明确却比较具体。就时长而言，场景的文本时间明显要长于缩写的文本时间，在一定的文本时间内（一定的页数），场景比缩写的时间跨度要小，而叙事密度要大。时间跨度的"实质是决定着故事的密度……而密度的大小同价值生活成正比：越是有意义的生活密度越大，反之就越小"。这样，叙述者对时间跨度的调度"最终影响到文本的价值世界的结构"③，也反映了叙述者对所叙事件的态度。从缩写到场景，叙事评价渐渐由外而内，由明显而隐蔽，由简单而具体。

延长时文本时间长于故事时间，依我的理解，这是在场景基础上加强

① [荷]米克·巴尔：《叙述学：叙事理论导论》，谭君强译，中国社会科学出版社1995年版，第83页。

② [荷]米克·巴尔：《叙述学：叙事理论导论》，谭君强译，中国社会科学出版社1995年版，第84页。

③ 徐岱：《小说叙事学》，中国社会科学出版社1992年版，第255页。

描写或评论力度的结果，就是说，延长中往往有场景，而且对这一场景进行了"细节放大"或展开议论。《白鲸》第一百三十四章在开头的对话场景后，叙述者发表了感想："这里必须说明一下，像这样日以继夜，夜以继日，不住地追击一条大鲸，在南海的捕渔业中，决不是件空前的事儿。因为这正是南塔开特船长中那些天生的大天才家，必须具有的绝技、先见之明和坚定的信心。"不管这里的议论内容如何，它是叙述者对"追击"这一具体行动展开的议论。议论和前面的对话场景在一起构成延长，延长时的叙事评价，既有缩写时叙事评价的明显性，又有场景时叙事评价的具体性，甚至有比具体性更具体的精细性。可以认为，延长时的叙事评价，是在场景时的叙事评价的基础上增强了评价的外在性、清晰性，因而它兼有缩写和场景两种时长的评价特点，评价既鲜明又具体。从场景到延长，叙事评价由内而内外兼容，由隐蔽而公开，由具体而精细。

停顿往往是静止的描写或议论，它与延长的区别是：延长在描写或议论时多少还伴随着事件的进展，而停顿是在事件停止进展时叙述者展开描写或发表评论。我认为，停顿可理解为在延长的基础上抽去事件的进展过程，所以显得比较纯粹，或者是纯粹的描写，或者是纯粹的议论。与我们论题相关的是后者。《金瓶梅》词话本第二十二章，西门庆与仆妇宋惠莲有私，叙述者按下事件不说，出面发表评论："看官听说，凡家主切不可与奴仆，并家人之妇，苟且私狎，久后必紊乱上下，窃弄奸欺，败坏风俗，殆不可制，有诗为证……"这是典型的评论介入。从介入中，我们可以很清楚地看到叙述者对西门庆与宋惠莲勾搭成奸的态度，同时，叙述者并非就事论事，而是针对一切家主和奴仆、仆妇之间的苟且关系发表议论，因此，评价具有普遍性。从延长到停顿，由于抽去了具体的事件进展过程，评价虽关系到某一事件，但又不依附于某一事件。一般而言，这种评价既是具体的、公开的，又超越了具体性而具有普遍性。

以上时长问题，归根到底是由于客观时间与主观时间的差别。这一差别在心理学界被说成是物理时间与心理时间的差别。构造主义心理学派代表铁钦纳指出：就物理时间而言，"你在一个乡村车站的候车室所消磨的1

叙事形式与主体评价

第四节 叙事时空

小时和你在观赏一场有趣的比赛时所消磨的1小时，在物理方面是彼此相等的"，但就心理时间而言，"对你来说，前一小时过得很慢，后一小时过得很快；它们并不相等。"①从缩写到停顿，等值的物理时间（故事时间）在心理上觉得越来越长，这种心理时间通过文本表现出来，成为文本时间，文本时间的加长，使叙述者有可能对事件进行更深入的审视，更细致的评价，甚至可以跳出具体的事件而发表感想。显然，叙事强调的是文本时间（心理时间）而非故事时间（物理时间），从缩写到停顿，着重考察的是文本时间（心理时间）在时长方面的变化，但这一变化，又离不开故事时间（物理时间）。"故事时间是本文时间的基础和参照，现代叙述可以最大限度地歪曲它并将它隐藏起来，但不能无视它的存在。否则，叙事文本中的时间也会因失去依托而不复存在，其最轻结果是导致审美感受方面的无序化"②。同样的道理，不同的时长变形所带来叙事评价的变化，说到底体现了叙述者对不同的故事时间段的看法，从缩写到停顿，在一定的文本时间内，故事时间越来越短，但受重视的程度却越来越高，因而叙事评价也越来越深入，评价的分量也越来越重。

三

跟时间问题紧密结合在一起的是空间问题。在叙事文本中，事件不仅是在时间的流程中进行，也是在一定的空间范围内展开。"时间仿佛是以一种潜在的形态存在于一切在空间展开的结构之中"③，空间则以较为外在的形态展示了时间流程中的特定时刻。对叙事中的时空问题，埃得温·缪尔在1928年的《小说结构》中作了较为集中的论述。该书"主要研究小说怎样通过叙述的结构来表现小说的时间与空间"④。约·克·霍尔说得

---

① 杨清：《现代西方心理学主要派别》，辽宁人民出版社1980年版，第108页。

② 徐岱：《小说叙事学》，中国社会科学出版社1992年版，第249页。

③［苏］格·巴·查希里扬：《银幕的造型世界》，伍菡卿、俞虹译，中国电影出版社1983年版，第27页。

④［英］卢伯克、福斯特、缪尔：《小说美学经典三种》，方土人、罗婉华译，上海文艺出版社1990年版，第11页。

很干脆："以《时间与空间》为标题的那一光辉的篇章，便是全书的支柱。"①翻阅该书，缪尔是在人物小说与戏剧性小说的对比中论述时间与空间，而不是直接针对叙事中的时空发表议论。叙事离不开时间似乎是公理，福斯特便指出："小说一旦完全摆脱了时间观念，就根本不能够表现任何事物"②。随着时间在叙事中的变化尤其是时序变形使线性时间不再明显时，有些论者转而关注空间问题，1945年美国批评家弗兰克提出了"空间形式"这一概念，更是对关注空间的集中表现。此后，不少小说研究者都讨论过"空间形式"，1977年普林斯顿大学出版了《叙述的空间形式》论文集，总结了30年来对这一问题的讨论情况，但每篇文章的"空间形式"不尽相同，这导致"空间形式"的复杂化和模糊化。弗兰克认为"空间形式……所打破的只是叙述的时间流"③，它"试图克服包含在其结构中的时间因素"④，由此看来，所谓空间形式，"实际上只是一个时间序的譬喻性解释。"⑤如果以莱辛诗歌是时间艺术、绘画是空间艺术的经典概括为依据，这种看法自有其道理。但在我看来，撇开时序不谈，叙事中也不乏空间表现。米克·巴尔、徐岱等人对此曾有所论述⑥；张世君的新作《〈红楼梦〉的空间叙事》更为此提供了一个较为系统的范本⑦。但张书是依托《红楼梦》的个案研究，缺乏理论的普遍性；而且该书追随叙事学

---

① [英]卢伯克、福斯特、缪尔：《小说美学经典三种》，方土人、罗婉华译，上海文艺出版社1990年版，第13页。

② [英]卢伯克、福斯特、缪尔：《小说美学经典三种》，方土人、罗婉华译，上海文艺出版社1990年版，第234页。

③ [美]约瑟夫·弗兰克等：《现代小说中的空间形式》，秦林芳编译，北京大学出版社1991年版，第4页。

④ [美]约瑟夫·弗兰克：《现代小说中的空间形式》，秦林芳编译，北京大学出版社1991年版，第2页。

⑤ 赵毅衡：《苦恼的叙述者》，北京十月文艺出版社1994年版，第178页。

⑥ 参看米克·巴尔：《叙述学：叙事理论导论》第一章第五节，第二章第六节；徐岱：《小说叙事学》第五章第一节。

⑦ 该书从实体空间、虚化空间和虚拟空间三个方面建构了《红楼梦》的叙事空间，但这一建构过于依赖《红楼梦》的内容，而没有上升到叙事理论的高度。该书是作者的博士论文，中国社会科学出版社1999年版。

的文本分析法，不涉及叙事评价，因而对我们的论题意义不大。下面，就我个人的理解，对文本中的空间因素与评价关系进行讨论。

　　一般而言，叙事文本的存在形态应是时间性的，但有时也可呈现出一定的空间性。从《红楼梦》对通灵宝玉正反面形状的描摹到马原《窗口的孤独》中住房平面示意图的绘制，文本外在形态的空间性有越来越明显的标记。在我看来，这种标记的主要目的是增强叙事的真实感，似乎真的有那么一块通灵宝玉，似乎真的有那么一组住房。真实感的增强，使读者易于相信叙述者叙述的事件，从而也易于接受叙述者的评价。换句话说，文本中空间形态的明显化，可以使叙事评价得到强化。如果说时间因素对叙事评价的调节作用，如上文所说，既可以是强化叙事评价，也可以是弱化叙事评价，空间因素对叙事评价的调节作用一般则是强化叙事评价。这种空间因素不仅体现在文本形态上的空间表现，更重要的是文本中的空间内容。

　　黑格尔在《美学》中区分了"一般的世界情况"和"情境"。所谓"一般的世界情况"，是指社会时代背景："理想的主体性格……需要一种周围世界作为它达到实现的一般基础。"[①]所谓"情境"，是指人物活动的具体环境："有定性的环境和情况就形成情境。"[②]这种时代背景和具体环境可以认为是叙事中的大空间和小空间。无论是大空间还是小空间，都是为人物提供活动的场所。黑格尔正是从人物性格的要求出发，来讨论"世界情况"和"情境"的："从个别人物方面看，这普遍的世界情况就是他们面前原已存在的场所或背景，但是这种场所必须经过具体化，才见出情况的特殊性相……使个别人物现出他们是怎样的人物，现为有定性的形象。"[③]一般说来，大空间为人物提供了社会时代背景，规定了人物行动的方向和命运的必然，为评价人物提供了基本前提；小空间展示了人物活动的场所，制约了人物的具体行动和社会关系，为评价人物提供了具体

①　[德]黑格尔：《美学》（第一卷），朱光潜译，商务印书馆1979年版，第228—229页。
②　[德]黑格尔：《美学》（第一卷），朱光潜译，商务印书馆1979年版，第254页。
③　[德]黑格尔：《美学》（第一卷），朱光潜译，商务印书馆1979年版，第252页。

依据。

　　就大空间而言，它主要指人物处身其中的政治、经济、文化等社会状况。《李自成》写出了明末农民领袖叱咤风云的形象。如果不是明末政治、经济等方面的状况，不可能导致农民起义，不可能有李自成的创举。将李自成放入明末动乱的社会背景之中加以刻画，首先对李自成这一人物形象便可以有一个大致的把握。明末政治腐败、经济不振、社会动乱，作为农民起义领袖，李自成应时而起，推翻明王朝，但由于农民的先天局限，由于封建帝王思想的作祟，李自成又无可挽回地失败了。李自成的成功和失败，可以说是明末的社会背景和农民出身这些条件所预先决定的，叙述者对李自成的赞颂和可惜，也是基于这些条件而言的。就小空间而言，它主要指人物活动的地域或地点。地域特征有时使人物性格带上明显的地域色彩，为理解人物，评价人物提供了外在条件。沈从文的《边城》便离不开湘西那种纯朴、真诚、桃花源式的地域色彩，如果不是在湘西，而是在塞外或别的地方，便不可能有现在的《边城》。王德威指出：《边城》"抒情式的笔触写尽了20世纪初湘西小社会的自足环境，以及人事关系的自然纯真。翠翠的爱情故事更是凄美幽丽，羡煞天下多少痴男怨女"。[1]我们则强调，翠翠的爱情故事离不开湘西小社会的自足环境，理解翠翠、评价翠翠也需要从这种自足的小社会出发，小社会的自足环境强化了翠翠爱情的纯真凄美。

　　特定的空间地点也有强化叙事评价的功用。空间一般有"框定"的意义[2]，"框定"产生了"内部"与"外部"，"中心"与"边缘"的对立[3]。就"内部"与"外部"的对立看，一方面，"外部"无法进入"内部"，空间带有防护的意思，空间内部意味着安全，空间外部意味着危险。另一方

---

　　① [美]王德威：《想象中国的方法——历史·小说·叙事》，生活·读书·新知三联书店1998年版，第230页。

　　② 金健人认为空间应包括地域内容、社会内容和景物内容，地域具有"负载"与"框定"意义。参看《小说结构美学》，杭州：浙江文艺出版社1987年版，第二章。

　　③ 这受到米克·巴尔的启发，参看[荷]米克·巴尔：《叙述学：叙事理论导论》，谭君强译，中国社会科学出版社1995年版，第49页。

面，"内部"无法到达"外部"，空间又带有限制的意思，空间内部意味着拘束，空间外部意味着自由。就空间的防护意义看，叙述者将人物或事件置于某一空间内部，可强化人物的安全感或事件的机密性。比如，商谈机密事宜，叙述者将空间放在密室就比会议室或客厅更能突出事件的重要性和保密性，更能体现出叙述者对机密事宜郑重其事的态度。就空间的限制意义看，叙述者将人物或事件限定在某一空间内部，可强化人物的拘束感和事件的封闭性。比如，为了限制女儿与情人约会，严厉的父亲责骂女儿或把女儿幽禁在闺房中，后者比前者对女儿的约束一般要大得多，叙述者对女儿的同情、对父亲的谴责可能也强得多。空间的防护与限制有时候也处于对立的状态：空间的防护作用意味着空间内部的安全感，空间的限制作用有时候则使空间内部变得不安全。正如米克·巴尔所说："内部空间也可被感觉为不安全，但多少带有不同的意义。比如说，内部空间可以被感觉为一个幽闭之所，而外部空间则象征自由，和随之而来的安全。"①就"中心"与"边缘"的对立看，一方面，"中心"独立于"边缘"，空间带有突出的意思，"中心"显得重要，"边缘"则不那么重要。另一方面，"中心"与"边缘"疏远，空间带有孤立的意思，"中心"显得孤独，"边缘"排斥"中心"。在叙述上，前者主要叙述"中心"，后者主要叙述"边缘"。就空间的突出意义看，叙述者赋予"中心"以显著的地位，可突出对中心地带发生的事件的感受。《白鲸》将中心放在广阔的洋面上，出洋前的码头和事件结束后叙述者回到的岸上，相形之下，则无足轻重，只能处于"边缘"。大洋的平静中潜伏着危机，风平浪静的洋面上可能突然会兴起狂风巨浪，使船毁人亡，而亚哈猎杀白鲸的决心却如磐石般不可动摇，使凶险更添增了几分。亚哈的勇气虽值得赞颂，但他为报仇视自己和船员的性命如无物又值得诅咒。叙述者将"中心"空间放在大洋上，既使人因为每天的单调行程而无动于衷，又让突发的危险使人担心恐惧，在

① ［荷］米克·巴尔：《叙述学：叙事理论导论》，谭君强译，中国社会科学出版社 1995 年版，第 107 页。

"静止的特性和突如其来的灾难式的进展"中①，大洋这个"中心"空间使叙述者既赞颂又诅咒的矛盾心情表露无遗。就空间的孤立意义看，叙述者让"中心"与"边缘"隔绝，可增强"中心"的孤独和神秘。《城堡》中的"城堡"，一直是K行程的目标，是"中心"空间，但K却只能在城堡"边缘"的村子中转悠，始终进不了城堡。小说自始至终都写K在"边缘"的活动，他虽然想进入"中心"，却不知这一"中心"何在，更不知"中心"的情况如何。对"边缘"的村子来说，"中心"城堡既是孤独的、不可亲近的，又是神秘的、不可知的。叙述者只叙述人物在"边缘"的活动，而将"中心"孤立起来。事实上，"K一进入那个村子，他的故事也就结束了"②，他在"边缘"的一切努力其实毫无意义。将神秘的不可知的空间作为"中心"空间，强化了叙述者对人物活动的怀疑，也强化了叙述者对人物生存状况的忧虑和感叹。

四

空间是人物活动的空间，空间强化叙事评价的原因可以从人物与空间的关系中去寻找。在我看来，人物要么与空间相和谐，要么与空间相背离，要么与空间既不和谐又不背离，这三种情况分别形成和谐性空间、背离性空间和中立性空间。和谐性空间可赋予叙事象征性，背离性空间使叙事有时带上反讽的色彩，中立性空间则增强叙事的真实感，从而以不同的方式使叙事评价得以强化。

和谐性空间指人物与其活动的空间相适宜，空间在一定程度上象征着人物的性格和行动。这种空间是叙事中最常见的空间，主要有两方面情况：一是人物性格与活动空间有内在一致性；二是人物行动与活动空间有内在一致性。就前者看，某一特定的空间反映了人物的性格，空间成为人

---

① [英]卢伯克、福斯特、缪尔：《小说美学经典三种》，方土人、罗婉华译，上海文艺出版社1990年版，第378页。

② [美]约瑟夫·弗兰克等：《现代小说中的空间形式》，秦林芳编译，北京大学出版社1991年版，第158页。

物性格的象征，可称为单向象征。如《红楼梦》对潇湘馆的描绘："小小两三间房舍，一明两暗，里面都是合着地步打就的床几椅案。从里间房内又得一小门，出去则是后院，有大株梨花兼着芭蕉。"此外，还有"几竿竹子隐着一道曲栏，比别处更觉幽静。"这样的空间，其实是林黛玉性格的外化，使林黛玉那种聪慧、清高、忧愁、孤零的形象更加栩栩如生，叙述者对林黛玉的同情和赞美也因潇湘馆而更让人信服。如果林黛玉住的不是潇湘馆，而是宝钗的"蘅芜院"或探春的"秋爽斋"，空间与人物的性格便不协调，叙述者的赞美和同情也将大为逊色。就后者看，空间固然有象征性，但不是直接对人物的象征，而是因为人物的行动，使空间具有某种象征性，同时，由于象征性空间的存在，使人物的行动本身又具有象征性，如果人物行动离开特定空间，或特定空间离开人物行动，象征将不存在。这种象征可称为双向象征。《老人与海》中的"老人"与"海"即如此。老人桑提亚哥独自出海捕鱼，有着一种内在力量和人格追求。"海"，对于老人来说，不仅是具体的活动空间，而且"它的宽广足以使老人航入能了解和体验不可知的和未知的现实奥秘的领域；它的浩大足以允许老人生活在永恒之中。""老人"与"海"各有其象征意义，"老人"是孤独的追求者，"海"是深沉的追求对象，二者相互阐发，相互补充，"老人"显示了海的博大和深沉，"海"显示了老人的孤独与奋进，使作品呈现出一种"深沉的孤独"与"孤独的深沉"的悲壮美，在悲壮中强化这种独自追求的伟大人格力量。[①]

背离性空间指人物所处的空间与人物性格、行动不和谐，空间和人物之间处于一种对立和隔膜的状态。这也可区分出两种情况：一是人物在空间中的活动，表面上是想适应空间，实际上是人物没有真正理解空间的性质，人物的活动变成对人物自身的嘲讽，人物和空间处于对立关系，这可称为积极反讽。一是人物对自己的活动空间并不理解，也不想理解，与空间处于隔膜状态，导致人物的活动对特定空间而言毫无意义，这可称为消

① 江守义：《论作为暗示性评价的象征》，《安徽师大学报》（哲学社会科学版）1997年第2期。

极反讽。积极反讽，由于人物主观上的追求与空间客观上的要求不相适应，甚至背道而驰，反讽的力度比较大。《唐·吉诃德》的主人公一心想当骑士，但当时的社会空间已没有骑士，也不再需求骑士，这样，唐·吉诃德的许多行为便显得荒唐可笑，最典型的便是视风车为敌人而与之搏斗，结果弄得狼狈不堪。叙述者以此对唐·吉诃德进行了辛辣的嘲讽，但在唐·吉诃德本人看来，他的事业和追求是崇高的、神圣的，叙述者也赋予唐·吉诃德正面主人公的形象，因此这种辛辣的嘲讽变成强烈的反讽。消极反讽，人物对自身的活动空间漠不关心，主观上也不想有所作为，然而人物的行为，与空间又格格不入。"发迹"之前的阿Q生活在未庄这个人们"只拿他开玩笑"的空间里，阿Q对此毫无自觉意识，而是"很自尊"，并用精神胜利法来自欺自慰。此时的阿Q，可以说是处于一种麻木状态，这种麻木使他在未庄的活动显得可笑而又可怜。叙述者对阿Q的麻木进行讽刺，但又反话正说，形成反讽，使讽刺的意味更强烈，叙述者的主体评价也表现得更明显。

中立性空间与人物的性格、行动没有直接关系，它强调空间的物理性质而忽视空间的人化成分。法国新小说派曾大力提倡这种空间："必须设法建立一个更坚实的、更直接的世界，以取代那个'意义'（包括心理的、社会的、功能的意义）的世界。"[1]在这种空间中，叙述者的主体流露几乎为零，但物理空间的精确性可以造成一种逼真效果，增强叙述可靠性。可靠性的增强，使叙事评价容易被人接受。虽然中立性空间的叙事评价很微弱，但不等于没有，就是说，空间描写的绝对中立几乎是不可能的，因为中立性空间只是叙述者在处理空间与人物关系时的一种风格追求，它本身就可透露出叙述者的某种倾向和评价，中立性空间的逼真性使这一倾向和评价得以表现。应该指出的是：第一，此时的空间并没有强化叙事评价，但至少也没有弱化叙事评价，因为它力图还原活生生的原始空间，还空间以本来面目，而没有将具体的空间粗粗带过甚至忽略不谈。第二，任何空间描写都具有逼真性，但和谐性空间和背离性空间在逼真性的

129

---

① 陈焘宇、何永康：《外国现代派小说概观》，江苏文艺出版社1996年版，第525页。

同时，还带有象征或反讽意味，这就直接强化了叙事评价，中立性空间由于不带有象征或反讽，使逼真性显得格外突出。

时间和空间对叙事评价的调节往往不是孤立的，而是相互作用的，时间之中有空间，空间之中有时间。总体上看，空间夹在时间之中，"空间序本身无法构成叙述链"[1]，以此观之，时间因素对叙事评价的调节一般比空间的调节作用要明显一些，但时间的调节作用又离不开空间的参与，"因为正是空间才使得一个故事不仅仅是故事：在时间的绵延中，故事所给予我们的只是结局；而在空间的状态下，故事才真正成为一个过程。"[2]叙事评价固然往往是"结局"性的，但从"过程"中得出来的"结局"才真正让人理解和信服。同样，空间对叙事评价的调节，也离不开时间因素的参与，如果不是"夹"在时间之中，空间的调节作用将小得多。说到底，叙事是时间性的，"时间本身对于故事和本文都是必不可缺的。取消时间（假如有可能的话）就意味着取消整个叙事虚构作品。"[3]空间只是时间流程中的片段或场景，这些片段和场景，只有在时间流程中才能有效地发挥它们的评价功能，离开了时间流程，它们与整个叙事难以相融，其评价功能必然受到影响。只有时间和空间相互作用，相互影响，才能使叙事成为一个有机的整体，才能有效地调节叙事评价。叙事评价的调节作用就在时空的交互作用下完成。

本章从叙事人称、叙事聚焦、叙事方式、叙事时空四个方面对叙事评价的形式层面进行了探讨。需要明确的是，这四个方面虽然有某种联系，如第三人称往往用外聚焦，外聚焦通常用展示来加以表现，具有较强的空间性；但说到底，这四个方面又是从不同的角度对叙事进行形式分析的结果，四者之间并无固定的联系，就是说，各种人称可以根据需要选择聚焦形式，所有的叙事聚焦都可以用讲述或展示来表现，每种叙事方式都与时空有某种联系，同一时空中可容纳多种叙事人称。就叙事评价而言，这四

---

① 赵毅衡:《苦恼的叙述者》,北京十月文艺出版社1994年版,第178页。
② 徐岱:《小说叙事学》,中国社会科学出版社1992年版,第267页。
③ [以色列]里蒙－凯南:《叙事虚构作品》,姚锦清、黄虹伟、傅浩、于振邦译,生活·读书·新知三联书店1989年版,第105页。

个方面同样也只是从不同的形式侧面反映了叙述者的意图和倾向。诚然，形式层面的分析由于具体性有其独特的价值，但叙事文本毕竟是一个整体，我们有必要超越琐碎的形式分析，从整体上对文本中的叙事评价加以把握，从而展开美学层面的分析。

第三章

叙事评价的美学层面

首先，要说明的是，本章所说的美学层面，是相对于上一章所说的形式层面而言的。一般说来，叙事人称、叙事聚焦、叙事方式、叙事时空等形式问题都不乏美学意义。但在本书的界定中，叙事评价的美学层面与其形式层面是两个不同的层面，形式层面的叙事人称、叙事聚焦、叙事方式和叙事时空，与美学层面的划分并无必然关系；不同的美学层面，对形式层面各要素的要求可以相同，也可以不同。如果说形式层面是对文本"细读"和"技术处理"的结果，美学层面则是对叙事文本的整体把握，是对叙事文本"审美阅读"的结果。对叙事评价的美学层面，本章主要从三个方面来进行分析，一是叙事评价的美学内容，二是叙事评价的美学追求，三是叙事评价的审美接受。

第一节　叙事评价的美学内容

经典叙事学在总体上将叙事作品视为一个封闭的文本，极少关注叙事作品的美学意义。但叙述者的叙述一旦凝结成叙事作品，其间就必然包含着叙事主体的审美理解和审美追求，因为叙事作品作为艺术品，必然带有美的因素，必然带有艺术创造者的美学观念。就叙事评价的美学内容看，它主要包括情节和人物两个方面，因为任何叙事都离不开所叙述的事件，事件的有机组合即是情节，而情节又和人物紧紧联系在一起。

一

关于情节，首先遇到的问题是：叙事是否一定要有情节？在传统叙事中，这是不成问题的，叙事吸引人的首先是情节的曲折生动，无论是西方的"近代小说"还是中国的"奇书"文体均如此。但随着"意识流"和"新小说派"的崛起，随着现代心态小说和散文化小说的出现，叙事的情节趋于淡化。但情节淡化不等于取消情节，对此王蒙说得比较中肯："所谓散文化的无故事的小说，多半是用一系列小故事代替通篇的大故事，用没啥戏剧性的故事代替戏剧性强的故事罢了"①。即使纳塔丽·萨罗特和罗布－格里耶等人对情节表示怀疑，认为"情节使人物在表面上看来似乎自成一体，栩栩如生，实际上却像木乃伊一般地死硬僵化"②。但情节并

---

① 转引自马振方：《小说艺术论》，北京大学出版社1999年版，第109页。
② 转引自徐岱：《小说叙事学》，中国社会科学出版社1992年版，第218页。

未因此从叙事中消退，仍一如既往地在叙事中居于主要地位，无论是马尔克斯的《百年孤独》还是王蒙的《春之声》，其中的情节仍历历可见。因此，总体上看，叙事离不开情节。

到底什么是情节？历来众说纷纭。最早的权威定义也许是亚里士多德在《诗学》中的概括："情节，即事件的安排"①，至于如何安排事件，亚氏则以主人公的道德品质作为标准："第一，不应写好人由顺境转入逆境……第二，不应写坏人由逆境转入顺境……第三，不应写极恶的人由顺境转入逆境"，应该写"不十分善良，也不十分公正"的人陷于厄运。②福斯特在他广有影响的《小说面面观》中通过与"故事"的对比来阐释自己的"情节"观："故事是叙述按时间顺序安排的事情。情节也是叙述事情，不过重点是放在因果关系上。'国王死了，后来王后死了，'这是一个故事。'国王死了，后来王后由于悲伤也死了，'这是一段情节。……情节把时间顺序暂时挂起来，它离开故事在自己的范围内尽量发展。请考虑一下王后的死。如果是在一个故事中，我们会说：'然后呢？'而在一段情节中我们就问：'为什么？'那便是小说的这两个方面之间的基本差别"③。我国的《文学理论词典》对于情节又是另一种看法："'情节'：叙事性文艺作品中展示人物性格、表现人物之间、人物与环境之间的复杂的一系列生活事件和矛盾冲突的发展过程。……情节和人物的关系是：人物性格决定情节的发展；情节反过来影响人物性格的发展。情节包括序幕、开端、发展、高潮、结局、尾声等组成部分。"④

亚里士多德代表的是西方传统的情节观。这种情节观明显地表现出叙述者的倾向性：其一，主人公的道德品质，是一个可以被议论的话题；其二，对主人公道德品质的选择，更是叙述者自觉意识的结果；其三，亚氏

①[古希腊]亚里士多德：《诗学》，罗念生译，见《诗学 诗艺》，人民文学出版社1962年版，第21页。

②[古希腊]亚里士多德：《诗学》，罗念生译，见《诗学 诗艺》，人民文学出版社1962年版，第37—38页。

③[英]卢伯克、福斯特、缪尔：《小说美学经典三种》，方土人、罗婉华译，上海文艺出版社1990年版，第271页。

④转引自申丹：《叙述学与小说文体学研究》，北京大学出版社1998年版，第51页。

对情节的要求考虑到情节的接受，以能引起观众"怜悯和恐惧"之情为最好的悲剧情节，因此，选择情节时，叙述者就必须慎重。同时，这种情节观又将叙述者的倾向性融于情节展现之中。规定写"不十分善良，又不十分公正"之人，使叙述者有了先入为主之见，但这种"先入为主"又必须融于情节的"逆转"之中，能引起"怜悯和恐惧之情"的，不是叙述者的先入为主，而是情节的引人入胜；同时，这种先入为主，使所写之人、所叙之事具有了一定的典型性。由此看来，亚氏以主人公的道德品质来取舍情节，既显示出人物在事件中的重要性，表明叙述者的意图和偏好，又要求人物和事件融为一体，注重情节自身的整一性："悲剧是对于一个严肃、完整、有一定长度的行动的摹仿"①。情节自身的完整是其首要的美学追求，人物和事件的典型性也是其重要的美学特征。

福斯特的情节观影响较大，也颇遭议论。从其论述来看，它注重情节前后的因果关系，找到因果关系后，再将它们表达出来，显然，寻找和表达都很难完全摆脱叙述者个人的某些一厢情愿。这样，情节中就难免有叙述者的声音。但无论如何，因果关系压倒一切，叙述者的声音也服从于因果关系，否则情节就有失真的危险。福斯特将故事与情节对比，也无非是想突出因果关系是情节最起码的美学要求，因为依据常识，故事中并非毫无因果联系，但这种联系只有在情节中才具有意义。换句话说："生活本身充其量只能提供故事而无法提供情节，因为情节总是对故事的一种重新安排，其目的是为了表达讲这个故事的人对他所讲的那个故事的看法与态度"②。在情节中，叙述者的看法和态度与因果关系和谐地结合起来，使情节显得真实可靠。

我国《文学理论词典》对情节的看法，则突出了人物在情节中的中心地位。以人物性格来决定情节发展，人物性格可以褒贬，写什么样的人物，展示什么样的人物性格，又由叙述者来选择，这样，叙述者的评价寓

---

① [古希腊] 亚里士多德：《诗学》，罗念生译，见《诗学 诗艺》，人民文学出版社1962年版，第19页。

② 徐岱：《小说叙事学》，中国社会科学出版社1992年版，第220页。

于情节发展之中，就是极其自然的事情。但是，情节又有自身的统一性，有序幕、开端、发展、高潮、结局、尾声等组成部分，人物性格虽然鲜明突出并决定情节发展，但叙述者不能因人废事，为了人物性格而牺牲情节的完整性和真实性。人物性格的展示是通过人物与一系列生活事件的关系得以完成的，离开了生活事件，人物性格也不存在。因此，这种情节观实际上多少还是照顾到了情节自身的要求。

从上述三种情节观来看，在美学层面上，情节既是叙述者人为的产物，又要具有自身的美学要求：完整、真实、典型。

从美学层面来考察情节，不能仅停留在情节的概念上，还应该对情节进行美学上的归类。但情节的分类问题是一个比情节概念更麻烦的问题。首先，情节分类的标准是什么？一般而言，任何分类总有标准，但有些分类标准难以统一，如诺尔曼·弗里德曼以主人公的性格、命运、想法这三个"变量"以及主人公成功与否这两种遭遇进行分类，共得到六种"命运"情节、四种"性格"情节和四种"想法"情节[1]，这十四种情节很难找到同一个标准，因而就很难保证不同的情节之间没有交叉，也很难保证这种分类就可以涵盖一切作品。其次，情节分类是否有意义？任何分类都是研究者主观的一种努力，但这种努力的结果如何，又值得检验。比如美国批评家福斯特·哈里斯认为所有的情节不是 $1-1=?$ 就是 $1+1=?$，这种分类的原则很明确：情节是发展变化的，一切变化莫过于相反或相成[2]。但这种分类过于粗疏，将活生生的情节发展简化为抽象的数学公式，忽视了情节与人物的关系，完全掩盖了情节的美学特征，抹杀了文学的基本特性。

从上面情节自身的美学要求和两种情节分类的情况看，情节分类应遵循以下原则：一，要有统一的标准；二，不能忽视情节的美学特征；三，要重视情节和人物的关系。以此看来，亚里士多德依据主人公的道德品质

---

① 赵毅衡：《当说者被说的时候——比较叙述学导论》，中国人民大学出版社1998年版，第189—190页。

② 赵毅衡：《当说者被说的时候——比较叙述学导论》，中国人民大学出版社1998年版，第190页。

及其命运的演变来划分情节类型便颇有可取之处，但亚氏主要着眼于悲剧来划分情节，这种划分未必适合所有情节，但他重视主人公的道德品质仍给我们以重要启示：主人公的道德品质如何是就读者而言的，我们划分情节类型时可从读者与主人公的关系出发，主人公的能力与道德水平要么比读者高，要么比读者低，要么与读者大致相同，据此，我们可将情节划分为传奇型情节、生活型情节与反讽型情节①。这种划分以读者与主人公的能力和道德水平的距离为标准，较少考虑到情节本身，但一来"情节本身大抵只有达到目的与不达到目的两大类，而不同的主人公对情节起的作用要重要得多"②；二来这种划分遵循了情节划分的三原则，特别是照顾到了情节的美学特征；三来这种划分具有稳定性，因为读者的心理虽时时变化，我们可以用叙述者的心理取而代之，这样，读者与主人公之间的距离可转化为叙述者与主人公之间的距离，而叙述者的心理相对稳定③；四来以叙述者与主人公的关系来划分情节，有助于突出叙述者蕴含在情节中的意图，与我们的论题相关。基于这四方面的考虑，我们有理由坚持这种情节类型的三分法。下面便对这三种类型逐一加以讨论。

传奇型情节的主人公，其能力或道德水平超出了叙述者的能力或道德水平，叙述者需要仰视才可认识主人公，总体上对主人公充满赞叹钦佩之情。传奇型情节根据主人公的不同，可分为神话传奇和英雄传奇。神话传奇的主人公是神或有神性的人，其能力是凡人难以想象的；英雄传奇的主人公是英雄，他们有着一般人所不具备的卓越本领和超常胆识。在神话传奇中，神话主人公的行动主要有两大类，一类是通过特定事件突出主人公非凡的能力，一类是通过主人公的游历来显示主人公非凡的能力。《荷马史诗》中便有这两类神话人物。《伊利亚特》从阿喀琉斯的愤怒开始，写

---

① 应该说，这种划分受到了弗莱的启发，他在《批评的剖析》中提出了神话式、浪漫式、高摹仿式、低摹仿式和反讽式等五种情节类型，见[加拿大]诺思罗普·弗莱：《批评的剖析》，陈慧、袁宪军、吴伟仁译，百花文艺出版社1998年版，第3—5页。

② 赵毅衡：《当说者被说的时候——比较叙述学导论》，中国人民大学出版社1998年版，第191页。

③ 赵毅衡：《当说者被说的时候——比较叙述学导论》，中国人民大学出版社1998年版，第191页。

希腊和特洛伊之间长达十年的战争故事。阿喀琉斯是海神的儿子，武艺高强，勇猛善战。但为了一己之私利和希腊联军统帅阿伽门农发生争执，致使联军处境不利。这从反面表明了阿喀琉斯的重要性。当朋友遇害，阿喀琉斯重上战场，并杀死特洛伊主将赫克托耳，从正面表明了阿喀琉斯的勇猛。《奥德赛》通过奥德修斯十年的漂泊历程，展示了这位主人公超人的智慧和非凡的品格，他逃过了大海的淫威、妖魔的诱惑，历经千辛万苦，终于杀死了众多的求婚者，与妻儿团圆。无论是阿喀琉斯的情节，还是奥德修斯的情节，叙述者都是带着景仰之情去叙述的，但尽管如此，叙述者仍赋予这些神话人物以人的品格。阿喀琉斯既有为私利而弃大局于不顾的缺点，也有对友情忠贞不渝的壮举；奥德修斯既有乔装的机智，也有杀人的凶狠。唯其如此，阿喀琉斯的情节和奥德修斯的情节才显得真实，富于人情味。唯其有人情味，叙述者才可以用人的眼光来审视这些情节，并对主人公有所褒贬。随着宗教的兴起，神话传奇逐渐与宗教结合起来，此时的神话传奇不妨称为宗教传奇。宗教传奇中的情节大都是游历型的。《圣经》故事基本上是逃难的故事，《西游记》也着重展示西天取经过程中的重重磨难。较之早期的神话传奇，宗教传奇披上了一层神秘的外衣，使情节奇幻相生。主人公虽神通广大，但终不脱某种命运的安排。《西游记》中的孙悟空开始是个勇往直前的斗士，经过取经途中的风风雨雨，修成正果后，成为佛光普照中的"斗战胜佛"。就叙述者与主人公的关系看，叙述者固然有对主人公的赞美和喜爱，但孙悟空的结局，由于宗教的宿命论观点，又早在叙述者预料之中，叙述者通过主人公的游历来组织情节，既可通过许多特定事件表现主人公的神通广大，同时也体现了叙述者的宗教意识，还表现了叙述者超越生命限制和时空限制的人生理想。①

英雄传奇的主人公不再是神或有神性的人，而是有卓越本领和超常胆识的人，虽然本领卓越，但还是人力所能达到的本领，他并不能像孙悟空那样上天入海；虽然胆识超常，毕竟也有人的限度，他并不敢如夸父那样逐日奔跑。一般而言，神话传奇的主人公也可称为神话英雄，但在我们的

---

① 陈惠琴:《传奇的世界》,北京师范大学出版社1999年版,第71页。

界定中，英雄专指英雄的人，神或有神性之人的情节不属于英雄传奇情节。以《三国演义》而论，诸葛亮的情节可视为神话传奇，关羽的情节则可视为英雄传奇，前者虽是人，但因"多智而近妖"，具有神性；后者的义勇双全则是人之特性。英雄传奇根据英雄人物的真实与否，可分为历史英雄传奇和想象英雄传奇。历史英雄传奇由于其主人公是历史上的人物，其行动有史可查，出于尊重史实的需要，叙述者在组织情节时，一般不能任意杜撰，但由于是传奇，叙述者在组织情节时，又可以采用史实虚化的方式，突出历史英雄的传奇性。史实虚化的方式主要有两种：一是张冠李戴，移花接木，将发生在其他历史人物身上的事情移植到所叙述的历史英雄的传奇情节之中，如史载斩华雄乃孙坚之功，《三国演义》则归之于关羽，并以"温酒斩华雄"突出关羽的神勇，使之成为关羽传奇型情节中的一个亮点。二是无中生有，虚构情节。如关羽华容道"义释曹操"，依浦安迪的意思，便是虚构的产物①。但这一虚构，可突出关羽传奇型情节中的"义气"成分，是叙述者对关羽"义勇双全"的一个极好注释。从史实虚化来看，情节是否符合历史并不重要，重要的是情节能突出历史英雄的传奇形象，使情节服从叙述者的审美理想和审美要求。历史英雄传奇，展现的是历史人物的传奇情节，但真正反映的却是叙述者"在自我抒解中表现出来对历史和现实的关怀"②。想象英雄传奇，其主人公完全是叙述者的虚构，其超常的能力和非凡的胆识通过一系列传奇事件得以展现。这些想象英雄，集中体现在近几十年流行的武侠小说之中。金庸小说的主人公，除韦小宝在流氓气息中夹带英雄气概之外，其余的都是铁骨铮铮的英雄好汉。这些英雄好汉的传奇情节曲折有趣，生动感人。严家炎在其《金庸小说论稿》中总结了金庸小说的情节艺术特点：一是跳出模式，不拘一格；二是复式悬念，环环相套；三是虚虚实实，扑朔迷离；四是奇峰突转，敢用险笔；五是出人意料，在人意中。③这些特点突出了英雄传奇情

---

① ［美］浦安迪：《明代小说四大奇书》，沈亨寿译，中国和平出版社1993年版，第350—351页。

② 陈惠琴：《传奇的世界》，北京师范大学出版社1999年版，第61页。

③ 严家炎：《金庸小说论稿》，北京大学出版社1999年版，第102页。

节的复杂性，但这些特点并非英雄传奇情节所独有，而是传奇型情节、生活型情节和反讽型情节的共有特点。在我看来，想象传奇情节的主要特点有两个：一是强调情节发展过程中的偶然性因素，二是奇中有平。想象英雄传奇的传奇色彩，主要就体现在情节的偶然性和突发性上。《天龙八部》中的乔峰，到杏子林本意是商讨丐帮大事，不料却被马夫人指为契丹野种，心身均遭到巨大打击，他一生也因此厄运不断。为了弄清自己的身世和追查杀人真凶，他开始了传奇般的生活。正是这些传奇般的生活，使他成为一个顶天立地的英雄。就叙述者而言，他组织传奇型情节就是为了表现乔峰的英雄气概，表达自己的赞叹景仰之情，如果没有这些传奇型情节，乔峰仍是好好地做他的丐帮帮主，生活会平静得多。但这正是传奇型情节和生活型情节的区别所在。同时，想象英雄传奇的情节不能一味传奇化（历史英雄传奇由于基本史实的限制，很难一味传奇化），应该在传奇化中包含生活化，此所谓"奇中有平"。奇中有平可以使想象的英雄人物成为一个活生生的人，而不是神。乔峰号称武功盖世，但也有人的局限：为自己的身世而悲叹，为寻找真凶而奔波；他也有常人的要求：他对阿朱一往情深，至死不渝，铮铮侠骨中不乏儿女情长。唯其如此，传奇型情节才不至于一味奇险，而是奇中有平，起伏跌宕。

生活型情节的主人公是生活中的常人，其能力或道德水平与叙述者的能力或道德水平大致相当。生活性情节主要描写主人公在日常生活、工作中的故事，这些故事与生活联系较为紧密，它们也容易发生在每个人身上，其传奇色彩大为淡化甚至没有。一般说来，传奇型情节大多由主人公的多个故事组合而成，故事之间虽有关系，但叙述突出的是各个故事的传奇性，而不是它们之间的逻辑关系；而生活型情节大多只讲主人公的一个完整的故事，故事的开端、发展、高潮、结局之间的联系比较紧密。生活型情节的集中表现便是爱情型情节。爱情几乎是每个男人和女人都要经历的事情，与人们的生活很贴近。叙述者在组织以爱情为中心的生活型情节时，他不再像传奇型情节那样注重对主人公的总体把握和对情节的预知，更多的是一种感情投入，并在感情投入中融注着自己的理想追求。"把小说的生活结构深化为情感结构，从而把对情节和主题的追求转化为诗意的酿造"①。爱情是生活的一部分，叙述者在叙述爱情型情节时，一方面尊重生活逻辑，贴近生活，总体上与情节主人公保持同一高度，与主人公同悲喜、共忧乐；另一方面，在情节主人公身上凝结着自己的情感，寄托着自己的理想。尊重生活逻辑，贴近生活，就要求爱情型情节不能过于奇险，而应符合生活逻辑，与生活的真事一般。在情节中寄托情感和理想，又要求爱情型情节不能一味平实，而应"平中有奇"。注重逻辑性和"平中有奇"，可认为是爱情型情节的两大特点。注重逻辑性，本来是情节完整性的当然要求，但这一要求在爱情型情节中表现得尤为突出。因为爱情更多地涉及人的内心情感活动，如果不注重逻辑性，则有可能使情感显得浮泛、草率，难以打动人，也难以体现叙述者的理想。就情节而言，爱情一般要经过相遇、考验、误会、契合四个阶段②，宝黛的爱情故事，便经过了"一见惊心的相遇→欲得真心的试探→心口误差的误会→心心相印的契合"这样一个过程③，在这一过程中，"心"显得特别重要，所谓两情相悦其实是两心相悦。正是通过宝黛的两心相悦而又终难相成的无奈和悲愤，叙述者将自己的同情和哀叹感人肺腑地表达出来。平中有奇，是爱情型情节吸引人、打动人的地方。如果一味平实，就会使情节流于繁琐，与生活过于靠近，而生活"没有主题"④，从而使情节索然无味。平中有奇，才能在生活的平实中融注进激情的浪花，使爱情值得回味，在生活中提炼出理想。宝黛的爱情，在大观园温馨的土壤中滋生，但同样在大观园这个与外界隔绝的天地中遭到毁灭。叙述者不仅通过宝玉的真诚和"呆气"、黛玉的聪慧和"小气"，写出二人的相知相爱，更通过宝玉和宝钗行礼成婚之日正是黛玉焚稿死亡之时这一"奇"笔，将宝黛爱情的悲剧性情节推到顶点。正是"平中有奇"，才使得爱情既与生活相同，又与生活有所不同，在同与不同中展现叙述者的见解。

---

① 陈惠琴：《传奇的世界》，北京师范大学出版社1999年版，第93页。

② 陈惠琴：《传奇的世界》，北京师范大学出版社1999年版，第129—131页。

③ 陈惠琴：《传奇的世界》，北京师范大学出版社1999年版，第144页。

④ 转引自马振方：《小说艺术论》，北京大学出版社1999年版，第137页。

反讽型情节的主人公，其能力与道德水平低于叙述者的能力与道德水平。反讽型情节主要通过主人公在情节中的表现与其身份、环境的不协调，突出其行为的可笑性，并在可笑中蕴含着叙述者的讽刺。反讽型情节与喜剧不同，反讽型情节是从情节主人公出发对情节进行划分的结果，喜剧则是从美学效果上对叙事作品进行划分的结果，二者不处于同一层面。在我们看来，从情节主人公出发对情节进行划分，就不存在通常所说的喜剧性情节，而只有喜剧性场面。反讽型情节中不乏喜剧性场面，但喜剧性场面不一定能构成反讽型情节，关键是看喜剧性场面中是否包含着叙述者的讽刺意图。反讽型情节要求突出可笑性因素和典型化场面。就可笑性因素看，一方面，不管情节主人公的主观意图多么神圣、严肃，在叙述者看来，他在情节中的表现都是可笑的。《唐·吉诃德》的主人公为了神圣的骑士精神，骑着一匹瘦马，带着一名随从，开始了他的游侠生涯，但当时，骑士精神已是明日黄花，他的一系列行为，诸如解救苦役犯、与风车战斗等，都是不合时宜的行为，其中虽不乏为追求而不惜献身的悲壮色彩，但这种悲壮又是不合时宜的行为的产物，因此，悲壮中更见讽刺的力度，只能是可笑的悲壮。另一方面，情节主人公对自身行为的卑贱性很清楚，但由于其能力和道德水平的低下，他在特定的环境中又只能如此，在叙述者眼中，这样的情节显得荒唐可笑。《变色龙》中处理狗的情节，在主人公奥楚蔑洛夫看来，是自然而然的事，狗随人贵，打狗看主人，在他的眼中，是再正常不过的。但正是这种想法，显示出奥楚蔑洛夫卑微的灵魂和阿谀奉承、欺压百姓的嘴脸。他在情节进展中的一举一动，虽合乎他自身的逻辑，但由于他的道德水平低下，在叙述者看来，他的逻辑只能是可笑的，值得讽刺的。就典型化场面看，反讽型情节选择引人发笑的场景来推进情节，这些场景由于其强烈的讽刺效果，成为典型化场景。当然，传奇型情节和生活型情节也需要选择典型化场景，但总体而言，反讽型情节对典型化场景的要求更高。因为反讽型情节为了加强讽刺的力度，就要着力刻画人物性格，人物性格通过场面和事件得以表现；同时，由于反讽型情节的主人公是可笑的人物，其可笑性寓于具体的场面和事件之中，因此，选择场面和事件对反讽型情节尤为重要，而说到底，事件又是由场面组成的，这样一来，典型化场面对于反讽型情节的重要性就不言而喻了。《变色龙》选择奥楚蔑洛夫处理狗的场面便极富典型性，叙事情节主要便由这一场面组成。随着狗的主人的身份的变化，奥楚蔑洛夫的态度也发生变化，展示在读者眼前的奥楚蔑洛夫，是活脱脱的一副变色龙形象，正是这样的场面，正是由狗及人的情节构思，将俄国警察的嘴脸暴露出来，其讽刺的力度是令人震惊的。

传奇型情节、生活型情节与反讽型情节，是我们依据情节主人公与叙述者在道德水平与能力方面的关系作出的分类，但由于叙述者与情节主人公的关系只能是一个大致的关系，很难说叙述者在各种能力与道德水平上都低于或高于情节主人公，更难说他们在这方面相等同，因此，所谓的传奇型情节、生活型情节和反讽型情节的分类，也只能是一个大致的分类，就是说，传奇型情节不排斥生活性和反讽性内容，生活型情节、反讽型情节也如此。不过，有两点可以肯定，其一，无论哪一种情节类型，都是叙述者人为叙述的结果，都有叙述者的审美评价。其二，这种评价表面上是对情节的评价，实质上是对情节主人公的评价，即对人物的评价。只不过此时的人物是依附于情节的人物，评价关注的是人物在情节中的表现，而不是人物自身的性格特征。关于评价与人物自身的性格特征，下文详说。

二

叙事总离不开叙人。亨利·詹姆斯指出："除了决定情节之外，性格又是什么呢？除了说明性格以外，情节又是什么呢？"[1]事件与人物相互依存。但应该指出，事件与人物也易于相互冲突，甚至有学者断言："情节重要性与人物重要性成反比例。"[2]在现代小说中，有时出现无情节小说，

① [美]亨利·詹姆斯：《小说的艺术——亨利·詹姆斯文论选》，朱雯、乔佖、朱乃长等译，上海译文山版社2001年版，第17页。

② 转引自赵毅衡：《当说者被说的时候——比较叙述学导论》，中国人民大学出版社1998年版，第174页。

但任何小说都离不开人物，即使是"新小说"派，它的"新""与其说是消灭了人物，不如说是创造了一种新的人物，一种无性格的性格，非人化了的人"。①因此，人物总是叙事无法摆脱的成分，对人物的理解制约着对叙事的把握。

西方文论史上，主要有两种人物观："心理性"人物观和"功能性"人物观。前者认为作品中的人物是具有心理可信性的"人"，强调人物的性格特征；后者认为人物是从属于情节的"行动者"，强调人物在情节中的功能。

"心理性"人物观以福斯特为代表。在他看来，"一部小说是一件艺术品，有它自身的规律……小说中的一个人物按照那样的规律生活时便是真实的。"②这句话有两层含义。其一，人物符合规律才是真实的，才是值得相信的，显然，这是以人物的可信性作为衡量人物塑造是否成功的标准，这个标准既是叙述者谈论人物的尺度，又是读者判定人物的准绳。其二，这个规律是艺术品自身的规律，就是说，人物总是故事中的人物，即"角色"："我们可以说故事中的角色总是人，或自称为人的人。"③福斯特虽然指出人物的"角色"性质，但在具体论述时，是专注于人物的性格塑造而忽视人物在情节中的作用的。着眼于人物自身的性格特征，他将人物划分为扁形人物和浑圆人物。"扁形人物是围绕着单一的观念或素质塑造的"④，用一句话就可以将他们形容出来。浑圆人物是"不能用一句话加以概括"的，他们"宛如真人那般复杂多面"⑤。在具体论述时，福斯特指出扁形人物有自己的长处，也不缺乏深度，但总体而言，他是褒扬浑圆人物而贬抑扁形人物的。他明确指出："扁形人物本身并不像浑圆人物那

① 徐岱：《小说叙事学》，中国社会科学出版社1992年版，第140页。

② ［英］卢伯克、福斯特、缪尔：《小说美学经典三种》，方土人、罗婉华译，上海文艺出版社1990年版，第251—252页。

③ ［英］卢伯克、福斯特、缪尔：《小说美学经典三种》，方土人、罗婉华译，上海文艺出版社1990年版，第236页。

④ ［英］卢伯克、福斯特、缪尔：《小说美学经典三种》，方土人、罗婉华译，上海文艺出版社1990年版，第255页。

⑤ 马振方：《小说艺术论》，北京大学出版社1999年版，第27页。

样是很大的成功"①，同时认为，"一个浑圆人物的检验标准是看它能否以令人信服的方式使人感到惊奇。如果决不能感到惊奇，那是扁形的。如果不能令人信服，那是扁形的假装成浑圆的。"②浑圆人物和扁形人物，高下立判。实际上，"扁形"和"浑圆"两个字本身就带有明显的褒贬色彩。"扁形"是平面的、躺在纸上的人物，他们容易被认出来，也容易被记住，但仅此而已。"浑圆"则是立体的，活生生地站立的人物，他们是复杂的、幽深的。叙述者在塑造扁形人物时，强调他们静止的性格特征，在塑造浑圆人物时，更注重人物性格形成的过程。朱光潜先生将福斯特的人物分类归纳为"见不出冲突发展的'平板人物'和见出冲突发展的'圆整人物'"③，便看出了这一点。此外，扁形人物可能给人概念化的感觉，浑圆人物则给人充满生气的印象，"扁形"的二度平面无论如何不及"浑圆"的三维立体给人留下深刻的印象。福斯特虽通达地指出："一部小说……往往既需要浑圆人物，又需要扁形人物"④，但他的总体笔调显然对二者有所褒贬。可以认为，这种褒贬不仅是福斯特的主张，也是叙述者的潜在观念。

福斯特将人物划分为扁形人物和浑圆人物，对文论界影响很大。中西学术界在赞扬他这一贡献的同时，也提出了非议。在西方，可以里蒙－凯南为代表。里蒙－凯南指出福斯特的划分存在三个弱点⑤：其一，"扁形"这一术语"含有两度的意思，缺乏深度的'生命力'"，与福斯特所举出的扁形人物的例子（如狄更斯笔下的人物）不相符合。其二，"扁形""浑圆"的二分法过于简单化，"忽视了在实际的叙事虚构作品中出现的程度

①［英］卢伯克、福斯特、缪尔：《小说美学经典三种》，方土人、罗婉华译，上海文艺出版社1990年版，第260页。

②［英］卢伯克、福斯特、缪尔：《小说美学经典三种》，方土人、罗婉华译，上海文艺出版社1990年版，第264页。

③朱光潜：《谈美书简》，上海文艺出版社1980年版，第75页。

④［英］卢伯克、福斯特、缪尔：《小说美学经典三种》，方土人、罗婉华译，上海文艺出版社1990年版，第258页。

⑤［以色列］里蒙－凯南：《叙事虚构作品》，姚锦清、黄虹伟、傅浩、于振邦译，生活·读书·新知三联书店1989年版，第73页。

及其他细微差别。"其三，这种二分法"似乎混淆了两个并不总是重合的标准"。里蒙－凯南的本义只是对福斯特的人物区分进行辨别，但在辨别时，无形中是从对两种人物的不同评价出发的，这尤其表现在第一点和第三点上。第一点指出，扁形人物缺乏深度的"生命力"，同时就意味着浑圆人物具有深度的"生命力"，这中间便含有明显的价值判断。第三点指出，福斯特认为扁形人物是既简单又不发展，浑圆人物是既复杂又发展，"但有一些虚构人物是复杂却不发展的……也有一些是简单却发展的。"显然，复杂性和发展性是两个不同的标准，福斯特混淆了这两个本不宜混淆的标准。然而，从这两个标准本身看，里蒙－凯南有明显的优劣之分：复杂的是好的，简单的是不好的；发展的是好的，不发展的是不好的。

在中国，对福斯特的二分法也是多有改造。刘再复"将何其芳的典型共名说与福斯特的扁、圆人物论结合起来"[1]，把福斯特的扁形人物一分为二：将所谓"高级典型人物"统统划入"浑圆"人物，将内涵"不太丰富"的"类型人物"划入"扁形"人物。细究刘再复的划分，他是以人物典型化的程度、成就高低和价值大小为划分的尺度：典型化程度高，写得成功的，给人印象深刻的，他便划入"浑圆"人物，典型化程度不高，人物形象不太鲜明，给人印象不太深刻的，他便划入"扁形"人物。如果说，福斯特的分类主要是从形态意义上的划分而兼顾对两种人物的评价的话，刘再复的改造则突出了对两种人物的评价，甚至这种"突出"的评价已成为人物分类的唯一标准，他的划分很难说是形态意义上的人物分类，确切地说，它是从价值的角度对人物进行分类。

对刘再复的分类，马振方表示了不满，认为刘的分类"既不符合'扁形人物'、'圆形人物'两个概念的含义，也使分类失去统一标准和客观依据"[2]，他从较为纯粹的形态意义上将人物分为扁形人物、尖形人物和圆形人物。扁形人物和圆形人物是集中体现福斯特的扁形人物特征和浑圆人物特征的人物，尖形人物则是"非圆非扁的另一种形态"，"尖形人物不是

① 马振方：《小说艺术论》，北京大学出版社1999年版，第30页。
② 马振方：《小说艺术论》，北京大学出版社1999年版，第34页。

平面人物，而是立体人物。他们就像几何图形中的各种锥体，都有一个引人注目的高高的尖顶——尖端特征"[1]，这一特征可以用一句话或一个词语概括出来。在马振方看来，扁形、尖形、圆形、三种人物形态的层次有高低之分，但"人物形象的艺术成就、审美价值并不是由它所处的形态层次单一因素决定的，而是多种因素作用的结果"[2]。因此，"不同形态的小说人物，有时很难比高低"[3]。话虽如此，但事实上，"有时"还是可以比高低的。至少，扁形人物中可以出现概念化人物，这种人物"就像说谎者，让人有感到厌恶和失望"[4]。而"见出冲突和发展"的复杂人物大都属于圆形人物，"这种人物比别种形态人物更能揭示作为万物之灵和社会关系总和的人的本质的丰富性和复杂性。由此产生的艺术美感是扁形人物或者尖形人物不可代替的和无法比拟的。"[5]马振方虽然注意避免对不同的人物形态进行优劣评估，但在具体论述时，多少还是暴露出评价的倾向。

看来，"心理性"人物观很难避免对人物的评价。首先，人物的性格特征和人物的气质不同，气质可不分优劣，但性格很难完全不分优劣，性格一般总有好坏之分。当叙述者塑造出一个人物后，读者可以评论这个人物性格的好坏，当然这种评论只是浅层次的表面的评论。其次，叙述者塑造人物，总有一个艺术手法的问题，艺术上成功，人物塑造得便好。人物塑造得好坏，有一个标准，便是人物的性格是否鲜明，人物是否像生活中的真人。细究起来，这一标准包含两方面内容，一是就性格塑造而言，性格鲜明突出的人物一般是塑造得较为成功的人物，概念化人物的主要毛病便是人物没有自己的个性特征。二是就艺术和生活的关系而言，塑造的人物是否像生活中的真人，或者说，人物是否符合生活的逻辑，是衡量人物成功与否的一个重要维度。艺术世界是一个独立自足的世界，但人们衡量人物性格和人物心理的好坏，只能以生活中的人物为比较的基准，所以艺

---

① 马振方：《小说艺术论》，北京大学出版社1999年版，第34、35页。

② 马振方：《小说艺术论》，北京大学出版社1999年版，第44页。

③ 马振方：《小说艺术论》，北京大学出版社1999年版，第45页。

④ 马振方：《小说艺术论》，北京大学出版社1999年版，第45页。

⑤ 马振方：《小说艺术论》，北京大学出版社1999年版，第48页。

术世界和现实世界又很难完全隔离。对现实世界中的人，人们总有所议论，艺术世界中的人物，也很难避免被评价的命运。

"心理性"人物观着重对单个的人物进行心理的、性格的分析，主要评价人物性格的好坏。"功能性"人物观则强调人物在事件中的作用，对人物的评价集中于人物的功能。如果说，"心理性"人物观评论的对象是特征性的人物，"功能性"人物观评论的则是事件中的人物，即角色。

关注人物在事件中的作用，古已有之。亚里士多德在《诗学》中便写道："剧中人物的品质是由他们的'性格'决定的，而他们的幸福与不幸，则取决于他们的行动。他们不是为了表现'性格'而行动，而是在行动的时候附带表现'性格'。"①从这段话中可以看出以下几点：其一，亚里士多德讨论的人物，是悲剧中的人物。其二，他既注意到人物的性格特征，又注意到人物的行为特征。其三，人物的行为特征是主要的，性格特征是次要的。其四，看一个人物，主要看他在事件中所起的作用，即看他的角色功能，与此对应，评价一个人物，着眼点不在这个人物性格的好坏上，而在这个人物对事件的进展所起的作用。给合《诗学》的内容，人物所起的主要作用是"突转"和"发现"。表面上看，亚里士多德是性格和行动（情节）并重，但实际上认为性格可有可无，他指出："悲剧中没有行为，则不成为悲剧，但没有'性格'，仍然不失为悲剧。"②亚里士多德重视人物的行动，与当时悲剧家重情节、轻性格的实践不无关系，他指出："大多数现代诗人的悲剧中都没有'性格'"③，悲剧的一切都以行动为中心，人物的主要功能只是充当"行动者"，因此，亚里士多德意义上的人物是从属于行动的"行动者"。

鲜明地提出人物的角色功能，始于普罗普的《民间故事形态学》，该

---

① [古希腊]亚里士多德:《诗学》,罗念生译,见《诗学 诗艺》,人民文学出版社1962年版,第21页。

② [古希腊]亚里士多德:《诗学》,罗念生译,见《诗学 诗艺》,人民文学出版社1962年版,第21页。

③ [古希腊]亚里士多德:《诗学》,罗念生译,见《诗学 诗艺》,人民文学出版社1962年版,第21—22页。

书指出，分析民间故事，关键在于把握它的叙事功能。民间故事常常安排各种角色来实践某一行动，通过各种方式来实现同一功能，所以，"功能可被理解为人物的行动，其界定需视其在行为过程中的意义而定。"①从这一定义看，人物的功能取决于他在故事中的角色地位，人物功能的着眼点既不在人物的性格特征上，也不在人物孤立的行动和行动方式上，而是在人物的某一行动与整个故事的关系上，在人物行动对故事所产生的意义和作用上。以此为基点，普罗普将俄罗斯民间故事中的功能归纳为三十一种，将人物概括为七种"行动范围"，即七种角色功能：①对头；②施与者（捐献者）；③助手；④被寻找者和她的父亲；⑤送信者；⑥主人公；⑦假主人公。②在故事中，具体的人物是谁并不重要，重要的是这些人物可归入这七种角色中的哪一种。这样，人物的行动功能便淹没了人物自身的特征，人物完全从属于"行动"，讨论人物便变成讨论人物在事件中所起的作用。

　　沿着普罗普开辟的路线，法国的结构主义叙事学家们展开了对人物的讨论。这大体可分为三种情况：一种是直接以普罗普的具体方法为起点，进一步研究人物的功能；一种是接受普罗普的思想，将人物放入事件中加以考察，但不受普罗普具体方法的约束；一种是既按照普罗普的功能来定义人物，又兼顾人物自身的特征。

　　从普罗普的具体分析出发，布雷蒙、格雷马斯、托多罗夫发表了不同的见解。布雷蒙认为像普罗普那样，仅仅列举一连串功能还不足以解决问题，还要关注由功能组成的序列，因为"功能与行动和事件相关；而行动和事件组成序列后，则产生了一个故事"③。当序列中出现两个人物时，序列就具有不同的角度，每个人物都是自己序列的主人公。比如"打击者"的"打击"过程，对"被打击者"来说，便是"防卫"过程，"打击者"序列的主人公要完成的是打击行动，"被打击者"序列的主人公要完

---

① 罗钢：《叙事学导论》，云南人民出版社1994年版，第27页。
② 罗钢：《叙事学导论》，云南人民出版社1994年版，第49页。
③ 张寅德编选：《叙述学研究》，中国社会科学出版社1989年版，第154页。

成的是避免打击。较之普罗普的观点，布雷蒙显得更通达一些。普罗普对人物的划分，是以主人公为出发点，其余的人物都是针对主人公而言的。布雷蒙则认为每个人物都是自己序列的主人公，从不同的主人公出发，同一人物在同一事件中可以起不同的角色功能。就叙事分析而言，布雷蒙不无道理。但他这样做，就使人物之间的关系相对化了，难以对人物做出一个统一的规定。在普罗普看来，"对头"是坏人是一目了然的事情；在布雷蒙眼中，事情没这么简单，"对头"只是"主人公"的坏人，同时，"主人公"也是"对头"的坏人，因此，很难对人物作价值判断。描述模式的灵活化是以对人物评价的失落为代价的。

格雷马斯则在"音位"和"句法"两个层次上，对人物进行语义分析。在"音位"层次上，他将普罗普概括的七种"角色"简化为三对行动元，据此形成语义方阵。①就"句法"层次看，"叙述的深层结构在超出故事表面内容结构的层次上，生成和界定它的行动素（即行动元——引者）。"②显然，格雷马斯的兴趣不在表层的人物行为功能，而在深层人物之间的逻辑关系。侧重于人物之间的关系，与布雷蒙重视角色功能的相对性有异曲同工之妙。

格雷马斯主要从语义学角度对人物的功能进行讨论，托多罗夫则从语法角度发表自己的看法。在托多罗夫看来，普罗普从"所有民间故事中提炼出三十一个'功能'"③，并无太大的意义。他同意瓦雷里的话："文学是，而且仅仅是某些语言属性的扩展和应用。"④在《从〈十日谈〉看叙事作品语法》中，他将指涉人物的专有名词视为一种句法成分，典型的专有名词一般是句子的施动者，分析专有名词时应将这个词里的命名体和描写体区别开来，他进而认为"每个词等于一个完整的语句：它的描写体组成

---

① 此点在"导论"中进行叙事学回顾时已有所说明，不赘述。

② [英]特伦斯·霍克斯：《结构主义和符号学》，瞿铁鹏译，上海译文出版社1997年版，第90页。

③ 张寅德编选：《叙述学研究》，中国社会科学出版社1989年版，第88页。

④ 转引自罗钢：《叙事学导论》，云南人民出版社1994年版，第112页。

分句的谓语，它的命名体构成分句的主语"①。如"法国国王外出旅游"中，"法国国王"作为施动者，充当句子的主语，但主语没有任何固定的含义，只有和谓语（"外语旅游"）临时结合时，才会产生内在含义。就是说，对作为专有名词的人物来说，重要的不是它的命名体，而是它的描写体。因此，托多罗夫表面上虽然与普罗普有所差异，兼顾人物的特征（"命名体"）和人物在事件中的作用（"描写体"），实质上，它的着眼点仍坐实在人物的角色功能上，与普罗普并无二致。这可见于他对《危险的关系》的分析。《危险的关系》是拉克洛的心理小说，宜于从人物本身出发进行分析，但托多罗夫以自己的"功能性"人物观为依托，"不是从人之人物出发，而是从他们之间可能发生的、他称之为基本谓语（爱情、交际、帮助）的主要关系出发"②，并将这些关系归结为两种法则：派生法则和行为法则。从人物的关系出发，叙事谓语成为托多罗夫的兴趣中心。对人物的分析，不是强调他们的施动者属性，而是强调他们如何"施动"的情况，这样，人物其实已融于情节之中，没有独立的意义，人物的意义只在于他们在情节中所起的作用。评价人物，也不必从人物自身的性格特征出发来进行阐说，只注意他们的角色功能就可以了。

与上述三人类似，罗兰·巴特在进行结构分析时，也将人物视为行动的"参与者"，用人物的行动范围来定义人物。在《叙事作品结构分析导论》中，他对亚里士多德、普罗普、布雷蒙、格雷马斯、托多罗夫等人的"功能性"人物观进行了扼要的评述，并与其他的结构主义者一致，认为"如果我们保留一个特殊的人物类别（寻求、欲望和行为的主体），至少必需将这一行动元置于语法人称而非心理人称的本来范畴"③，所以，单独讲述人物是没有意义的，只有将行为层次的人物归并到描写层次的叙述中，人物才取得意义，才可以理解。不过，巴特后来有所转变。在《S／Z》中，巴特用五种符码来解读《萨拉辛》，其中一种是义素符码。巴特指

---

① 张寅德编选：《叙述学研究》，中国社会科学出版社1989年版，第179页。
② 张寅德编选：《叙述学研究》，中国社会科学出版社1989年版，第25页。
③ 张寅德编选：《叙述学研究》，中国社会科学出版社1989年版，第27页。

出："当一些相同的义素多次出现在同一专有名词之中并似乎停留下来时，一个人物便出现了。"①即一组"相同的义素"与专有名词（即人物的姓名）相结合时，就产生了人物形象。这些"相同的义素"就是人物的性格特征，如《萨拉辛》的主人公就是心理混乱、女人气、丑陋等特征的汇合，这些特征由"萨拉辛"这一专有名词统率而成一个整体。在此，巴特已不再用功能来界定人物，但也不是对人物进行"心理性"特征分析，而是将人物视为文本符号："人物作为象征的理想性，它没有年代的即生平的修饰；它不再有名字；它只不过是修辞格的一种经过（和返回）场所。"②这种人物观已溢出普罗普那种功能性的人物观。

较之其他的叙事学家，菲利普·阿蒙在叙事学上的贡献主要在于他对小说人物规律和小说描写机制的创造性探讨。他接受格雷马斯等人的人物观，同时又不排斥对人物进行特征性描述。在《人物的符号学模式》一文中，他从"人物的所指"、"人物描写层次"、"人物的能指"等方面系统地展示了自己的人物观。他着重探讨人物的角色功能，将不同人物的多种功能排列成一个图表，以此见出不同人物"在整个叙述过程中所承担的不同类型的行动"③。对阿蒙来说，文本的起码要求是严密性和可读性，要想使人物适应这两个特性，仅有人物的功能示意图还不够，还需要对人物自身的特征进行描述，为此，他又设计了一个表示"人物－行动者"品质的图表与前一个图表加以对照。第一个图表可见出不同人物在事件中有不同表现，后一个图表可见出不同人物的性格特征有不同的复杂程度，并由此可见出不同人物在事件中所处的大致地位。如对某个人物的多方面特征进行界定，这个人物可能便是主要人物，再参照第一个图表，便可知这个主要人物在事件中起什么作用。就阿蒙的论述过程来看，他主要还是倾向于说明人物的角色功能，但他对人物品质的描述，又使人物自身的心理性特

---

①［法］罗兰·巴特：《罗兰·巴特随笔选》，怀宇译，百花文艺出版社1995年版，第178页。

②［法］罗兰·巴特：《罗兰·巴特随笔选》，怀宇译，百花文艺出版社1995年版，第179页。

③张寅德编选：《叙述学研究》，中国社会科学出版社1989年版，第320页。

征凸显出来，这样看来，他其实是在兼取"心理性"人物观和"功能性"人物观两类主张。

就结构主义叙事学的整体而言，它考虑的主要是人物在情节中的功能，人物依附于情节，它关注人物其实是为了说明情节。不过，结构主义叙事学的"功能性"人物观与亚里士多德的"功能性"人物观有所不同。亚氏关注人物在情节中的作用，其原因已如上文所述。结构主义的"功能性"人物观，主要是针对文本结构的独立自足性而言的。对一个独立自足的文本来说，文本以外的任何因素都不是考虑的对象，要考虑的只是文本内部的结构规律和关系。人物只是文本结构中的一个关节点，讨论人物主要讨论人物"如何"成为关节点以及"何以"成为关节点，而不是讨论人物的心理性格特征，所以卡勒认为，"结构主义的基本精神就是与通常用于小说批评的所谓个性化的概念和丰富的心理联系等背道而驰的"[①]，结构主义者对人物"关注最少，而且处理得最不成功"[②]。卡勒致力于将结构主义用于文学批评，对结构主义叙事学的"功能性"人物观表示不满，可以理解。应该指出的是，"功能性"人物观也暗合于批评，而不仅仅是描述。"功能"一词便极富评价意味，"功能性"人物观虽不像"心理性"人物观那样可以对人物的性格直接进行评论，但可间接反映出人物在事件中或促进或破坏的作用。对现代心理小说（如意识流小说等）而言，"心理性"人物观无疑更能派上用场，对情节占主导地位的小说来说，"功能性"人物观便难以缺少。不论哪一种人物观，都表示出对人物的关注，只是关注的维度有所不同罢了。在我看来，人物是叙事必不可少的要素，对同一人物的不同态度，显示出对某一具体叙事的不同态度，人物的差异，在一定程度上就是叙事评价的差异。

---

①［美］乔纳森·卡勒：《结构主义诗学》，盛宁译，中国社会科学出版社1991年版，第340页。

②［美］乔纳森·卡勒：《结构主义诗学》，盛宁译，中国社会科学出版社1991年版，第340页。

第二节　叙事评价的美学追求

从美学层面来探讨叙事评价，便不能忽视叙述者在叙事中所表现出来的美学追求。叙事评价固然是叙述者的评价，但这一评价又融于叙事作品之中，通过叙事作品的艺术美得以体现。叙事评价是与美融为一体的评价，而不是抽象的生硬的说教，因此，叙述者的美学追求与叙事评价便有较直接的联系：一方面，叙述者的美学追求制约着叙事评价；另一方面，叙事评价体现了叙述者的美学追求。叙述者美学追求的具体情况，一般不超出美学教材中所说的"美的范畴"，为此，我们不打算对叙述者的美学追求进行新的界定，只从"美的范畴"出发，结合叙事作品进行具体的分析，以此作为叙事评价的美学追求。"美的范畴"一般包括崇高、悲剧、喜剧、和谐，叙事评价的美学追求也可以从这几个方面来展开。

一

"崇高"这一术语源自古罗马朗吉弩斯的《论崇高》，但它主要指文章风格的崇高体，即修辞的巧妙和宏伟。真正将崇高作为美学范畴来考察的，始自博克和康德。博克认为崇高的来源在于恐惧和痛感："凡是能以某种方式适宜于引起苦痛或危险观念的事物，即凡是能以某种方式令人恐怖的，涉及可恐怖的对象的，或是类似恐怖那样发挥作用的事物，就是崇高的一个来源"[1]。并对崇高的效果及其原因进行了分析："自然界的伟大

---

[1] 转引自朱光潜：《西方美学史》，人民文学出版社1979年版，第231页。

和崇高……所引起的情绪是惊惧。……惊惧是崇高的最高度效果，次要的效果是欣羡和崇敬。""凡是引起我们的欣羡和激发我们的情绪的都有一个主要的原因：我们对事物的无知。……在我们的所有观念之中最能感动人的莫过于永恒和无限；实际上我们所认识得最少的也就莫过于永恒和无限"。①康德在博克的基础上，进一步将崇高区分出"数学的崇高"和"力学的崇高"，认为这两种崇高的共同特征是先令人恐怖而后令人愉快，这种愉快是间接的愉快，"后者（崇高的情绪）是一种仅能间接产生的愉快；……它经历着一个瞬间的生命力的阻滞，而立刻继之以生命力的因而更加强烈的喷射，崇高的感觉产生了"②。在康德看来，崇高并不在对象，而在主体的精神："真正的崇高只能在评判者的心情里寻找，不是在自然对象里"③。主体因素的介入，使崇高"基于想象力必须扩张以企适应我们理性机能里的无限"④，就是说，崇高可以展现人的理性力量。由此出发，康德进一步将崇高过渡到伦理领域："若是没有道德诸观念的演进发展，那么，我们受过文化陶冶的人所称为崇高的对象，对于粗陋的人只现得可怖。"⑤

从博克和康德的有关论述中，我们可总结出以下几点：其一，崇高可分为自然界的崇高（包括体积的巨大和力量的威猛，即所谓"数学的崇高"和"力学的崇高"）和社会崇高（崇高中不乏伦理道德内容）；其二，崇高的特点有两个，首先，崇高的主体与对象先是斗争，后来主体超越了自己，对崇高的对象显示出某种程度的优越感。其次，伴随斗争和超越的，是痛感和快感，斗争引起痛感，超越引起快感，崇高由斗争而超越，意味着由痛感转向快感。

就叙事作品而言，崇高可以有自然界的崇高，但更多的是社会崇高。我们知道，叙事主要是为了叙人而不是为了展示自然界，叙人就要求表现

---

① 转引自朱光潜：《西方美学史》，人民文学出版社1979年版，第235—236、236页。
② ［德］康德：《判断力批判》（上卷），宗白华译，商务印书馆1964年版，第84页。
③ ［德］康德：《判断力批判》（上卷），宗白华译，商务印书馆1964年版，第95页。
④ ［德］康德：《判断力批判》（上卷），宗白华译，商务印书馆1964年版，第99页。
⑤ ［德］康德：《判断力批判》（上卷），宗白华译，商务印书馆1964年版，第105页。

人的精神境界，这实际上为崇高在叙事文学中留下了地盘。当然，叙事时也不乏对自然界的描写，但这些描写是服务于人物的性格和活动，只起一种渲染衬托作用，其目的乃是为了突出人物精神的伟大。就崇高的斗争和超越而言，叙事中的崇高可以有三种情况。第一种情况是主人公在精神上虽超越了自我，战胜了巨大的外部力量，但在肉体上却被外部力量无情地毁灭了。肉体的毁灭是主人公崇高精神的顶点。整个叙事在精神和肉体的反差中突出主人公的崇高精神，突出叙述者对主人公的同情和悲愤，突出叙述者对主人公事业的向往和礼赞。《红岩》中江竹筠不幸被捕，但革命意志并没有被压垮，仍坚持在狱中与敌人斗争，虽然被害，其不屈的斗争精神和崇高的革命气节却永远定格在作品中。对她的死，她的肉体上的毁灭，叙述者表示了同情和悲愤，对她的革命斗争，她的精神上的超越，叙述者表示了赞叹和景仰。这种崇高由于主人公肉体上的毁灭，具有很强的悲剧性。第二种情况是主人公精神上有所超越，肉体也没有被毁灭，但其所为之奋斗的事业最终失败了。对这种崇高，叙事着力展现超越的过程，主人公精神上的超越过程与其事业中的奋斗过程合而为一，通过奋斗写超越，奋斗的最终失败反衬出超越的可贵与伟大。叙述者通过展现主人公精神上自我超越的过程，突出主人公的人格力量。《老人与海》中的"老人"，独自驾船驶向茫茫的大海，大海本身便是一种自然界的崇高，但"老人"无所畏惧，超越了作为一个人的渺小，更重要的是，"老人"几经艰难，终于捕到一条大马林鱼，却在归航途中被一群鲨鱼围攻，"老人"奋力拼搏回到岸上，但马林鱼只剩一副骨架。这里，"老人"的人格力量得到体现：大海的神秘、鲨鱼的凶猛，象征着命运的莫测和世界的不可知，处身其中，"老人"与之展开了殊死搏斗，表现了巨大的勇气和力量，个人的安危已完全被这种勇气和力量所取代，体现出人"可以被消灭，但不能被打败"这样一种崇高、伟大的精神。这种崇高由于主人公的失败，也具有悲剧性，但突出主人公的精神超越，悲剧色彩又被主人公的人格力量所冲淡。第三种情况是主人公在精神上超越了自我，肉体也没有被毁灭，事业上也获得了成功。事业的成功是主人公顽强斗争的结果，这种斗争就主人公所处的环境而言，又是主人公自我超越的表现。叙事主要揭示出主人公所处的环境与所奋斗的事业之间的不协调，主人公克服这种不协调并不懈努力终至成功。"克服"不协调的过程便是主人公自我超越的过程。较之前两种崇高，前两种崇高主要是通过主人公的行动来加以表现，这种通过"克服"而超越自我的崇高，虽然也离不开主人公外部行动的描绘，但更重视主人公内心世界的刻画。如果内心世界得不到表现，事业上的成功很难体现出精神上的超越。《高山下的花环》中的赵蒙生，家庭条件优厚，入伍本来是为了捞取升迁的资本，不料却被派往前线，现实与理想之间的巨大鸿沟让他不知所措，心情极为矛盾，但战火的洗礼，战友的鲜血，使他的内心震撼不已，终于超越了原来为自己谋私利的打算，全身心地投入到硝烟弥漫的战斗之中，实现了灵魂的超越。其崇高品格便主要体现在灵魂超越之中。如果没有内心深处的灵魂超越，即使赵蒙生最终也投入到战斗之中，也很难说他有崇高的品格，因为他最终的投入战斗可能是无奈的结果，战斗之后他仍有可能回到战前的精神状态。就这种崇高来看，由于主人公事业上的成功，使崇高基本上摆脱了悲剧色彩，而主要表现为一种激烈的内心斗争，一种近乎颂歌式的壮举。从上述三种崇高来看，其关键在于超越，无论是通过外在行动来超越，还是通过内心斗争来超越，超越都是崇高品格的基本特点，如果没有超越，很难说主人公具有崇高的特质。同时，这种超越主要是精神上的超越，主人公可能在肉体上被毁灭，也可能在行动上遭到挫折，但只要精神上有所超越，就不失崇高品格；即使主人公肉体没有被毁灭，行动上也取得了胜利，如果精神上没有超越，也很难说主人公具有崇高品格。

就崇高由痛感转向快感来看，叙事中的崇高主要表现痛感，痛感伴随着斗争。叙事中的三种崇高，无论是在行动上与外部力量抗衡，还是在内心中作自我挣扎，抗衡和挣扎都是叙事的主要内容，都体现出斗争的特点。斗争是崇高的前提和基础，没有斗争，崇高也就不存在。就斗争而言，在行动上与外部力量抗衡，突出了斗争的激烈性和残酷性，在内心作自我挣扎，突出了斗争的复杂性和艰难性。就伴随斗争而来的痛感而言，主人公外部的压力、内心的矛盾，都使人产生不适的痛感，渣滓洞使江竹筠的革命行动受阻，大海和鲨鱼使"老人"的一切努力化为虚无，赵蒙生的内心矛盾更是让人体验到痛苦万分、茫然失措的感觉。一般而言，由外部压力引起的痛感，非常强烈，江竹筠的狱中生活，使人仿佛闻到血雨腥风的气息，大海的浩渺、鲨鱼的凶残，也使人时时为"老人"担忧。由内心矛盾引起的痛感，表面上看起来虽不十分强烈，却更为持久，赵蒙生内心的反复斗争对他来说，无疑是一种痛苦的煎熬，这种煎熬虽无形，却让人无法摆脱，叙述者也同赵蒙生一起，体验这种煎熬的痛感。痛感是崇高的主要心理体验，但仅有痛感还不足以构成崇高，崇高还要求痛感最终转化为快感。快感伴随着超越。就超越而言，通过外在行动来超越，突出了主人公肉体和精神上的对比，通过内心斗争来超越，突出了主人公的精神历程。就伴随超越而来的快感而言，无论是通过外在行动来超越，还是通过内心斗争来超越，快感的到来都是突然的。江竹筠被害前的革命行为使人时时为她担心，但到她真的被害了，人们又不禁感慨：敌人只能消灭她的肉体，却不能消灭她的精神，快感由此产生。"老人"虽一无所获，但他毕竟做了他想做的事情，海上的凶险和鲨鱼的贪婪，其实都证明了他的伟大，念及至此，快感便油然而生。赵蒙生内心经历了痛苦的煎熬，终于实现了自我超越，不禁使人有如释重负之感。快感的到来虽比较突然，但余味悠长。通过行动超越产生的快感，快感产生后，人们容易再回想主人公的行动，慢慢体会其精神超越的过程；通过内心超越产生的快感，由于快感产生前的痛苦煎熬的时间较长，快感产生后，人们不禁要带着欣赏的心情，重新回味那种煎熬的滋味，由于心态的改变，此时的煎熬也成为快乐，而且，由于用心去体验内心超越，需要一个较长的过程，因此，一般说来，通过内心超越产生的快感，比通过行动产生的快感，更令人回味。

需要指出的是，上文在分析崇高的斗争、超越和由痛感转化为快感时，是在不同的层面上展开的。崇高的斗争和超越，是就崇高的特点而言的，由痛感转化为快感，是就崇高感的特点而言的，自然，崇高感依附于崇高，从崇高感的特点来理解崇高，应该没有问题，但崇高和崇高感毕竟是两个层面，此外，需要特别指出的是，由于叙事的特点和我们论题的需要，本节在论述崇高和崇高感时，崇高主体和崇高对象都有所改变。叙事中的崇高主要是社会崇高，而康德等人着重论述的崇高主要是自然界的崇高，社会崇高与自然界崇高有所差异，不能照搬。为此，本节在论述崇高时，将主人公视为崇高主体，将主体的对立面视为崇高对象，如江竹筠、"老人"、赵蒙生等是崇高主体，而黑暗的恐怖势力、大海和鲨鱼的威力，内心承受的巨大压力则是崇高对象，主体和对象之间的斗争和超越形成崇高。在分析崇高感时，则将江竹筠、"老人"、赵蒙生等主人公视为崇高对象，而将叙述者或读者视为欣赏崇高对象的主体，当然此时的欣赏主体完全被崇高对象的光辉所征服，对崇高对象投以赞叹、景仰的目光。按照崇高的严格界定，我们在分析由痛感转向快感时，应该从江竹筠、"老人"、赵蒙生等崇高主体的角度出发，分析他们如何由痛感转向快感，但在我们看来，江竹筠等人由于超越，也已成为崇高的对象，成为一种社会崇高，分析痛感和快感，主要是针对社会崇高而言的，这一方面是叙事评价的体现，另一方面更是社会崇高的要求。或许，我们在分析中遇到的困难正体现了自然界的崇高与社会的崇高之间的差别。

二

在论述崇高时，提到由于主人公的失败，崇高具有悲剧性。关于崇高与悲剧的关系，车尔尼雪夫斯基指出："人们通常都承认悲剧是崇高的最高、最深刻的一种"①，但崇高与悲剧还是有区别的。在我们看来，崇高和悲剧是叙述者不同的美学追求，崇高主要是就主人公的精神境界而言，悲剧主要是就主人公的遭遇而言，二者的着眼点不同。崇高可以有悲剧性，但并非所有的崇高都是悲剧，悲剧中可以有崇高，但并非所有的悲剧都是崇高。

最早对悲剧进行系统阐述的是亚里士多德的《诗学》，该书指出："悲

① 转引自刘叔成等：《美学基本原理》，上海人民出版社1984年版，第199页。

剧是对于一个严肃、完整、有一定长度的行动的摹仿……借引起怜悯与恐惧来使这种情感得到陶冶"①。它"总是摹仿比我们今天的人好的人"②，悲剧主人公"不十分善良，也不十分公正，而他之所以陷于厄运，不是由于他为非作恶，而是由于他犯了错误"③。从作为舞台演出的悲剧出发，亚里士多德对悲剧的情节、功能、主人公以及悲的原因进行了分析。这种悲剧观立足于古希腊的悲剧，与我们从叙述者的审美追求来探讨的悲剧有所不同，前者是狭义的悲剧观，后者则指广义的悲剧，即指作为一种美学范畴的悲剧，但前者是后者的基础。继亚里士多德之后，黑格尔用辩证的矛盾冲突学说对悲剧加以说明："基本的悲剧性就在于这种冲突中对立的双方各有它那一方面的辩护理由，而同时每一方拿来作为自己所坚持的那种目的和性格的真正内容的却只能是把同样有辩护理由的对方否定掉或破坏掉。因此，双方都在维护伦理理想之中而且就通过实现这种伦理理想而陷入罪过中。"④从冲突出发，黑格尔对亚里士多德有所突破。其一，亚氏从主人公的"过失"出发，关注主人公个人的品质和行为，黑格尔则从冲突的双方来揭示冲突的不可避免性，将悲剧视作冲突的产物，更接近悲剧的本质。其二，虽然黑格尔仍以"本身具有丰富内容意蕴和美好品质"来要求主人公⑤，但着眼于冲突，这一要求可以被超越，这就为"小人物"和"坏人"的悲剧提供了理论基础。但同时，从理念的要求和"正—反—合"的逻辑出发，黑格尔认为悲剧感"在单纯的恐惧与悲剧的同情之上还有调解的感觉"⑥，调解的感觉源自冲突的解决，但悲剧中冲突的解决往往通过人物的毁灭来实现，人物的毁灭是否能产生"调解的感觉"，值得

---

① [古希腊]亚里士多德：《诗学》，罗念生译，见《诗学　诗艺》，人民文学出版社1962年版，第19页。

② [古希腊]亚里士多德：《诗学》，罗念生译，见《诗学　诗艺》，人民文学出版社1962年版，第9页。

③ [古希腊]亚里士多德：《诗学》，罗念生译，见《诗学　诗艺》，人民文学出版社1962年版，第38页。

④ [德]黑格尔：《美学》(第三卷 下册)，朱光潜译，商务印书馆1981年版，第286页。

⑤ [德]黑格尔：《美学》(第三卷 下册)，朱光潜译，商务印书馆1981年版，第288页。

⑥ [德]黑格尔：《美学》(第三卷 下册)，朱光潜译，商务印书馆1981年版，第289页。

怀疑。黑格尔的冲突说对恩格斯有所启发，在《致斐·拉萨尔》的信中，恩格斯指出悲剧的本质在于"历史的必然要求和这个要求的实际上不可能实现之间的悲剧性的冲突"[①]，这将黑格尔悬挂在天上的理念拉回到人间，是一个巨大的进步。"历史的必然要求"值得肯定，"要求的实际上不可能实现"表明这一历史要求的时刻尚未到来，在时机未成熟时付诸行动又应予以否定，悲剧正是通过否定人物的具体行动来肯定人物的历史要求。这突出了悲剧既否定又肯定的特点。但"历史的必然要求"又要求主人公具有英雄气概，其行动代表历史的方向，但生活中的悲剧人物很难都代表历史的方向，因此恩格斯并没有将悲剧推广到平凡的现实生活之中。从审美追求的角度来看待悲剧，叙事中的悲剧，不能仅限于英雄人物的悲剧，不一定代表"历史的必然要求"的小人物和"坏人"也可以有悲剧。

鉴于以上分析，我们认为：一，悲剧的主人公可以是英雄人物，也可以是平凡的"小人物"，甚至可以是"坏人"；二，就人物来看，悲剧的本质在于冲突，主人公在冲突后走向毁灭和失败，产生悲剧；三，就叙述者来看，悲剧既否定主人公的行动又肯定主人公的要求，是否定和肯定相结合的产物；四，悲剧感主要是一种同情感。第一点是对悲剧主人公的要求，我们由此将悲剧划分为三种：英雄人物的悲剧，小人物的悲剧和坏人的悲剧；后三点是悲剧的特征，其中矛盾冲突是主要特征，它引出另外两个特征，从这三个特征出发，我们对三种悲剧展开讨论。

英雄人物的悲剧是最常见的悲剧，亚里士多德、黑格尔、恩格斯所说的悲剧，主要便是说英雄人物的悲剧。上文所说的悲剧中可以有崇高，就是指英雄人物的悲剧。就冲突而言，英雄人物的悲剧既可以是主人公自身的冲突，即主人公与命运发生冲突，也可以是人物之间的冲突。主人公自身与命运的冲突是潜在的冲突，因为命运的安排是主人公所无法预料的。《俄狄浦斯王》在亚里士多德看来，是说明主人公"过失"的佳例，同时也可以说明主人公与命运的冲突。俄狄浦斯是个英雄，聪明、贤能，但他

———

① 恩格斯：《致斐·拉萨尔》，《马克思恩格斯选集》（第4卷），人民出版社1995年版，第560页。

却得到"杀父娶母"的谕言，谕言与他的优秀品质之间发生冲突，为了逃避神的旨意，他奔走邻国，但他逃避冲突的良好愿望恰恰使他卷进与命运的冲突之中，走近"杀父娶母"的道路，他越是逃避冲突，就越是在不知不觉中卷入冲突，直至完成"杀父娶母"的谕言。人物之间的冲突一般是显在的冲突，因为人物从各自的要求出发，即使知道与对立人物发生矛盾，也愿意卷入冲突之中。黑格尔最为推崇的《安提戈涅》便是显在冲突的典范，安提戈涅明知违反国王克瑞翁的命令会招来杀身之祸，但骨肉亲情又使她义无反顾地收葬她的兄长，与国王形成正面冲突；克瑞翁明知安提戈涅是他未来的儿媳，也明知冲突的后果，但为了维护自己的尊严，并不回避冲突，不惜下令处死安提戈涅。潜在的冲突与显在的冲突是就主人公来说的，对叙述者来说，冲突都是显在的。就否定和肯定相结合来看，主人公与自身命运的冲突，否定的是人物的行动，肯定的是人物的要求。俄狄浦斯的逃避，使他卷入潜在的冲突之中，如果他不逃避，他的悲剧就不会发生。以此言之，其逃避行为应加以否定。然而俄狄浦斯的逃避，又是出自良好的动机，正是为了反抗"杀父娶母"的命运安排，他积极主动地要求逃避，他的反抗要求当然是合理的，值得肯定的。人物之间的冲突，肯定的是冲突双方的合理性，否定的是合理的片面性。安提戈涅收葬她的兄长，出于骨肉亲情的伦理力量，无可厚非；克瑞翁下令烧死安提戈涅，出于维护法律的尊严和国王的威望，也无可指责，冲突的双方都有充分的理由。但是，安提戈涅生活在克瑞翁政权之下，又是他未来的儿媳，本应服从国王的命令而不去收葬她的兄长。克瑞翁作为国王，也是一个父亲和丈夫，也应尊重家庭骨肉的伦理要求，不作出违反骨肉亲情的命令。双方在伦理和法律间各执一端，不管对方的要求是否合理，只知从自己的合理要求出发来采取行动，这种合理具有片面性。否定和肯定相结合，是就叙述者而言，叙述者的否定和肯定，体现出叙事评价在悲剧中的复杂性。就同情感而言，主人公与自身命运的冲突，由于主人公并不知道自己面临冲突，主人公主观上积极进取，力求摆脱命运的安排，但始终又摆脱不了，这种主观上的努力和结局的无奈，使人们对主人公的遭遇寄以深切的同情。俄狄浦斯的悲剧自然离不开他自身的"过失"，但这种"过失"正是他力求改变命运的结果。他犯下了"杀父娶母"的罪行，使他的国土上瘟疫流行，出于英雄的品格和责任感，他开始寻找瘟疫流行的原因，最终却查出自己正是瘟疫的根源，他为此刺瞎双眼，外出流浪。俄狄浦斯的崇高品质让人尊敬，他凄惨的结局却让人潸然泪下：一个伟大的英雄，虽有不屈的斗争，也无法逃脱失败的命运。洒泪的同情中包含着无奈。人物之间的冲突，人物从各自的合理要求卷进冲突，人物要求的合理性使人们对失败的人物寄以同情，但合理的片面性又让人们对人物稍有不满；如果人物多考虑一点对方的要求，避开冲突，悲剧也许就不会发生。安提戈涅出于兄妹亲情而被迫自杀，一个义气的公主死于国王的一道命令之下，让人心痛；克瑞翁作为一国之王，为了维护国家的尊严，不得不承受失子失媳的悲痛，也让人同情。人们对安提戈涅和克瑞翁都寄予同情，这种同情中又带有谴责的意味：双方都知道冲突的结果将会是悲剧，仍正面冲突，他们的毁灭可以说是"罪有应得"。洒泪的同情和谴责的同情是就读者而言的，也可视为叙述者的审美追求。

小人物的悲剧从十九世纪才兴起，果戈理、契诃夫等人笔下有许多"小人物"，这些"小人物"是生活中的凡人，并没有崇高的品质，但他们的处境和结局都令人同情，具有悲剧性。就冲突而言，小人物的悲剧主要是主人公与生存环境的冲突，这种冲突比较模糊，小人物既感到环境的压力，又不知道这种压力究竟是什么。小人物的社会地位卑下，为了生存不得不承受一些本来不该承受的压力。《祝福》中的祥林嫂承受着亡夫失子的悲痛，只想在鲁镇过上平凡的生活，但她的这一微薄的愿望却无法实现，最终在人们的新年祝福中凄惨地离开了这个冰冷的世界。生存环境对祥林嫂来说是如此恶劣，她并不想与它抗争，只想适应它，但环境却容不下她，因此冲突不可避免。这种消极适应环境而终被环境所排斥的冲突，是小人物悲剧的特色所在。就肯定和否定相结合而言，叙述者对小人物否定较多，肯定较少。小人物缺乏英雄那种积极抗争的勇气和行动，只想一味低头，顺从，安守小人物的本分，因此小人物身上并没有多少值得推崇的东西，但小人物一般又有勤劳善良的品质，是一个"好人"。祥林嫂的愚昧显而易见，她的勤劳能干也显而易见。叙述者肯定了她的勤劳能干等优秀品质，对她在环境压力下的表现，对她解决冲突的方法，又持明显的否定态度。她委曲求全，捐门槛，问灵魂，一味顺从，始终意识不到环境对她的排斥，她可能至死也不明白正是顺从和排斥的冲突将她送进了地狱之门。就同情感而言，小人物的地位低下，生活困苦，都令人同情，但小人物安于现状，不思进取，不谋反抗又令人气愤。对小人物的同情，是对弱者的同情，鲁迅先生的"哀其不幸，怒其不争"可以说是对小人物同情的极好写照。

在经典的悲剧理论中，一般认为悲剧的主人公不能是坏人，亚里士多德《诗学》便是典型的代表。但从悲剧的本质特征"冲突"出发，坏人也可以有悲剧。布拉德雷认为："主人公像我们所说的那样是一个好人的悲剧，比起主人公像我们所说的那样是一个坏人的悲剧来，就更富于悲剧性。"①不论其观点如何，这句话至少表明了存在坏人的悲剧。坏人的悲剧由于其主人公的品格低劣从而具有自己的特色。就冲突来看，坏人的悲剧主要展示主人公内心的冲突。因为主人公是坏蛋，他在行动上属于反面角色，是叙述者讽刺、批评的对象，他的行动很难产生悲剧感，所以说，单就行动而言，坏人难以成为悲剧主人公。但通过坏蛋主人公内心的袒露，可以揭示他内心的复杂性，他复杂的心中，还有善良的一面。他是好人还是坏人决定于他强烈的内心冲突，如果善良占了上风，他可能成为好人，但内心冲突的结果，是邪恶占了上风，使他成为坏人。不过这个坏人并非一般的坏人，而是一个强有力的坏人，如果他没有强有力的本质，他的最终毁灭便是自然的，无所谓悲剧。坏蛋主人公的强有力本质，善恶的一念之间以及最终的毁灭，使他成为悲剧主人公。《麦克佩斯》便是较典型的坏人的悲剧。麦克佩斯谋杀了国王，但他谋杀前的犹豫，谋杀后的惊疑，都显示出他多少还有一点良知，同时，他是一位战功卓著的将领，同英雄一样，强而有力，他的败亡意味着"强而有力"的失败，寓于悲剧色彩。

① 转引自刘叔成等：《美学基本原理》，上海人民出版社1984年版，第206页。

就否定和肯定而言，叙述者对坏人的悲剧的主人公总体上持否定态度，但也不乏肯定的成分。坏蛋主人公用自己的力量、智慧来从事恶的行为，当然是否定的对象，但坏蛋主人公在"坏"的过程中所表现出来的力量、智慧又是人类的财富，应予以肯定。就同情感而言，坏蛋主人公的行为并不值得同情，但他身上总还有一些值得肯定、同情的地方。麦克佩斯的犹豫、惊疑，与他"强有力"的本质不符，他最终的失败，更使他"强有力"的本质化为乌有。麦克佩斯虽是个坏人，但这种"强有力"的本质却让人敬畏，它的消失又让人同情。可以说，对坏蛋主人公的同情，我们不是同情主人公个人的遭遇，而是同情主人公身上某些优秀品质的消失。

三

　　一般说来，与悲剧相对应的是喜剧。亚里士多德的《诗学》便将悲剧与喜剧对举："喜剧总是摹仿比我们今天的人坏的人，悲剧总是摹仿比我们今天的人好的人。"[1]鲁迅也说："悲剧将人生的有价值的东西毁灭给人看，喜剧将那无价值的撕破给人看"[2]。关于喜剧，黑格尔指出：在喜剧世界里，"人物所追求的目的本身没有实质"，喜剧人物"以非常认真的样子，采取周密的准备，去实现一种本身渺小空虚的目的"[3]，因为目的渺小，即使意图失败，人物也不觉得有什么损失，一笑了之。这揭示了喜剧对"渺小空虚"的否定和笑的特点。车尔尼雪夫斯基认为："丑，这是滑稽的基础、本质。……丑只有到它不安其位，要显示出自己不是丑的时候才是荒唐的，只有到那时侯，它才会激起我们去嘲笑它的愚蠢的妄想，它的弄巧成拙的企图。"[4]他所说的滑稽即喜剧。这将黑格尔的"渺小空虚"

---

　　[1]［古希腊］亚里士多德：《诗学》，罗念生译，见《诗学 诗艺》，人民文学出版社1962年版，第8—9页。

　　[2]鲁迅：《再论雷峰塔的倒掉》，见《鲁迅随笔精选》，长江文艺出版社2016年版，第105页。

　　[3]［德］黑格尔：《美学》（第三卷 下册），朱光潜译，商务印书馆1981年版，第290、292页。

　　[4]转引自刘叔成等：《美学基本原理》，上海人民出版社1984年版，第209—210页。

抽象为"丑",并且突出了"丑"的内容以"美"的外衣来包装的过程，这一过程具有喜剧性，令人发笑。里普斯则认为喜剧性的特点在于"喜剧对象先'装'成一个大，接着显得却是一个小或一个相对的无"，它使人"先是愕然大惊，后是恍然大悟"①。由于喜剧的这种特点，它并不像"高尚的行为或者伟大的情操"那样"使人欢快"，而是"使人开心"②。这同样揭示了喜剧对象以"大"藏"小"和让人发笑的特点，并且指出喜剧笑的突然性——"恍然大悟"的特点。无论是车尔尼雪夫斯基的以"美"包"丑"，还是里普斯的以"大"藏"小"，这一包或藏的实质最终都被揭穿，正由于表象被揭穿，表象背后的内容显露，也即鲁迅所说的"将那无价值的撕破给人看"时，才让人禁不住发笑。从以上分析，我们可大致归纳出喜剧的特点：其一，是喜剧对象自身的"无价值"；其二，认识到对象的"无价值"，从而让人发笑。

就喜剧对象自身的"无价值"看，这种无价值既可以是对象本质上的"无价值"，也可以是对象行为上的"无价值"。在我看来，如果突出前者，则喜剧主要表现为讽刺，如果突出后者，则喜剧主要表现为幽默。就讽刺而言，由于注重讽刺对象本质上的无价值，叙述者对讽刺对象主要是揭露其本质上的丑陋，突出对"丑"的否定，因而对讽刺对象一般并不同情，"讽刺家故意的使我们不同情于他所描写的人或事。"③讽刺对象本质虽然"丑"，但对象自己却并不知道，反而认为自己很"美"，因此生活中一般没有讽刺，即使事实上人物的行为是对自己的讽刺，人物却是怀着真诚的态度去进行自己的行为；讽刺主要存在于艺术中，就叙事来说，它具有较强的语言性特征，"讽刺的基础是语言的交际功能"④，如果没有叙事

---

① [德]里普斯：《喜剧性与幽默》，刘半九译，见伍蠡甫、胡经之主编：《西方文艺理论名著选编》（中卷），北京大学出版社1986年版，第457页。

② 伍蠡甫、胡经之主编：《西方文艺理论名著选编》（中卷），北京大学出版社1986年版，第455页。

③ 老舍：《谈幽默》，见《可喜的寂寞——老舍散文》，浙江文艺出版社2014年版，第296页。

④ [美]罗伯特·司格勒斯：《符号学与文学》，谭大立、龚见明译，春风文艺出版社1988年版，第121页。

主体的感情投入，很难表现出对讽刺对象的讽刺意味。这种感情投入主要表现为用表面上的肯定来表达实际上的否定。陈世旭《研究生院的爱情》有一段话："由于已经拥有的许多现代手段，大学生们同当年皓首穷经的冬烘们真是有霄壤之别了。他们如今已经用不着都挤到教室里去听课，同一个寝室只要轮流着派出一个人去'值班'，到时把各人的笔记复印若干份，一场考试很容易就对付过去了。"从这段话看，表面上是赞扬时代的进步（复印机胜过了过去的手抄）和当代大学生的聪明（会投机取巧，不像以往学生的苦读），字里行间又传达出叙述者对大学生投机取巧的不满和对高等教育弊端的哀叹，讽刺意味较明显。在这段话中，大学生们并不认为自己复印笔记的行为是"丑"的，学校也不认为考试的要求是教育的弊端，但叙述者的主体介入，通过语句中的两种语义，清楚地表达出自己否定的态度。以上是讽刺在具体语境中的体现。就叙事而言，讽刺也可以贯串在情节之中，人物本质的"丑"通过人物自以为是的行为表现出来。果戈理《钦差大臣》中的市长安东·安东诺维奇因平时劣迹斑斑，所以在"钦差"赫列斯达可夫面前竭力讨好，并自以为得计，但在读者看来，显然是欲盖弥彰。最有趣的是，当"钦差"与自己的妻女调情时，他反倒受宠若惊，以为从此可以官运亨通，但赫列斯达可夫只是个冒牌"钦差"的事实，又在无声地讽刺着市长的行为。市长的本质和行为都显出"丑"，他的自以为得计只是愚蠢的表现。他的种种伎俩在结尾真钦差到来时显得是那样的可笑而又可怜，但我们并不同情他，因为他的遭遇是他丑恶本质的必然结果。我们只觉得他灵魂肮脏，行为可耻，对他只剩下否定和嘲弄。

与讽刺不同，幽默注重对象行为上的无价值，对其本质是否无价值并不做过多的考虑，以往的经典喜剧理论对此关注不够。对于幽默，叙述者主要表现对象行为的"丑"，对其行为进行否定，但由于对象的本质有时并不"丑"，叙述者在否定"丑"的行为时对其本质的美好仍进行肯定，因而在否定人物"丑"的行为的同时，对人物的遭遇又不乏同情。幽默人物对自身行为的无价值并非一无所知，但仍然坚持无价值的行为，以示自我嘲解。"幽默感是自尊、自嘲与自鄙之间的混合"①。由此言之，生活中也不乏幽默，所以人们通常说某人有幽默感或缺少幽默感。幽默在生活与艺术两大领域中广泛存在。较之讽刺，幽默对象具有较明显的独立性。如果说讽刺离开叙事主体便不成为讽刺，幽默离开叙事主体则仍然是幽默。讽刺对象意识不到自身行为的讽刺性，幽默对象则意识到自身行为的幽默性。因此，叙事主体对幽默主要是一种理解，理解幽默对象行为的幽默性，而不是像对讽刺对象那样表现出较强的主体性，"讽刺的情感坚硬锋利而幽默则显得温和宽容"②。幽默固然有否定，但较之讽刺，否定要弱得多。总体上看，讽刺是否定多于肯定，而幽默则是肯定多于否定，它"总是以肯定作为背景，否定只是这个背景下的一种表现"③。老舍的《离婚》写张大哥很会做媒，"他全身整个儿是显微镜兼天秤。在显微镜下发现了一位姑娘，脸上有几个麻子；他立刻会在人海中找到一位男子，说话有点结巴，或是眼睛有点近视。在天秤上，麻子与近视眼恰好两相抵消，上等婚姻。"显然，张大哥自己也知道，麻子与近视眼的结合并非"上等婚姻"，但在他看来，婚姻要门当户对。他热衷做媒，因此凡是有门当户对的婚姻，他便视为上等婚姻。这段话的幽默显而易见。叙述者对张大哥的做媒标准并不认同，但也没有否定张大哥的热心，他否定的只是张大哥的"做媒癖"。以上的幽默主要是通过叙述者的语言体现出来。幽默也可以通过人物的特定动作来加以表现。卓别林在《流浪汉》等影片中"塑造了一个由礼帽、窄小衣服、肥大裤子、破皮鞋、手杖和小胡子组成的固定外型模式的流浪汉形象"④，这个流浪汉在进屋时被痰盂绊了一下，便本能地摘下礼帽道歉，这一特定的动作便极富幽默意味。流浪汉当然知道，摘帽向痰盂道歉毫无意义，但生活的重压使正直的他处处碰壁，因此处处小心，道歉已成为他本能的反应。叙述者对这一特定动作当然持否定、挪揄的态度，但他更对流浪汉生活的艰辛表示深深的同情。从挪揄和同情来

---

① 转引自刘叔成等：《美学基本原理》，上海人民出版社1984年版，第216页。
② 徐岱：《小说叙事学》，中国社会科学出版社1992年版，第349页。
③ 徐岱：《小说叙事学》，中国社会科学出版社1992年版，第349页。
④ 沈贻炜：《电影的叙事》，华语教学出版社1998年版，第93页。

看，幽默"一方面同喜剧接壤，另一方面却也充满悲剧色调"①。

就令人发笑这一特点来看，喜剧的"笑"不是令人激动的开怀大笑，而是对喜剧对象轻蔑的笑，由于嘲笑的对象是"丑"的事物，就让人感到自身的优越性，笑声中透露出轻松愉悦，从而使喜剧具有较强的娱乐性。同时，这种优越性的到来是突然的，因为喜剧对象表面上煞有介事的行动，显得庄严，但人们逐渐会发现这庄严的背后其实是空无，当人们发现这种空无时，刹那间便会强烈地感受到喜剧对象的卑下可笑，感到自己超过对象，可以居高临下地俯视对象，这种惊喜交集的状态使笑具有突发性。此外，喜剧是叙述者的审美追求，"笑"也必然具有一定的审美品格，有一定的分寸，如果一味为笑而笑，必然会损害喜剧的美学品格，使喜剧流于低俗。这样看来，喜剧的"笑"有如下特征：一是笑中含有轻蔑的意味，显示出优越感，二是笑具有突发性，三是笑的审美品格。下面结合讽刺和幽默的具体情况，谈谈这三个特征。

从笑含轻蔑来看，讽刺由于对象本质上的无价值，叙述者便产生一种内在的优越感：对象基本品格的"丑"，使他不配与我为伍，因而对对象不屑一顾。不屑一顾使叙述者的笑，不仅是轻蔑的，而且是冷冰冰的，不带任何同情，是一种痛快的嘲笑。《钦差大臣》中的市长，身上几乎没有值得肯定的东西，他的自以为是的行为，他的肮脏卑污的灵魂，都让人发笑，让人轻蔑，特别是他的一切努力都是为了一个冒牌钦差，更让人嘲笑不已。对于市长，叙述者的叙述是冷峻的，没有丝毫同情心，他的嘲笑是尖刻的，他的讽刺是辛辣的。幽默由于注重对象行为的无价值，叙述者虽然对其行为感到可笑，有一种优越感，但对其本质仍基本肯定，因此产生复杂的心情：对象的行为固然可笑，但他的品格与我类似，如果我处在他那样的环境下，可能也会做出同样的事情而让别人发笑。这种复杂的心情使叙述者的笑声中含有同情，甚至含有热泪。叙述者既看不起对象的行为，又能宽容这一行为，对对象选择这一行为有一种同情的理解。卓别林创造的流浪汉，向那个痰盂脱帽致敬的滑稽场面，让人忍俊不禁，但叙述

---

① 徐岱：《小说叙事学》，中国社会科学出版社1992年版，第341页。

者在对流浪汉艰辛生活的体验中，在对流浪汉行为的理解中又含有深切的同情。如果说幽默中含有讽刺，也只能是一种轻微的讽刺，流浪汉的行为固然让人发笑，但笑过之后，又不禁让人心酸。

从笑的突发性来看，主要是指对象的行为让人惊喜交集。讽刺的对象本质丑陋，叙述者对其主要采取否定的态度，因而其行为虽出人意外，叙述者并不十分吃惊，而特别高兴：这样丑陋的本质，什么可笑的事都有可能发生，他本质如此，发生了这些事是活该。叙述者在惊喜交集中更偏向于喜。《钦差大臣》中的市长由于其本质的恶劣，叙述者几乎是带着欣赏的眼光观看他的滑稽表演，对他的优越感特别明显，觉得市长受到愚弄是罪有应得，忍不住痛快地嘲笑。嘲笑的痛快便表明了叙述者高兴的程度。幽默的对象行为虽然可笑，但其本质并不"丑"，叙述者主要否定其行为，对其本质基本上仍持肯定态度。由于叙述者对幽默对象本质的基本肯定，他对出人意料的行为有同情的了解，并无幸灾乐祸的高兴。此时，叙述者在惊喜交集中更偏向于惊。流浪汉的行为固然可笑，但这种笑主要是由于其行为的出人意料而令人吃惊。他被痰盂绊了一下，人们可以想象他将痰盂挪走或发几句牢骚，在期待他这样做的时候，他却脱帽道歉，人们"紧张的期待突然转化为虚无"①，禁不住顿时笑起来，对脱帽致敬的行为给予"轻微的讽刺"，"轻微"表明了叙述者嘲笑中的节制，笑声中并没有多少高兴，而主要是吃惊。

从笑的审美品格来看，讽刺和幽默都应该有分寸，有度，否则可能使笑流于庸俗或憎恨而失却应有的审美品格。讽刺是一种"痛快的嘲笑"，当这种"痛快"超过一定程度时，"嘲笑"便可能转化为"憎恨"，憎恨超出了讽刺的范围，一旦嘲笑转化为憎恨，讽刺也就成为抨击，就不再是带着嘲笑来展示对象的丑，而是怀着仇恨来控诉对象的恶。因此从笑的审美品格着眼，讽刺面临两个临界点：从"嘲笑"起，到"憎恨"止。嘲笑是讽刺的基本特征，没有嘲笑就没有讽刺；憎恨是讽刺的雷区，一旦转入憎恨，讽刺也就消失。幽默是一种"轻微的讽刺"，同情的嘲笑，当这种

---

① ［德］康德：《判断力批判》（上卷），宗白华译，商务印书馆1964年版，第180页。

"轻微的讽刺"使嘲笑失却同情时，便转向讽刺，同时，幽默的审美品格要求它俗而不庸，易于为人接受又不过于油滑，令人发笑而不是低级趣味，"幽默一放开手便会成为瞎胡闹和开玩笑"①，幽默一端是油滑，一端是讽刺，它处于油滑和讽刺之间。

四

和谐是叙述者审美追求的一种基本形式，崇高、悲剧、喜剧虽各有所侧重，但并不妨碍它们也具有和谐的品格。就审美追求的基本形式而言，和谐是中西古代美学的主要概念。《国语·郑语》对"和"的解释是："和实生物，同则不继。以他平他谓之和，故能丰长而物归之；若以同裨同，尽乃弃矣。"②这指出了"和"的异质相济、"以他平他"的特性。刘勰承此思想，在《文心雕龙·定势》篇中指出："奇正虽反，必兼解以俱通；刚柔虽殊，必随时而适用。"③将和谐思想具体用于文章的风格要求。西方从毕达哥拉斯学派开始就认为美是和谐，而"和谐总是来自对立，因为和谐是不同因素的统一，以及是相反的因素的协调"④。这既指出了和谐的基本特征在于"统一"和"协调"，又指出了和谐中的对立因素。黑格尔主要将和谐视为自然美的外在形式，认为："各因素之中的这种协调一致就是和谐。和谐一方面见出本质上的差异面的整体，另一方面也消除了这些差异面的纯然对立，因此它们的互相依存和内在联系就显现为它们的统一"⑤。这强调了和谐的整体性特征。由此我们可以见出和谐的基本特征：一是协调统一性；二是统一中有对立。

就和谐的协调统一来看，表现于叙事中的，主要是叙事的整体性。整

---

① 转引自徐岱：《小说叙事学》，中国社会科学出版社1992年版，第350页。

②《国语·郑语·史伯为桓公论兴衰》，见叶朗总主编：《中国历代美学文库》（先秦卷·上），高等教育出版社2003年版，第311页。

③ 祖保泉：《文心雕龙解说》，安徽教育出版社1993年版，第591页。

④ 转引自蒋孔阳、朱立元主编：《西方美学通史》（第一卷），上海文艺出版社1999年版，第67页。

⑤ [德]黑格尔：《美学》（第一卷），朱光潜译，商务印书馆1979年版，第180—181页。

体性是叙事的基本要求，崇高、悲剧、喜剧都不妨碍叙事的整体性，和谐则要求整体性中要见出协调，这主要表现为人物性格的稳定和叙述基调的平和。人物性格在叙事中非常重要，黑格尔认为"性格就是理想艺术表现的真正中心"①，并从丰富性、明确性、坚定性三方面对性格作了具体要求。人物性格的稳定性主要见于明确性和坚定性两方面。明确性使人物"不仅担负多方面的矛盾，而且还忍受多方面的矛盾，在这种矛盾里仍然保持自己的本色，忠实于自己"②。坚定性要求人物不受矛盾的制约，"根据自己的意志发出动作"③，这是"忠实于自己"的最好说明。沈从文《边城》中的翠翠，处于爱情的两难之中，天保、傩送两兄弟在她心中掀起的波澜并没有改变她温静纯真的性格。她内心虽有爱的冲动，但理智和良知又抑制着冲动，天保的放弃和不幸，傩送的追求和远走，使她处于两难境地，她并没有在两难之中有所选择，而是任其自然，既体现出她温静的个性，又表现出她善良的品格。从叙述基调的平和来看，叙述者对人物、环境、情节的叙述都在一种冲淡的心境中展开，人物的命运、环境的纷扰、情节的曲折，虽让叙述者揪心，但都不能改变他心情的平静，他始终以平静的心态、不愠不火的声调，叙述着他的故事，既没有与人物同悲同喜，也没有随着情节的发展而感慨万千。《边城》的叙述者营造的是一个桃花源式的宁静氛围，以冲淡平和为基调，用"抒情诗的笔触写尽了20世纪初湘西小社会的自足环境，以及人事关系的自然纯真"，使整个故事充满了牧歌情调，"成就暂时的神话想象"。④《边城》叙述基调的冲淡，不仅展现了人物性格的单纯美好，生存环境的宁静自足，而且使二者和谐融为一体，构成一幅清丽幽邃的图画，引人入胜又让人遐想。当然，叙述者在叙述中有自己的审美追求，桃花源式的爱情生活多少表露了叙述者的浪漫激情，但这种激情并没有使翠翠的爱情故事成为因爱而献身的崇高，也没有成为因三角恋爱的冲突而形成的悲剧，更没有成为以"笑"为特征

---

① [德]黑格尔：《美学》（第一卷），朱光潜译，商务印书馆1979年版，第300页。

② [德]黑格尔：《美学》（第一卷），朱光潜译，商务印书馆1979年版，第306页。

③ [德]黑格尔：《美学》（第一卷），朱光潜译，商务印书馆1979年版，第308页。

④ [美]王德威：《想象中国的方法》，生活·读书·新知三联书店1998年版，第230页。

的喜剧。或许，浓郁的地域色彩冲淡了一切，桃花源式的生活冲淡了故事中的悲剧气氛，也使崇高、喜剧远离故事。叙述者的浪漫激情，表现为平淡谨约的文字，使激情在平淡中趋于平和。

人物性格的稳定，叙述基调的平和，使人产生一种宁静的愉悦。出于对这种宁静愉悦的追求，叙述者才着力在叙事中营造了和谐的氛围，让人沉醉其中，既感觉不到崇高的超越感，悲剧的冲突感，也感觉不到喜剧的滑稽可笑，和谐的氛围带给我们的是一种温柔的喜悦或是淡淡的哀愁，美丽而又略显朦胧。《边城》中翠翠的爱情故事使天下多少痴男怨女心神向往，古老的渡船，年轻的生命，让多少人回味不已、赞叹不止。人们用心去体会翠翠的爱情，虽然对结局的凄凉有所同情，但仍为爱情的美好、人性的纯真感到欣慰，整个故事给人带来的是一种宁静愉悦的美感享受。这种美感享受的主要特点是直接而平静，审美者的内心不需要通过理智的思考便可感受到这种和谐美，感受美感时心情并没有多少激动，而是较为平静，人们只是在心底里回味、赞叹翠翠的爱情，并没有对这种爱情放声高歌。

就统一中有对立来看，和谐又要求"和与同异"。和谐并非同类事物的简单相加，而是同中有异，异质相济相成而生和。具体到叙事，则意味着，和谐的故事中不乏对立，情节的发展仍有高低起伏的过程，人物之间也不乏轻微的冲突，只不过情节高低起伏的程度不大，在总体上不妨碍叙事的协调性，人物的冲突最终趋于和解而已，这就要求和谐中的"对立"要有所节制，既不能一味对立，也不能突出对立，而是将对立融于整体的和谐之中，对立只是和谐中的对立，而不是和谐外的对立。从"节制"来看，情节高低起伏的程度应有所控制。高低起伏是推动情节的要求，没有高低起伏，情节便如一沟死水，没有半丝浪花，也就无所谓情节。但和谐又要求情节的高和低之间、起和伏之间的距离不能太大，情节的高潮阶段和发展阶段的差距不能过于悬殊。人物的性格并无大的改变，故事的进展程度也个大，似乎情节本身的高潮阶段与发展阶段已融为一体。《边城》中如果没有天保、傩送二人对翠翠的追求，翠翠的爱情故事要平静得多，也乏味得多，但天保、傩送对翠翠的追求既没有改变翠翠的纯真，也没有改变他们自己的善良。甚至天保的毁灭、傩送的远行也没能激起翠翠抢天呼地的悲痛，她还是那样的纯真，以温柔的心情来看待一切，好像天保、傩送所推动的情节高潮在翠翠看来，并不算是高潮，而是与她爱情中的其他经历一样，让她心动，让她痴迷。情节的"节制"是和谐的要求，冲突的"节制"更是和谐的必备条件。如果不对冲突加以节制，冲突便会尖锐化，使人物之间关系紧张，产生矛盾，很可能酿成悲剧。对冲突进行"节制"，使冲突趋向缓和，甚至最终化解，是和谐的一大特点。天保、傩送都爱慕翠翠，二人之间便有所冲突，如果冲突发展下去，可能会演化成争风吃醋的故事，但天保选择了回避，将翠翠留给了傩送，使二人的冲突有所缓和，傩送则因为天保回避后的不幸遇难而远走，使冲突在事实上消于无形。而翠翠，无论是与天保，还是与傩送，始终都保持那种纯真美好的关系，仿佛二人的冲突与她无关。正是因为将"冲突"隐于无形，才使《边城》整体上透出和谐的气氛。叙述者也正是通过人物之间冲突的缓解来实现自己的美学追求。

崇高、悲剧、喜剧、和谐一般被视为美学范畴，本章则视之为叙述者的美学追求，并结合叙事作品对之进行了扼要的分析。其实，无论将它们视为美学范畴还是将它们视为美学追求，只是侧重点不同，本质并无差异，因为美学范畴是人们对美的现象进行归纳抽象的结果，美学追求则是叙述者对叙事文本的审美理想，叙事文本的艺术美必然要合乎人们对美的要求，必然要合乎美的范畴，叙述者的审美理想说到底仍是追求某一种美，这又跳不出美的范畴。因此，本书将叙述者的审美追求归结为崇高等四种美学范畴，这既是为了结合叙事分析的实际，更是为了体现叙述者在叙事中的评价倾向，凸现出叙事评价的主体作用。

第三节　叙事评价的审美接受

——以金圣叹为例

　　从审美层面谈叙事评价问题，便有一个不可忽视的方面，即接受美学的方面。自尧斯1965年《文学史作为文学理论的挑战》问世以来，接受美学就以它崭新的面目向世人展示了自己的独特魅力。当代叙事理论在注重文本分析之余，也将目光投向文学的交流活动，注重读者的作用。布斯的《小说修辞学》主要便是"研究作者叙述技巧的选择与文学阅读效果之间的联系"[①]，热奈特用"受述者"这一概念对读者进行了阐发，查特曼提出了著名的叙事交流模式，读者是最后一环，马丁在回顾当代叙事学时，也将"作者与读者"的交流作为专章加以讨论，相比之下，卡勒更是将目光投向读者，致力于将叙事理论用于批评，认为"诗学基本上是关于阅读的理论"[②]。读者阅读作品，要领悟叙述者的意图，并对作品有自己的看法，一般说来，读者的看法与叙述者的意图大体相似。布斯指出："当一部优秀小说被成功地阅读时，作者与读者的体验是无法区分的"[③]。董小英甚至认为："一般读者的评价态度也正是作者本人的态度，即作品本身的道德倾向"[④]。他们的话有些绝对，但指出了读者对叙述者的依赖以及

---

　　① [美]W·C·布斯：《小说修辞学》，华明、胡晓苏、周宪译，北京大学出版社1987年版，第3页。

　　② [美]乔纳森·卡勒：《结构主义诗学》，盛宁译，中国社会科学出版社1991年版，第193页。

　　③ [美]W·C·布斯：《小说修辞学》，华明、胡晓苏、周宪译，北京大学出版社1987年版，第43页。

　　④ 董小英：《再登巴比伦塔——巴赫金与对话理论》，生活·读书·新知三联书店1994年版，第115页。

读者评价与叙述者评价的渊源关系。以此为基点，我们讨论叙事评价的审美接受，一方面依赖文本和叙述者的评价，这当然是指从读者角度来还原叙事评价，另一方面从"接受"出发，读者对文本又有自己的理解，对叙事又有自己的看法，这种理解和看法与叙述者的评价可能有所不同。考虑到这两点，并联系到"评价"离不开评价主体这一特性，我们认为，谈论叙事评价的审美接受，就要求从文本中既能看出叙述者的意图，又能看出读者的意图，就是说，叙事评价固然体现于文本之中，读者评价也应从文本中见之，这样一来，最适合我们这个论题的不是西方那些谈论接受美学的遑遑论著，它们大多是从理论上分析读者的接受心理和阅读过程，而我们的讨论则需要一个鲜活的叙事文本。在此，我们惊奇地发现，明清的小说评点既有读者对叙述者的分析，又有读者将自己的评价贯串其中的叙事文本（不同的评点可形成不同的文本），很适合我们的要求。说起明清小说评点，金圣叹功不可没。本节打算结合金圣叹的小说评点，对叙事评价的审美接受进行粗略的探讨。

从叙事评价的角度看金圣叹的小说评点，可从两方面入手：一方面是金圣叹作为读者，对叙述者在叙事中的用意加以体会，总结提炼出文学技巧，以此看出叙述者为完成其意图、达到其评价所付出的努力；另一方面是金圣叹为了表达自己的美学理想和艺术主张，对叙事加以改动，以修改后的版本作为自己评点的蓝本，这一版本表面上的作者不是金圣叹，其实修改本身就使叙事多少偏离了原来的版本而带有金圣叹本人的意图在内，在此，金圣叹本人又兼读者、叙述者于一身，直接体现出自己的叙事评价。金圣叹的评点集中表现在对《水浒传》的评点上。

从读者角度看金圣叹，一个基本的倾向是，他认为叙事文中的一切都是叙述者有意安排的结果，都是为了说明叙述者的美学理想。"一般认为《水浒传》只是一部把一系列冒险故事用梁山兄弟结义这条线索松散地串连而成的作品而已。……金圣叹却坚持认为小说作者一定强烈意识到各个章回之间的因果关系"①。理解这种因果关系，便可以领会到叙述者的评价。金圣叹对叙事评价的理解和接受，侧重于形式技巧方面，在他看来，叙事评价可通过叙述者在结构、章法、修辞等方面的技巧来加以体现②。

从结构上看，金圣叹认为"楔子"中的镇魔"石碣"有极强的结构功能。"石碣"在《水浒》中共出现三次。第一次在开头的"楔子"中，写洪太尉揭开石碣；第二次在十四回，三阮的居所名叫"石碣村"，这是"七星聚义"的密谋地点；第三次是在七十回小说的结尾处，"忠义堂石碣受天文"，梁山英雄正喜庆聚义时，从天上滚下一块石碣，没地而入。石碣分别出现于小说的开头、中间和结尾，金圣叹认为大有深意：石碣"为一部七十回书点睛结穴耳。盖始之以石碣，终之以石碣者，是此书大开阖"③。在金圣叹看来，小说开头的揭开石碣，妖魔冲天而出，成就梁山好汉一番轰轰烈烈的壮举；小说中间的"七星聚义"是一次小聚义，"石碣村"的小聚义之后便是梁山的大聚义；小说结尾写石碣消失，显示出水浒英雄的凋零和失败。显然，首尾两处的"石碣"，有明显的暗示功能，中间处的"石碣"在结构上起着联结的作用。所以金圣叹指出："三个'石碣'字，是一部《水浒传》大段落。"④从金圣叹的论述看，"石碣"既在结构上贯串故事，又暗示甚至解释了事件，这样一来，叙述者的观点和评价，在楔子中，便通过"石碣"这一特定的象征物，有了相当明显的流露。为进一步揣摩叙述者意图，金圣叹还通过"正楔"与"奇楔"的区分，将《水浒》叙事区分出两条线索："以瘟疫为楔，楔出祈禳；以祈禳为楔，楔出天师，以天师为楔，楔出洪信；以洪信为楔，楔出游山；以游山为楔，楔出石碣；以石碣为楔，楔出三十六天罡、七十二地煞，此所谓

① ［美］浦安迪：《明代小说四大奇书》，沈亨寿译，中国和平出版社1993年版，第260—261页。

② 这是林岗先生在《明清之际小说评点学之研究》中提出来的看法，此节受惠于该书甚多，特此致谢。

③ 陈曦钟、侯忠义、鲁玉川辑校：《水浒传会评本》，北京大学出版社1987年版，第1262页。

④ 陈曦钟、侯忠义、鲁玉川辑校：《水浒传会评本》，北京大学出版社1987年版，第16页。

正楔也。中间又以康节、希夷二先生楔出劫运定数，以武德皇帝、包拯、狄青楔出星辰名字，以山中一虎一蛇楔出陈达、杨春，以洪信骄情傲色楔出高俅、蔡京，以道童猥獝难认直楔出第七十回黄甫相马作结尾，此所谓奇楔也。"①在属于"正楔"的线索中，将梁山好汉视为妖魔，叙述者似乎以"正统"自居，来俯视梁山好汉的所作所为；视梁山好汉为妖魔，又似乎预示了梁山好汉们的凄惨命运。在属于"奇楔"的线索中，叙述者又暗示造成梁山聚义的原因是因为当权者的"骄情傲色"，梁山聚义是官逼民反的结果，又体现出叙述者对社会的不满和批判。金圣叹的区分实际上涉及叙述声音问题。《水浒》的两条线索意味着《水浒》中存在叙述者的双重声音，这反映出叙述者对叙事的复杂态度和评价的左右为难。从金圣叹的论述来看，《水浒》叙述者的评价比较明显。这基本符合《水浒》事实，也是中国古典小说的共同特色。夏志清便认为中国古典小说的一个特点是作者道德立场的过分鲜明②。

从章法上看，金圣叹认为《水浒》的叙述者在重复上下了较大的功夫。金圣叹拈出的"正犯法""略犯法"便是指重复。"正犯法"指情节中主要部分相似，在金圣叹看来，叙述者这样做，"正是要故意把题目犯了，却有本事出落得无一点一画相借，以为快乐是也。"③以此看来，"犯"是叙述者有意为之的结果，其目的是"快乐"，显然，这种快乐是一种艺术享受的快乐，是通过小说的叙事形式才得以表现的快乐。严格说来，这种快乐更是叙述者对叙事的审美要求，因为小说的叙事形式首先是一种美学安排。"正犯"在《水浒》一书中有许多，金圣叹列举的便有杀虎、偷汉、劫法场、捕盗、起解、放人等。以起解来看，"林冲起解后，又写卢俊义起解"④，在金圣叹看来，叙述者这种章法上的安排，主要是

① 陈曦钟、侯忠义、鲁玉川辑校：《水浒传会评本》，北京大学出版社1987年版，第39页。

② 林岗：《明清之际小说评点学之研究》，北京大学出版社1999年版，第134页。

③ 陈曦钟、侯忠义、鲁玉川辑校：《水浒传会评本》，北京大学出版社1987年版，第21页。

④ 陈曦钟、侯忠义、鲁玉川辑校：《水浒传会评本》，北京大学出版社1987年版，第21页。

一种结构上的考虑，因为"最先上梁山者，林武师也；最后上梁山者，卢员外也。"这种重复是"一书之两头也"。①在我看来，更重要的是，这一头一尾上梁山的两位英雄都是在押解途中遭害之顷遇救才上梁山的，体现出逼上梁山之"逼"的过程，流露出叙述者对英雄的同情和对世道的哀叹。当然，重复不等于雷同，重复之中的差异才能使叙事获得明显的对比效果，并从对比中暗示出叙述者的评价。林冲、卢俊义都是由董超、薛霸押送，董、薛先后用开水烫脚、麻索捆绑来折磨、谋害二人，谋害林冲时，鲁达现身相救而未伤害二公差，卢俊义遇害之顷，燕青发箭相救，终取二人性命。金圣叹指出："独至于写燕青之箭，则与昔日写鲁达之杖，遂无纤毫丝粟相似，而又一样争奇，各自入妙也。"②指出同中之异乃"各自入妙"的关键。这一"同中之异"使二公差由鲁达杖下余生变为燕青箭下之鬼，多少反映出叙述者害人必害己的思想倾向。"略犯法"指的是事件中个别部分相似，重复范围比"正犯法"的要小，方式也比较隐蔽，它同样表现出叙述者叙述时的刻意安排。金圣叹对"林冲买刀与杨志卖刀"这一"略犯法"有较详细的分析："两位豪杰，两口宝刀，接连而来，对插而起，用笔至此奇险极矣。……又一个买刀，一个卖刀，分镳各骋，互不相犯，固也；然使于赞叹处、痛悼处，稍稍有一句、二句乃至一字、二字偶然相同，即亦岂见作者之手法乎？今两刀接连，一字不犯，乃至譬如东泰西华，各自争奇。"③撇开金圣叹夸张式的赞叹不提，"即亦岂见作者之手法乎"明确指出"略犯法"不仅仅是个手法问题，手法的背后隐藏着叙述者的态度。这一手法既是展现叙述者的"赞叹"和"痛悼"，又是通过"互不相犯"又"偶然相同"的买刀、卖刀情节引起人们的联想、对比，显示林冲、杨志二人的性格特征，并以此暗示自己的见解，寓叙事评

---

①　陈曦钟、侯忠义、鲁玉川辑校：《水浒传会评本》，北京大学出版社1987年版，第1123页。

②　陈曦钟、侯忠义、鲁玉川辑校：《水浒传会评本》，北京大学出版社1987年版，第1123页。

③　陈曦钟、侯忠义、鲁玉川辑校：《水浒传会评本》，北京大学出版社1987年版，第233页。

价于"略犯法"之中。

从修辞上看，金圣叹指出《水浒》的叙述者主要运用隐喻和反讽的手段来达到叙述意图。"楔子"中洪太尉上山所遇到的一虎一蛇在金圣叹看来，是世间失落英雄的隐喻。所以当一虎从松树后跳出，金圣叹批道："初开簿第一条好汉"，后雪花蛇又抢出来，又批道："开簿第二条好汉"①，以虎蛇隐指梁山英雄。太尉下山时真人告诉他："本山虽有蛇虎，并不伤人"，对此，金圣叹眼光犀利："一部《水浒传》，一百八人总赞。"②经金圣叹一批点，"虎蛇不伤人"暗含叙述者对梁山英雄正面赞扬的态度便显露出来。《水浒》中的隐喻还可从好汉绰号的解读中看出。金圣叹对三阮绰号的解读便显示出叙述者的人生感叹。三阮的绰号分别是"立地太岁""短命二郎""活阎罗"，金圣叹批道："合弟兄三人浑名，可发一叹。盖太岁，生方也；阎罗，死王也；生死相续，中间又是短命，则安得不著书自娱，以消永日也。"③这指出叙述者对人生短暂的感叹和"著书自娱"的意图。金圣叹还从人生无常的忧虑和著书立说的文人人生观对三阮的浑名加以解读："阮氏之言曰：'人生一世，草生一秋。'嗟乎！意尽乎言矣。……故作者特于三阮名姓深致叹焉：曰立地太岁，曰活阎罗，中间则曰短命二郎。嗟乎！生死迅疾，人命无常，富贵难求，从吾所好，则不著书，其又何以为活也。"④指出叙述者著书立说是出于"人命无常，富贵难求"的感慨。除隐喻外，《水浒》修辞上的另一特色是反讽。金圣叹对《水浒》反讽的接受，从正反人物两方面加以分析。就反面人物看，《水浒》第一回写高俅受端王赏识，端王登基即为徽宗道君皇帝，登基之后，叙述者不经意说出一句"一向无事"，然后写徽宗要提拔高俅。金圣

① 陈曦钟、侯忠义、鲁玉川辑校：《水浒传会评本》，北京大学出版社1987年版，第44页。

② 陈曦钟、侯忠义、鲁玉川辑校：《水浒传会评本》，北京大学出版社1987年版，第46页。

③ 陈曦钟、侯忠义、鲁玉川辑校：《水浒传会评本》，北京大学出版社1987年版，第271页。

④ 陈曦钟、侯忠义、鲁玉川辑校：《水浒传会评本》，北京大学出版社1987年版，第270页。

叹在此处批道："一向无事者，无所事于天下也。忽一日与高俅道者，天下从此有事也。作者于道君皇帝每多微辞焉，如此类是也。"①叙述者用"一向无事"反衬出高俅当官后的天下事起，以此讽刺皇帝的用人不当，正面的"一向无事"背后隐藏着"无所事于天下"的叙述用心。经金圣叹一评点，"一向无事"的反讽力度，可谓大矣。就正面人物看，梁山好汉也常常被叙述者嘲笑暗讽。这首先表现为好汉的名声与行为不吻合。《水浒》第四回，写李忠抢民女，遭鲁达痛打。在双方和解之前，叙述者一直称李忠为大王，但随着叙述的展开，大王愈发显示出狼狈相。叙述者在此提到鲁达"打得大王叫'救人'"之句，金圣叹称之为"七字奇文"："大王字与叫字不连，打字与大王字不连，大王叫救人字不连，打得大王叫救人字不连。"②所谓不连，就是指叙述的表面含义与实际情景相背离，叙述者称李忠为"大王"，但堂堂"大王"，又大叫"救人"，简直是在侮辱"大王"的名号，金圣叹指出："盖自有大王二字以来，未有狼狈如斯之甚者也。"③这种表里不一，名声与行为不符的情况正是反讽的效果。其次表现为用表面的热闹场面暗示实际情形的凄凉。《水浒》第三回写赵员外热心帮鲁达出家，忙得如同办喜事一样，金圣叹认为这里有叙述者的意图："特详此语，写得鲁达出家，可涕可笑。要知以极高兴语，写极败兴事，神妙之笔。"④用赵员外热心帮忙的场面反衬鲁达处境的不利，表现出叙述者对鲁达命运的哀叹和英雄无奈的悲愤，反讽的意味较明显。

从结构、章法、修辞上看金圣叹的评点，主要是从技巧形式方面着手，但从他的具体评点中，又不难发现他不仅关注叙事文本这一本体，而

---

① 陈曦钟、侯忠义、鲁玉川辑校：《水浒传会评本》，北京大学出版社1987年版，第60页。

② 陈曦钟、侯忠义、鲁玉川辑校：《水浒传会评本》，北京大学出版社1987年版，第131页。

③ 陈曦钟、侯忠义、鲁玉川辑校：《水浒传会评本》，北京大学出版社1987年版，第127页。

④ 陈曦钟、侯忠义、鲁玉川辑校：《水浒传会评本》，北京大学出版社1987年版，第105页。

且"从本体推向主体，再现出作者当时的神理"①，"作者当时的神理"正是叙事评价的表现。一般说来，评点是从读者的角度对叙事进行解读，金圣叹也是如此，但不仅仅如此。他腰斩《水浒传》百回本，使之成为七十回删节本。金批本《水浒传》（《读第五才子书法》）与百回本《水浒传》是两个版本系统②。从金批本的改动可看出金圣叹自己的美学观念和审美评价倾向，在此，金圣叹是作为叙述者而存在的，而金圣叹对删节本的评点，又使他同时成为一个读者，这种兼叙述者与读者于一身的情况，表现了金圣叹本人的叙事评价，我们作为读者，也可以对之审视，作为我们对金圣叹叙事评价的接受。这主要可从两方面见之，一是对《水浒》结构的调整，二是对宋江这一人物形象的理解。

金圣叹评点《水浒传》，首先将百回本腰斩成七十回本。他把百回本的"引首"与第一回合并，更为"楔子"，以百回本第二回为第一回，以百回本第七十一回为第七十回，并腰斩以后的故事。从七十回本看，梁山好汉大聚义后，卢俊义做了一个恶梦，梦见所有好汉都被斩首，故事便结束了。从金圣叹对百回本开头的改动来看，显然是嫌原"引首"没能起到充分"引"和"楔"的作用，金圣叹的评点，则十分注意"楔子"中事件"引"和"楔"的意义。小说开头洪太尉上山求见天师，但有眼无珠，遇而不见，反说天师相貌"猥獕"。金圣叹评道："此一句直兜至第七十回皇甫端相马之后，见一部所列一百八人，皆朝廷贵官嫌其猥獕，而失之于牝牡骊黄之外者也。"③第七十回在金批本是最后一回，这样，首尾照应，突出了朝廷不能识英雄于草莽之间而生发一系列"官逼民反"的故事。从总体上看，金批本的叙述者对朝廷蔽塞的抨击较之百回本更加鲜明。从腰斩七十一回来看，七十一回梁山英雄大聚义，达到事业的顶点，此后百回本中梁山的事业由于宋江的"忠义"便渐趋没落，金圣叹于此顶点之际嘎然

---

① 胡亚敏：《叙事学》，华中师范大学出版社1994年版第286页。

② 关于《水浒传》的版本系统，可参看［美］浦安迪：《明代小说四大奇书》，沈亨寿译，中国和平出版社1993年版，第240—250页。

③ 陈曦钟、侯忠义、鲁玉川辑校：《水浒传会评本》，北京大学出版社1987年版，第46页。

而止，突出了梁山好汉创业的艰难历程，加强了"官逼民反"的控诉力量，表明了《水浒》的主旨并非"忠义"。金圣叹以卢俊义的恶梦结尾，既是对百回本以宋徽宗的梦结尾的回应，又预示了梁山的没落和英雄事业终将灰飞烟灭的结局，这一结局紧接着大聚义的事业高潮而来，让人觉得有点突兀，但正是这种突兀，"给人以大难临头、万事皆空的袅袅余音"①，让人产生万事皆休的虚无感。联系到头尾两首渲染天下太平的诗作，这种感觉更明显，天下太平无事，中间那么多英雄好汉的故事，也只能如梦一般归于虚无，而这两首诗，后一首便是金圣叹自己加上去的，并认为这样"天下太平起，天下太平结"，是"极大章法"。从对朝廷的抨击和万事皆梦的虚无来看，金批本叙述者的立场是暧昧的：他既以极大的同情和感伤，对英雄们那种令天下土崩瓦解的行为进行"寓言式探索"②，又以超脱的姿态，视这些行为为过眼烟云，犹如梦境。如果说这种暧昧的立场中有一个中心的话，那就是"治乱"③：天下太平，本来无事，若官逼民反，则天下事起，治乱之后，天下复归太平。《水浒》一部大书之中，乱变纷纷，如不加治理，则天下必倾，治理之后，则天下太平，过去的一切纷纷扰扰，犹如梦幻，归于虚空。百回本的"忠义"主旨在金圣叹手中消失殆尽。

　　金批本叙述者的立场暧昧，还表现在对待宋江这一人物的态度上。宋江是梁山的首领，百回本在七十一回前突出其"义"，七十一回后突出其"忠"，视之为"忠义"的化身。金圣叹腰斩七十一回之后的故事，使宋江之"忠"失去根基，对七十一回前宋江的表现，则多加贬斥，甚至改动文字，加以评点，以示"对宋江的敌视态度"④。金圣叹一方面对"官逼民

① ［美］浦安迪：《明代小说四大奇书》，沈亨寿译，中国和平出版社1993年版，第255页。

② ［美］浦安迪：《明代小说四大奇书》，沈亨寿译，中国和平出版社1993年版，第290页。

③ ［美］浦安迪：《明代小说四大奇书》，沈亨寿译，中国和平出版社1993年版，第289页。

④ ［美］浦安迪：《明代小说四大奇书》，沈亨寿译，中国和平出版社1993年版，第244页。

叙事形式与主体评价

第三节　叙事评价的审美接受——以金圣叹为例

185

反"的现状进行控诉，一方面又对梁山的领军人物进行"丑化"，在控诉和丑化之间徘徊，犹豫不决，最终归向万事皆梦的虚无。金圣叹对宋江的"丑化"，可从以下几方面见之：

其一，名实不符。宋江号称"及时雨"，仗义疏财，义薄云天。但金圣叹则认为他是一个奸诈的小人，对其人品和处世方法进行嘲笑。宋江与花荣相交很深，理应肝胆相照。但事实不然。当宋江获罪戴枷时，花荣劝其去枷，宋江不肯，且信誓旦旦："此是国家法度，如何敢擅动！"金圣叹批道："宋江假。于知己兄弟面前，偏说此话，于李家店、穆家庄，偏又不然，写尽宋江丑态。"[①]并将宋江江州上岸时"依前带上行枷"改为"方才带上行枷"，突出了宋江无人处便不戴行枷的实际情况。对此，金圣叹在三十六回回评中说："……凡九处特书行枷，悉于前文花荣要开一段遥相击应，嗟乎！以亲如花荣而尚不得宋江之真心，然则如宋江之人，又何与之一朝居乎哉！"[②]宋江人品之差，令人厌恶。宋江不戴行枷，与他的银子不无关系。银子在金圣叹看来，是宋江通关之宝、处世之道。第三十六回宋江遇人追杀，逃到江边，便拿银子求艄公救命，金圣叹批道："虽是急时相求，亦写卖弄银子。"宋江心里着急，便又说："我多与你些银两"，金圣叹批道："一路写宋江只是以银子出色，是此回一篇之眼，不得不与标出。"[③]后艄公唱起湖州歌，金圣叹将百回本"不怕官司不怕天"一句改为"不爱交游只爱钱"[④]，以此来影射宋江用钱处世的特点。

其二，言行不一。第三十八回宋江浔阳楼题反诗，用"他时若遂凌云志，敢笑黄巢不丈夫"抒发自己的抱负，活脱脱一副顶天立地的英雄形象。第四十一回，宋江已上梁山，回家接父亲兄弟上山，被官兵发现，躲

[①] 陈曦钟、侯忠义、鲁玉川辑校：《水浒传会评本》，北京大学出版社1987年版，第662—663页。

[②] 陈曦钟、侯忠义、鲁玉川辑校：《水浒传会评本》，北京大学出版社1987年版，第674—675页。

[③] 陈曦钟、侯忠义、鲁玉川辑校：《水浒传会评本》，北京大学出版社1987年版，第680页。

[④] 陈曦钟、侯忠义、鲁玉川辑校：《水浒传会评本》，北京大学出版社1987年版，第682页。

入还道村古庙的神橱之中。官兵追来，百回本写宋江此时"气也不敢喘，屁也不敢放"，金圣叹改为"身体把不住簌簌地抖"，当无人搜看神橱时，百回本写道："宋江道：'却不是天幸。'"金改为"宋江抖定道：'可怜天！'"，宋江刚叹完天幸，就有人来搜神橱，百回本作："宋江道：'却不是晦气，这遭必被擒捉'"，金改为"宋江抖得几乎死去"，此后官兵又来搜查，百回本作："宋江道：'我命运这般蹇拙，今番必是休了'"，金改为"宋江这一番抖得真是几乎休了"。①从这几处改动来看，百回本通过语言显示出来的恐惧被金圣叹改为通过行动来显示，并以"发抖"来贯串始终，发抖程度的加重，显示出宋江恐惧程度的加深。从宋江的发抖来看，他完全是个贪生怕死的胆小鬼，所谓"敢笑黄巢不丈夫"的英雄气概，纯粹是醉后胡话，欺人之谈，与其实际行为大相径庭。

其三，阴险伪善。当晁盖要亲征曾头市时，百回本先作"宋江苦谏"，而晁盖不听，后狂风吹断军旗，百回本有"宋江劝道"字样，到金批本，删去了"宋江苦谏"，将"宋江劝道"改为"吴学究谏道"，并批注说："又大书吴用谏，以见宋江不谏，深文曲笔，遂与《阳秋》无异。"②明确表达了宋江的阴险。晁盖引兵去后，百回本有"宋江怏怏不已；回到山寨，再叫戴宗下山，去探听消息。"金批本改为："宋江回到山寨，密叫戴宗下山去探听消息。"删去了宋江心情的抑郁，并加上一个"密"字，以显示其居心不良。在这句话后面，金圣叹批道："此语后无下落，非耐庵漏失，正故为此深文曲笔，以明曾市之败，非宋江所不料，而绝不闻有救援之意，以深著其罪也。"又说："骤读之，极似写宋江好；细读之，始知正是写宋江罪。"③对宋江的阴险卑鄙可谓恨之入骨。在五十九回回评中，金圣叹将宋江的险恶揭示出来，认为晁盖之死，宋江难逃其罪，他甚

① 陈曦钟、侯忠义、鲁玉川辑校：《水浒传会评本》，北京大学出版社1987年版，第775—776页。

② 陈曦钟、侯忠义、鲁玉川辑校：《水浒传会评本》，北京大学出版社1987年版，第1090页。

③ 陈曦钟、侯忠义、鲁玉川辑校：《水浒传会评本》，北京大学出版社1987年版，第1090页。

至用"宋江弑晁盖之一笔为决不可宥也"①。一个"弑"字，将宋江处心积虑要夺梁山首领之位的用心表达出来，也表现了金圣叹对宋江的敌视态度。在这句话后面还罗列了十点理由，来证明说宋江"弑"晁盖并没有冤枉宋江，这十点理由更显示了宋江的卑鄙无耻。晁盖死后，众人劝宋江继任梁山首领，宋江推辞，百回本作："今骨肉未寒，岂可忘了？"金本改为："誓箭在彼，岂可忘了！"显示出宋江不愿继位不是出于兄弟之情而是碍于晁盖灵前的毒箭。在众人劝说之下，宋江表示"权当此位"，接着举行仪式，百回本作："宋江焚香已罢，权居主位，坐了第一把椅子。"金本则改为："宋江焚香已罢，林冲、吴用搀到主位，居中正面坐了第一把椅子。"林冲是最初上梁山者，且是一员虎将，吴用是军师，宋江要此二人搀到椅子上，以示自己居位是迫不得已，而非自己本意。为此，金圣叹批道："又书林冲、吴用搀，书尽宋江权诈。"并认为"'居中正面'四字，丑不可当"。②总之，在金圣叹笔下，宋江是个城府极深、阴险伪善之人。较之百回本，金批本对宋江的"丑化"显而易见。

金圣叹对宋江的"丑化"和敌视，有其文本的依据，他的改动大都不违反百回本的原意，只是为了更明确地表露自己的心迹，将故事叙述者的用心按照自己的理解揭示得更透一些，才改动一些文字。从他的改动来看，腰斩七十一回以后的故事，使故事在结构上更加"精严"，对宋江的"丑化"，使梁山英雄的首领富于较强的反讽色彩，也更复杂化、真实化，这是其删节本三百多年来长盛不衰的重要原因。从叙事评价看，金圣叹的改动与其儒道佛的思想不无关系，有论者指出："儒家思想构成了他的思想核心，佛道两家对他也有很深的影响。"从儒家思想出发，他主张"不好犯上，不好作乱，是庶民实法"③，他对《水浒传》中梁山好汉们的

① 陈曦钟、侯忠义、鲁玉川辑校：《水浒传会评本》，北京大学出版社1987年版，第1084页。

② 陈曦钟、侯忠义、鲁玉川辑校：《水浒传会评本》，北京大学出版社1987年版，第1096页。

③ 王运熙、顾易生主编：《中国文学批评史》（下册），上海古籍出版社1985年版，第336、338页。

"事迹"持否定态度，并通过对其领袖人物宋江的丑化表现出来。在《序二》中，他对梁山英雄施以强烈的谴责和辱骂："若夫耐庵所云'水浒'也者，王土之滨则有水，又在水外则曰浒，远之也。远之也者，天下之凶物，天下之所共击也；天下之恶物，天下之共弃也。……且亦不思宋江等一百八人，则何为而至于水浒者乎？其幼，皆豺狼虎豹之姿也；其壮，皆杀人夺货之行也；其后，皆敲朴劚削之余也；其卒，皆揭竿斩木之贼也。有王者作，比而诛之，则千人亦快，万人亦快者也。"[1]对梁山好汉的行径，可谓深恶痛绝。但他非常欣赏《水浒》的文法，不读之不快，不评之不快。评点当然应遵从小说文本，但正面赞扬梁山英雄的《忠义水浒传》又不合金圣叹的口味，于是他腰斩《水浒》，并改动文字，加以评点，使自己的憎恶渗于其中，但憎恶又不合原作的主旨，于是他又借佛道两家的思想，将梁山的轰轰烈烈最终归之于虚无。这当然可消解对梁山英雄的赞扬，但同时也弱化了自己对梁山英雄的反感，赞扬与反感揉合在一起，使小说叙述者总体上显示出一种模棱两可的暧昧态度。明白了这些，我们在欣赏金批本《水浒》的同时，对其叙事评价可以有一个恰当的把握：既要看到金圣叹艺术的敏感性，又要看到他思想上的偏见。

---

[1] 陈曦钟、侯忠义、鲁玉川辑校：《水浒传会评本》，北京大学出版社1987年版，第7页。

第四章

叙事评价的文化层面

在结束了形式层面和美学层面的探讨之后,我们转向文化层面的分析。一般说来,叙事评价无法离开评价主体所处的文化环境,无法摆脱他所受的文化影响,因此,文化层面的探讨也是叙事评价不可缺少的一环。本章拟从两个方面对这一问题加以探讨:一是总论叙事的文化意蕴,指明叙事评价与文化的必然联系,并以儒家道德对中国小说的影响为例进行具体分析;二是寻找叙事形式背后的文化意义,着重对第二章提到的人称、聚焦、讲述和展示、时间和空间等叙事形式的演变作纵向的梳理,并探明其演变的文化原因。

第一节　叙事评价的文化意蕴

　　叙事学侧重于形式分析，但正如巴赫金所言："欧洲形式主义对普遍的意识形态问题绝非漠不关心"①，叙事学从其诞生那天开始，就有着强烈的意识形态色彩。叙事学的兴起，有赖于结构主义思潮的盛行，结构主义叙事学本来就是结构主义的一个重要组成部分。结构主义在50年代崭露头角，几乎成为欧洲注目的中心。由于法国哲学界与德国哲学界的错综复杂的关系，以萨特为代表的本土的存在主义与受胡塞尔影响的现象学并存，使法国一时成为哲学的主要阵地，正是在存在主义与现象学的夹缝中，结构主义吸收二者的长处，逐渐成长起来。同时，五六十年代正是法国社会的多事之秋，存在主义与各种"左翼"思潮的影响日益减退，人们对社会的变革、人的存在等问题失去了兴趣，而代之以社会结构是否合理的疑问，结构主义应运而生。正是基于这一点，勒菲伏勒指出："结构主义是现代世界中敌对势力之间保持平衡的一种意识形态"②。结构主义一开始就是意识形态的产物，叙事学起初作为结构主义的一个分支，也同样如此。即使叙事学后来在叙事的形式分析上趋于精密化，也难以消除其意识形态性。叙事理论如此，叙事更是如此。比如，小说叙事的兴起便有其深刻的文化原因。本章准备先粗略探讨小说兴起的文化背景和叙事的文化性质，然后结合中国的小说叙事，以儒家道德为切入点来进行文化形态分

---

　　①［苏］巴赫金：《文艺学中的形式方法》，邓勇、陈松岩译，中国文联出版公司1992年版，第74页。

　　②转引自李幼蒸：《结构与意义》，中国社会科学出版社1996年版，第121页。

析和叙事学解读，从叙事评价的角度探讨叙事主体在叙事中所表露出来的道德内容。

一

　　按卢卡契、巴赫金、浦安迪等人的总结，西方的叙事经历了一个史诗—罗曼史—长篇小说的过程①，我们此处所谈的小说的兴起，对西方来说，主要指长篇小说的兴起。根据伊恩·P·瓦特《小说的兴起》中的看法，小说的兴起有其明确的时代特征："小说兴起于现代，这个现代的总体理性方向凭其对一般概念的抵制——或者至少是意图实现的抵制——与其古典的、中世纪的传统极其明确地区分开来"②。小说的这些特点与其社会背景不无关系。到18世纪，资本主义已经使经济得到相当大的发展，经济增长"与不很刻板、不很均一的社会结构和不很专制、更为民主的政治体制一道，极大地增加了个人选择的自由"③。这样，社会对个人的价值开始重视，因此，在小说叙事中，其情节并不像过去那样"取自神话、历史、传说或先前的文学作品"④，而是注重创造性想象，"用本身并不新奇的情节诱发出个人的模式和当代的意蕴"⑤。这种对"个人"的重视与哲学思想也有关系。笛卡尔那句"我思故我在"，对世界怀疑的同时肯定了自我的存在，这一思想对欧洲影响深远。洛克则把人的个性界定为长时间获得的一种意识的一致性，"个性被解释为人的过去和现在的自我意识的相互贯通，因此，从斯泰恩到普鲁斯特，许多小说家都把对个性的探索

---

　　①［美］浦安迪：《中国叙事学》，北京大学出版社1996年版，第9页。

　　②［美］伊恩·P·瓦特：《小说的兴起》，高原、董红钧译，生活·读书·新知三联书店1992年版，第4页。

　　③［美］伊恩·P·瓦特：《小说的兴起》，高原、董红钧译，生活·读书·新知三联书店1992年版，第63页。

　　④［美］伊恩·P·瓦特：《小说的兴起》，高原、董红钧译，生活·读书·新知三联书店1992年版，第7页。

　　⑤［美］伊恩·P·瓦特：《小说的兴起》，高原、董红钧译，生活·读书·新知三联书店1992年版，第8页。

选作了自己的主题"①。对个性的关注，使叙述者对人物的取名极为重视。在史诗和罗曼史中，人物的名字主要取自过去的文学作品或神话传说，在小说中，叙述者则"完全依照日常生活中给特殊的个人取名的那种方式来给他的人物取名，从而代表性地表明了他把一个人物表现为一个特殊的个人的意图"②。给"人物取名的方式，暗示那些人物应该被看作是当代社会环境中特殊的个人"③。

中国小说的兴起，在此主要谈谈明清白话小说的兴起，明代的四大奇书和晚清白话小说的繁荣可以说明这一点。对明代的四大奇书，浦安迪从政治、经济、八股文、王阳明心学、儒道佛"三教合一"思想、书籍刊刻、评点、传奇剧的影响方面进行了较为细致的说明④，最后总结到：其一，晚明时期的"许多文化活动揭示出晚近末世的艺术家挣扎着要界定他们与古老文化遗产的关系"⑤。其二，"对文人特性的探索贯穿整个晚明的文化生活，而这种自我确定的企图往往只是导致不安的折衷。这样，……文人艺术家们在一幅超然离世的屏风后面玩着自我实现的游戏……招致冷嘲和反讽的前景——时而情趣横溢，时而陷入相当沉重甚至痛苦的冥想"⑥。对奇书叙述者们的文化处境和叙事策略作了颇有诗意的概括。晚清小说的繁荣，不仅有社会、经济上的原因，更有政治上的原因，这要从中国白话小说的地位说起。古代中国是个诗的国度，对"小说"可以说是不屑一顾。"小说家者流，盖出于稗官，街谈巷语，道听途说者所造

---

① [美]伊恩·P·瓦特：《小说的兴起》，高原、董红钧译，生活·读书·新知三联书店1992年版，第15页。

② [美]伊恩·P·瓦特：《小说的兴起》，高原、董红钧译，生活·读书·新知三联书店1992年版，第11—12页。

③ [美]伊恩·P·瓦特：《小说的兴起》，高原、董红钧译，生活·读书·新知三联书店1992年版，第13页。

④ [美]浦安迪：《明代小说四大奇书》，沈亨寿译，中国和平出版社1993年版，第3—29页。

⑤ [美]浦安迪：《明代小说四大奇书》，沈亨寿译，中国和平出版社1993年版，第29页。

⑥ [美]浦安迪：《明代小说四大奇书》，沈亨寿译，中国和平出版社1993年版，第30页。

叙事形式与主体评价

第一节 叙事评价的文化意蕴

195

也"①，这是班固对"小说"的界定，在班固看来，小说之所以成为一类，是因为它无法归入其他九类，小说本身是"无足观"的："诸子十家，自可观者九家而已。"班固所说的"小说"指的是文言小说而非白话小说。白话小说在中国文学史上的地位更是低得可怜，不仅历代正史从不提及白话小说，而且一些方志也讳言白话小说。例如安徽志，民国前版本的吴敬梓条，仅四十字，根本不提其一生最辉煌的《儒林外史》；民国初年修订本吴敬梓条，字数多了一些，说到他一些佚失的诗文集，最后稍为提及《儒林外史》这一书名。②白话小说的地位之低，让人吃惊，但一些科举无门的文人，为了不浪费自己的才华，转而关注白话小说，终于使白话小说在明清时代成为文学中崛起的一族；此外，明末清初的金圣叹、毛宗岗等人，还对白话小说进行整理，加以评点，对白话小说的广为流传功不可没。但金圣叹、毛宗岗等人并没有要求从根本上提高白话小说的地位，他们虽认可白话小说的价值，却不反对传统诗文的统治地位。到了晚清，随着列强的入侵，政治的腐败，经济的萧条，人们对社会日益不满，中国的有识之士要求"振兴中华"的呼声高涨起来。伴随着这一呼声，有人主张用白话文来代替文言文，以启发民智，裘廷梁《论白话为维新之本》提倡白话，认为白话文可以作为政治改良的工具；有人主张小说的统治地位，梁启超《论小说与群治之关系》开篇便对小说的社会功用大加鼓吹："欲新一国之民，不可不先新一国之小说。故欲新道德，必新小说；欲新宗教，必新小说；欲新政治，必新小说；欲新风俗，必新小说；欲新学艺，必新小说；乃至欲新人心，欲新人格，必新小说。"③这种过分鼓吹白话和小说的政治功用出自文化名人之口，固然对白话的普及和小说的流传有所帮助，但过分重视白话和小说的政治功用并没有从根本上解决白话小说的地位问题。

---

① 班固：《汉书·艺文志》，见黄霖、韩同文选注：《中国历代小说论著选》（上），江西人民出版社2000年版，第3页。

② 赵毅衡：《苦恼的叙述者》，北京十月文艺出版社1994年版，第204页。

③ 饮冰：《论小说与群治之关系》，见黄霖、韩同文选注：《中国历代小说论著选》（下），江西人民出版社2000年版，第41页。

不仅小说叙事的兴起有其文化背景，进一步说，任何叙事都有其文化内涵。从叙事语言上看，虽然索绪尔在他划时代的著作中区分出语言的能指和所指，指出了能指和所指之间组合的任意性，但语言作为一套规则定型之后，就有其约定俗成的一面，人们在叙事时，自然而然地遵从这种约定俗成的规则。这种遵从无疑离不开环境的熏陶和文化的教养，正由于环境不同，教养不同，小孩子和大人的语言不同，农民的粗俗话语和大学教授的书面话语，显然也有区别。当我们叙事时，选择话语是必经之途，选择的过程中便含有叙述者的某些愿望，对同一事件，不同的叙述者可以选择不同的话语，因此，华莱士·马丁指出："语言，以及它们所蕴含的价值标准和态度，与我们认为是独立于语言的事物其实是不可分的；语言就在事物之中，事物我们始终是从这一或那一视点来体验的。"①具体到叙事话语，除了词汇、句子之外，叙事话语还离不开叙事人称、叙事聚焦、叙事方式、叙事时间和叙事空间等方面的综合作用，如第二章所论，这些方面都是叙事评价的具体表现，都含有叙述者的主观意图，因此，"叙事话语不可能是一种与现实解释漠不相关的中性陈述"，叙事话语陈述事件的过程中便包含了对"事件的解释和判断"。②就叙事的题材来看，不同的题材显然有不同的社会价值，爱情、宗教、战争等题材都各有其社会内涵，当前女性文学的崛起与社会对女性的重视也有密切关系。就叙事的体裁来看，时代不同，文化不同，体裁也不一样。以中国来看，元曲的叙事是讲唱结合，这既与变文的影响不无关系，又与市民阶层的兴起有关；明清小说，也没有完全摆脱话本的影响，并与明清的时代特点有关（如上文所说）；"五四"以后，小说全面兴盛，这既与白话文的兴盛有关，更与时代的革命要求有关，因此，可以认为，"体裁形式中有特定时代的价值尺度"③。就叙事的创作方法看，西方传统的创作方法有写实主义和浪漫主义，近代又出现了形形色色的现代主义，但正如王德威所言："写实的范

---

① ［美］华莱士·马丁：《当代叙事学》，伍晓明译，北京大学出版社1990年版，第184页。

② 南帆：《文学的维度》，上海三联书店1998年版，第256页。

③ 程麻：《文学价值论》，人民文学出版社1991年版，第35页。

畴早沾染了意识形态对立的特色"①，巴尔扎克的写实，显示了资本主义社会中人情的虚伪和金钱的万能，诅咒了资本主义，果戈理、屠格涅夫的写实，对俄国农奴制进行了辛辣的讽刺和无情的打击，托尔斯泰更是"俄国革命的一面镜子"。同样地，无论是雨果的浪漫，还是歌德的感伤，也都有其时代的原因。至于"现代主义"，这一名称本身就带有强烈的时代色彩，它的种种情形更是现代社会在文学中的折射。正如浦安迪（蒲安迪）所指出的："小说家的主要目的，是要透过此等矛盾人物之所见所闻，透过他们所处的环境，以对人生大体的意义发出疑问"②。就叙事的接受而言，同样摆脱不了其文化内涵。叙述接受者接受叙事时，首先接受者本人"必须绝对置身于意识形态之中"③，否则接受者没有自己的立场；其次要遵守一定的阅读程式，否则无法接受叙事，而"阅读程式实际上受到某种文化背景的制约"④；再次，接受叙事主要是接受叙事所产生的意义，意义的产生总是受到文化的制约，"受到约定俗成的程式的控制"⑤。同时，任何阅读、批评都有一个接受的视点，过去的社会分析法固然有社会、时代、文化的内容，前一段时间流行的语言批评同样无法逃避社会内涵，因为"批评家从话语的成规之中发现了权势与意识形态"⑥。以此言之，"文学批评同样意味着犀利的现状怀疑和社会批判。"⑦从叙事的演变来看，一种文学取代另一种文学，都是现行文学从当下的流行价值观着眼，对过去的价值表示怀疑，正是在这个意义上，我们认为，

---

① [美]王德威：《想象中国的方法——历史·小说·叙事》，生活·读书·新知三联书店1998年版，第332页。

② 蒲安迪：《中西长篇小说文类之比较》，见李达三、罗钢主编：《中外比较文学的里程碑》，人民文学出版社1997年版，第324页。

③ [美]乔纳森·卡勒：《结构主义诗学》，盛宁译，中国社会科学出版社1991年版，第369页。

④ [美]乔纳森·卡勒：《结构主义诗学》，盛宁译，中国社会科学出版社1991年版，第186页。

⑤ [美]乔纳森·卡勒：《结构主义诗学》，盛宁译，中国社会科学出版社1991年版，第363页。

⑥ 南帆：《文学的维度》，上海三联书店1998年版，第63页。

⑦ 南帆：《文学的维度》，上海三联书店1998年版，第64页。

文学的生产和释义"很可能成为对既定价值的挑战"①。

在《小说修辞学》的结尾，布斯指出："客观的叙述，特别是当它通过一个非常不可靠的叙述者这样做时，便形成了使读者误入歧途的特殊引诱"②，这往往造成道德判断上的晦涩。当一个恶棍从自己的立场出发来叙事时，他的丑恶行径往往被他的自我辩解所掩盖，比如《喧哗与骚动》中杰生的叙述便冲淡了隐含作者对他的谴责。但无论如何，作者的道德观在叙事时还是要流露出来，艺术与道德之间有着不可分割的联系，正如哈代所说："也许思想最纯的作者也没有写过这样一部小说：既不可能有某些读者在道德上对它无动于衷，也没有其他读者在道德上不受其害"③。从文化层面看叙事评价，道德是一个重要的问题，它经常呈现为叙事中的某种道德说教。不妨以中国的小说叙事为例加以分析。

中国的小说叙事受历史叙事的影响较深，有一种"史传传统"。小说的功能首先是"补正史之阙"，从小说中可以观民俗、知风情，了解社会的现实。而历史叙事，不仅仅是记叙史实，更重要的是总结历史经验教训。就记叙史实看，生活中的道德风尚在历史中有所表露；就总结经验教训看，史传的叙述者对史实显然有自己的看法，对历史人物有自己的理解，对史实和人物进行道德评判。对中国小说叙事中的道德，我认为最重要的是儒家传统道德的影响。

自汉代董仲舒提出"罢黜百家，独尊儒术"以来，儒家思想在中国几乎一直占统治地位。儒家思想具有极大的包容性，西汉末年外来的佛教，也因儒家的影响而形成颇具中国特色的禅宗。儒家传统文化的一个重要特

---

① 赵毅衡：《苦恼的叙述者》，北京十月文艺出版社1994年版，第4页。

② ［美］W·C·布斯：《小说修辞学》，华明、胡晓苏、周宪译，北京大学出版社1987年版，第433页。

③ ［美］W·C·布斯：《小说修辞学》，华明、胡晓苏、周宪译，北京大学出版社1987年版，第431页。

征便是伦理道德中心，孔子提出"君君，臣臣，父父，子子"，明确规定了社会的基本人伦秩序，并以"有德者必有言"强调了"德"的重要性，这种对人伦秩序和"德"的重视，使中国与西方相比，形成"以伦理组织社会"的特点，并"以道德代宗教"。①在这样的背景下，中国的小说叙事在总体上也打下了儒家伦理道德的烙印。依鲁迅《中国小说史略》的看法，中国的小说主要有六朝志怪，唐宋传奇，宋元话本和明拟话本，明代的神魔小说和人情小说，清代的讽刺小说、人情小说和谴责小说。纵观这些小说的代表作品，除志怪小说、神魔小说较多地受佛道两家影响外，其余的都较明显受到儒家伦理道德的影响。这一影响表现为两方面：或者是顺从，表现出较明显的道德说教倾向；或者是背离，表现为对儒家道德的嘲讽和怀疑。这两方面在各类小说中表现不一。唐传奇多言情，言情之中"以儒家伦理观念进行劝诫的倾向"很明显②，如《柳氏传》说柳氏"志防闲而不克"，便是从儒家伦理出发的结果。宋传奇多"托古"，较之唐传奇，道德说教色彩更浓，其"篇末垂诫，亦如唐人，而增其严冷"③，如《绿珠传》所言："今为此传，非徒述美丽，窒祸源，且欲惩戒辜恩背义之类也。"话本和拟话本则往往直接点明叙事的主题在于道德教化，冯梦龙修改加工旧本的一个重要表现便是"加强伦理教化力度"，如将《六十家小说》中的《错认尸》改为《警世通言》中的《乔彦杰一妾破家》，题目的劝诫意义便分外醒目④。人情小说的代表《金瓶梅》，写西门庆的荒淫生活，带有明显的诲淫色彩，在当时的"市侩封建主义"社会中⑤，西门庆的淫乱很难说是道德败坏，但明显地是对儒家传统人伦秩序的背离和反叛。《儒林外史》作为讽刺小说的代表，通过书中人物在封建人伦道德氛围中的行为，对八股取士的科举制度进行反思和嘲弄，最终体现出一种

---

① 梁漱溟：《中国文化要义》，学林出版社1987年版，第113、105页。

② 石昌渝：《中国小说源流论》，生活·读书·新知三联书店1994年版，第146页。

③ 鲁迅：《中国小说史略》，上海古籍出版社2006年版，第62页。

④ 石昌渝：《中国小说源流论》，生活·读书·新知三联书店1994年版，第238—239页。

⑤ 石昌渝：《中国小说源流论》，生活·读书·新知三联书店1994年版，第350页。

"瞬息烟尘中的真儒理想和名士风流"①。古典小说高峰的《红楼梦》则是通过在贾府这个卫道的大家庭中，生活在象征自由纯洁的大观园中的青年男女宝玉和黛玉的心心相印的爱情，唱出一种要求冲破封建道德的人性的赞歌；《红楼梦》总体上虽反传统道德，视仕途经济如粪土，但书中的人物仍有较多的说教成分，毕竟贾府中的统治者还是一帮封建的卫道士。晚清谴责小说的作者更是大都自命为道德家：吴沃尧一再宣称他"急图恢复我国有之道德"②，其《二十年目睹之怪现状》即寓意如此；李宝嘉《官场现形记》前有欧阳钜源的序，更是透露了该书的道德说教宗旨："孝、悌、忠、信之旧，败于官之身；礼、义、廉、耻之遗，坏于官之手……南亭亭长因喟叹曰：'我之于官，既无统属，亦鲜关系，惟有以含蓄蕴酿存其忠厚，以酣畅淋漓阐其隐微'，则庶几近矣。"③

自然，道德是一个历史概念，随着时间的推移，其内涵也有所变化。但儒家道德的根本在于维持社会秩序，为现实的人生服务，这种精神在"五四"以后的小说创作中，仍有所表现。由于西方文化的撞击，"五四"小说表现出新的时代气息，但儒文化的影响仍然存在，有论者指出："'五四'小说不论其美学观念的错位，但在主体思维结构上都表示了对社会道德、政治意识及其价值判断的审美趋同"④。即使是新时期的"伤痕"文学、"反思"文学、"改革"文学，其主要审美涵义也体现出对旧道德观念的否定和抛弃，对新道德观念的肯定和追求，主要表现的仍是伦理道德和政治文化层面的问题。也许到先锋文学，由于过分重视写作技巧，使作品的内容和意义显得不那么重要，有时很难从其中寻找到什么道德的含义，但新写实小说由于客观冷静的描写，在事件的进展中又可发掘出"道德"的影子，当前，"现实主义冲击波"所表现的道德方面的内容就更加明显⑤。由于儒家道德对中国小说叙事的影响非常深远，我们有必要对

---

① 杨义：《中国古典小说史论》，中国社会科学出版社1995年版，第424页。
② 赵毅衡：《苦恼的叙述者》，北京十月文艺出版社1994年版，第244页。
③ 转引自赵毅衡：《苦恼的叙述者》，北京十月文艺出版社1994年版，第245页。
④ 吴士余：《中国文化与小说思维》，上海三联书店2000年版，第26页。
⑤ 韩雪临：《"现实主义冲击波"与内心困惑》，《文艺理论与批评》1999年第3期。

这一问题进行细致的论述，下面分别从儒家道德对中国小说叙事的横向渗透和纵向影响两个方面，分两节对这一问题进行讨论。

第二节　儒家道德对中国小说叙事的横向渗透

自汉代董仲舒提出"罢黜百家，独尊儒术"以来，儒家思想在中国几乎一直占统治地位。以儒家伦理道德为核心的意识形态构成了中国古代文化的特质。在这样的背景下，中国小说的叙事在总体上也打下了儒家伦理道德的烙印。儒家道德对小说叙事产生了多方面的影响。

一

儒家伦理道德对小说叙事的影响，可从横纵两方面来加以展开。从横向方面看，儒家道德的影响集中体现在中国古代小说中，因此，就横向渗透而言，此处主要谈谈儒家道德对古代小说叙事的影响。

由于儒家道德的渗透，小说在结构模式上主要表现为线性结构的盛行、大团圆的结局模式和叙事中的比照结构。

线性结构的盛行。"所谓线性结构，不单是指以一种矛盾冲突来编织情节，还指在情节的每一个基本单元里只包含着一种矛盾冲突"①。线性结构本来只是一种叙事艺术，和儒家道德没有直接关系，但线性结构带来的特点是清晰明了，容易让人理解故事的意图。同时，作者往往以史家的追求作为小说的宗旨，注重故事背后的伦理道德。这样一来，叙述者有时便以道德说教者的面目出现，既然是说教，就要使人相信所说的东西，因此，叙述的清晰明了便是起码的要求，为此，叙述者便要尽可能地使事件

203

① 石昌渝：《中国小说源流论》，生活·读书·新知三联书店1994年版，第38页。

的时间-因果链显得突出，在一个情节单元中一般只展开一种矛盾冲突。这样，呈现于小说中的，往往是线性结构。这种线性结构虽然使叙事显得简单，但容易让人理解，达到说教的目的。《水浒传》《西游记》《三国演义》等大多数古代小说都可算是线性结构的小说。《水浒传》的情节紧紧围绕梁山英雄与朝廷的冲突来展开，整个小说的主要矛盾相当单一化，而且每一个情节单元的矛盾冲突也比较单一，"林十回"主要便是写林冲和高俅之间的矛盾冲突，线性结构很明显。以百回本《水浒传》言之，全书的主旨在于"忠义"，而"忠孝节义"，正是儒家所宣扬的道德纲常；以金圣叹删改本言之，"忠义"的主旨几乎不存在，但在小说结尾，金圣叹加了一首渲染天下太平的诗作，并在"楔子"的评点中指明"天下太平起，天下太平结"，这就透出《水浒传》的主旨在于"治乱"①：天下太平，本来无事，若官逼民反，则天下事起，治乱之后，天下复归太平。"治乱"显然也是儒家的道德理想。不论是百回本还是删改本《水浒传》，叙事的线性结构都是为了明确表达某种儒家道德。

大团圆的结局模式。所谓大团圆结局，是指主要人物经过一系列的悲欢离合后最终得以团聚的结局。这种大团圆模式集中体现在才子佳人小说中。深究这种大团圆模式，可以看到儒家道德的影响。首先，才子佳人小说中的主人公都有违反传统道德的倾向，至少一开始在爱情上没有遵循"父母之命，媒妁之言"的古训，而是按照自己的想法来寻求爱情，也正因为如此，他们才经历了许多磨难，这意味着，小说衡量人物行为的标准是儒家道德。《定情人》中的双星对爱情有自己的看法，在第一回中，双星将自己的情分为两种，一种是"情若见梨花之白而不动"，一种是"得桃花之红而既定"。"梨花为水"，水流花去无情份；"桃红为海"，海枯石烂情不减。为了追求自己的"桃花之红"，他拒绝了众多媒人的介绍，放弃了科举，"由广及闽，走了一二千里路"，终于无意中遇到了江蕊珠，从此魂萦梦牵。中状元后为了蕊珠而拒绝了当朝驸马的为女求婚，并误以为

①［美］浦安迪:《明代小说四大奇书》,沈亨寿译,中国和平出版社1993年版,第289页。

蕊珠已死，承受着"望生还惊死别状元已作哀猿"之悲痛。而江蕊珠，为了信守与双星的约定，顽强地承受着赫炎逼婚和东宫选配的折磨，无奈之下，投江殉情。双星和蕊珠的行为值得赞叹，他们都背离了儒家道德的要求：不遵守"父母之命，媒妁之言"，为爱情甚至可以置功名于不顾，为爱情可以拒绝东宫的选配，可以说是大逆不道。其次，才子佳人总体上都"发乎情，止乎礼义"，这是他们最终得以团圆，形成大团圆结局的重要条件。才子与佳人虽为了爱情而反抗传统道德，但这种反抗只是一种消极的反抗，反抗的程度控制在传统道德所能允许的范围内。一方面，才子佳人在遇到外在阻力时，大都是被动的逃避，而不是积极的抗争，双星的拒婚，蕊珠的投江，都缺乏主动的抗争精神；另一方面，才子与佳人的最终结合都是在才子功成名就之后，而功成名就的才子与佳人结合，本来就是儒家道德所推崇的模范。双星在状元及第后迎娶蕊珠，可以说是"书中自有颜如玉"的这一道德说教的极好注脚。第三，大团圆结局本身也可视为遵循道德要求的产物。才子佳人最终的团圆既是他们多少违反儒家道德的要求而共同追求的结果，也是他们艰难忍受传统道德的回报，总体上看，共同追求服从于传统道德的总体要求，如果为了追求而不顾一切，甚至大肆破坏既有的伦理道德，那么，男女主人公很可能在没有团圆之前就生死两分，势难相见，更遑论团圆了。双星虽然热烈地爱着蕊珠，也知道必须先求功名，没有因男女之情而妨碍儒家的书生理想，而且在很大程度上，实现这一理想正是达到他追求目标的先决条件，他要想完成心愿，首先必须忍受内心的煎熬，满足传统道德的要求；蕊珠尽管耐心地等候双星，也不得不屈服于权势的淫威，被迫踏上征召的路途，而途中的投水自尽也差一点使她和双星阴阳相隔。二人正是在忍受着儒家传统道德的要求后，才得以最终团圆，换句话说，他们的团圆是因为他们最终服从了道德。第四，大团圆式的喜剧结局，寄托了小说作者的儒家理想，反映了温文尔雅的儒教传统。从作者的儒家理想看，才子佳人小说的作者大多以才子自居，但又怀才不遇，故借创作小说以显示才华，寄托理想。既然如此，才子佳人小说当然不会让才子和佳人失望，于是，"愿天下有情人终成眷属"成为小说的最终呼喊，大团圆的喜剧结束成为小说的当然归宿。从儒教传统看，"和"是儒家的一种道德要求，孔子从道德修养的角度强调了"和"的重要性："君子和而不同，小人同而不和"①，将这种道德要求用之于诗文评论，便是对《关雎》"乐而不淫，哀而不伤"的赞词②。对才子佳人小说而言，如果才子和佳人的种种磨难没有一个圆满的结果，那也太过于残酷了，不合儒家对"和"的理想的要求，不合儒家对君子的道德准则，于是，在才子佳人小说中，作者竭力使悲剧性的过程获得喜剧性的结束，"甚至许多实际上是不可逆转的悲剧，也尽量缀上一个大团圆的田园诗般的结局"③，以满足儒家的道德理想。

叙事中的比照结构。比照结构是指在小说叙事的内在结构中，人物之间、事件之间存在着某种对照关系，这些对照关系以儒家道德为既定的标准。比照结构首先体现在"二元对立"的结构态势上，小说在整体的结构布局上，呈现出一种或多种二元因素的对立，如忠和奸的对立，男和女的对照，情和理的冲突等。"忠孝节义"在中国，是深入人们骨髓的伦理观念，其中又以"忠"字为首，当"忠孝不能两全"时，也往往以"精忠报国"为最高目标和行动准则。人们对为"忠"之人总是给予褒扬和赞美，即使是愚忠，盲忠，也同样受到人们的尊敬。作为"忠"的对立面，"奸"一直受到人们的谴责和批判，而且，正是由于"奸"的阻挠和陷害，经常使"忠"最终走向毁灭，走向苦难的深渊。《说岳全传》便通过岳飞的"忠"和秦桧的"奸"，写出了英雄的悲哀和无奈，在国家民族大义的旗帜下，为"忠"唱了一曲荡气回肠的赞歌。忠奸对立在传统小说中的存在一般比较明显。在对忠奸关注的同时，小说有时候也显示出男女对照的内在结构。中国古代是个以男性为本位的社会，男性意识、男性话语控制着一切，社会道德容许男性有三妻四妾，却要求女性从一而终，所谓"生死事小，失节事大"，是儒家道德在男权社会中对女性的基本要求。这

① 杨伯峻：《论语译注》，中华书局2009年版，第140页。

② 杨伯峻：《论语译注》，中华书局2009年版，第30页。

③ 陈惠琴：《传奇的世界》，北京师范大学出版社1999北京，第97页。

一切，使小说看起来似乎完全是男性的世界，女性则是附属品。从《水浒传》中漂亮英勇的扈三娘因为宋江的一句话就毫无选择地嫁给了矮小丑陋、曾经是自己手下败将的王英，《三国演义》中被认为是儒家正统化身的刘备的那句"朋友如手足，妻子如衣服"的名言，到《金瓶梅》中众多女性被视为西门庆满足性欲的工具的事实，小说世界中的男女对照一直存在着。较之于忠奸对立的显性存在，男女对照一般是潜在的，由于男性的绝对统治地位，女性在显性层面上根本无法和男性抗衡。也许到《红楼梦》中贾宝玉以一个男性的身份说出"男人是泥做的，女人是水做的"时候，女性才被推到小说世界的舞台中央，并以其钟灵毓秀的禀性才情与男性的卑鄙、肮脏、淫荡形成鲜明的对照，儒家传统的男尊女卑思想在此受到深刻的怀疑。

"二元对立"结构态势的另一个重要表现是小说中的情理冲突。所谓情理冲突，是指在特定的情况下，某些违背儒家道德的行为却合乎人情，合乎良心的要求。这就是小说中的"境遇伦理学"。"境遇伦理学"是美国伦理学家约瑟夫·弗莱彻在20世纪60年代提出来的，其基本思想是"境遇决定实情"，这意味着，在良心的实际问题中，境遇的变量与规范的即"一般"的常量应该同样重要①。儒家道德这一常量，固然要考虑，但特定情况这一变量，也要给予同样的关心。《古今小说》中的《蒋兴哥重会珍珠衫》可以说是情理冲突的典范作品，这篇被夏志清先生认为是"明代最伟大的作品"②，写一个因独守闺房寂寞难耐而与情人偷情的女子，被丈夫休弃后，又最终与丈夫破镜重圆。丈夫蒋兴哥外出经商，三巧儿一年内守身如玉，相思成疾。第二年春天，她得到丈夫将早早归来的占卜后，常倚楼眺望，却看见英俊的青年商人陈大郎，陈也狂热地爱上了三巧儿，托媒婆说合。在媒婆花言巧语的挑逗和陈大郎真诚的追求下，三巧儿失去了贞洁，违背了当时道德所要求的妇道。但是，三巧儿始终爱着自己的丈

① ［美］约瑟夫·弗莱彻：《境遇伦理学》，程立显译，中国社会科学出版社1989年版，第19页。

② ［美］夏志清：《中国古典小说史论》，胡益民、石晓林、单坤琴译，江西人民出版社2001年版，第329页。

夫，她的偷情并不意味着她对丈夫的不忠，她正是出于对丈夫的爱和思念才全心全意地接受了自己的情人，如果她的丈夫能如期归来，她是不会违背夫妻之理的。她虽然没有恪守苛刻的贞操观念，但也没有沉溺于毫无节制的激情之中①。而蒋兴哥，本也深爱着妻子，休妻后，"心中好生痛切"，夫妻的分离使儒家道德所不能容忍的通奸行为也成为可以原谅的事情，这决定了他们最终可以重新团聚。就儒家道德的常理而言，蒋兴哥的休妻乃势所必然，三巧儿的被休是恶有恶报；但就具体的"境遇"而言，三巧儿的偷情乃情有可原，蒋兴哥的"痛切"也可以理解，毕竟，夫妻间的真爱是第一位的，只要他们的"情"真，就不怕与常理冲突。在此，具体"境遇"这一变量压倒了儒教伦理这一常量，"境遇伦理"使非道德的行为获得了一定的正当性。小说中，情理冲突最终由于二人的团聚走向调和，冲突和调和使之成为"一出在道德上与心理上几乎完全协调的人间戏剧"②。

比照结构的另一表现是道德判断先行。出于道德说教的需要，叙述者往往强调所叙之事的道德寓意，将事件的结局视为"对叙述世界的道德裁判"③，因此，叙述者在情节开场之前，往往先强调某一道德观念，这样，整个叙事便在道德判断的控制下展开，这种道德判断先行在叙事结构中的表现，我认为集中体现在话本小说的"入话"模式上。话本小说的"入话"，是指在说正话之前的闲话，它一般是对"正话主题的提示、阐释和发挥，加强正话劝善讽俗的效果"④，正话总是受制于入话中的道德观念，它既可以与"入话"的观念相同，也可以相反，但就是不能毫无关系。当然，"入话"并非全是道德说教，但大多数"入话"又的确是道德说教。不仅"入话"中的故事往往反映出某种道德观念，"入话"中的议

---

① ［美］夏志清：《中国古典小说史论》，胡益民等译，江西人民出版社2001年版，第332—333页。

② ［美］夏志清：《中国古典小说史论》，胡益民等译，江西人民出版社2001年版，第330页。

③ 赵毅衡：《苦恼的叙述者》，北京十月文艺出版社1994年版，第242页。

④ 石昌渝：《中国小说源流论》，生活·读书·新知三联书店1994年版，第247页。

论一般更是陈腐的说教，如《二刻拍案惊奇》中的《转运汉遇巧洞庭红，波斯胡指破鼍龙壳》的"入话"便通过商人金老的故事议论道："人生功名富贵，总有天数，不如图一个眼见快活"。正话便在"入话"的观念和议论的笼罩下展开，小说中，正话所描述的一向不走运的文若虚不意发了大财便响应了入话中"功名富贵，总有天数"的说教。

比照结构在不同类型的小说中有不同的体现。在才子佳人小说中主要体现为一种"两主一从"模式。所谓"两主一从"模式，是说才子和佳人之间还有一个中间人——往往是佳人的丫环。公子和小姐相约后花园，丫环通常既是消息的传递者，又是公子和小姐约会时的望风人。细究这一模式，可看到儒家道德的影响。在西方小说中，如果男女互相有情，一般是男性亲自出马，积极主动地追求女性，不需要任何中间人。《红与黑》中的于连，为了拉莫尔小姐，可以在夜间偷偷地乘梯子爬进小姐的房间。但在中国，由于"男女授受不亲"的儒家古训，恋爱的双方即使想有所亲近，也不能毫无顾忌，因此，丫环就成了男女双方接近的缓冲器，有了丫环的沟通，公子和小姐才能如愿以偿地相约相亲。否则，如果让公子和小姐像西方小说中那样，不需要任何中间人就直接见面，太不合中国的儒教传统和思维习惯。公子和小姐的私自相会本来已经违背了儒家道德，如果没有丫环的从中撮合，而让他们自行解决一切，在深受儒家道德观念影响的人们（包括小说作者）看来，就太过分了。不仅如此，公子和小姐相会时，丫环往往还替他们把风，在小姐的长辈那里替他们遮掩，把风和遮掩，都可视为对儒家道德的提防，提防儒家道德对男女私自相爱的干涉。正因为儒家道德的存在，丫环才成了公子和小姐最终成功的不可缺少的一环，从而造成了小说中的"两主一从"模式。

二

由于儒家道德是官方认同的道德，是中国文化的核心内容，小说叙事总体上不脱儒家道德说教的宗旨，叙事中存在大量的道德评价。这主要有以下表现：

其一，道德说教的叙事宗旨使小说叙事中的道德议论频繁出现。这首先体现在小说人物对自身行为的道德辩护和对他人行为的道德评价上。百回本《水浒传》第七十一回宋江对武松说的话："我主张招安，要改邪归正，为国家臣子，如何便冷了众人的心？"便以儒家的忠君报国作为自己谋求招安的道德辩解。《三国演义》中刘备想取西川作为立国之本，又顾虑刘璋与自己是同宗，张松劝说刘备："'天下者，非一人之天下，乃天下人之天下，惟有德者居之。'何况明公乃汉室宗亲，仁义充塞乎四海。休道占据州郡，便代正统而即帝位，亦不分外。"在用儒家道德来鼓励刘备的同时，也用儒家的"仁政"理想对刘备一贯的行为作出评价。除了人物的道德辩护和道德评价外，小说中更多的是叙述者的道德议论。叙述者在叙事过程中不时地抛头露面，对情节和人物进行道德判断。如百回本《水浒传》第十回在林冲发现自己草料场的住处被大雪压倒后，叙述者紧接着便出面评论："原来天理昭然，保护善人义士，因这场大雪，救了林冲的性命。"既指明林冲是善人义士，又指出下文林冲的幸免遇难是"天理昭然"，评论中道德判断的意味很浓。叙述者下道德判断，有一个基本要求，就是要让读者相信他的判断，因此他就要增强道德判断的可靠性。这主要通过两条途径来实现：一是叙述者现身，判断的语调直截了当，使人不至于对判断产生模糊的印象，道德判断的明确性是其可靠性的前提。二是叙述者全知全能，这样，他一方面不是情节中的人物，他的道德判断不关涉自身，较为公正，另一方面他又知道被叙述世界的一切，使其道德判断具有足够的权威性。基于这两条途径，小说的叙述方式便以讲述为主，因为讲述有利于叙述者的现身和介入，有利于叙述者发表自己的道德评价。中国古代小说大都以讲述为主，与此可能不无关系。

其二，叙事中的道德评价还体现在色情小说"劝百讽一"式的道德规劝上。明清时期，色情小说曾风行一时。在这些色情小说中，大部分篇幅是对男欢女爱场面的细致的描写，对性心理的刻画，它们在客观上鼓励人们去享受这种放浪的生活，但小说中，总不忘记说上几句道德说教的话，

第四章　叙事评价的文化层面

说明小说虽然写的是淫荡的色情故事，其目的还是教导人们要以此为戒，遵循儒家的伦理道德。如《怡情阵》几乎全部的文字都在写白琨、井泉、李氏、玉姐等人的淫乱场面，但小说的开头和结尾却不忘记说几句有关道德教化的话。小说开头说："话说隋炀帝无道，百般荒淫，世俗多诈，男女多淫。"指出小说中的淫乱场面正是受到统治者荒淫的影响，正是因为统治者不尊儒家道德的结果。小说结尾处说明写淫乱场面的目的在于"托劝世良言"，在最后总结性的《西江月》中还表示"色是刺人利剑"，明确表示了该小说的劝诫功能。但小说中充塞着大量的色情文字，使得这点劝诫功能很容易被人忽略，小说名为劝诫，实则宣淫，是地地道道的淫书。但由于儒家道德的影响，淫书也打出道德说教的旗号，体现出一种"劝百讽一"式的道德规劝。这种道德规劝不仅体现在小说的叙事中，还集中体现在人们对这种小说的理解上。憨憨子在《绣榻野史序》中说："客有过我者曰：'先生不几诲淫乎？'余曰：'非也，余为世虑深也。'曰：'云何？'曰：'余将止天下之淫，而天下已趋矣，人必不受。余以诲之者止之，因其势而利导焉，人不必不变也'"。①虽然《绣榻野史》在很大程度上是《怡情阵》的前身，是早期色情小说的代表，但人们却声称其目的在于因势利导，以维持风化，这不能不说是儒家道德影响的结果。

其三，儒家道德深刻地影响了小说叙事，以至于小说中的道德评价掩盖了美学内容。这一方面体现在小说的文本中，另一方面体现在小说的接受中。就小说文本看，由于孔子美善相济思想的熏陶，小说叙事中的美与善紧紧裹在一起，小说人物的美离不开他的善，有时候为了表达善的观念甚至可以牺牲小说的美学品格。《三国演义》在某些人物的塑造上，就因为突出了"善"而牺牲了美，诸葛亮便如此。诸葛亮聪明机智，为蜀国的建立和建设立下了汗马功劳，然而，他最终是个无可挽回的失败者。但由于小说过于注重诸葛亮"机智"的一面，对他的失误和过错也往往采用肯定的态度，对他的"失街亭"这一军事上的重大失误都没有给予客观的评价和必要的指责，而是着眼于他所采取的弥补措施来突出他的"挥泪斩马

---

① 黄霖、韩同文：《中国历代小说论著选》（上），江西人民出版社2000年版，第204页。

谡"和无可奈何的"空城计",来歌颂他的军纪严明和临危不乱,但事实上,军纪严明和临危不乱是他失误理应所承担的结果,没有如此歌颂的必要。如果小说能正视诸葛亮的失误,诸葛亮这一形象塑造的可能不会像现在这样"多智而近妖"①,而是更像一个活生生的人,小说的美学品格可能因此而有所提升。但小说从儒家对忠良贤相的道德标准出发,为了能在道德方面对诸葛亮进行高度评价,不惜用道德评价来掩盖美学内容,用人物道德上的"善"来损害小说整体上的"美"。就小说接受看,接受者一般是以儒家道德为接受的出发点。对《水浒传》中的宋江,李贽认为他是"忠义之烈"②,金圣叹在十七回的总批中则说宋江"必不能忠义"③,表面上看,二人针锋相对,但骨子里,二人使用的标准却是同一的,即都以儒家的伦理道德为判断标准。虽然二人对宋江的评价截然相反,但这只是对宋江形象的理解不同,并不妨碍他们使用同一个标准。接受者的接受一般说来是不会影响小说叙事本身的,因为在接受者接受之前,小说已经存在,它不会因为接受者的不同而有所不同。但是,当接受者用自己的道德标准来删改小说时,小说叙事就不可避免地受到接受者道德标准的制约。金圣叹作为一个接受者,不仅发表自己对《水浒传》的看法,而且还亲自操刀,腰斩《水浒传》百回本,使之成为七十回删节本。删节本对百回本有不少改动,这些改动都贯彻了金圣叹自己的道德准则。由于删节本几百年来的强大影响,金圣叹的道德标准也就成为《水浒传》内含的道德要求。从金批本的改动看,腰斩七十一回使百回本七十一回之后的"忠义"主旨消失殆尽,并通过改动文字对宋江进行"丑化"并加以评点,"丑化"和评点时,金圣叹不是从美学分析着手,而是从道德评价着手,多次指出"宋江假","宋江权诈",有"通天之罪","丑不可当"。这些都多少使得金批本中道德评价掩盖了美学内容。

① 鲁迅:《中国小说史略》,上海古籍出版社2006年版,第81页。

② 黄霖、韩同文:《中国历代小说论著选》(上),江西人民出版社2000年版,第144页。

③ 陈曦钟、侯忠义、鲁玉川辑校:《水浒传会评本》,北京大学出版社1987年版,第325页。

三

　　儒家道德还导致古代小说叙事的概念化倾向。马克思曾批评拉萨尔的《济金根》只是"席勒式地把个人变成时代精神的单纯传声筒"①，便是指拉萨尔创作中的概念化倾向。如果套用马克思的话，我们可以说中国古代小说总体上只是"把个人变成儒家道德的单纯传声筒"。

　　概念化倾向的一个重要表现是小说以儒文化的道德伦理来规范人物。就儒文化的伦理道德来看，其伦理的核心是"仁"。"以'仁'释'礼'，仁礼结合，由此形成仁礼一致的伦理观念。它在人的主体修养上，以恭、宽、信、敏、惠为施'仁'的具体要求；其人我关系以'忠恕'、'仁政'为仁之道；血缘关系则以'孝悌'、'性善'为仁。这使儒文化凝结着浓重的政治和伦理色彩"②。以此为出发点，很自然地引出两点结论：一是褒善贬恶的伦理道德观，二是"诗言志"的文化意识。就褒善贬恶的伦理道德观来看，美善兼济，美从属于善成为儒家艺术思想的认知结构③，具体到小说叙事，人物形象要以体现道德的力量为第一要素，人物首先要表现为对道德完善的追求，至于人物形象是否鲜明、人物个性是否突出，则是次要的事情。就"诗言志"的文化意识来看，自《毛诗序》用"发乎情，止乎礼义"对之进行经典阐释后，历代的文人都不同程度地受此影响，从而使自己的艺术情感服膺于政治要求。虽然偶尔也有人纵情而贬志（如曹雪芹等人），但那毕竟是极少数。而且，这极少数在将自己的情感转为艺术时，能成功的又更少。因此总体上看，小说家的作品中便难以摆脱"诗言志"的痕迹，有着较为明显的政治伦理和道德说教色彩。具体到人物，便是比照政治对人物进行道德裁判。褒善贬恶和"诗言志"这两方面的合力，使小说中出现一种倾向，即对理想人格的认同，对道德完善的追求。

---

　　① 马克思：《致斐·拉萨尔》，《马克思恩格斯选集》（第4卷），人民出版社1995年版，第555页。

　　② 吴士余：《中国文化与小说思维》，上海三联书店2000年版，第19页。

　　③ 吴士余：《中国文化与小说思维》，上海三联书店2000年版，第21页。

以此为出发点，人物基本上被分为两大类，一类是道德完善的理想人格，这类人身上有着与儒家道德的巨大亲和力，甚至成为儒家道德的代言人；另一类则与理想人格相对立，这类人是儒家道德的破坏者。无论是代言人还是破坏者，人物都具有概念化倾向。以《三国演义》视之，刘备的才能远不及曹操，刘备的形象也不及曹操的丰满，但《三国演义》价值观念体系的核心是仁义，"仁义高于事业的成败"[①]，因此，在叙述者看来，刘备是理想人格的化身，曹操则是奸诈小人，全书"尊刘贬曹"的意识非常明显。着眼于理想人格和道德完善，叙述者突出刘备爱民如子、重兄弟义气等仁义行为，使刘备几乎成为仁义的化身，由此也失却了人物的丰富性，概念化的倾向很明显。由于对曹操的厌恶，叙述者着重写了曹操的"欺君罔上"、凶残狠毒和狡诈奸猾，突出其不忠不仁不义的一面，对曹操的雄才大略和身上的优秀品质则采取弱化处理，使曹操几乎成为"恶"的代名词，曹操这一形象由此也有一定的概念化倾向。

儒家道德的影响还表现为以人物性格分裂为代价而产生的概念化倾向。为了突出人物身上的道德因素，小说有时候不惜违背人物内在性格的发展逻辑，强制性地使人物服从儒家道德的要求，这既使得人物性格分裂，又使得人物成为恪守儒家道德的典范，成为概念化人物。这种情况在才子佳人小说中较常见。才子佳人两情相悦，历经艰难险阻终于结合后，理应热情如火，如胶似漆，但有时候才子和佳人又主动为了恪守儒教而自觉地忍受感情的煎熬，表现出对儒家道德的顺从和膜拜。《好逑传》中的铁中玉和水冰心相互爱慕，却时时不忘伦理名教，不忘儒家教导的男女之大防和名节观念。二人同处一室，却"毫无苟且"，夜间隔帘对饮，却"无一字及于私情"，顺父母之命成婚，却又异室而居，直到皇后验明水冰心是处女后，才"真结花烛"。考虑到别人"孤男寡女，无媒而共处一室，以乱婚姻于始"的谣言，二人的行为可以理解。但二人内心深处的心心相印和外在行动的贞洁自持，无论如何是难以统一的，整个故事看起来不像是一对恋人在谈情说爱，而像是两位道学家在宣扬道德教化，这就使

---

① 石昌渝：《中国小说源流论》，生活·读书·新知三联书店1994年版，第304页。

二人内心的感情显得过于理智，失去了爱情应有的特质。特别是水冰心，多次挫败了过公子和水运的诡计，显示出高度的智慧和不畏强暴的斗争精神，俨然有时代新女性之气概；但在儒教伦理面前，她却显得非常软弱，自觉自愿地一再迁就，用儒教伦理来牢牢束缚、压抑自己的情感。她的斗争精神和她的软弱表现使她的性格产生分裂，也突出了她对儒家道德的认同和顺从，在很大的程度上使她成为遵守儒家道德的模范，人物的概念化倾向相当明显。

总之，儒家道德在叙事结构、叙事内容和人物形象塑造等方面都对古代小说产生了较大的影响，这种影响直接或间接制约了小说的叙事面貌，在一定程度上决定了小说叙事的品格。

第二节 儒家道德对中国小说叙事的横向渗透

第三节　儒家道德对中国小说叙事的纵向影响

从纵向方面看儒家伦理道德对小说叙事的影响，有一个发展变化的过程，这一过程不仅体现在对古代小说叙事的影响中，同时也体现在对现当代小说叙事的影响中，因此，谈及儒家道德对中国小说叙事的纵向影响，就不能不涉及中国各个时代的小说。儒家道德对小说叙事的纵向影响，体现在叙事文本的道德内涵、叙述者的道德追求、小说人物的道德行为等多个方面，纵观中国小说叙事发展史，这些方面都呈现出一定的发展变化。

一

就叙事文本的道德内涵来看，中国小说大体上呈现出一种从"崇善"到"泛恶"的趋向。先秦儒家注重教化，讲求"诗言志"。《毛诗序》继承这一思想，并以"风、雅、颂"对"言志"之说进行了补充，以"颂美"与"刺恶"作为加强文学教化作用的两种手段，这对小说创作影响深远，形成了较强的美丑对照观念。一般小说都以"美丑、善恶的共存比照，以颂美扬善而戒丑弃恶"①。不仅如此，纵观小说史，大体上还出现了从"崇善"到"泛恶"的价值取向的转变。所谓"崇善"，主要是指比照儒家道德观念并以颂扬为主；所谓"泛恶"，则是指以揭露为主。古代小说和"五四"以外的现当代小说基本上都有从"崇善"到"泛恶"的特点。（"五四"虽然要求反传统，"五四"小说仍然或多或少受儒家传统的制

---

① 吴士余：《中国文化与小说思维》，上海三联书店2000年版，第31页。

约，但由于外来思潮的影响，总体上是一种百花齐放的局面，这也许正是"五四"小说让人留恋的地方。）就古代小说来看，志怪小说兴盛于魏晋南北朝，此时，儒家道德瓦解，佛道思想盛行，所以儒家的人伦思想对志怪小说影响不大，志怪小说总体上也难以用"崇善"或"泛恶"来概括。但自唐传奇开始，总体上的"崇善"倾向较为明显。唐传奇既有表现爱情的作品，通过对爱情故事的描写，歌颂了精诚专一的爱情，如《离魂记》中张倩娘与王宙的两情相悦；又有描写豪侠剑客的作品，通过侠客们的勇敢和刚毅，"表现了民众企求除暴安良，伸张正义的愿望"[1]，如《红线》歌颂了红线为了制止一场战争，不惜涉险盗取"金合"，反映了人们对和平的渴望。直到《三国演义》《水浒传》和《西游记》等无不以"崇善"为主调，或多或少融入了儒家的伦理道德。比如说，《三国演义》就其道德内容而言，有明显的尊刘贬曹倾向。就小说的描写而言，曹操、诸葛亮、关羽是引人注目的，曹操之所以成为道德上的败类，不是由于他的才能，相反，在三方领袖当中，曹操无疑是最杰出的，但是，由于他不是汉室正统，而且"挟天子以令诸侯"，"宁教我负天下人，休教天下人负我"，逆天行事，无忠孝可言，所以，以儒学的要求衡量他，他自然是一个不合儒家法度的人。诸葛亮"是一位料事如神的人物，但他之接受通过刘备合法地继承汉室以复兴汉朝这一重任，说明了他对儒家学说的确信"[2]。关羽其实是一个骄傲自负的人，但却被描写成一个忠勇的化身，他死后在关兴作战遇险时还能显灵出现，更是将这个凡间的人物神圣化。诸葛亮和关羽之所以被赞扬，主要就是由于他们依附了刘备，刘备虽然无能，但是汉室正统，符合儒家所谓的"天道"，同时，刘备又是一个注重忠孝的人，所以他对刘表、刘璋多少都表露了一点顾虑和不忍手足相残的味道，而且，刘备能"爱人"，逃难时还不忘记带上成千上万的百姓。以儒学思想观之，刘备几乎是儒家理想的范本。尊刘贬曹突出地反映了小说叙事中的"崇善"现象。

---

① 卞孝萱、周群主编：《唐宋传奇经典》，上海书店出版社1999年版，第5页。
② 夏志清：《中国古典小说史论》，江西人民出版社2001年版，第56页。

也许到了《金瓶梅》，古代小说中才正式出现了"泛恶"现象。《金瓶梅》着重通过西门庆的荒淫无度和巧取豪夺，描绘出一幅道德败坏、人伦废弛的图画，叙述者在"愤懑之中还糅杂有酸楚、悲哀以及莫可奈何"①，西门庆这个古代小说中独一无二的形象，使小说由过去的以"崇善"为主转变为以"泛恶"为主。到了清代的讽刺小说和谴责小说，"泛恶"甚至已成为一股潮流。《儒林外史》通过联缀式的结构，将儒林中一连串的人物"丑"形展示出来，这种阴暗面的揭露主要是谴责儒家道德的一个集中表现——科举制度。需要指出的是，所谓"崇善"和"泛恶"是就某一时代小说的总体情况而言的，"崇善"时期也有对"恶"的贬斥，如唐传奇中的《三水小牍·张直方》的主人公是王知古，但以《张直方》为题，主要就是由于小说从侧面揭露了王知古的师傅张直方游猎无度的残暴。众狐仙开始准备招王知古为婿，但当得知他是张直方的徒弟时，便把他赶走。显然，侧面出现的张直方是一个反面人物，甚至是"恶"的化身。"泛恶"时期也有对"善"的赞歌，如《儒林外史》中的杜慎卿便是一个理想人物，是叙述者歌颂的对象。

20世纪30年代，左翼文学兴起。为了配合当时的革命形势，左翼文坛要求文学反映革命，反映政治生活，甚至简单地将文学视作政治斗争的工具，这样，在解放区，文坛响起了"歌颂"的主旋律，具体到小说创作，也是如此。在此背景下，丁玲《我在霞村的时候》等揭露现实中落后现象的小说，便被视为"另类"，遭到批判。后来，在毛泽东《在延安文艺座谈会上的讲话》精神的感召下，丁玲便写了以"歌颂"为主的《太阳照在桑乾河上》来配合土改革命，大获成功。当然，配合革命斗争不等于儒家伦理道德，但积极事功之举与儒家的精神并无二致。这种以文学（包括小说）作为政治的传声筒、文学以歌颂为主的倾向，1949年后表现得更加明显，从《林海雪原》中的孤胆英雄杨子荣，《创业史》中的农村社会主义新人梁生宝，到《李自成》中的农民领袖李自成，无论是反映历史人物，解放战争，还是反映社会的建设，其主题都是对英雄的歌颂，直到《高山

---

① 石昌渝：《中国小说源流论》，生活·读书·新知三联书店1994年版，第351页。

下的花环》，仍是以歌颂为主，梁三喜、赵蒙生、靳开来等新一代军人的光辉形象被刻画得相当生动。这种对"善"的推崇尤其以浩然《金光大道》中"高大泉"的形象最为典型，"高大泉（全）"几乎是"正确、伟大、光荣"之类形容词的集合体，是一个没有任何缺点的"神"。"崇善"到了如此地步，可以说是登峰造极。这种对"英雄"的歌颂虽然不同于古代小说中的伦理说教，但在对理想人格、道德完善的追求这一点上，又是惊人的相似。1978年以后，文学界出现了变化，在"崇善"中出现了"泛恶"现象，宗璞的《我是谁》通过女主人公韦弥的幻觉和"我是谁"的呼喊，展现了在"文革"这一可怕的年代中人们身心所遭受的摧残。此后，张辛欣《疯狂的君子兰》"以梦幻、疯狂和变形的荒诞手法，描绘了在金钱和商品世界沉浮的人们的扭曲形象"；刘索拉《你别无选择》以音乐学院青年学生闹剧式的生活，"表达出当代国人对于'存在'的荒诞感"；吴若增《脸皮招领启事》、谌容《减去十岁》以荒诞的形式对民族劣根性进行了审视；莫言则"首次把审丑观念纳入到小说创作中"，作品中充溢着肮脏、污秽、邪恶和丑陋，既表现了人类自身的缺陷，又表现出对都市文明的拒斥；余华对"亲人之间的冷酷自私和相互残害"进行了细微而冷静的描写，让人不寒而栗。①凡此种种，都表现出"泛恶"倾向在近二十年的文学创作中已形成一股小小的潮流。虽然当前"崇善"之声不绝，但这不绝之声却不如异军突起的"泛恶"之声那样引人注目，令人震惊。

现当代小说中的从"崇善"到"泛恶"与古代小说中的从"崇善"到"泛恶"有所不同。古代小说中的"崇善""泛恶"和儒家伦理道德的关系相当密切，"善""恶"的标准主要便是儒家的道德人伦。现当代小说中的"崇善""泛恶"在根本上虽与儒家道德有千丝万缕的联系，但"崇善"已在儒家道德中注入了具体的革命要求和时代内容，其教化功用已不再是服务于笼统的儒家道德，而是服务于社会革命和社会建设；"泛恶"也不再注重于对社会制度的鞭挞和对道德沦丧的嘲弄，而侧重于揭示人性的丑陋

---

① 张学军：《中国当代小说流派史》，山东大学出版社1999年版，第194、199、211、216页。

和阴暗面，以反映人性的复杂，或者对人生的价值和理想产生怀疑，反映了深刻的精神危机，但最终"仍传达出失望后的希望，迷茫幻灭后的追求，否定中的肯定，其内在精神仍是对自我意识和个性精神的肯定"[1]，以此言之，现当代小说中的"泛恶"倾向既与《金瓶梅》等小说的"恶有恶报"的"泛恶"有所差异，同时在一定程度上又可视为对儒家传统道德的有意识的反叛。

二

小说叙事说到底都是叙述者人为的结果，通过小说中的故事、人物和叙述，叙述者表现出自己的审美倾向和价值追求，其中一个重要的方面就是叙述者的道德追求。中国小说深受儒家道德的影响，叙述者的道德追求在很大程度上表现为一种对儒家道德的向往。儒家道德自孔子大力提倡"仁""礼"以来，就在理论层面上一方面将"仁"的本质内涵确定为"爱人"，它包含了两个原则："孕育在血缘的'亲亲''尊尊'道德感的伦理原则和根源于群类的'泛爱众'的道德理性基础上的功利原则"，前一个原则产生道德义务，后一个原则产生道德责任[2]；另一方面"把'礼'所具有的那种属于人性的道德自觉赋予了每个人，并把这种道德自觉作为全部社会生活的基础"[3]。就这两个方面看，儒家道德几乎已经成为人们日常生活中的一种不自觉行为，成为一种深入骨髓的固有观念，这些对小说的叙述者自然要产生巨大的影响，因此，小说中经常会看到叙述者理性化的道德说教。同时，小说又是通过活生生的人物形象、生动的故事情节来反映叙述者的某种观念或美学追求，其基本特点是以情动人，因而，对人生的情感进行体验有时候也成为叙述者的道德追求。这样一来，叙述者就面临两种不同的评价标准，一种是以儒家人伦道德为评价标准，一种是以人个性的张扬、情感的释放为评价标准。二者有时一致，有时不一致。当

① 张学军：《中国当代小说流派史》，山东大学出版社1999年版，第207页。

② 崔大华：《儒学引论》，人民出版社2001年版，第36页。

③ 崔大华：《儒学引论》，人民出版社2001年版，第29页。

感情的张扬"止乎礼义"时，感情被儒家道德所认可，小说整体上体现出一种"理性化的道德说教"倾向；当感情的释放超过一定强度，成为对既定道德规范的反叛时，感情便成为儒家道德的对立面，小说整体上则显现出"对人生的情感体验"。综观中国小说发展史，大体上呈现出从"理性化的道德说教"到"对人生的情感体验"这样一种趋势。

古代小说的叙述者主要显现的是一种"理性化的道德说教"面目。在被认为是古代小说成熟标志的唐传奇中，这种道德说教就以非常理性的形式出现了。主要有三种情形：一是叙述者兼主人公以自我辩解的方式来进行道德说教，典型的如元稹的《莺莺传》。《莺莺传》中的叙述者兼主人公张生可以说是一个始乱终弃的负心汉。这个负心汉认为莺莺乃天之尤物，"不妖其身，必妖于人"，为自己的始乱终弃寻找到一个符合儒家道德要求的堂皇的理由。此后，叙述者更公开露面，表示要通过这个故事，"使知者不为，为之者不惑"，为自己的始乱终弃进行辩解，贴上了道德教化的迷人标签，理性化说教的痕迹非常明显。二是硬性的道德说教。《唐阙史·韦进士见亡妓》故事的主体是说韦进士思念已经死去的一个妓女，在任处士的帮助下，他终于和亡妓有了短暂的团聚，"自此郁郁不怿，愈年而没"。就故事本身而言，应该说是歌颂了二人之间生死不渝的爱情，但叙事主体在小说的结尾却发表了如下议论："大凡人之情，鲜不惑者。淫声艳色，惑人之深者也。是以夏姬灭陈，西施破吴。汉武文成之溺，明皇马嵬之惑，大亦丧国，小能亡躯。由是老子目盲耳聋之诫，宜置于座右。"这一议论主要是说女子误国误身，与故事所流露出来的对二人之间爱情的赞扬极不和谐，完全是叙述者不顾故事本身的性质硬加上去的，体现出鲜明的道德说教倾向。三是对女性的歧视。自孔子说过"唯女子与小人为难养也"之后，儒家观念中就有了相当强烈的歧视女性的观念。《潇湘录·呼延冀》写呼延冀在上任途中遭到抢劫，于是留下妻子一个人去赴任，为了做官而抛弃妻子。在呼延冀的眼中，仕途远比妻子重要得多，做官是古代男子的普遍理想，而女人只不过的男人的附属物而已，为了理想抛弃附属物符合儒家道德的要求。因此，后来呼延冀在接到妻子的谴责信之后，"不胜愤怒"，想杀妻解愤，但到了留妻之处，发现妻子早已经死了，于是"乃取尸祭，别葬之而去。"从叙述的语气看，叙述者并没有责备呼延冀杀妻的动机，反而对他的葬妻稍有赞许之意。妻子因为被丈夫遗弃而死，丈夫可以因为愤怒而杀妻，这一切在叙述者看来，似乎都可以理解，这只能有一个解释，就是叙述者有浓厚的歧视女性的观念，将这样的观念暗含在小说中，多少体现了儒家"三纲五常"的道德内容。

唐传奇叙述者大多对传奇故事持赞扬态度，理性化的道德说教并不妨碍叙述者的赞扬之情，理由很简单：唐传奇中真正有生命力的是那些反映爱情生活和揭露社会黑暗的篇章，这些篇章同时具有大量的道德说教。到明清小说，由于小说篇幅的增加，儒家的道德说教出现了新的面貌。就说教内容而言，叙述者既有对故事进行赞扬的，也有对故事进行贬斥的，即上文所说的"泛恶"倾向。就说教形式而言，不仅仅有唐传奇那种针对故事而发表的议论，有时候小说中还暗含了某种特定的儒家观念，通过这一特定的观念来进行道德说教。

通过"恶"的内容来进行说教，是明清小说的一大特点。这种"恶"在叙述者看来，自然是要不得的，但同时，"恶"可以给人以警醒、告诫。《金瓶梅》中的主要人物明显地违反了孔孟关于君臣、父子、夫妇、兄弟、朋友之间"五伦"关系，最终这些人物都受到了惩罚，这"与其说是反映了佛家的因果报应思想倒不如说都颇有儒家概念'报'的味道"，叙述者的成功之处在于"把一个天理人道的问题在肉体现世的生活动态里作出生动可信的阐释"，①表面上肉体的荒淫享乐骨子里反映了儒家天理人道的沦丧，"恶"行的背后是儒家道德的缺失。欣欣子在《金瓶梅词话序》中同样从儒家道德角度对《金瓶梅》的主旨进行了说明："人非尧舜圣贤"，难免为情所误，"合天时者，远则子孙悠久，近则安享终身；逆天时者，身名罹丧，祸不旋踵。"②言下之意，《金瓶梅》的主要人物是"逆

---

① ［美］浦安迪：《明代小说四大奇书》，沈亨寿译，中国和平出版社1993年版，第127—128页。

② 黄霖、韩同文：《中国历代小说论著选》（上），江西人民出版社2000年版，第201页。

天时者"，不合儒家法度，故"祸不旋踵"。谢肇淛《金瓶梅跋》则说：
"有嗤余诲淫者，余不敢知。然溱洧之音，圣人不删"①，从儒家圣人的要
求出发，认为小说中的色情描写并不是"诲淫"的表现，换句话说，即使
这些色情描写体现了"恶"的一方面，但是"恶"从反面体现了儒家道德
的要求。因此，就儒家道德说教而言，《金瓶梅》是一篇嘲弄"种种儒家
修身观念的反面文章"②。它通过西门庆的"恶"反映出当时社会道德的
沦丧，并用因果报应思想暗示了对道德的追求。《金瓶梅》中的"恶"主
要是通过人物的思想活动展现出来的，其中的色情描写并没有多少分量，
删去色情文字，并不影响《金瓶梅》的思想内涵。与《金瓶梅》不同的
是，明清很多色情小说，删去了色情描写，小说可能了不再存在，即使是
这些反映了儒家所谓"恶"的内容，叙述者仍不忘记交代它的说教意图。
如《株林野史》开头说："话说春秋列国分争……各国善政最少，淫风偏
多"，然后才转入正文中的色情描写，将淫风和善政对举，多少暗含了叙
述者去淫风行善政的良好愿望，联系到儒家"乐而不淫，哀而不伤"的经
典教导，叙述者的儒家说教宗旨也就昭然若揭了。到清代的谴责小说，虽
然暴露了很多社会的阴暗面，但同时也体现了儒家的道德理想，比如说，
《老残游记》虽写了一系列丑恶的社会现实，但老残这个人物却又是理想
的化身。总之，明清小说中的"泛恶"表面上写社会的黑暗，写人性的弱
点，但叙述者仍表现出对儒家伦理的认同。

明清小说中的儒家道德说教，有时候以某种特定的儒家观念为出发
点，单纯就小说表面上的描写而言，这种特定的儒家观念可能并不明显，
但深入下去看，某种特定的儒家观念又起着内在的支撑作用，小说由此体
现出一种理性化的道德说教倾向。明代四大奇书中的《西游记》便如此。
《西游记》较多地体现了明代的儒家道德观念，明言之，就是王阳明的
"心学"思想。表面上看，《西游记》似乎是反映了浓厚的佛家观念，但细

---

① 黄霖、韩同文：《中国历代小说论著选》（上），江西人民出版社2000年版，第172页。

② ［美］浦安迪：《明代小说四大奇书》，沈亨寿译，中国和平出版社1993年版，第
113页。

究之，情况则复杂得多。小说既有对如来、观音菩萨佛法无边的夸赞，也有对道家太上老君等人的描写，同时，玄奘取经是奉了人间的太宗皇帝之命，如来、观音、太上老君则有一个共同的天上君主玉皇大帝，佛、道思想和儒家思想紧紧混杂在一起，呈现出一种"三教合一"的情况，与王阳明的"心学"颇有暗合之处。王阳明认为人之德行的修养不在于外在的强制力量，而在于人心的良知，良知是每个人都固有的："良知之在人心，无问于圣愚，天下古今之所同也"，良知是"心之本体"，又"无善无恶"①，坚持这样一种观点，很容易导致两种情况：一是每个人只要注重个人内在道德的修养，自然就可以做到外在行为上的合乎规范；一是由于本体之心不分善恶，使得"王学最高的精神追求和境界中的儒家善的伦理价值取向被模糊、被取消"②。证之于小说，一方面多次出现"心猿"这一词语，主人公孙悟空开始大闹天宫，为所欲为，是由于"心猿"作怪，然后历经艰险，是为了除却"心猿"，一旦"心猿"已了，他便和唐僧一样也成了佛。用"心"来说明孙悟空的变化，强调了"修心"的重要性，是用佛家的外衣来包裹儒家思想的核心，骨子里宣扬的是儒家的道德说教。另一方面，小说开头孙悟空的大闹天宫和后来孙悟空的忠心护主形成了鲜明的对比，大闹天宫时的孙悟空一切以自我为中心，要做"齐天大圣"，玉帝等人都无计可施。显然，叙述者对此时的孙悟空充满了景仰、赞美之情。取经途中的孙悟空则一切以师傅唐僧为重，即使自己的善心被误解，甚至被无能的师傅赶回花果山后也仍然乐意听从师傅的调遣，和大闹天宫时的孙悟空判若两人，但叙述者对此时的孙悟空同样是赞美、褒扬，如果以同一标准，反差如此大的行为应该得到不同的评价，但是由于强调"心"的作用，不同处境下的"心"可以有不同的善恶标准，使得儒家善的伦理价值取向模糊起来。更有甚者，孙悟空取经途中碰到的很多妖怪本来都是天庭神仙的家禽、家畜等，这些妖怪在大闹天宫时根本不被孙悟空看在眼里，但取经途中，可能一个这样的妖怪就要让孙悟空大伤脑

① 崔大华：《儒学引论》，人民出版社2001年版，第541—543页。
② 崔大华：《儒学引论》，人民出版社2001年版，第543页。

筋，从这个角度看，前后矛盾相当明显。但叙述者并不在乎这个矛盾，因为一切从"心"出发，这种矛盾更能突出"修心"的重要和艰难，所以小说谈到了"'正心'、'诚意'这两个有关的儒家自我修养的内部焦点问题"①，通过对"心"的强调来进行儒家的道德说教。

理性化的道德说教在现当代小说中也普遍存在着。即使有些看似与说教无关的作品，也可以找到说教的内容，比如说张爱玲的名作《倾城之恋》。小说中的白流苏和范柳原在相互应付之后，终于在香港倾城之刻，成为一对平凡的夫妻。就两个人物的内心而言，虽然各有算盘，算盘的背后是儒家传统说教。在香港饭店里的那个晚会上，白流苏认为范柳原的最高理想"是一个冰清玉洁而又富于挑逗性的女人"，这一切在白流苏心中有自己的解释："冰清玉洁，是对于他人。挑逗，是对于你自己。如果我是一个彻底的好女人，你根本就不会注意到我。"作为一个离婚的单身女人，白流苏有自己的悲哀，作为一个工于心计的女人，她并没有被悲哀打垮，悲哀给了她理性，使她没有忘记自己的处境，悲哀也给了她动力，促使她要证明自己的能力。就白流苏的悲哀而言，说到底便是儒家道德影响的结果。设想如果在西方，女子离婚恐怕是极其平常的，不值得悲哀，但在中国，白流苏离了婚，就被认为是"天生的扫帚星"，这正是她悲哀的直接原因。就她的工于心计而言，她只是想找个人嫁出去，考虑到自己的名门望族身份，尽管她确信自己"做梦也休想他娶她"，她仍然有意与范柳原敷衍。单身女人应当找个归宿，也是儒家基本的道德要求，虽然白流苏表面上看起来和传统道德多有背离之处，其实她的内心何尝不想归依传统。而范柳原，就其表现看，流苏说他的最高理想"是一个冰清玉洁而又富于挑逗性的女人"，并没有冤枉他，这种理想可以说是深受儒家道德熏陶的男子的通例，男人希望自己三妻四妾，寻花问柳，却要求自己的女人从一而终，冰清玉洁，典型的士大夫莫过于此。叙述者对两个人最终结合的解释是阴差阳错，由于轰城，二人才得以结婚，否则可能一直游戏下

① [美]浦安迪：《明代小说四大奇书》，沈亨寿译，中国和平出版社1993年版，第195页。

去，他们的结合是他们自己都没有预料到的。叙述者在此的叙述颇有意思。二人准备去登结婚启事了，范柳原还在对白流苏说"'死生契阔'，我们自己哪儿做得了主？""死生契阔"是二人在交往过程中柳原打电话给流苏念的《诗经》中的句子："死生契阔——与子相悦，执子之手，与子偕老。"当时二人由此还引起不快。显然《诗经》是儒家经典，"死生契阔"虽然着重于感情的表白，多少也有点儒家说教的成分。柳原和流苏的不愉快以及最终的结合，都是由于这"死生契阔"，不能不说是叙述者对儒家经典的新解，也从一个侧面说明了儒家道德对小说进展的制约作用。

《倾城之恋》通过男女个人感情这一"私人化"空间来展开故事，导致理性化的道德说教不明显，但其说教符合传统儒家道德的要求。与此形成反差的是，现当代小说中的有些小说则有宏阔的历史背景和重大事件，其道德寓意非常明显，但表面上小说中的道德因为有强烈的时代色彩似乎背离了传统儒家道德的要求，但实际上是传统儒家道德在特定时代的特定表现形式。比如说一些革命文学，主人公往往受时代大潮的召唤，背离了原来的封建家庭，置封建道德礼教于不顾，为了革命而反对儒家传统，但是，"为革命"本身就是儒家精神的体现。儒家强调积极入世，孔子周游列国是为了自己的理想，希望列国能接受自己的主张而"革命"；李世民进行了"玄武门之变"，杀害自己的同胞兄弟，也被后来的儒家道德所认可，因为他的目的是为了黎民百姓，没有"玄武门之变"，就没有后来的大唐盛世，因此，"玄武门之变"在一定程度上就可视作一个重大的历史"革命"事件；同样，王安石变法是"革命"，白莲教起义是"革命"，它们多少都符合儒家道德，强化了儒家道德的某个方面同时弱化了儒家道德的其他方面，都是儒家道德在特定时期的独特体现。以此观之，带有革命性质的文学骨子里正是对儒家精神的继续。配合"革命"可视为儒家入世精神在当时社会条件下的时代要求，所谓"高大全"式的理想人物可视为儒家"修身、齐家、治国、平天下"理想的时代产儿，表面上的反对儒家传统，其实只是反对儒家的某些具体提法，而其精神内核却被保留下来。在新时期文学中，改革文学有较强的"革命"性。《乔厂长上任记》中的乔光朴，一身正气锐意改革，在叙述者看来，他具有高度的历史责任感和时代紧迫感，是理想人格的化身，以儒家内在道德修养的自我完善和外在道德行为的光明磊落来衡量，乔光朴一定程度上可以说是儒家道德伦理乌托邦式的人物，他在新时期适应形势的改革举措反映了儒家理想在新的历史时期的自觉要求。

和"理性化的道德说教"形成鲜明对比的是"对人生的情感体验"。古代小说叙述者的主要意图虽然是"理性化的道德说教"，但其中仍不乏"对人生的情感体验"。《任氏传》之所以动人，主要是由于其中的情感体验；《三言》《二拍》之所以经久不衰，主要也是由于其中的男女之情；《红楼梦》更是由于其中的情感体验成为古典小说的高峰。从理论上看，理与情本来是对立的，但在理论阐发中，这种对立也可以走向统一，这就从理论上说明了理中可以有情，理性化的道德说教之中可以包含对人生的情感体验。笑花主人《今古奇观序》说《三言》"极摹人情世态之歧，备写悲欢离合之致……而曲终奏雅，归于厚俗"[1]，道德说教通过情感体验来实施，情感体验最终是为了道德说教。种柳主人《玉蟾记序》则认为"有情者君子，本中而和，发皆应节，故君子之情公而正，情也，即理也"[2]。直接言明情就是理。

不过，真正完全实现对人生的情感体验，直到"文革"后才真正被小说的作者们所认同。"五四"时代虽然百花齐放，但人生派有着明显的救世意图和强烈的时代责任感，与现当代小说中的"崇善"有类似之处；艺术派虽远离社会，揭示"人性"，但这只是他们一时的爱好，郁达夫便指出："静的遁世的文艺……对于血气方刚，学业未立的青年……是有很大的危险性在的"[3]，由于时代的原因，艺术派在吟咏情性的同时，无法完全忘却道德的要求，郭沫若、成仿吾等人的转向便清楚地表明了这一点。

---

① 黄霖、韩同文选注：《中国历代小说论著选》（上册），江西人民出版社2000年版，第270页。

② 黄霖、韩同文选注：《中国历代小说论著选》（上册），江西人民出版社2000年版，第553页。

③ 郁达夫：《郁达夫文集》（第六卷），花城出版社1983年版，第209—210页。

因此，"五四"小说总体上不脱说教的倾向，当无大的疑问。"文革"后的小说创作，是在"政治秩序、道德价值观念全面松动，怀疑情绪和文化失落感普遍滋生的历史背景下产生的"①，由于外来创作方法的影响和国内解放思想的风尚，作家创作时不再拘泥于说教，而更多的是向人性深处开掘，挖出人作为人的弱点和亮点，着重从情感方面来观照人生，其中最引人注目的是对个体生命体验的尊重。叙述者在小说中表现的不再是道德说教，而是通过描写人在社会中的两难处境和情感危机，反映出人的痛苦、迷茫、失落甚至是绝望的情绪。北村《玛卓的爱情》中的玛卓在对爱情是否存在的怀疑中陷入了精神崩溃的边缘，终于以结束生命来表达自己烦躁不安的情感。当然，从情感方面来观照人生，最终仍以人生为目的，但此时，小说中所着重表现的是情感的变化和情绪的感染，人生的内容已被容纳于情感的旋涡之中。如方方《桃花灿烂》写粞和星子的爱情悲剧，这一悲剧不源于外在的力量，而是源于二人自身的性格弱点：二人相互爱慕，但自尊心和自卑感又使粞不敢去追求星子，在苦闷彷徨之余，与别人发生了性关系，极大地伤害了星子的感情；星子虽爱粞，却因此而不愿嫁给他，两个人懦弱、矛盾的性格被淋漓尽致地展现出来。充溢于小说中的，不再是理性的道德说教，而是对人生的情感体验。

从理性化的道德说教到对人生的情感体验，叙述者在社会责任感上有一个由强到弱的变化过程。当叙述者的主要意图在于道德说教时，叙述者无疑具有强烈的社会责任感，他之所以进行道德说教，直接的目的就是为了有助于社会的道德教化。正因为此，《谢小娥传》结尾说"知善不录，非春秋之义也。故作传以旌美之"。叙述者叙述这个故事，是为了"春秋之义"，为了"旌美"，叙述者强烈的社会责任感在小说叙述中就已经表达出来了。直接表达叙述者的社会责任感更多的是在对小说的理论分析中。即空观主人《拍案惊奇序》说"言之者无罪，闻之者足以为戒"②，所谓

① 张学军：《中国当代小说流派史》，山东大学出版社1999年版，第245页。
② 黄霖、韩同文选注：《中国历代小说论著选》（上），江西人民出版社2000年版，第263页。

"闻之者足以为戒"，便表达了叙述者强烈的社会责任意识；茅盾（佩韦）在《现在文学家的责任是什么》中，更直接说"文学是为表现人生而作的。文学家所欲表现的人生，决不是一人一家的人生，乃是一社会一民族的人生"。又说：文学家的责任"不得不在表现人生、宣传新思想等等责任之外再加一条，那就是'辟邪去伪'了"。①非常突出地强调了文学家的社会责任和时代使命。从他所列举的文学家名单看，主要是小说家，小说家的社会责任，在小说叙述中一般主要便是通过叙述者来实现的。随着外在的理性化的道德说教向内在的对人生的情感体验的转移，叙述者的社会责任感至少从小说叙述的表面上看是淡化多了。当前的很多小说大多是反映一种情绪化的体验，从这种体验中很少看到什么社会责任。《淡绿色的月亮》（载《收获》2003年第3期）中的芥子对丈夫钟桥北在歹徒入侵时的理智举动一直存在疑问，疑问使她的精神上饱受折磨，终于形成心理障碍。显然，芥子的出发点和归宿都是她自己的情感体验，而不是什么社会责任感。在当前盛行的网络文学中，叙述者的社会责任感更可以淡化到无。不排除一些网络小说有强烈的社会责任感，但绝大多数网络小说由于写作的即时性、作者身份的隐蔽性等方面因素，小说完全可以是一种情感宣泄或私人化的"呓语"，从小说的叙述中很难看到叙述者的社会责任。正如有些论者所言，网络文学的叙事主体（其中包括叙述者）有强烈的自我意识和自我感受，而"很多的自我感觉并不是文化发展所需要、所认同、所首肯的自我"②，进而言之，叙述者在表达自我意识和自我感觉时，是很少考虑到社会的文化的要求，很少有社会责任感。

三

叙事文本的道德内涵、叙述者的道德追求，很多时候可以通过人物的行为体现出来，换言之，儒家道德对叙事的纵向影响，还可以体现在小说

---

①　黄霖、韩同文选注：《中国历代小说论著选》（下），江西人民出版社2000年版，第584、586页。

②　欧阳友权等：《网络文学论纲》，人民文学出版社2003年版，第270页。

人物的道德行为上，人物道德行为的变化，多少可折射出儒家道德的变化。这可以大致按照小说史的顺序从以下两个层面加以展开。

其一，从外在道德规范到内在道德欲求。这主要是就古代小说中的人物对道德的自觉程度而言，古代小说中的人物往往是被动地适应儒家道德的要求，或者说，儒家道德作为先天的存在法则，要求人物无条件地服从，对人物而言，儒家道德首先是一种外在的道德规范，这突出表现在有些人物一开始有意反叛儒家道德规范的要求，但最终不得不屈服于强大的道德规范的要求。唐传奇《李娃传》中的崔生就表现出这种情形。崔生起初不顾一般书生的功名理想，迷恋李娃的美色，被老鸨和李娃骗光了钱财，只得靠唱挽歌为生，被父亲荥阳公打得昏死过去。后来，在李娃的悉心照料下，崔生身体复原，参加了科举，"名第一"，最后，父子相认，崔生和李娃完婚。对这个故事的男主人公而言，儒家道德便是一种外在的规范和要求。崔生为美色而荒废功名，显然是将儒家道德对读书人的科举要求置之脑后。在重视门第的荥阳公看来，这显然是"污辱吾门"，讲究门第是士族的要求，是儒家道德在一定历史时期的独特表现。崔生污辱了自己的门第，正说明他违背了儒家道德。但后来，他仍然不得不走科举之路，不得不遵从儒家道德对读书人的要求，以此赢得父子团圆、夫妻美满。崔生开始的违背儒家道德，最终的不得不遵从儒家道德说明儒家道德对他而言，并不是他内心深处的渴望，而是外在的规范要求。其他像《三国演义》《水浒传》中的主要人物，儒家道德主要也是一种外在的道德规范。《三国演义》中的曹操完全可以称王称帝，但只能"挟天子以令诸侯"，只能以丞相之名行天子之实，他并没有全然漠视儒家的伦理要求；诸葛亮在刘备白帝城托孤时的表现俨然是一个符合儒家道德要求的忠良贤相；关羽更似乎是一个天然的儒家"忠义"的化身，他华容道放走曹操，他足够狂傲，也过于自负，但对自己无能的兄长刘备却忠心耿耿，处处都显示了他是一个标准的儒家圣人。《水浒传》的好汉们起初强烈反抗朝廷，明显违反儒家关于"君君，臣臣"的要求，后来又归顺朝廷，前后举动的大相径庭多少让人感到诧异，但却鲜明地体现了儒家道德伦理的要求，繁本《水浒传》非常醒目地将"忠义"加在书名上。可以说，对绝大多数的梁山英雄来说，要他们归顺朝廷，恪守儒家的伦理道德，是让他们痛苦的事情，而他们之所以最终做了这件痛苦的事情，直接的原因却也是儒家的所讲究的一个"义"字，因为宋江是他们的大哥，他们便被动地承受了让他们痛苦的儒家伦理的要求，显然，这种要求是外在于人物的。

到了《西游记》《金瓶梅》之后，外在于人物的道德规范开始转为人物自觉的内在追求。《西游记》从正面说明了人物进行道德追求的艰难性，《金瓶梅》则从反面说明忽视道德追求的危害性。孙悟空一个筋斗能翻十万八千里，完全可以背着唐僧翻个筋斗就到了西天，但这样到达西天肯定取不了真经。因为取经途中的种种磨难其实是对人意志的考验，对孙悟空这个曾经大闹天宫的"魔头"来说，这种考验更多的是一种主体自身的道德内省和价值追求。只有历经磨难，孙悟空的道德境界才能提升，他的价值追求才有所寄托。他刚跟从唐僧时，动辄就和唐僧闹别扭，甚至要打杀唐僧，在唐僧紧箍咒的威力下才收敛起来，这说明孙悟空一开始并不是诚心诚意地保唐僧去取经，他的道德境界还没有达到这个程度。后来，在重重磨难之后，孙悟空成了取经的主将，一方面对唐僧忠心不二，本来无法无天的孙悟空在取经的过程中知道了服侍师傅，这多少可以认为是尽了儒家的孝道；另一方面取经本身也成为他自己的价值追求，所以每当八戒在逆境中想散伙的时候，即使唐僧不在，悟空也会呵斥八戒的。如果说，当初孙悟空答应保护唐僧是为了脱困，对唐僧行弟子之礼还是一种权宜、一种被动、一种外在的道德规范对他的约束的话，经过取经过程中的多次磨难和洗礼，这种权宜已变成自觉，被动已变成主动，外在的道德规范已变成内在的道德要求。和孙悟空自觉的道德要求形成鲜明反差的是《金瓶梅》中的西门庆自觉的背叛儒家的道德纲常。西门庆在买卖上精明，在官场上善于钻营，在日常生活中更是寻花问柳，纵欲无度，甚至害死武大以夺取潘金莲，十足的一个"恶棍"，在这样的"恶棍"看来，儒家"修身"的道德观念根本不值一提。他不仅不主动追求道德以提高自我修养，而且还竭力摆脱既有道德规范对他的束缚，他为所欲为，最终因为纵欲过度，一命呜呼。显然，正是由于西门庆竭力拒斥自我道德追求，使得他在道德败坏的同时，丧失了自己的生命，这从反面说明了人物内在道德追求的重要性。

其二，从政治价值取向到终极关怀。如果说从外在道德规范到内在道德欲求是侧重于人物对道德的自觉程度而言的，从政治价值取向到终极关怀则是侧重于人物对道德的理解而言的；如果说从外在道德规范到内在道德欲求主要是就古代小说中的人物而言的，从政治价值取向到终极关怀则主要是就现当代小说中的人物而言的。政治与道德，本来是两回事，但儒家道德和社会伦理紧紧联系在一起。就儒家思想的理论结构而言，"仁"和"礼"是两个重要的层面："'仁'是个体心性道德修养，'礼'是社会伦理道德纲常"①，儒家圣人"孔子把'礼'所具有的那种属于人性的道德自觉赋予了每个人，并把这种道德自觉作为全部社会生活的基础"②，使个人的道德修养和社会的政治伦理之间产生了密切的联系，在漫长的封建社会中，儒家道德很大程度上是由国家政权强制执行的。所以，在很大程度上，小说人物的政治价值追求就是人物对道德的理解问题，当将道德主要理解为政治伦理或社会秩序时，人物的道德行为也就具有了政治内涵。现当代小说中人物往往带有强烈的政治价值取向。郁达夫《沉沦》的主人公在私人生活上谈不上什么道德高尚，甚至可以说有一些阴暗心理，道德水准比较低下，但这一切又反衬出主人公在大是大非问题上的立场坚定，由于他希望祖国强大，在异国他乡才感到孤独苦闷，从而沉沦。沉沦的主人公虽然个人道德水平并不高，但并让人反感，反而让人同情，根本的原因就在于主人公的主要价值取向是政治价值而不是个人道德。《青春之歌》中的林道静、《李自成》中的李自成、《红旗谱》中的朱老忠等人物，他们主要的价值取向也是政治价值取向。直到新时期，王蒙《布礼》的主人公钟亦诚仍然如此。他对党既忠亦诚，但由于一首小诗，他被打成"右派"，他很惶惑，自己对党赤胆忠心，党却说自己有错误，他实在不明

① 崔大华：《儒学引论》，人民出版社2001年版，第817页。
② 崔大华：《儒学引论》，人民出版社2001年版，第29页。

白，但是把他打成"右派"的也是党，自己既然对党忠诚，就不应该怀疑党，为此，他痛苦万分。钟亦诚痛苦地挣扎在自己的道德良心和社会政治之间，占主导地位的仍然是社会政治这一方面。

不过，儒家道德也为小说人物的终极关怀留下了地盘。在儒家思想的理论结构中，除了"仁"和"礼"之外，还有"命"这一层①，命，即孔子所说的"天命"，孔子说："不知命，无以为君子也"②，又说："吾十有五而志于学，三十而立，四十而不惑，五十而知天命。"③显然，"知天命"是君子之所以为君子的条件，而且是一个人在长期的学习和生活积累的基础上产生的"一种对决定人生命运的那种客观必然性的觉悟"④。传统儒家的这种"天命"观，在新的历史时期得到新的诠释。牟宗三认为，传统儒学这种具有根源性的"天"可以解释为具有宗教义蕴的"内在超越"："天道高高在上，有超越的意义。天道贯注于人身之时，又内在于人而为人的性，这时天道又是内在的……天道既超越又内在，此时可谓兼具宗教与道德的意味，宗教重超越义，而道德重内在义。"⑤所谓道德和宗教只是侧重点不同而已，这就将儒家的"天命"和宗教联系起来，而宗教的本质是一种"终极关怀"，因此，儒家的道德学说和人的终极关怀就有了联系。在当代小说中，不少人物体现的便是这种"终极关怀"。王安忆《小鲍庄》中的捞渣（鲍仁平）是个"少年英雄"，他天生有一副"仁义"的心肠，对小伙伴，对大人，他都"和和气气"，尤其是他宁愿自己少吃点也要供养鲍五爷，而且还从精神上开导鲍五爷，最后在突发大水淹没全村时，他为了让鲍五爷先上树，自己死在了大柳树下，用小说中的话说是"行了大仁义"。小说中，捞渣所在的小鲍庄是儒家原始圣人大禹的后代，捞渣的仁义似乎是他从先民那里自然而然继承下来的美德，他自己以这种美德为当然的做人原则，这样，捞渣就成了"以'仁义'为内核的儒家文

---

① 崔大华：《儒学引论》，人民出版社2001年版，第817页。
② 杨伯峻：《论语译注》，中华书局2009年版，第209页。
③ 杨伯峻：《论语译注》，中华书局2009年版，第12页。
④ 崔大华：《儒学引论》，人民出版社2001年版，第25页。
⑤ 牟宗三：《中国哲学的特质》，上海古籍出版社1997年版，第21页。

化的凝结与象征"①，多少体现了"终极关怀"的意义。《小鲍庄》通过人物语言和叙述者语言明言小说塑造的是儒家仁义神话，与之有所差异的是，扎西达娃《西藏，系在皮绳结上的魂》有浓郁的地域风情，小说中的"先知""寺庙""神"等等字眼使小说看起来充满了宗教色彩，但就小说中的人物举动来看，明显地体现出一种"终极关怀"的价值和意义。塔贝虽然没有目的地向前方跋涉，但当得知山脚下面有迷宫似的沟壑时，尤其是当他得知这些迷宫似的沟壑只有一条能通往生路时，他决定只身犯险。后来，"我"和琼在沟底看到了昏迷的塔贝，塔贝却在领会神的启示。塔贝和琼都是"我"写的小说中虚构的人物，但他们都"被赋予了生命和意义"，在执着的塔贝面前，"我"才知道"在他生命的最后一刻要让他放弃多少年形成的信仰是不可能了。""小说中的小说"中的人物塔贝和琼有自己的价值追求，他们不计较个人得失，琼根本不问塔贝到哪儿就跟着他走了，塔贝也不管迷宫似的沟壑的危险，因为他们要做的就是自己心中本来想做的事情，要实现的就是自己存在的价值。小说中的人物"我"奇异地和"小说中的小说"中的人物塔贝和琼相遇，"我代替了塔贝，琼跟在我后面……时间又从头算起。"人物重新开始了他们的价值追求，重新开始了他们"终极关怀"的旅程。"时间又从头算起"是小说的最后一句，时间是通过皮绳上的结来计算的，正如小说的题目所说的，皮绳结上系着的是西藏的魂，是人物至死不息的追求，是人物的终极关怀所在，"时间又从头算起"意味着在小说结束时，人物仍然没有忘记他们的魂灵所在，没有忘记他们的终极关怀。

以上对儒家道德在中国小说叙事中的影响进行了粗线条的梳理，通过梳理，我们不难发现，儒家道德和小说叙事的演化有着千丝万缕的联系，这种联系，有助于我们对儒家道德的认识，有助于我们对小说叙事的理解；同时，道德是文化的重要成分，因此，我们可以说，叙事中总带有文化意蕴，叙事时的主体评价与文化有着必然的联系。

---

① 孙先科：《颂祷与自诉》，上海文艺出版社1997年版，第81页。

第四节　叙事人称背后的文化因素

在第二章中，我们对人称、聚焦、讲述和展示、时间和空间等叙事形式进行了横向的分析，现在，我们从这些形式的历史演化的角度对它们作一纵向的扫描，并探讨形式演化背后的文化原因，以见出形式背后的文化意义。本节主要探讨叙事人称的演变和原因。

需要说明的是，人称和聚焦虽然有着本质的区别，但是二者往往又有着直接的联系，例如，第一人称容易形成内聚焦。就叙事的美学效果来看，叙事聚焦比叙事人称一般说来要重要得多，叙事聚焦的演变和原因将在下一节述说，考虑到聚焦和人称的紧密联系，为了避免重复，本节只能对叙事人称的演变和原因作一简单的说明。

一

就西方的叙事而言，第三人称出现得最早，第一人称次之，第二人称最晚。无论是神话叙事的《荷马史诗》，还是大多数早期的小说叙事，如中世纪骑士传奇、西班牙的流浪汉小说、法国的巴洛克小说、英国笛福的《鲁滨逊漂流记》等小说一般都是用第三人称来叙述的，可以说在19世纪以前，西方大部分小说都是第三人称叙事。就其原因，大致有以下几个方面：其一，神话叙事对小说叙事的影响。神话叙事中的主人公大都是神和英雄，和一般人有着较远的距离，叙述者用一种近乎崇拜的心情来写神的故事，写英雄的事迹，神和英雄的故事不是凡人所能企及的，因此，叙述者采取了第三人称叙事，以示叙述的故事和叙述者没有什么直接的关联，也可以使叙述者和小说中的故事、人物保持比较远的心理距离，能尽量客观地将神和英雄的故事写出来。后来的小说叙事，叙述者和人物故事也往往保持相当远的距离，故事的主人公一般也具有神话英雄般的品格，中世纪的骑士传奇如此，被视为现代小说兴起标志的《鲁滨逊漂流记》也是如此。骑士传奇中的主人公是英雄自不待言，鲁滨逊一般被当作资本主义个人奋斗发家的代言人，同样体现出了英雄的品格。这些英雄人物，对叙述者而言，多少有点历史的悠远感，与当下保持了一定的距离，他们既不是叙述者自己"我"，也不是直接聆听叙述者叙述的听者"你"，只能是与叙述者没有多少关系的第三者"他"。其二，对情节的重视。亚里士多德在论述戏剧六要素时说："六个成分里，最重要的是情节，即事件的安排；因为悲剧所摹仿的不是人，而是人的行动……"①亚里士多德重视情节有其现实的原因：由于早期人类的命运不可测，人感到自身的渺小，人的主体意识不强，小说叙事时重视的主要是故事的进展情况，以故事来吸引人，所以在叙事时容易采用第三人称。后来，中世纪的神权统治，17、18世纪的君权统治，普通人仍然没有多少自主的权利，加上亚里士多德强大的影响，小说叙事仍然主要看中情节，而且一般是外在于叙事主体的故事情节，所以第三人称非常流行。其三，重视事件的自然真实性。小说叙事强调故事表面上看起来像真的一样，叙述者叙述故事时要公正、客观，不能羼杂主体的偏见和喜好，因此，就叙述的故事而言，叙述者最好不在场，而且叙述时最好和故事的发生已经隔了一定的时间，能做到这一点的自然的第三人称。因为无论是第一人称"我"，还是第二人称"你"，都有较强的在场性，叙事时，都有可能有所顾忌，有可能撒谎，很难保证事件的真实性；惟有第三人称"他"，才能给人不在场的感觉，叙述者没有必要为一个不在场的人物来歪曲故事，这样就比较容易使人相信事件的真实性。

---

① [古希腊]亚里士多德：《诗学》，罗念生译，见《诗学 诗艺》，人民文学出版社1962年版，第21页。

到18世纪末19世纪初，第一人称开始打破第三人称一统天下的局面，一直到现在，第一人称还频频出现。小仲马《茶花女》、都德《最后一课》、塞林格《麦田里的守望者》、菲茨杰拉德《了不起的盖茨比》等名篇都是以第一人称来叙事的，福克纳《喧哗与骚动》的主体部分也是第一人称。第一人称兴起的原因主要有以下几点：首先，是思想观念的影响。随着18世纪后期法国大革命的兴起，资产阶级登上了历史的舞台，资产阶级以自我为中心的观念成了社会的主导观念，个性主义开始觉醒，民主意识抬头，人们在日常生活中注重自己意志的表达，在这种情况下，小说叙事出现第一人称便是自然而然的事情了。第一人称比第三人称更适宜于描写主体个人的感受，尤其是在心理刻画方面，第一人称更具有天然的优势，而在自我中心的背景下，个人的感受显得非常突出，个体的心理也显得异常重要。较之第三人称，第一人称更适宜于作内心独白，更适宜表达叙述者对世界、人生的感受。在资本主义的商业氛围中，人的精神家园不再像过去那样美好，有些人甚至陷入了孤独、彷徨的境地，这样，抒发内心的感受，排遣内心的压抑就有了必要，这些都使得第一人称的出现有了坚实的根基。《麦田里的守望者》便通过"我"的口吻，将一个有着美好理想但实际表现却糟糕透顶的学生的内心世界生动地展现出来。霍尔顿虽然经济条件优越，但对现行的教育制度不满，导致他四次被开除出校。发人深省的是，霍尔顿一方面不满于资本主义经济条件下的教育，一方面又乐意享受这一优越的经济条件，他抽烟、喝酒，恶习不少。从外在表现看，霍尔顿几乎没有让人称道的地方，但他的内心，一直有着美好的理想，想当一个"麦田里的守望者"，守望着狂奔乱跑的孩子们，"要是有哪个孩子往悬崖边奔来，我就把他捉住"。内心美好的愿望只有通过第一人称才显得自然、贴切。其次，是关心现实的结果。由于以自我为中心，人们很自然地开始关心自己周围的情况，关心现实生活对自己的意义，这些影响到小说叙事，第三人称叙事时那种对神和英雄的崇拜不见了，代之而起的是凡人的生活，自我的感受，小说叙述的故事和叙事主体的距离拉近了，方便第一人称的运用。因为"第一人称叙事与第三人称叙事的实质性区别就在于二者与作品塑造的那个虚构的艺术世界的距离不同"①。《最后一课》如果不用第一人称，无论如何也难以将小弗朗士那种亡国灭种的忧虑和愤怒活灵活现地写出来，由于运用了第一人称，小弗朗士的内心能够得到细致入微的刻画，才将亡国灭种之痛对这个幼小心灵的触动揭示出来。最后，是文体的影响。这一点主要是由于名人效应或名篇效应导致第一人称的风行。歌德《少年维特之烦恼》的成功，使书信体、日记体大受青睐，书信体也好，日记体也好，都适宜用第一人称；卢梭《忏悔录》记叙自己个人的真实经历，抒写个人的真切感受，这既是上文所说的关心现实的独特表现，同时《忏悔录》的轰动效应又使得用回忆录的形式来进行叙事有了可能，显然，回忆录用的是第一人称。

第二人称的出现严格说起来是20世纪的事情，但和第一人称、第三人称相比，第二人称要少见得多，法国新小说派中第二人称的运用比较有代表性，如布托尔的《变》。第二人称出现的原因可能比较复杂，主要有两点。一是随着资本主义的进一步发展，人们在感受物质生活丰富的同时，觉得精神生活越来越贫乏，人和人之间由于工具理性的影响，越来越讲究实用，这一切导致人们感到非常孤独，希望人和人之间能加强沟通，希望在沟通中人们能够互相理解。用第二人称"你"来叙事，潜在地反映了这一要求。"你"是和"我"相对而言的，"你"在小说中已经出现，暗含了叙述者"我"的存在，随着叙述的展开，"我"和"你"的对话也在发展，经过对话，"我"和"你"得以沟通。小说文本中"你"的内心世界其实是叙述者"我"用自己的理解来体验"你"的结果。第二章所分析的《变》中的那一段话，叙述者通过"你"的运用，似乎是在代"你"为人物的行动寻找辩护的理由，"你"和"我"有相近的体验，在心灵上是相通的。第二人称出现的另一个原因是现代派的兴起，现代是一个历史概念，它要求打破过去的叙事成规，凸显出自己的与众不同之处。就叙事人称而言，第一人称、第三人称都是常见的，只有第二人称比较罕见，运用第二人称便容易由于标新立异而引人注目。同时，现代派在观念上也有

① 罗钢：《叙事学导论》，云南人民出版社1994年版，第169页。

"现代"的成分，就小说叙事来说，第一人称和第三人称叙事主要强调的是叙述者在说，而第二人称不仅有叙述者在说，还有读者在"听"，因为"你"有强烈的指向性，当叙述者用"你"来叙事时，似乎"你"已经是一个听故事的人在听叙述者"我"在讲故事，或者说，"你"是一个直接参与到文本中的读者，"你"的行为思想直接影响到故事的进展和结果。基于此，有论者指出："'你'往往作为读者的一个泛指，是对读者的直接指向，呼唤读者的参与意识。"[1]

二

就中国小说叙事而言，唐传奇之前，主要是第三人称，唐传奇中出现了第一人称，如《古镜记》中作者王度直接以自己的名字来叙述。到宋元话本和明代拟话本，第一人称以"说书的"等形式大量出现；同时，插入的评论用"看官"等第二人称来进行。如《二刻拍案惊奇》中的不少篇章。到明清小说，主要是用第三人称，间或也出现第一人称，如《红楼梦》开头的"作者自云"以及说书场形式的保留。到五四小说，主要是第三人称和第一人称，如《阿Q正传》用第三人称，《故乡》则用第一人称。到20世纪80年代，纯粹的第二人称也出现了，如莫言的《欢乐》等。这一切都有其原因。

唐传奇之前，主要是志怪小说和志人小说，前者可以干宝的《搜神记》为代表，后者可以刘义庆的《世说新语》为代表。这二者用第三人称有其历史社会的原因。就志怪小说的历史原因看，它可追溯到远古时代的神怪故事，尤其是"古今语怪之祖"[2]的《山海经》对其影响较大。《山海经》主要是神鬼怪异的记载，如《海外南经》中所说的"南方祝融，兽身人面，乘两龙"[3]，用第三人称来叙述。志怪小说也大都记载神妖怪异之事，也多用第三人称，如《搜神记》中《赤松子》所说的"赤松子者，神

① 董小英：《叙述学》，社会科学文献出版社，2001年版，第67页。
② 石昌渝：《中国小说源流论》，生活·读书·新知三联书店1994年版，第116页。
③ 袁珂：《山海经校注》，上海古籍出版社1980年版，第206页。

农时雨师也。服冰玉散，以教神农"①，便是典型的第三人称。就志怪小说的社会原因看，志怪小说兴盛于魏晋南北朝与佛道两教的兴起不无关系②。佛道之书，为了宣传神道，往往采用讲故事的形式，用第三人称来叙述。这对志怪小说有直接的影响。如《续齐谐记》《灵鬼志》中鹅笼书生的故事，便直接来自佛家的《譬喻经》，内容虽有出入，但用第三人称来叙事这一点却没有改变。就志人小说而言，用第三人称也有其历史社会原因。就其历史原因看，志人小说与诸子散文有内在关联，诸子散文如《论语》等的"言行录方式成为志人小说文体的基本特征之一"③。就其社会原因看，志人小说与当时社会品评人物的风气有很大关系，品评人物的基本要求是客观公正，最好的选择当然是第三人称。

唐传奇由志怪小说发展而来，主要的仍是第三人称，但出现了第一人称，不过这种第一人称有时只是将作者本人的真实姓名写出来，并作为故事的主人公，如果作者不署名（而这很常见），或者当读者不知道作者是谁时，这种第一人称与第三人称便毫无区别。《古镜记》的作者如果不是王度，则是典型的第三人称，因为整篇小说没有出现一个标识第一人称的"我""余"或"吾"之类的字样；但因为作者是王度，小说中的"王度""度"便使小说成为第一人称叙述。因此，这种第一人称可以说是无意间流露出来的第一人称，究其原因，与唐代当时的社会不无关系。相对于六朝，唐代社会要平稳安定得多，统治者的思想较少禁锢，政治环境比较宽松，因此人们不避嫌疑，敢于随便陈述自己的意见，讲说自己的故事，这种世风无形中影响到传奇。但由于志怪小说及史传文学的强大影响，用第一人称叙事的自觉意识还没有形成，因此，作者既没有主动用第一人称来

---

① 干宝撰，王绍楹校注：《搜神记》，中华书局1979年版，第1页。

② 鲁迅便指出："佛教既渐流播，经论日多，杂说亦日出，闻者虽或悟无常而归依，然亦或怖无常而却走……除一二文人著述外，其余盖皆是矣。"（《中国小说史略》，上海古籍出版社2006年版，第31页。）

③ 石昌渝：《中国小说源流论》，生活·读书·新知三联书店1994年版，第112页。诸子散文记录言行，用的是第三人称，如《论语·卫灵公》："在陈绝粮，从者病，莫能兴。子路愠见，曰：'君子亦有穷乎？'子曰：'君子固穷，小人穷斯滥矣。'"《世说新语》也是用第三人称记录人物的言行，以传其神，如《简傲》第十一则："王子猷作桓车骑骑兵参军……"

叙事，也没有特别注意在叙事中不显露身份，这样，有时候，作者便在传奇中直接以人物的身份露面，使唐传奇中出现了这种特殊的第一人称。至宋元话本，大量出现"说书的"，以标明叙述者的存在，这显然是第一人称。这种固定套语式的第一人称与"说话"的特点有关。"说话"在宋元时代是职业化的，当时城市经济繁荣，形成了一个由商人、小业主、工匠、伙计等构成的市民阶层，这一阶层日益增长的精神文化需要刺激着城市娱乐业的发展，慢慢地，城市中逐渐出现了专门供人们消闲的场所——"勾栏""瓦肆"，"说话"伎艺便在这些场所中表演。"说话"是现场表演，直接面对观众，叙述者现身，用第一人称可以说是理所当然的事。话本既是记录"说话"之本，又是供"说话"演出之本，因此保留着大量的口述痕迹，第一人称也较为突出。需要指出的是，由于说话人所说的一般不是自己的故事，叙述者不是故事中的人物，这样，话本中的第一人称与《古镜记》中以人物身份出现的第一人称又有所不同。由于"说话"直接面对观众，让观众听懂故事是最基本的要求，因此，"说话"过程中说话人要插入自己对所说的故事、人物的评论，在插入评论时常用"看官"这一类称呼，既为了吸引听众的注意力，显示自己没有忘记听众的在场，又表明自己从听众的立场上去评论故事和人物，以期获得听众认同这一评论。对应于第一人称"说书的"，"看官"无疑是第二人称，同样，这种第二人称也不是故事中的人物。

话本小说中的第一人称和第二人称还保留着浓重的口头文学特征，这种"说书的"和"看官"形成了一种相当程式化的叙述格局，由于第一人称"说书的"和第二人称"看官"都外在于故事，这种叙述格局其实没有改变叙事实质上的第三人称。这对中国的小说叙事影响很大。在辉煌灿烂的明清小说中，晚清之前，占统治地位的仍是第三人称，尽管间或出现了第一人称和第二人称，也大多受话本小说"说书的/看官"这一叙述格局的影响。如《红楼梦》开场时说："看官！你道此书从何而来？——说来虽近荒唐，细玩颇有趣味。且容奴仆说明原委，庶几看官明白不惑。"这段话虽然用"奴仆"这一第一人称谦词代替了"说书的"，并明确用

"你"来指称第二人称，算是多少打破了"说书的／看官"这一程式，但"看官"却顽强盘踞其中，这种"打破"也只能是字面上的代替而已，并没有真正实现突破。其他如《三国演义》开头的"话说天下大势"，《水浒传》开头的"话说"，等等，莫不有着相当明显的程式化痕迹。《古镜记》中"王度"式的第一人称极少见，《红楼梦》中那个"于悼红轩中批阅十载，增删五次"的"曹雪芹"可能是个例外，但这个曹雪芹不是主要故事中的人物，且一点即过，下文绝少再提。

晚清小说中，白话小说和文言小说的情况有所不同。在白话小说中，受"说书的／看官"的影响依然较深，吴趼人《九命奇冤》已出现了"我"，该书开头说："我闻得各处的人，都说广东强盗多"，"我"的出现，应该说是一个可喜的变化，可惜叙述者很快又回到传统，自称"做书的"，与过去相比，第一人称并没有实现飞跃。真正实现飞跃的是吴研人的《二十年目睹之怪现状》等有限的几部小说。在《目睹》中，"我"不仅成为起线索作用的见证人和听者，而且在与伯父冲突的情节中还扮演着主人公的角色。至此，具有人格意义的"我"才真正出现，第一人称出现了质的变化。在文言小说中，第一人称"人格化"较为常见。苏曼殊的自传体小说《断鸿零雁记》，第一人称叙述者是主人公，徐枕亚的《雪鸿泪史》通过书信体形式使第一人称显得顺理成章。①晚清时期白话小说第一人称的匮乏和文言小说第一人称的多姿多彩，都有其原因。就白话小说看，一方面，史传传统的强大影响，使第三人称居于主导地位。中国的文学依附于史学已是共识，白话小说更是文学中的"丑小鸭"，长时间内难登大雅之堂，史传的一个显著特点便是第三人称叙事。另一方面，话本小说口头叙述程式的顽强生命力，使白话小说即使出现了第一人称，也大多是话本式的第一人称。然而，最重要的，是中国叙事文学传统第一人称的缺乏导致白话小说中第一人称的难逃窠臼。就叙事文学看，南北朝时的《木兰辞》中运用了第一人称，而且用得非常自然，但也许是由于《木兰辞》源出于北魏鲜卑族的缘故，它远不如南朝的《孔雀东南飞》那样让人

---

① 赵毅衡：《苦恼的叙述者》，北京十月文艺出版社1994年版，第36—42页。

流连忘返，其中的第一人称在后世也鲜有继承者。张鷟的《游仙窟》和沈复的《浮生六记》都是第一人称叙事的代表作品，但《游仙窟》"以第一人称张扬情欲，终不获正史的认可"①，因而它在中国本土长期失传，到20世纪20年代才从日本找回，自然无法让晚清白话小说借以资鉴。《浮生六记》完成于清朝中叶，应该对晚清文学产生影响，但《浮生六记》到1906年才在坊间被"发现"，在《雁来红》杂志上重刊，很难说它对晚清白话小说产生了什么影响，毕竟吴研人的《二十年目睹之怪现状》1905年便已开始写作。②就晚清的文言小说看，《游仙窟》《浮生六记》虽然是文言写就，但由于它们的湮灭无闻，不可能对晚清的文言小说产生影响。晚清文言小说第一人称的兴盛，主要的原因可能在于翻译文学的影响。林纾是名噪一时的大翻译家，他的译文全用文言，且中间颇多第一人称，如《撒克逊劫后英雄略》的开头："……余书开场，实叙英皇李却第一年末遗事……"或许正是这个"余"字，影响了《二十年目睹之怪现状》③，但由于当时文言和白话几乎处于敌对地位的紧张关系，它对白话小说的影响不可能太大，受它影响最大的当然是文言小说了。

文言小说的第一人称受外来小说的影响，在五四小说中表现得更加明显。除了传统的第三人称，五四小说较多地运用了第一人称叙事。郁达夫的《茑萝行》、鲁迅的《故乡》《一件小事》以及《狂人日记》的主体部分等都是第一人称，这些小说的作者都曾漂洋过海，受到外来文学的影响自不待言。他们的小说中，第一人称已充分"人物化"，彻底摆脱了过去的"说书的/看官"模式，这除了外来文学影响的原因，与当时社会破旧立新的时代要求也有千丝万缕的联系。鲁迅受到果戈理《狂人日记》的影响，深切地感到几千年来封建制度的腐朽，为了更好地表达这一主题，他以日记的形式，通过第一人称来叙述，将外在世界和第一人称"我"的内心感受水乳交融地结合在一起，表达了隐含作者沉痛的心情，并在结尾"救救

---

① 杨义：《中国古典小说史论》，中国社会科学出版社1995年版，第154页。
② 赵毅衡：《苦恼的叙述者》，北京十月文艺出版社1994年版，第39页。
③ 赵毅衡：《苦恼的叙述者》，北京十月文艺出版社1994年版，第37—38页。

孩子"的呼声中由隐含而露面了。这种强烈的呼喊无疑是时代精神的反映。

五四以后，直到20世纪80年代，叙事人称主要仍是徘徊在第一人称和第三人称之间，较之晚清和五四，并无进步。80年代中后期，随着国门的进一步打开，外国形形色色的文艺理论、各式各样的文学作品也涌了进来，国内文坛开始摹仿国外的一些创作技巧，第二人称叙事出现了。一开始，是在小说的某一段中用第二人称来叙述，如王蒙的《轮下》用第二人称来透视"你"在美国圆梦的心理。后来，又出现了全篇用第二人称的作品，如莫言的《欢乐》，通过主人公齐文栋内心的意识流动，"展示了他全部的人生经历和他通过选择死亡而进入'欢乐'境界的各种原因"[1]，这种展示通过第二人称"你"来进行，直入人的内心深处。较之于话本小说中的"看官"，此时的第二人称"你"显然已是故事中的人物，被充分"人物化"了。较之于晚清白话小说中的第一人称"我"，此时的第二人称一开始就显得较为成熟，不像第一人称在晚清小说中那样，很难一下子摆脱"说书的"套路。究其原因，我想，与中外文化交流有直接的关系，因为第二人称在西方出现已经几十年了，这几十年的发展，使它已经较为成熟，中国引进第二人称时，不需要再经过自己的反复摸索，而是直接拿来。（这与晚清白话小说中摸索第一人称叙事显然不同。）

---

[1] 张学军：《中国当代小说流派史》，山东大学出版社1999年版，第203页。

第五节　叙事聚焦背后的文化因素

一

　　就聚焦的几种类型来看，使用得最普遍、发展得最成熟的是零聚焦。西方从《荷马史诗》开始的叙事，到20世纪前的绝大部分经典小说，都采用零聚焦形式。这种聚焦与人们认识世界的方式和把握世界的程度不无关系。古希腊时代，人类还处于童年时期，对很多自然现象、社会现象还不了解，因此，了解世界，认识世界成为当时人们的一种迫切需要，但由于知识有限，通过神话用幻想来反映现实便成为人们认识世界的一种替代性手段。《荷马史诗》这一神话系统主要述及神和英雄的故事，认识世界首先要了解神和英雄的动机，而神和英雄又具有常人所没有的品格，解释他们的行为动机就必须比他们站得更高，既要知道他们外在的行动、内在的思想，又要知道他们之间错综复杂的关系，显然，只有零聚焦才能满足这一要求。零聚焦的使用与时代的主导思想也有关系。20世纪前，在哲学界，占统治地位的主要是古希腊哲学和德国古典哲学，它们都以对终极意义的追寻为基本特征；在科学界，牛顿的三大力学定律牢牢地印在人们心中，使人们习惯于寻找现象背后的原因，"求知"乃是时代的主潮；同时，上帝的权威仍然存在，这些影响到小说叙事，使全知全能的零聚焦叙事广为流行，占绝对统治地位。到19世纪末20世纪初，情况发生了变化。尼采一句"上帝死了"振聋发聩，让人们千百年来的心中偶像轰然倒塌，上帝的权威是否真的存在已大有疑问；哲学界对终极意义的追寻也为分析哲学对哲学语言的逻辑分析所取代，解构主义更是从根本上否定了终极意义的存在；牛顿的力学定律也为爱因斯坦的相对论所超越。这一切，使人们认识到寻找现象背后的原因的复杂性和艰难性，使人们不再迷恋一元论，使过去那种认识世界、把握世界的方式不再受人青睐，使倾向于解释一切的零聚焦叙事失去了昔日的光芒。零聚焦发生变化的更直接的原因还可以从文艺理论重心的转移来寻找。从 19 世纪末开始，戈蒂叶、马拉美、佩特等人标举"为艺术而艺术"的口号，不再以作品所反映的社会内容和时代意义为艺术的目标，而主张以美作为艺术的目标，这就为用各种方法来表现美的艺术实践开了理论上的方便之门，为了追求美而改变过去的零聚焦也成为理所当然的事情。到 20 世纪初，俄国形式主义将作品中的一切归之于形式，并以"陌生化"作为衡量艺术成功与否的标准，从"陌生化"出发，过去流行的零聚焦应该有所改变。结构主义时期，同样对文本的形式表现出高度的重视，巴特区分"可读的"文本和"可写的"文本，贬低前者而赞扬后者，"可读的"文本注重读者对意义的把握，而"可写的文本"注重作者写作的过程和技巧，如果一味以零聚焦来叙事，文本很容易有高度的"可读"性，这显然为巴特所不取。因此，追求"可写的"文本在某种程度上意味着对零聚焦的背离。"为艺术而艺术"的口号、俄国形式主义、结构主义都直接影响到艺术创作，在它们的影响下，小说叙事的零聚焦的独尊地位发生变化便是再自然不过的事情了。

零聚焦的显著特点是叙述者的全知全能，对零聚焦的背离意味着人们对全知全能叙述者的厌倦和不满。要在叙事中放弃零聚焦，就要放弃叙述者的全知全能。所谓全知全能，就是说叙述者知道故事的一切，包括表面现象和内在原因，他比每个人物知道的都要多得多。由此出发，放弃全知全能，可从两方面来着手，一方面，叙述者只知道故事的表面现象，只知道他所看到的东西，至于现象背后的原因、东西里面的实质，他都不知道，也不想知道，他只是把所见到的现象真实地记录下来，对现象不作任何评论。这就是外聚焦叙事。另一方面，叙述者从人物的角度来叙事，他对事件的观察，受到人物特定视角的限制，他对事件的理解，受制于人物的道德水平和知识能力，而不再全知全能，这就是内聚焦叙事。伴随着零聚焦统治地位的瓦解，外聚焦和内聚焦出现了。就三种聚焦的叙述者来看[1]，有一种"向内转"的倾向[2]。零聚焦的叙述者对人物活动的环境很熟悉，外聚焦的叙述者只知道局部的情形，聚焦者没见到的，叙述者也无从知道，较之零聚焦的叙述者，外聚焦的叙述者由前者整体上的全知全能内缩到局部上的限知限能；内聚焦的叙述者受人物视角的限制，所叙述的只能是局部情况，同时还可深入人物的内心，由外部世界的描绘转向内心世界的刻画，较之外聚焦，"向内转"的情形更明显。"向内转"一方面体现出对客观的推重，一方面体现出对主观经验的强调，前者导致外聚焦，后者导致内聚焦。至于外聚焦和内聚焦流行的先后，依马丁的看法，是外聚焦在先，内聚焦在后，他援引斯坦泽尔的理论，用形象叙述来指代外聚焦，用作者叙述来指代零聚焦，用第一人称叙述来指代内聚焦。他认为："十九世纪末二十世纪初特有的形象叙述摇摆于两种统治势力之间：先于它的较不戏剧式的作者叙述，以及后于它的日益大量使用的第一人称形式。"[3]当然，这只是他的一家之言。不过，就目前情况来看，内聚焦的使用比外聚焦要多得多，完全使用外聚焦的作品较少，而内聚焦却被大量使用。在我看来，内聚焦和外聚焦流行时间的先后，使用量的大小，都不重要，重要的是使用它们的时代背景和文化原因。

上文已分析过零聚焦统治地位瓦解的原因，零聚焦统治地位的瓦解固然为外聚焦和内聚焦的出现提供了契机，但基于两方面的考虑，有必要进一步追问外聚焦和内聚焦出现乃至流行的原因。其一，三种聚焦方式是理论界对文本进行分析的结果，在零聚焦占据绝对统治地位的十九世纪初

---

①应该指出的是，聚焦和叙述是两个层面的问题，但任何聚焦都要通过叙述才能体现出来，所谓"聚焦的叙述者"，是从叙述的层面来看聚焦现象的。

②［美］华莱士·马丁：《当代叙事学》，伍晓明译，北京大学出版社1990年版，第165页。

③［美］华莱士·马丁：《当代叙事学》，伍晓明译，北京大学出版社1990年版，第165页。

叶，就已经出现内聚焦①，为什么一个世纪后它才得以流行？其二，零聚焦的瓦解只是外聚焦和内聚焦兴起的外部原因，外聚焦和内聚焦的兴起和流行，应该还有其自身的内部原因。在我看来，外聚焦的兴起与现象学有关，内聚焦的流行与柏格森的直觉主义有关。就外聚焦来看，海明威的小说是典型的外聚焦叙事，它与胡塞尔的现象学方法便颇有相似之处。胡塞尔现象学的一个突出特点是"加括号"，通过"加括号"来直接面对事物。事物总是处在一定的环境中，总是受周围各种因素的影响，但这些环境和因素毕竟不是事物本身，因此，要加上一个"括号"，将它们"悬置"起来；同时，人们对事物总有一定的看法，这些历史观念也不是事物本身，也要通过"括号"来加以"悬置"，这样，通过"存在的悬置"和"历史的悬置"，便可以进行现象学"还原"，呈现于人们眼前的便是事物的本来面貌了。②胡塞尔的划时代著作《逻辑研究》1900—1901年出版，风靡一时，它虽然不是针对小说叙事而言的，但它的"本质直观"无疑对小说叙事产生了巨大的影响。外聚焦的直接面对对象、叙述者不置可否与现象学的直接面对现象、排除环境历史涂在现象身上的色彩如出一辙，可以说，外聚焦是现象学方法在小说叙事中的极好运用③。海明威的叙述便可算是一种现象学叙述。在他的小说中，常常采用外聚焦叙事，《白象似的群山》《杀人者》《五万元》等均如此，它们主要是某些场面的展示而绝少叙述者的声音，如《白象似的群山》完全由一对男女的对话构成，好像"叙述者在摄像时同时录音，然后将录音作同步处理"④，至于对话内容之外的情况（如对话的原因，对话人物的关系等），叙述者一概不知，他只

---

① ［美］华莱士·马丁：《当代叙事学》，伍晓明译，北京大学出版社1990年版，第165—166页。

② 蒋孔阳、朱立元主编：《西方美学通史》（第六卷），上海文艺出版社1999年版，第393—395页。

③ 但二者仍存在着重要的区别。邵建在《论海明威小说的现象学叙述》一文中指出："'回到事物本身'是它们共同尊奉的原则，但在胡塞尔那里，'事物'指的是纯粹的先验意识；而在现象学叙述这里，'事物'则是不折不扣的客观本体。两者在方法论上相同，在'本体论'上却相反。"见《外国文学评论》1991年第1期。

④ 邵建：《论海明威小说的现象学叙述》，《外国文学评论》1991年第1期。

是忠实地记录了对话这一场面，这与现象学的"直观"有明显的类似之处。就内聚焦来看，亨利·詹姆斯对"意识流"的倡导，掀起了内聚焦的热潮，但内聚焦在20世纪的广为流行，与柏格森的直觉主义也有关系。如果没有柏格森学说的支持，内聚焦仅仅作为一种小说技巧，是否有那么大的市场，值得怀疑。柏格森的学说从理论上证明了内聚焦是一种新的把握世界的方法，甚至是比零聚焦更好的方法。在柏格森看来，认识对象有两种基本方法，一种是从外部把握对象，一种是"钻进对象"中去把握，从生命直觉出发，后者才能真正把握对象。在《形而上学导论》中，柏格森从其"直觉"出发，对小说叙事发表看法："小说家可以堆砌种种性格特点，可以尽量让他的主人公说话和行动。但是这一切根本不能与我在一刹那间与这个人物打成一片时所得到的那种直截了当、不可分割的感受相提并论。有了这种感受，我们就会看到那些行为举止和言语非常自然地从本源中奔流而出。……唯有与人物打成一片，才会得到绝对。"①柏格森的原义，是认为只有通过直觉才能达到绝对，把握世界的真正本质。从其表述来看，他所说的"让主人公说话和行动"显然与零聚焦有相通之处（当然，严格地说，外聚焦也不能被排除），而"与人物打成一片"则意味着从人物的视角来看问题，显然是内聚焦。"与人物打成一片"是"直觉"的具体体现，而直觉又是真正能把握世界本质的唯一方法，那么，内聚焦比零聚焦能更好地把握世界便获得了哲学上的支持。柏格森是20世纪上半期"法国影响最大的哲学家"，《形而上学导论》早在1903年便出版，影响巨大，一时期出现了"柏格森狂"。②在这样的情况下，小说叙事在无形中受到他的影响便不难理解。小说叙事讲究的是通过对生活的体验来把握世界，而"直觉"便是一种生命体验，"与人物打成一片"便是叙述者进入人物内心，用自己的生命来体验人物，换言之，即"内聚焦"。当然，小

---

① 转引自蒋孔阳、朱立元主编：《西方美学通史》（第六卷），上海文艺出版社1999年版，第166页。

② 蒋孔阳、朱立元主编：《西方美学通史》（第六卷），上海文艺出版社1999年版，第160页。

说叙事大量采用内聚焦，与内聚焦的审美优点有很大关系①，但作为一种理论，柏格森的"直觉"学说对内聚焦的广为流行无疑起了推波助澜的作用。

二

就中国的小说叙事来看，几乎全部的古代小说和大部分现当代小说都是零聚焦叙事，零聚焦叙事的主导地位与史传传统和拟书场格局不无关系。较之西方，中国早期的文学叙事并不发达，"从来没有产生过像《伊利昂记》或《出埃及记》那样的史诗性的叙事文学作品"②，但史传叙事较为发达，"由于先秦时代史官文化的先行，导致了古代传统中所谓'重史轻文'现象的产生"③，《史记》《汉书》等历史叙事的光辉成就成了叙事取范的楷模。史传叙事主要是记叙历史上的人事，要求对历史人物的活动、历史事件的进展进行较全面的记录和较公允的评判，零聚焦最适合这一要求。受史传影响，小说叙事大都采用零聚焦，叙述者高高在上，对人物的行动、故事的进展都了如指掌。比如唐传奇，一般都先交代具体的时间地点，然后再展开叙事，这与史传叙事对时地的强调不无关系。史传叙事的叙述者甚至作者直接出面，如《史记》的"太史公曰"，《聊斋志异》的"异史氏曰"便承此而来。"太史公曰"是史传的作者对史传叙事内容的评价，它与所叙之史事处于不同的叙述层次，它表面上用第一人称的形式发表意见，但就整个叙事而言，它显然又是零聚焦的一种表现。"异史氏曰"承"太史公曰"而来，在表现形式上保留了史传叙事的零聚焦特点。

对中国小说叙事发生较大影响的还有口头叙事，它使书面语言中保留了说书的特点，这一特点可称为叙述的拟书场格局④。有人指出："中国的

---

① 徐岱：《小说叙事学》，中国社会科学出版社1992年版，第206页。
② 高小康：《中国古代叙事观念与意识形态》，北京大学出版社2005年版，第12页。
③ 傅修延：《先秦叙事研究》，东方出版社1999年版，第138页。
④ 赵毅衡认为，这种"拟书场表演的叙述格局程式"在中国历经七个世纪而不变。见《苦恼的叙述者》第33页。

叙事艺术真正有了重大发展的时期是宋元以后的近古时期，最重要的标志是自元杂剧以来走向成熟的戏剧叙事和元末明初从话本的基础上发展起来的白话小说"①。撇开戏剧叙事不谈，白话小说在中国小说叙事中占据极为重要的地位。白话小说在话本的基础上发展而来，因此，带有话本的某些特点是很正常的。话本小说遵循"说给人听"的原则②，主要是讲故事，为了让人"听"得明白，在讲故事的过程中，叙述者可以随时中断故事的讲述，出面来对某个事物进行解释或对某个事件进行评论，这样，话本小说主要便采用零聚焦叙事。白话小说主要也是讲故事，由于受话本"说给人听"的影响，讲故事的首要要求是让读者明白所讲的故事，零聚焦当然是一种最方便的选择。

零聚焦的主导地位并不必然排斥内聚焦和外聚焦，这主要表现在唐传奇、五四小说和80年代后的小说中。在史传叙事的绝对统治下，唐传奇中已经出现相当多的内聚焦叙事，如《游仙窟》《周秦行记》《秦梦记》《古镜记》《谢小娥传》《柳毅传》等。唐传奇中内聚焦的出现，主要有两点原因：一是文学观念的变化，二是唐朝社会的开放和传奇作者社会地位的尊贵。魏晋以来，文学逐渐摆脱经学的附庸地位，从助人伦成教化的功利主义中解放出来，文学获得了自身的独立价值。陆机说："诗缘情而绮靡"，刘勰也说："缀文者情动而辞发"，文学主情的特点在魏晋时代已得到充分的认识。较之孔子的"兴""观""群""怨"和《毛诗序》的"发乎情，止乎礼义"，主情对文学而言无疑是一个观念上的变化。正是这一变化，导致了人们对文学自身的关注，出现了以言情为主的唐诗，唐传奇便在唐诗蓬勃发展的局面下出现的，而且传奇的作者与当时的许多文人交往甚密③，这使唐传奇中显示出卓异个性的诗人气④。从抒发传奇作者诗人般的情感出发，史传叙事那种相对冷漠刻板的零聚焦叙事在无形中便被突破

① 高小康：《中国古代叙事观念与意识形态》，北京大学出版社2005年版，第12页。

② 石昌渝：《中国小说源流论》，生活·读书·新知三联书店1994年版，第259页。

③ 参看石昌渝：《中国小说源流论》，第183—184页；杨义：《中国古典小说史论》，第155页。

④ 杨义：《中国古典小说史论》，中国社会科学出版社1995年版，第149页。

了。传奇作者为表达自己感情的需要，在叙事时可以采取固定内聚焦，如
《柳毅传》并没有像史传叙事那样，正面叙述情节，而是紧紧守住柳毅的
视角，以传柳毅所见所闻之奇，字里行间流露出叙述者对侠义刚强和美好
爱情的赞美。唐传奇内聚焦的一大特色是第一人称内聚焦，在中国小说史
上，这是首创。唐传奇的第一人称内聚焦主要涉及叙述者本人所经历的爱
情，如《游仙窟》《周秦行记》《秦梦记》等。这种情形的出现，我认为离
不开唐朝社会的开放和传奇作者社会地位的尊贵。如果唐朝思想禁锢，不
允许人们直露地表达自己的情感，用第一人称内聚焦来书写爱情便可能被
认为是有伤风化，而正是由于唐朝思想较自由，感情较开放，人们才有可
能在传奇中大胆地来讲名义上属于自己的爱情故事。但仅有社会的开放还
不足以出现唐传奇中那些大胆的艳情文字，传奇作者的社会地位也是重要
原因。《游仙窟》的作者张鷟、《周秦行记》的作者韦瓘、《秦梦记》的作
者沈亚之都是进士出身。正是由于他们的社会地位比较高，他们才敢于纵
情任性，唯意所从，大胆地第一人称内聚焦来展开故事，用欣赏的眼光诉
说自己对女色的追求，颇有风流自赏的抒情意味。《游仙窟》便通过张文
成（张鷟）的"少娱声色，早暮佳期，历访风流，遍游天下"与崔十娘的
婀娜之态、妩媚之姿，以及二人"夜深情急，透死忘生"的缠绵情形，散
发出浓郁的耽情享乐的气息。可以想象，如果张鷟没有那么高的社会地
位，他很难用这种风流自赏的心态来讲述自己对女色的迷恋，也不得不顾
忌用第一人称内聚焦叙事可能会给自己带来麻烦，但张鷟的进士出身使他
有条件任性而为，大胆地诉说自己的情感。

五四以前的白话小说大多有"说话"的痕迹，总体上属于零聚焦叙
事，但局部的内聚焦已经出现，如《红楼梦》写刘姥姥进大观园，便通过
刘姥姥的视角来写大观园的事物，许多事物刘姥姥不理解，小说也不作解
释，使叙述保持在刘姥姥所感知的范围之内。在五四小说中，内聚焦叙事
已相当普遍，鲁迅的《祝福》《孔乙己》《伤逝》是内聚焦，郁达夫的《沉
沦》、叶圣陶《潘先生在难中》等也都是内聚焦。按陈平原的抽样统计，
五四时代，大约有"三分之二的小说作品采用的叙事角度迥然不同于传统

小说"的零聚焦叙事①，这"三分之二"中，内聚焦又占绝大部分。内聚焦兴起的原因，主要有三个方面：一是时代的要求；二是外国小说和晚清小说的影响；三是理论的指导。从时代的要求来看，五四是个追求民主、张扬个性的时代，显然，话本小说中那种零聚焦方式造成的叙述者的全知全能、读者的被动接受不适应时代的民主要求。夏丏尊甚至不无偏激地认为叙事时叙述者不宜出面，否则便是"作者对于读者的专制态度"②，叙述者要出面，就要一直出面，用他的话来说，就是可以"用主观的态度或第一人称到底"③，这样，用第一人称内聚焦来叙事，便没有"专制"之嫌。由于五四作家大都留学海外，又值国家多事之秋，因此有强烈的责任感和民主意识。同时，五四张扬个性的时代精神对作家的影响也很大。卢隐认为："足称创作的作品，唯一不可缺的就是个性，——艺术的结晶，便是主观——个性的情感"④，冰心则口号式地宣称"请努力发挥个性，表现自己"⑤。民主意识和张扬个性的要求，使五四作家经常在小说中表现自我，并用第一人称内聚焦来显示"我"与读者的平等。鲁迅的《一件小事》通过"我"与车夫的对比，显示出"我"的渺小和车夫的伟大，叙述者没有丝毫的"专制"，而是将自己和车夫摆在一起，接受读者的审视。除了追求民主和张扬个性的时代要求外，五四小说的内聚焦还得益于外国小说和晚清小说的影响。晚清时期，外国文学被翻译过来，而最早对中国作家产生较大影响的政治小说《百年一觉》、侦探小说《华生笔记案》、言情小说《巴黎茶花女遗事》都是第一人称⑥，属内聚焦叙事，这或

---

① 陈平原：《中国小说叙事模式的转变》，北京大学出版社2003年版，第85页。另外，可参看该书8—10页的三个表格。

② 夏丏尊：《论记叙文中作者的地位并评现今小说界的文字》，见严家炎编：《二十世纪中国小说理论资料》（第二卷），北京大学出版社1997年版，第410页。

③ 严家炎编：《二十世纪中国小说理论资料》（第二卷），北京大学出版社1997年版，第410页。

④ 卢隐女士：《创作的我见》，见严家炎编：《二十世纪中国小说理论资料》（第二卷），北京大学出版社1997年版，第188页。

⑤ 转引自陈平原：《中国小说叙事模式的转变》，北京大学出版社2003年版，第97页。

⑥ 陈平原：《中国小说叙事模式的转变》，北京大学出版社2003年版，第72页。

许是巧合，但却使晚清小说中出现了不少内聚焦叙事，如苏曼殊《断鸿零雁记》、刘鹗的《老残游记》、吴趼人《二十年目睹之怪现状》和《上海游骖录》等①。到五四小说，这些外国小说和晚清小说就成为可资借鉴的对象。鲁迅的《狂人日记》与果戈理的《疯人日记》不无关系，歌德的《少年维特之烦恼》、屠格涅夫《畸零人日记》等无疑是五四风行的书信体小说、日记体小说摹仿的蓝本②。晚清小说家对内聚焦的尝试，也可以给五四小说家们提供经验。鲁迅便认识到《二十年目睹之怪现状》以"九死一生"为线索，"历记二十年中所遇，所见，所闻天地间惊听之事，缀为一书"③，《老残游记》则"借铁英号老残者之游行，而历记其言论闻见"④，这些都指出此二书内聚焦叙事的特点。较之晚清小说，五四小说内聚焦的盛行，还得益于小说理论的指导，当然这种理论的来源也是外国。清华小说研究社在1921年出版的《短篇小说作法》中直言：该书"借镜于外国书的地方很多"⑤，而该书在中国首次强调了视点的重要性："在决定自身之视域以后，才好下笔"，并讨论了"第三身称之述法""第一身称之述法""书札体""日记体""混合体"，对内聚焦给予相当的重视。⑥夏丏尊从"主观的态度"或"客观的态度"入手，将视点分为"内视点"和"外视点"，后者又可分为"全知的视点""制限的视点"和"纯客观的视点"，并自觉地将视点理论运用于小说批评之中，对《红楼梦》《水浒传》《风波》《沉沦》《潘先生在难中》等表示了美中不足之感。⑦这一切，无疑对小说创作中内聚焦的运用起了指导作用。

---

① 陈平原：《中国小说叙事模式的转变》，北京大学出版社2003年版，第75—80页。
② 陈平原：《中国小说叙事模式的转变》，北京大学出版社2003年版，第88—89页。
③ 鲁迅：《中国小说史略》，上海古籍出版社2006年版，第190页。
④ 鲁迅：《中国小说史略》，上海古籍出版社2006年版，第192页。
⑤ 严家炎编：《二十世纪中国小说理论资料》（第二卷），北京大学出版社1997年版，第103页。
⑥ 严家炎编：《二十世纪中国小说理论资料》（第二卷），北京大学出版社1997年版，第132—135页。
⑦ 严家炎编：《二十世纪中国小说理论资料》（第二卷），北京大学出版社1997年版，第408—416页。

较之内聚焦，外聚焦叙事在五四小说中少见得多①。究其原因，大约有四：其一，如果按照五四的民主精神，最容易出现的应该是外聚焦，因为外聚焦的纯客观叙事只呈现画面，对这一画面，叙述者和读者拥有完全平等的权利和能力，这最符合"民主"的要求。但强烈的启蒙意识使五四小说中的叙述者倾向于现身，从而使内聚焦风行②。其二，翻译过来的外国小说和晚清小说很少有外聚焦叙事③，因此，外聚焦在五四作家心中的地位并不高。其三，小说理论对外聚焦关注得不够。无论是清华小说研究社还是夏丏尊，都混淆了人称和视点，讨论主要着眼于是用第一人称还是用第三人称；夏丏尊的"纯客观的视点"也只是第三人称叙事的一种情形。其四，或许更重要的，是外聚焦的难以把握。内聚焦可以通过人物的视角来写，外聚焦既不能通过人物的视角来写，又不能像零聚焦那样通过全知全能的叙述者的视角来写，在没有区分作者和叙述者、人称和视点的五四时代，用外聚焦叙事的难度可想而知。

在结束了唐传奇和五四小说中的内聚焦和外聚焦的讨论之后，比较二者，我们不难发现：唐传奇只有内聚焦，没有外聚焦，而且内聚焦也只是传奇作者非自觉运用的结果，在传奇中所占的比重不大。而五四小说中的内聚焦和外聚焦是在小说理论的指导下有意识地运用的结果，较之唐传奇的内聚焦，无论在数量上，还是质量上，都有了很大的区别。

至于80年代后的小说，由于叙事理论的深入研究，内聚焦和外聚焦的运用更为常见，但究其原因，除了时代的发展之外，仍不外乎论述五四小说时所说的外来影响、前人经验和理论指导，故在此不展开论述。

---

① 陈平原认为，五四时期，外聚焦叙事技巧比较好的，只有鲁迅和凌叔华。见《中国小说叙事模式的转变》，第94页。

② 陈平原：《中国小说叙事模式的转变》，北京大学出版社2003年版，第95—96页。

③ 参看陈平原：《中国小说叙事模式的转变》，北京大学出版社2003年版，第8—10页的三个表格。

第六节　叙事方式背后的文化因素

一

与叙事聚焦一样，叙事方式的背后也有其文化的原因。就西方而言，小说叙事的方式源自古希腊和希伯莱的文学传统。古希腊既有辉煌的文学巨著《荷马史诗》，又有柏拉图和亚里士多德等对后世产生巨大影响的理论家。《荷马史诗》中既有叙述者的言语，《伊利亚特》开头，叙述者便直截了当地呼吁："女神啊，请歌唱佩琉斯之子阿喀琉斯的致命的忿怒"，这显然是我们所说的"讲述"。同时，《荷马史诗》中又有大量的人物话语和对服装、盾牌的描绘，这又是我们所说的"展示"。讲述和展示这两种基本的叙事方式，在《荷马史诗》中都有所表现。不过，总体上看，《荷马史诗》是在讲述的框架内穿插了大量的展示。柏拉图在《理想国》中区分了狭义摹仿和单纯叙事，他一方面借苏格拉底之口否认叙事的摹仿性，一方面又对《荷马史诗》中的对话给予相当程度的重视①，因此，他所说的狭义摹仿，与我们讨论的"展示"不尽相同。亚里士多德在《诗学》中认为一切诗歌，包括史诗、悲剧、喜剧、酒神颂等都是摹仿②，摹仿可以用

---

　　①张寅德编选：《叙述学研究》，中国社会科学出版社1989年版，第280页。
　　②[古希腊]亚里士多德：《诗学》，罗念生译，见《诗学　诗艺》，人民文学出版社1962年版，第3页。

两种方法，既可以"叫人物出场"，也可以"用自己的口吻来叙述"①。二人的分类虽不尽相同，但都意识到叙事方式的差异，并在总体上将"戏剧性与叙述性区分开来"②，与我们所区分的展示和讲述大致相当。《诗学》所提出的"摹仿"说影响了西方几千年来的文学创作。《理想国》中苏格拉底式的对话在巴赫金看来，就是古代的小说，施莱格尔则反过来认为"小说是当代的苏格拉底对话"③。按照当代叙事学理论，对话是典型的展示，换句话说，《理想国》为后世提供了一个展示的范本。希伯莱文学的集中体现便是《圣经》。《圣经》是叙述创世神话和逃难故事的宏大叙事，时空跨度都很大，叙述者为了将这个宏大叙事清晰地传达出来，选择了便于传达信息的"讲述"，布斯称之为"早期故事中专断的'讲述'"，并以《约伯记》为例进行了分析④。《圣经》的讲述方式，无疑对后世产生了巨大的影响。

20世纪前，西方小说的叙事方式主要是讲述。这除了《荷马史诗》和《圣经》的影响外，史传叙事也有相当大的作用。虽然西方的叙事文学不像中国的早期叙事文学那样依附于历史，但历史对西方早期的小说家们有相当大的诱惑力。在思想界，17世纪后期"兴起了一种更客观的历史研究"⑤，这对小说叙事的理解产生了深刻的影响。笛福那颇具自传性质的《鲁滨逊飘流记》便被视为资本主义兴起时期个人艰难创业的历史写照，主人公鲁滨逊甚至"被许多经济理论家用作他们的'经济人'理论的图解"，这种"图解"在伊恩·P·瓦特看来，是"非常恰当"的⑥，这说

①［古希腊］亚里士多德：《诗学》，罗念生译，见《诗学 诗艺》，人民文学出版社1962年版，第9页。

②张寅德编选：《叙述学研究》，中国社会科学出版社1989年版，第282页。

③［法］托多罗夫：《巴赫金、对话理论及其他》，蒋子华、张萍译，百花文艺出版社2001年版，第295页。

④［美］W·C·布斯：《小说修辞学》，华明、胡晓苏、周宪译，北京大学出版社1987年版，第5—6页。

⑤［美］伊恩·P·瓦特：《小说的兴起》，高原、董红钧译，生活·读书·新知三联书店1992年版，第18页。

⑥［美］伊恩·P·瓦特：《小说的兴起》，高原、董红钧译，生活·读书·新知三联书店1992年版，第65页。

明，在经济理论家和小说理论家眼中，小说具有历史的功用。在17、18世纪的小说家看来，小说与其说是小说，不如说是历史，理查森的《克拉丽莎》虽有大量的充满感情的书信，理查森仍说它不是"一部轻浮的小说"，而是"一部生活与社会风俗的历史"①。直到19世纪，巴尔扎克还将自己的《人间喜剧》称作"风俗史"②。而西方的历史叙事，主要采用讲述的方式，如古罗马史学家普鲁塔克的《伯利克里传》记叙伯利克里的一次海上远征："在国外，伯利克里因在伯罗奔尼撒附近的一次令人惊叹的海上远征，而名噪一时。……在同雅典友好的亚该亚（Achaia），他曾用船把一支部队运送到对面的大陆；他驶过阿赫洛斯河（Achelous），毁灭阿卡纳尼亚（Acarnania），把爱尼蒂人（Aeniadae）围困在城里，蹂躏了他们的国家，然后启航回国……"③这段叙述用的全是讲述法，伯利克里如何用船把部队运送过去，如何围困爱尼蒂人并蹂躏他们的国家，这些宏伟的历史场面都没有展开，而是通过讲述的方法，轻轻地一笔带过。小说叙事既然以叙述历史为己任，多少都要受到史传这种讲述方式的影响。

讲述方式的流行，与社会环境也有关系。20世纪前，小说叙事受经济的制约较为明显，经济是资本主义的基本特征。笛福写小说的首要目的是挣钱，他甚至认为如果没有额外报酬便不需要修改小说，将"作家职业的经济含意推到了无先例可援的极端地步"④。如果将笛福的崛起视为现代小说兴起的标志，那么，从现代小说的一开始，就打上了金钱的烙印；到巴尔扎克，写小说的迫切任务是为了缓解生活的压力。为了金钱，作家就不得不考虑到读者和书商的要求。读者买书，一个重要的原因是为了能看到引人入胜的故事，以消磨闲暇时间，缓解工作的疲劳，而限于水平，一般的读者倾向于阅读人物性格鲜明、情节进展较快的故事，这种故事，适

---

① [美]华莱士·马丁：《当代叙事学》，伍晓明译，北京大学出版社1990年版，第41页。

② [法]巴尔扎克：《〈人间喜剧〉前言》，丁世中译，见《巴尔扎克论文艺》，人民文学出版社2003年版，第256页。

③ 转引自石昌渝：《中国小说源流论》，生活·读书·新知三联书店1994年版，第154—155页。

④ [美]伊恩·P·瓦特：《小说的兴起》，高原、董红钧译，生活·读书·新知三联书店1992年版，第55页。

合用讲述的方式。书商要挣钱，便要求小说家迎合读者的趣味，这使讲述成为小说家的主要叙事方式①。

就小说叙事本身而言，叙事方式与叙事聚焦也有关系。当然，任何叙事聚焦都只有讲述和展示两种叙事方式，但某些叙事聚焦与某一特定的叙事方式有着较为密切的联系，如外聚焦由于叙述者的"退场"，一般只能用展示的叙事方式。20世纪前的西方小说，零聚焦占主导地位，小说中大都有一个无所不在的全知全能的叙述者，这个叙述者要发挥他全知全能的作用，便要在叙事中不时地抛头露面，向读者透露人物不知道的情况并发表自己对人物和情节的见解。显然，在情节的进展中，叙述者的介入，最适宜的方法是用讲述来展开故事。菲尔丁《汤姆·琼斯》在描述索菲娅·韦斯顿和布力菲会面时写道："他对自己成功的前景，确实已十分满意"，"确实"一词，显示了叙述者的存在，也显示了会面这一场面不是被展示出来，而是融于讲述之中。

19世纪末20世纪初，情况发生了变化。早在1856年，福楼拜《包法利夫人》就较多地从主人公爱玛的视角来叙事，着重反映爱玛的内心感受，这种内心感受更多的是通过展示来加以表现的。展示使《包法利夫人》在整体上显出"客观而无动于衷"的风格②，叙述者不是像作报告那样在讲故事，而是"完全避免了纯粹的陈述"，"把场景放在我们面前，以便我们观看，像观看逐渐展开的一幅画，或观看演出的一场戏一样"③。《包法利夫人》的影响巨大，展示爱玛的内心，展示她对自己偷情行为的主观感受，很快被当局认为是有伤风化，福楼拜因此于1857年受审④。尽

---

① 当然，也有人为了多挣钱，故意进行拖沓冗长的叙述，笛福有时候便如此（参看《小说的兴起》第55页）；巴尔扎克也有许多详尽的描绘。但总体上看，情节的明晰性、可读性是该时期小说的基本特征，拖沓冗长的叙述和详尽的描绘都不妨碍讲述的主导方式。

② 朱维之、赵澧主编：《外国文学史》（欧美部分），南开大学出版社1985年版，第394页。

③ ［英］卢伯克、福斯特、缪尔：《小说美学经典三种》，方土人、罗婉华译，上海文艺出版社1990年版，第46、47—48页。

④ 参看［美］雷内·韦勒克：《批评的概念》，张今言译，中国美术学院出版社1999年版，第220页。《包法利夫人》1856年出版，次年作者便受审，可见此种叙事方式的影响。

管如此，福楼拜仍然对"展示"情有独钟，这与他的艺术观有关。他"鄙视说教艺术"①，因而"讲述"用得较少，毕竟说教最适宜的叙事方式便是讲述。他"真诚地追求艺术上的客观性。即一要无我，二要冷漠、超然、中立"②，显然，"展示"更容易做到这些。福楼拜的艺术观与他的生活环境和政治立场有关。他出生在一个外科医生家庭，使他从小就养成了观察的习惯，这一习惯"培养了他的实验主义倾向"，从而"与宗教格格不入"③。在政治上，他虽然关注时代的风云变幻，却对政治很反感，当时的法国，政治上是多事之秋，1848年革命更是震动全欧。福楼拜对各派政治势力都表示不满，在他看来，"共和派、反动派、红色人物、蓝色人物、三色人物——所有这些人物都在愚蠢地互相勾心斗角"④，1848年革命也让他失望。对政治的反感，对现实的回避，使他认为，小说中事件和人物的安排，只是纯粹的小说技巧问题，"不能乞灵于作品本身之外的任何根据"⑤。从小养成的实验主义倾向，又使他主张叙述者应该"不流露个人感情"，不能直接表现自己对事件和人物的看法，而应该让它们自己呈现出来。

展示的叙事方式受到后来小说家和评论家的厚爱。在法国，左拉不仅写了大量的"自然主义"小说，并且在理论上阐释了这种小说的"展示"特性："自然即是一切需要；必须按本来的面目去接受自然，既不对它作任何改变，也不对它作任何缩减"⑥，"小说家只是一名记录员，他不准自

① ［美］雷纳·韦勒克：《近代文学批评史》（第四卷），杨自伍译，上海译文出版社1997年版，第9页。

② ［美］雷纳·韦勒克：《近代文学批评史》（第四卷），杨自伍译，上海译文出版社1997年版，第8页。

③ 朱维之、赵澧主编：《外国文学史》（欧美部分），南开大学出版社1985年版，第390页。

④ 朱维之、赵澧主编：《外国文学史》（欧美部分），南开大学出版社1985年版，第391页。

⑤ ［英］卢伯克、福斯特、缪尔：《小说美学经典三种》，方土人、罗婉华译，上海文艺出版社1990年版，第46页。

⑥ 左拉：《戏剧中的自然主义》，毕修勺、洪丕柱译，该文发表于1881年。伍蠡甫、胡经之主编：《西方文艺理论名著选编》（中卷），北京：北京大学出版社1986年版，第200页。

己作评判、下结论"①。在德国，弗里德里希·施皮尔哈根1864年便发表了《论小说中的客观性》，对"展示"表示赞同，到1883年，则通过整整一本书的篇幅来捍卫它。②而影响最大的是亨利·詹姆斯。他一方面写了大量的小说，在这些小说中，他主要通过人物的视角，把人物的心理活动"造成一个小小的场景"展示出来③。《专使》便主要通过"专使"斯特雷塞的角度来展现他的心灵，叙述者"非常小心地克制自己"，不去透视斯特雷塞心理活动背后的原因，只是将其心灵"戏剧化"地展示出来。④叙述者所起的作用，"实际上并没超过剧作家的，剧作家总是退居幕后，让他的人物去演故事"⑤，就是说，斯特雷塞的心理是自行呈现出来的而不是叙述者讲述出来的。另一方面，亨利·詹姆斯发表了著名论文《小说的艺术》，并为自己的小说写了一系列评论性序言，不仅"总结了自己的各篇小说创作经验，而且更进一步探讨了小说的美学原理"⑥。在《小说的艺术》中，亨利·詹姆斯指出："按照它的最广泛的定义，一部小说是一种个人的、直接的对生活的印象"⑦，叙述者不应该在小说中现身，而应该将这种"对生活的印象"展示出来，为此，他反对叙述者在小说中讲述自己的观点，他不无遗憾地指出："某些才能卓越的小说家却有着一个故意泄露自己机关的习惯，这种做法一定常常使得那些认真对待他们的小说

----

① 伍蠡甫、胡经之主编：《西方文艺理论名著选编》(中卷)，北京大学出版社1986年版，第201页。

② 指《小说理论与技巧文集》，参看[美]雷内·韦勒克：《批评的概念》，张今言译，中国美术学院出版社1999年版，第237页。

③ [英]卢伯克、福斯特、缪尔：《小说美学经典三种》，方土人、罗婉华译，上海文艺出版社1990年版，第118页。

④ [英]卢伯克、福斯特、缪尔：《小说美学经典三种》，方土人、罗婉华译，上海文艺出版社1990年版，第116—117页。

⑤ [英]卢伯克、福斯特、缪尔：《小说美学经典三种》，方土人、罗婉华译，上海文艺出版社1990年版，第118页。

⑥ [英]卢伯克、福斯特、缪尔：《小说美学经典三种》，方土人、罗婉华译，上海文艺出版社1990年版，第3页。

⑦ [美]亨利·詹姆斯：《小说的艺术——亨利·詹姆斯文论选》，朱雯、乔佖、朱乃长等译，上海译文出版社2001年版，第10页。

的人们为之伤心落泪"①。在他的评论性序言中，他强调小说家要忠实地报道人生场景，强调小说的逼真性，在他看来，逼真性是小说成功的基本条件②。所谓"忠实"，所谓"逼真性"，都离不开展示。总之，在亨利·詹姆斯看来，叙述者用展示呈现场面和心理而不用讲述来表现自己的见解，是"新旧小说的明显分界线"③。亨利·詹姆斯由于创作上的成功和理论上的独特，被认为是现代小说的开创者和现代小说评论的奠基者，对后世产生极其深远的影响。卢伯克从亨利·詹姆斯的"戏剧化，戏剧化！"中得到启发，把展示作为小说追求的最高理想："只有在小说家把他的故事看作是要显示给人看的东西，要把它表现得能够自己讲述自己的时候，才可以谈论小说的艺术"，由此出发，"他攻击了诸如菲尔丁、萨克雷和狄更斯等惯于让叙述者讲述、概括和评论的小说家"。④伍尔芙发展了亨利·詹姆斯的内心展示，海明威坚持不动声色地展示世界和人物对话。比奇考察了从菲尔丁到福特的英国小说家，认为让人"感受最深的就是作家的消失"⑤，"作家消失"的一个重要原因便是讲述方式的风光不再和展示方式的日见流行。

19世纪末20世纪初展示方式开始盛行，与19世纪后半期盛行的唯美主义思潮有内在关系。唯美主义宣扬"为艺术而艺术"，这种美学主张颠倒了生活和艺术的关系⑥，有明显的不足。但它也有可取之处，它真正将艺术当作独立的艺术来看，注重艺术的独立自足性，使人们对艺术有了一

① ［美］亨利·詹姆斯：《小说的艺术——亨利·詹姆斯文论选》，朱雯、乔佖、朱乃长等译，上海译文出版社2001年版，第6页。

② 在《小说艺术：评论性序言集》中，亨利·詹姆斯指出："没有逼真性，哪里会有能拿得出的成品？"参看《小说美学经典三种·中译本前言》，第6页。

③ ［美］雷内·韦勒克：《批评的概念》，张今言译，中国美术学院出版社1999年版，第239页。

④ ［以色列］里蒙－凯南：《叙事虚构作品》，姚锦清、黄虹伟、傅浩、于振邦译，生活·读书·新知三联书店1989年版，第193页。

⑤ ［美］雷内·韦勒克：《批评的概念》，张今言译，中国美术学院出版社1999年版，第240页。

⑥ 王尔德便认为："生活对艺术的摹仿，远远多于艺术对生活的摹仿。"参看朱通伯编选：《英美现代文论选》，上海译文出版社1991年版，第46页。

个全新的认识。具体到小说，一个起码的要求就是小说只是小说，而不是作家某种观念的反映，这样，用讲述方式泄露叙述者的意图便不受青睐。与讲述不同，展示使场景和画面在小说艺术中自行呈现出来，叙述者淡化，作品人为的痕迹很少，人们关注的只是小说中场景和画面是否逼真、小说是否有艺术性之类的问题，因而，展示更容易使小说作为独立的艺术而存在。展示方式的盛行，与19世纪以来的理论的快速更替也有关系。就美学史看，19世纪既有浪漫主义美学、唯美主义美学，又有德国古典美学、形式主义美学和马克思主义美学，到20世纪，美学的流派更多[1]。就小说史看，这些美学主张使小说中时而注重情感的宣泄，时而注重哲理的阐发，时而注重社会的变动，但随着时间的推移，这些情感、哲理、社会的问题都逐渐被淡忘了，人们印象最深的还是那些刻画得"清晰、客观的人物和场面"[2]，鉴于此，小说家有时候便以追求客观呈现为小说的目标，这有助于展示的流行。

二

从中国的情况看，中国的小说叙事很难像西方那样，找到明显的讲述和展示的分界线。中国的小说叙事，在五四以前，总体上以讲述为主，在讲述中又穿插展示[3]。这主要有以下原因。

其一，史传叙事的影响。中国的小说很长时间内被称为"稗史""野史"，这是小说叙事受史传叙事影响的明显的外在标志。史传叙事的一个特点是介绍历史上的真人真事，历史也好，传记也好，一个基本的要求便是将历史上的事件、人物的有关情况叙述清楚。由于历史事件的时空跨度较大，历史人物的经历也比较复杂，这种"叙述"不可能对事件的每个方

---

① 具体的美学流派可参看蒋孔阳、朱立元主编：《西方美学通史》第五、六、七卷，上海文艺出版社1999年版。

② 徐岱：《小说叙事学》，中国社会科学出版社1992年版，第72页。

③ 当然，西方的小说叙事，讲述中也往往有展示，但总体而言，西方可区分出以讲述为主和以展示为主，中国则比较难。

面、人物的每次经历都说得很仔细，除了有代表性的方面和经历外，绝大部分的情况都只能是简单地介绍一下，或干脆忽略不提。介绍一般便是用讲述来进行的，尤其是在介绍历史背景和人物出身时，更是典型的讲述。如《史记·五帝本纪》在介绍黄帝的出身时说："黄帝者，少典之子，姓公孙，名曰轩辕。"在介绍当时的情况时说："轩辕之时，神农氏世衰。诸侯相侵伐，暴虐百姓，而神农氏弗能征。"这些介绍在全文中起着"框架"的作用，使史传叙事在总体上呈现出讲述的特点。这对小说叙事的影响很深。比如，《三国演义》在介绍三国由来时，便采用讲述的方式："周末七国分争，并入于秦。及秦灭之后，楚、汉分争，又并入汉。汉朝自高祖斩白蛇而起义，一统天下，后来光武中兴，传至献帝，遂分为三国。"史传叙事在讲述的同时，对重大历史事件又通过展示的方式，将人物的对话、行动和事件的场景再现在读者眼前。如果说西方的史传叙事主要是讲述，中国的史传叙事则在讲述的大框架下，用展示将主要事件描绘出来，较之于西方，表现出"呈现式"特点①。《史记·项羽本纪》中的"鸿门宴"场景，便是通过展示表现出来的。开始项羽和刘邦的寒暄，中间的项庄舞剑、樊哙的慷慨陈词，最后范增的不满，都是通过人物的语言或动作来加以表现，每个人物的神态以及"鸿门宴"的场面，都活灵活现地展示在我们面前。史传叙事这种"呈现式"特点，使中国小说中经常在讲述中出现大量的场面描绘，《三国演义》中的"赤壁之战""舌战群儒"等场景便是用展示方式表现出来的。

其二，口头叙事的影响。印刷术发明之前，中国有很多故事是口传的。《三国志·魏志》提到了"俳优小说"。"俳优小说"可以说是一种口头性的滑稽表演，它慢慢地演变为宋代的"说话"②。汉魏以来，佛教兴

---

① 石昌渝：《中国小说源流论》，生活·读书·新知三联书店1994年版，第154—155页。该书认为史传的叙事方式为后世提供了基本的叙事模式，从其援引的刘知几《史通》的说法来看，"直纪其才行"、"唯书其事迹"、"因言语而可知"都与展示有密切关系。见《中国小说源流论》第69页。

② 杨义：《中国古典小说史论》，中国社会科学出版社1995年版，第28—30页。杨义认为，在宋代以前，口头叙事从"俳优小说"到"人间小说"再到"市人小说"，其演进轨迹是单线的，到宋代，"口头小说出现多线发展的景观"。

盛，讲经成为经常的事情。讲经的佛徒有时为了吸引人，便吸收民间说唱的方式，将佛经中的故事讲唱出来，这便是"俗讲"，"俗讲"对"说话"也产生了深刻的影响，宋代"说话"中便有"说经"一家[①]。"说话"是话本小说的直接来源[②]。从"说话"来看，其典型的特色在于讲述。说话者直接面对听众，将故事"讲"给观众听，其间，他不仅现身，使观众感觉到所听的故事是经过他转述后的故事，而且，他有时候还中断故事，发表自己对故事的评论。转述和评论，都体现出讲述的特点。这在后来的小说中有明显的表现。《三国演义》《水浒传》正文开头的两个字都是"话说"，就是典型的例子。口头叙事在以讲述为主的同时，也不乏展示。讲故事的人为了吸引听众，有时候要将故事中的场面栩栩如生地再现出来，有时候还要摹仿人物的动作、神态和语言，场面的再现和人物的摹仿，便离不开展示。可以说，展示也是口头叙事的当然要求，如果一味讲述，会使听众感到枯燥无味，不愿继续听下去。如果说，讲述使口头叙事具有完整性、可听性，展示则使口头叙事具有生动性、趣味性，二者缺一不可。这使后来的许多小说保留了一个特点：在口头讲述之后，紧接着便是展示。如金批本《水浒传》第四十六回，在开头的"话说当时杨雄扶起那人来，叫与石秀相见"之后，便是石秀、杨雄、杜兴三人的谈话场面，"话说"是典型的口头讲述，谈话是典型的场面展示，典型的场面展示紧挨着典型的口头讲述，不能说与口头叙事没有关系。

其三，诗赋的影响。中国是"诗的国度"，诗赋对叙事无形中也产生

---

① 石昌渝：《中国小说源流论》，生活·读书·新知三联书店1994年版，第225—229页。郑振铎甚至认为"俗讲"是中国小说的源头，他指出："小说起源于唐朝和尚庙里讲唱的变文"，并认为"口头"叙事性是中国小说区别于"别国小说"的首要特点。见《郑振铎说俗文学》，上海古籍出版社2000年版，第17页。

② 石昌渝：《中国小说源流论》指出："书面化的'说话'就是话本小说"，见该书第230页。

了较大的影响，其形式上的表现，便是诗赋的插入①。就叙事方式而言，诗赋的插入一方面是讲述的表现，另一方面又是展示的标志。说它是讲述的表现，是就整个叙事来说的。在叙事过程中，突然冒出一句"有诗为证"或"有词为证"，打断了叙事进程，使读者觉得在叙事之外存在着一个控制叙事的叙述者，他引用诗词对所叙之事进行说明或评论，此时，叙述者其实已跳出故事，认为对某个故事，某首诗词已经有了较好的概括和评价。叙述者从故事中跳开，插入诗赋，只能用讲述，因为从叙事转入诗赋，这"转"的过程，叙述者无法展示，展示只能展示故事内部的某个场面。"有诗为证"之类的话语，是明显的讲述。说诗赋的插入是展示的表现，是就诗赋本身而言的。插入的诗赋，并不推动情节的进展，而是使情节停顿，在某个地方得到较详细的说明。《红楼梦》在贾宝玉第一次出场后，插入了两首《西江月》，将后人对贾宝玉的评价粗略地表现出来，它犹如直接引用了后人评价贾宝玉的言语，话语的直接引用是展示的重要表现之一。唐传奇《柳毅传》中对灵虚殿的描写则采用赋体："柱以白璧，砌以青玉，床以珊瑚，帘以水精，雕琉璃于翠楣，饰琥珀于虹栋。"将灵虚殿的华美富贵逼真地展示出来。有时候，在人物话语中还加入了诗赋，将诗赋融于人物话语的展示之中。

五四以后，中国的小说总体上仍是以讲述为主，在讲述中穿插展示，但较之五四以前的小说，也有一些差异。这首先表现在五四时期出现了以全篇展示的小说，如鲁迅的《示众》，凌叔华的《酒后》等，前者主要是

---

① 唐传奇开始，在叙事中插入诗赋便比较多，到宋代话本，诗赋的插入更是习以为常。唐传奇中插入诗赋，与唐朝豁达开放的民族文化心理、汪洋恣肆的文学情感不无关系，也与唐朝对诗的推崇有关；并受到民间说唱的影响。参看《中国小说源流论》第164、183—184、165页。宋代话本中插入诗赋，与"说话"的现场表演性有关，"说话"时往往有唱的成分，诗赋宜于吟唱；而且，诗赋的插入对现场的听众还可以起到一定的调节作用。此外，诗赋的插入也是"说话人对小说文体的重大创造"，可参看杨义：《中国古典小说史论》，北京：中国社会科学出版社1995年版，第236页。唐宋以后的明清小说中，仍有大量的诗赋插入，《红楼梦》《三国演义》《水浒传》《金瓶梅》等都如此，这些小说每章的标题也以诗句的形式表现出来。

画面的再现，后者主要是情感和氛围的再现①。全篇用展示的小说在此前的中国是没有的，五四时期出现这种情况，主要有两点原因：一个原因是外聚焦叙事的运用，外聚焦叙事的主要特点便是叙述者不动声色地展示画面；另一个原因是向外国学习的结果，按陈平原的说法，鲁迅与契诃夫、凌叔华与曼殊斐儿，在展示的运用上，都有着相通之处②。其次表现在新时期出现了展示"讲述化"的特点。所谓"展示讲述化"，是指用讲述方式将某个场面表现出来，场面的大致情形虽得到表现，但具体情形却比较模糊，出现在读者面前的，只是一个场面的概貌，而不是逼真清晰的画面。这种情况在以前的小说中比较少见，以前的小说，讲述就是讲述，展示就是展示；新时期的小说，经常在表现场面时，不再用细笔描绘，而是用粗笔勾勒，使场面不再是展示出来的，而是讲述出来的。如北村《聒噪者说》中有这样一段话："我敲开了他的门，教授开门的时候手上夹着笔，神情里布满了惊讶和尴尬。我认为他正在写字，我打断了他。教授的不快立即侵上脸颊。""手上夹着笔，神情里布满了惊讶和尴尬"以及"不快立即侵上脸颊"都有展示的成分在内，但夹在讲述的语流中，展示也被"讲述化"，使这段话整体上以讲述的面貌出现。这种情况出现的原因，刘心武认为是影视文化对小说叙事的冲击。由于影视在视觉效果上的优势，使画面的呈现更清晰逼真，小说用文字来叙事，其长处不在展示画面上，而在故事的讲述上，因此，小说不在展示上与影视争雄，而通过讲述来显示自己的特色③，从而有时候使展示"讲述化"。

---

① 陈顺馨认为，凌叔华的《酒后》"是传达一种富有女性气息的情调和氛围"，参看她的《中国当代文学的叙事与性别》，北京大学出版社1995年版，第146页。

② 陈平原：《中国小说叙事模式的转变》，北京大学出版社2003年版，第94页。

③ 徐岱：《小说叙事学》，中国社会科学出版社1992年版，第173—174页。

第七节　叙事时空背后的文化因素

一

从文化方面来探讨叙事的时空，情况比较复杂，总体上看，西方较重视时间，中国较重视空间。说西方的叙事总体上较重视时间，有其神话的、哲学的和思想观念上的原因。就神话看，《荷马史诗》中记载的神话有连贯的情节，时间的线索很清晰。就哲学看，赫拉克利特宣称"人不能两次踏进同一条河流"[①]，在强调万物流动的同时，也强调了时间的重要；亚里士多德在谈到"本体"时，也指出时间是"本体"的三个特性之一[②]；就思想观念看，西方在"逻格斯"传统的强大影响下，非常重视因果关系；"由于古代神话在西方文学史上占有的崇高地位"[③]，神话中清晰的时间线索，使后来的叙事也往往以时间为脉络；哲学界对时间的重视，使叙事无法不关注时间；因果关系更直接导致了"线性的、基本上是时间性"的情节结构[④]。说中国的叙事总体上较重视空间，也可以从神话和世

[①] 蒋孔阳、朱立元主编：《西方美学通史》（第一卷），上海文艺出版社1999年版，第94页。

[②] 蒋孔阳、朱立元主编：《西方美学通史》（第一卷），上海文艺出版社1999年版，第11页。

[③] 蒲安迪：《谈中国长篇小说的结构问题》，见李达三、罗钢主编：《中外比较文学的里程碑》，人民文学出版社1997年版，第334页。

[④] 林顺夫：《小说结构与中国宇宙观》，见李达三、罗钢主编：《中外比较文学的里程碑》，人民文学出版社1997年版，第344页。

界观等方面来找原因。较之于西方神话，中国神话体现出"非叙述、重本体、善图案"的特点[①]，《山海经》便"主要记录当时人对空间的观察……以山川海荒为经，以东南西北为纬"，其中"几乎看不到时间的流逝"，呈现出"静态叙述"的特点，给人以强烈的空间感。[②]中国人的世界观有一个特点，即"天人合一"，其基本精神是：宇宙是一个独立自足的和谐的整体，宇宙的各部分是有机组合在一起的，很难说一个部分是另一个部分的原因。神话中强烈的空间意识，反映出先民的思维方式是一种空间性思维，它不注重事件在时间流程中的变化，而注重事物在不同地域中展示的姿态。从叙事的角度来看，它使叙事"不以故事为主，而是以论述关系和状态（或者是宇宙的顺序和方位的安排），作为叙事的重心"[③]。神话的这种叙事特点被史传叙事所吸收，不少神话叙事几乎原封不动地被引入到《史记》中，使《史记》整体上以空间性的展示为主，史传传统对中国叙事的巨大影响，使中国的叙事总体上对空间较为重视。世界观的整体意识，使"中国人不重视事物系统里因果关系的概念之间存在着联系"，具体到叙事，便不再重视事件中与因果关系有密切联系的时间因素，代之而起的，是对空间因素的重视，在叙事中，事件主要不是被看作"直线的因果关系链条里次序井然的事件"，而是被"看作正在形成的一种广袤的、交织的、'网状的'关系或过程"。[④]

说西方叙事重视时间，中国叙事重视空间，是就总体情况而言的。但无论是西方还是中国，叙事都是时空的统一体，西方较重视时间并不排斥其空间因素，中国较重视空间也不排斥其时间因素。在第二章对时间的讨论中，我们主要分析了"时序"和"时长"。不过，"时长"是对所有叙事文本进行分析后总结出来的，而且任何叙事都要有一定的"时长变形"，所谓的省略、缩写、场景、延长和停顿，在一定的时期内，或许可以寻找

---

① [美]浦安迪：《中国叙事学》，北京大学出版社1996年版，第43页。

② 傅修延：《先秦叙事研究》，东方出版社1999年版，第140—141页。

③ [美]浦安迪：《中国叙事学》，北京大学出版社1996年版，第44页。

④ 林顺夫：《小说结构与中国宇宙观》，见李达三、罗钢主编：《中外比较文学的里程碑》，人民文学出版社1997年版，第344页。

出它们演变的轨迹①，但从整个小说叙事的历史来看，寻找其演变轨迹则不可能，因为它们只是从共时的角度对"时长"的形式化处理，每种"时长变形"在任何时期都有可能出现。因而，对"时长"问题，我们在此不拟讨论。至于"时序"问题，如第二章所说，主要是倒述和预述这两种"时序变形"。虽然这两种"变形"在一般的小说叙事中都有可能存在，但不同时期、不同地域，哪一种"变形"占优势还是大致可以看出来的，因此，对之进行纵向分析并寻找其背后的原因便有了可能。在此，我们主要对"倒述"和"预述"展开分析。

二

总体上看，西方小说倒述多而预述少，中国小说预述多而倒述少。先看西方的情况。不少理论家对西方小说中多倒述少预述的情况作过说明。热奈特指出："提前，或时间上的预叙，至少在西方叙述传统中显然要比相反的方法少见得多"②；里蒙-凯南同样认为："预叙远不如回叙那么频繁出现，至少在西方传统中是这样"③；米克·巴尔在论述"时序"时，基本上引用倒述的例子，在她看来，原因很简单，因为"预述出现的频率要少得多"④。但对这种情况出现的原因，则言之不多。在本书看来，说西方小说中多倒述少预述主要是指20世纪前的西方小说，其原因大致有以下几方面：

一是逻辑分析的制约。逻辑分析的根源可归结到世界的创造上。西方人认为世界是神创造的，是有终极原因的。由此衍生，一切事物的发生、

---

①赵毅衡在《苦恼的叙述者》中，对传统白话小说中"时长"的演变进行了分析，但极为粗疏，也很不完备。见该书第139—142页。

②[法]热拉尔·热奈特：《叙事话语　新叙事话语》，王文融译，中国社会科学出版社1990年版，第38页。

③[以色列]里蒙-凯南：《叙事虚构作品》，姚锦清、黄虹伟、傅浩、于振邦译，生活·读书·新知三联书店1989年版，第86页。

④[荷]米克·巴尔：《叙述学：叙事理论导论》，谭君强译，中国社会科学出版社1995年版，第71页。

发展乃至消亡都有其原因，从而形成强大的逻辑分析传统。这种逻辑分析突出了线性时间中的因果关系，对叙事有深远的影响。由于重视逻辑分析，叙事时对事件发展的前后承传关系便很注意，使叙事往往一线到底，时间感很强。当然，为了摆脱依次叙事的平板呆滞，叙事可以在因果关系上做文章。在因果关系上做文章，主要便是打破时间次序，摆脱"前因后果"的束缚，就是说，实行倒述和预述，将原因后置。倒述主要是事件的倒述，叙述者本人一般不直接露面。倒述的内容一般便是前面所说情况的原因，这样，倒述一方面将事件的结果放在前面，然后对这一结果进行分析，寻找原因，这符合逻辑分析的要求；另一方面，将结果放在前面，使其位置比较突出，使倒述的内容围绕着前面所说的结果，这就显示了叙述者对结果的关注，表明了叙述者的意图。较之严格按线性时间展开事件，这种将结果放在前面的做法，由于其时间上的次序变更，使人们更加注意其逻辑关系。预述主要是叙述者直接露面，或假借人物之口，对事件将来的某种情况预先加以指点，它总体上对事件的时间次序影响不大。叙述者预先指点的内容，经常不是事件的某个场景，而是对某种情况的总结和说明，由于将总结和说明放在前面，使叙述者颇有先入为主之嫌，他所叙述的事件似乎只是为了说明他的先见之明，只是一个生动的注释而已。这就给人一个印象，叙述者主要是在灌输他的某种思想或观念，而不是在对事件进行逻辑分析。因此，逻辑分析的强大力量，使西方叙事中的预述比较少。

二是文学传统的影响。在西方文学史上，《荷马史诗》具有崇高的地位。《伊利亚特》一开始就写阿喀琉斯的愤怒，就事件进展而言，这显然是倒述。倒述在西方文学的远古时期就开始出现，而且相当成熟，所以这种倒述手法甚至被认为是西方人与生俱来的本领[1]，由于强大的文学传统的影响，倒述在后来的小说叙事中被广泛运用，不少经典小说中都以倒述开头，《呼啸山庄》《复活》《茶花女》等均如此，这些经典小说产生的时

---

① 赵毅衡：《当说者被说的时候——比较叙述学导论》，中国人民大学出版社1998年版，第111页。

间、地域都不一样，但都取得了成功，从而使倒述"几乎成为一个常规手法"①。

三是叙事重心的要求。按伊恩·P·瓦特的看法，现代小说叙事从18世纪早期开始，它的一个重要特点是虚构，在他看来，"笛福和理查逊是在我们的文学史上最早的其情节并非取自神话、历史或先前的文学作品的大作家"②。既然是虚构，它的一个基本要求是要让读者沉浸到虚构的故事之中，制造悬念可以说是一个方便的途径。倒述一般首先出现一个扣人心弦的场面，激起读者寻根问底的兴趣，产生悬念，这样，读者便被倒述的内容所吸引，全身心地投入到虚构的故事中去。同时，虚构的一个目的是故事看起来不是虚构的而是真实的，为此，叙述者"应当看上去好像在讲述故事的同时发现故事"③。而预述是叙述者首先直接现身或借人物之口，交代故事的主旨或故事进程中的某个阶段所蕴含的寓意，由于叙述者预先的交代，读者一个明显的感觉是：这只是一个故事，是叙述者为了某种目的向我们虚构的一个故事。读者首先强烈地感觉到故事的虚构性，对其真实性可能便有所怀疑，因此西方小说中预述较少。叙述者虽然想强化自己对所叙述的事件和人物的看法，但一般不是通过预述的形式先直接说出自己的看法来强化评价，而是通过倒述的形式，让读者沉浸到故事之中，慢慢领会自己的意图，产生强烈的印象，从而强化评价。

20世纪后，倒述不再占主导地位，代之而起的，是时间的往复交错。时间的往复交错中，不仅有倒述，预述也占相当大的分量。就其原因，主要有这么两点：其一，逻辑分析传统的破坏。德里达从根本上解构了西方的"逻格斯"传统，瓦解了逻辑分析的哲学基础。在德里达看来，"本文之外，别无他物"。就叙事来说，它不再有什么寓意，不再需要进行意义

---

①赵毅衡：《当说者被说的时候——比较叙述学导论》，中国人民大学出版社1998年版，第111页。

②［美］伊恩·P·瓦特：《小说的兴起》，高原、董红钧译，生活·读书·新知三联书店1992年版，第6—7页。

③［法］热拉尔·热奈特：《叙事话语　新叙事话语》，王文融译，中国社会科学出版社1990年版，第39页。

解读，"文字就足以使本身永远不朽"①。这样一来，有利于逻辑分析的倒述和有利于直接表达叙述者观点的预述都变得没有什么实在意义了，但一切叙事，又很难离开倒述和预述。较之受逻辑分析影响的叙事，此时的叙事不再特别注意倒述，无形中对倒述的关注要少得多，从而使预述有所增加。其二，各种创作观念和创作手法的运用，使叙事的线性时间受到破坏，叙事不再关注时间的顺序，倒述也好，预述也好，都不重要，甚至出现了"无时间"的"静态叙事"。由于对倒述和预述的随便态度，使叙事中出现倒述和预述的可能性大致差不多，较之过去倒述占主导地位的情况，预述的分量显然有所增加。从这两点原因看，预述在20世纪后的西方小说中的增加，不是由于叙述者对预述的偏爱，而是因为叙述者对倒述的不再偏爱。

三

和西方小说中倒述多预述少的情况相反，中国小说中的预述很多，倒述较少，这种情况在20世纪前的小说中表现尤为明显。赵毅衡指出："传统白话小说中，预述是时序变形的最主要方式"②；杨义也认为，在中国的叙事传统中，预述"不是其弱项而是其强项"③。在我们看来，中国传统小说中预述较多的原因主要有以下几方面：

其一，是"甲骨问事"的影响。"甲骨问事"主要是通过占卜来预言吉凶，与我们所说的小说叙事还有一定的差距。但"甲骨问事"作为统治者的官方行为，并作为易于长久保存的第一手原始的叙事资料，对后世的叙事还是产生了极为深远的影响④。"甲骨问事"中的"占辞"便是"根据卜书对烧灼后爆裂的甲骨'兆'纹作出判断"⑤，预言某事将会发生或不

---

① 胡经之、王岳川主编：《文艺学美学方法论》，北京大学出版社1994年版，第369页。

② 赵毅衡：《苦恼的叙述者》，北京十月文艺出版社1994年版，第159页。

③ 杨义：《中国叙事学》，人民出版社1997年版，第152页。

④ 傅修延：《先秦叙事研究》，东方出版社1999年版，第41—50页。

⑤ 傅修延：《先秦叙事研究》，东方出版社1999年版，第41页。

会发生，或者预言某事的吉凶，这些"占辞"可认为是早期的处于萌芽状态的预述。由于"甲骨问事"对后世的影响，这种预述方式也自然对后来的叙事有所影响，《左传》中的有些预述，便是来自"甲骨问事"中的"占辞"①。我认为，"甲骨问事"中的预述对后世的影响主要是一种思维方式上的影响。"甲骨问事"的直接依据是甲骨"兆"纹这一简单的物理表象，从这些物理表象上，占卜者可以看见表象背后的许多东西，虽然这种"看见"并没有什么确凿的根据，但占卜者和当时的人们一般都相信表象背后的东西确实存在，因而对这些外在的表象极为重视。这种"尚象"思维对中国的传统小说叙事有着强烈的影响，使传统小说的叙述者在描绘某个场景之后，往往从叙事中跳出来，对蕴含在场景中的寓意直接进行预言。如《醒世恒言》中的《十五贯戏言成巧祸》，在刘官人借了丈人的十五贯钱之后，叙述者出面插话说："若是说话的同年生，并肩长，拦腰抱住，把臂拖回，也不见得受这般灾悔！却叫刘官人死得不如：《五代史》李存孝，《汉书》中彭越。"从十五贯钱中，叙述者便预见到将要发生命案，并认为刘官人死得很惨，也很不值得，预言中还带有评价。应该说，这样的预言和话本小说的特点有关，但和"甲骨问事"中的"尚象"思维也有关系。十五贯钱并不必然导致命案，叙述者完全可以不作预言而让故事发展下去，但"尚象"思维的习惯使叙述者忍不住寻找这十五贯钱所隐含的内容，从而迫不及待地作了预言。

其二，是史籍的影响。在众多的历史典籍中，存在着大量的预述，这对后来的小说叙事有直接的影响。《周易》中的"卦爻辞"与"甲骨问事"中的"占辞"有类似的功用，而且，由于《周易》是经书，它对后世的影响比"甲骨问事"要直接得多。《左传》不仅沿用"甲骨问事"和《周易》的卜筮方法来进行预述，还通过梦兆等形式来进行预述②。《史记》中更通过人物之口来进行预述，《陈涉世家》开头，陈涉抒发了"燕

---

①具体的例子可参看杨义：《中国叙事学》，第152页；傅修延：《先秦叙事研究》，第205页。

②傅修延：《先秦叙事研究》，东方出版社1999年版，第205—207页。

雀安知鸿鹄之志哉"的远大抱负，《李斯列传》开头，李斯也发出了"人之贤不肖譬如鼠矣，在其自处耳"的感慨，纵观《陈涉世家》和《李斯列传》，陈涉起义、李斯从政，都是他们话语的极好写照，因此这些抱负和感慨都可以视为预述，预述通过人物话语的形式表现出来，显得极为自然，这也许可算是预述成熟的表现。史传叙事对中国传统小说叙事的影响很大，史籍中的预述也对小说叙事产生了较大影响。这种影响在我看来，主要表现在预述方式的多样性上。不仅话本小说一般在开头就通过叙述者直接进行预述，《水浒传》还通过"洪太尉误走妖魔"的楔子来进行预述，《红楼梦》则在贾宝玉游太虚幻境时，通过警幻仙姑之口，预言贾宝玉是"天下古今第一淫人"，并通过宝玉所见的十二支曲子，预述了金陵十二钗的结局和命运。预述以各种不同的方式表现出来，使叙述者的意图一开始就以各种形式出现在读者眼前，从而帮助读者领会蕴含在小说中的叙事评价。

其三，佛教观念的影响。在佛教理论中，有一种观念相当引人注目，即因果报应思想。"佛教认为众生在未达到'神界'之前总是处在生死流转、因果轮回的痛苦中。生死祸福、富贵贫贱都是报应"①。自高僧慧远用"三报"说对因果报应进行了系统的阐发后②，这种观念便在社会上产生了极为深远的影响，小说叙事同样受到这一观念的影响。因果报应由于强调有因必有果，有果必有因，换句话说，就是在原因中其实已经暗含了结果，这种思想渗透进小说叙事，极易形成预述。由于因果之间的关系一般比较模糊，而且结果与原因之间的时间跨度一般也比较大，所以因果报应一般在叙事差不多快结束时才清晰起来，它对预述的影响，主要表现在叙事结构上，使叙事总体上处在一种因果报应的"构架"之中。《说岳全传》第一回的预述便有很浓的因果报应色彩。它预述道："且说西方极乐世界大雷音寺我佛如来……正说得天花乱坠、宝雨缤纷之际……女土蝠

----

① 孙逊：《中国古代小说与宗教》，复旦大学出版社2000年版，第143页。
② 所谓"三报"说，即"现报者，善恶始于此身，即此身受。生报者，来生便受。后报者，或经二生三生，百生千生，然后乃受"，参看孙逊：《中国古代小说与宗教》，第143页。

……忍不住撒出一个臭屁来……大鹏金翅明王……不觉大怒，展开双翅落下来，望着女土蝠头上，这一嘴就啄死了。那女土蝠……在下界王门为女，后来嫁于秦桧为妻，残害忠良，以报今日之仇"。这样，《说岳全传》一开始，就用佛教世界的故事预述了人间忠良被残害的结局，这一结局之"果"早已在佛教世界中种下了"因"，所谓忠良被害也只是复仇的结果，预述中因果报应的色彩非常浓厚。同时，这一预述直到岳飞屈死风波亭后才得到回应，岳飞屈死风波亭已是小说的结尾，开头的预述到结尾才得到较彻底的说明，这一头一尾使预述具有较强的结构功能，使《说岳全传》的叙事总体上呈现出一种因果报应的框架结构。

以上从思维、方式、结构三个方面对中国古代小说中预述较多的原因作了简要的分析。但预述较多，并不意味着没有倒述。相反，早在《尚书》《左传》时代，便已经有了倒述[①]，所谓的"花开两朵，各表一枝"可算是倒述的程式，《红楼梦》的"发现手稿"套路在一定程度上也可看作是倒述。只是因为中国古代小说往往是为了说教，而最适宜说教的是预述而不是倒述，才使得中国古代小说中预述较多而倒述较少。到晚清和五四时代，由于外国小说的影响，倒述的运用多起来了。晚清小说家由于受西洋小说"开局之突兀"以及侦探小说设置悬念的影响[②]，较多地使用了倒述手法，吴研人的《九命奇冤》便是一个突出的例子。它不仅在第一回中用"开局之突兀"法制造了一个倒述，并在第十七、十八、三十一和三十五回中，四次运用倒述方法[③]，使《九命奇冤》成为晚清时期的经典之一。五四时期，倒述更是司空见惯，小说家们不再像晚清时期那样刻意用倒述，倒述似乎成为自然而然的事情。较之晚清，此时的倒述"不再着眼于故事，而是着眼于情绪"[④]。鲁迅《故乡》中对少年闰土的回忆，便是充满感情的倒述。从五四开始，由于倒述的广泛运用，预述不再像过去那

---

① 杨义:《中国叙事学》,人民出版社1997年版,第148页。

② 陈平原:《中国小说叙事模式的转变》,北京大学出版社2003年版,第44—47页。

③ 参看[捷克]米列娜编:《从传统到现代——世纪转折时期的中国小说》,伍晓明译,北京大学出版社1991年版,第123—125页。

④ 陈平原:《中国小说叙事模式的转变》,北京大学出版社2003年版,第54页。

样受人重视。郁达夫在谈到小说结构时说："或者顺叙，或者倒叙，或者顺倒兼叙，都不要紧"①，压根就不提预述。到新时期，随着意识流等现代主义方法的引进，充斥于小说叙事中的是大量的时间交错，很难分清是倒述还是预述。

<h1 style="text-align:center">四</h1>

在结束了对时间的探讨之后，可以转向对空间的分析。第二章在论述空间时曾区分出三种空间形态：和谐性空间、背离性空间和中立性空间。在此，不妨以这三种空间形态为依托，对中西小说叙事中的空间因素进行解读。在我看来，中国的小说虽然总体上呈现出空间性特点，但这种特点并没有多大的变化，它主要是一种和谐性空间；西方小说虽然总体上呈现出时间性特点，空间性不太明显，但空间性却变化较多，和谐性空间、背离性空间和中立性空间在小说中都有不同程度的表现。

中国小说以和谐性空间为主，原因可能很多，如"中和"观念造成的重道德和谐②，使人物在道德和谐中很容易与空间保持一致；"周礼"所规定的"礼"制，要求人们适应自己的社会地位和生存空间，这种观念对叙事中的和谐性空间也有影响。不过，其主要原因还在于中国人的思维方式。中国人的思维主要是一种尚"象"思维。《易·系辞上》说："子曰：'书不尽言，言不尽意。'然则圣人之意，其不可见乎？子曰：'圣人立象以尽意，设卦以尽情伪'"③，"立象以见意"突出了"象"在释意过程中的重要性。"象"虽然主要是言其神秘的象征意味，但它的空间性特征也是显而易见的④，而且，由于依靠"象"来释意，"象"的具体特征（即它

---

① 郁达夫：《小说论》，见严家炎编：《二十世纪中国小说理论资料》（第二卷），北京大学出版社1997年版，第437页。

② 吴士余：《中国文化与小说思维》，上海三联书店2000年版，第56页。

③ 转引自杨义：《中国叙事学》，人民出版社1997年版，第271页。

④ 八卦便可表示"四面八方"的含义，宋邵雍根据《易·说卦》绘制了一张"后天八卦方位图"，空间意味极为明显。参看朱良志：《中国艺术的生命精神》所引的该图，安徽教育出版社1995年版，第68页。

在空间中的形态）与其所表达的意义应该一致，而且"象"与意义之间应该相对稳定。否则，释意难以准确。这种思维影响到叙事，使叙事中的人物一般都顺应其活动空间，从人物的活动空间大体可看出人物的形象特点，从人物的性格特征也可大体看出人物的活动空间，二者处于一种比较和谐一致的状态之中。就是说，叙事中的空间是一种和谐性空间。在过去流行的文学批评中，经常可以看到从阶级出发来分析人物形象。所谓"阶级"，在一定程度上可视为人物的活动空间，从阶级出发来分析人物，也就暗含了人物与其活动空间有内在一致性，暗含了叙事的空间是和谐性空间。这样看来，不仅叙述者叙事时注意人物与空间的一致，批评者批评时也同样注意到这种一致性。叙述者和叙事分析者不约而同地关注和谐性空间，不能不归结为某种思维方式的影响。由于思维方式的习惯性、持久性，使和谐性空间在中国小说中几乎处于独尊的地位①。

和谐性空间的主要特点是人物与活动空间的一致，一般说来，这种一致应该是叙事的当然要求，因为人物毕竟生活在一定的空间中，人物与空间和谐一致是理所当然的事情。事实上，西方小说叙事中的空间也大都是和谐性空间，但与中国小说和谐性空间几乎一统天下的局面不同，西方小说中还出现了背离性空间和中立性空间。下面，就对出现背离性空间和中立性空间的原因作简要分析。

背离性空间造成背离性效果的途径可以有两条：一是人物不顾空间的特性，与空间背离；二是空间不顾人物的要求，与人物背离。先看人物与空间的背离。人物与空间的背离，其直接原因是人物重视自己的个性要求，从自己的主观动机出发来采取行动，至于活动的空间是否与自己的要求相一致，则不加考虑。当空间特性与人物行动发生根本抵触时，空间就不允许人物随心所欲地行动，从而与人物处于一种对立的状态，形成背离性空间。第二章在分析背离性空间的特点时提到的《唐·吉诃德》中的空

---

　　① 当然，中国小说中也有非和谐性空间，如先锋小说的"冷面"叙述可营造中立性空间，这或许是外来文学影响的结果，而且在整个小说中，所占的分量很小，不妨碍和谐性空间的主导地位。

间，便是这种由人物主动采取与空间特性不协调的行动所形成的背离性空间，主人公不顾时代的发展和社会的要求，一心幻想恢复古代的骑士精神，结果不得不被空间的特性所制约，处处碰壁，最后终于认识到自己的行为根本不符合空间的要求。人物能不顾空间的要求，主动出击，与空间相抗衡，与西方人文精神的传统或许不无关系。古希腊罗马文化的一个中心思想便是人文主义，肯定人的要求和欲望，到文艺复兴时期，为了对抗教会的神权统治，人文主义更是用个性解放来反对禁欲主义。《唐·吉诃德》便是在文艺复兴中出现的。叙述者的主要意图或许在于讽刺唐·吉诃德的荒唐可笑，但在我看来，空间虽然与唐·吉诃德的愿望格格不入，但他至少还可以按照自己的意志来行动，他在与空间背离的过程中显示了自己的个性，因此，这种背离性空间也可看作是个性解放的侧面反映。再看空间与人物的背离。空间与人物的背离，是指人物主观上想顺应空间，但空间却置人物的要求于不顾，使人物被动地处于与空间隔绝、对立的状态，空间成为人物强大的异己力量。卡夫卡《变形记》中的空间，对主人公格里高尔来说，是那样的强大可怕，他只想像平时一样上班、下班，只想过平常人过的平常的日子，但这点微薄的愿望也得不到满足。由于他的变形，他所生存的空间已经排斥了他，并视他为异类。无论在精神上还是物质上，空间都已完完全全地将人物孤立起来，使人物与空间处于背离的状态。这与资本主义的发展有关。随着资本主义的发展，人逐渐变成物的奴隶，原有的人文传统已湮没在巨大的物质财富之中，出现了马克思在《手稿》中所说的"异化"。关于"异化"，马克思指出：异化劳动导致了人和他所创造的物质财富之间的对立，导致了人和人之间的对立 。按我的理解，这也可表明人和他的生存空间的对立。格里高尔长年辛苦地工作，却在生活的重压下变形为一只大甲壳虫，变形后，他就从未出过家门，几乎一直被关在自己房间这一狭小的空间里，过去的亲人惧怕他、疏远他，过去温馨的家庭也变为沉闷的压抑的生活场所。他用辛勤和诚实换来的宽敞的住所，现在成为他的"异己"力量，他所生存的空间已遗弃了他、背离了他。

中立性空间之所以有"中立"的特性，与叙述者的观念有关。无论是和谐性空间还是背离性空间，叙述者都试图通过人物与空间的和谐或背离来说明自己的某种意图，强化自己的某种评价。到中立性空间，叙述者放弃了这种努力，他不再注重人物与空间的和谐或背离，只想忠实地将人物和空间表现出来，至于二者的关系，却不置可否。法国的新小说派便着力营造这种空间，罗布－格里耶的《舞台》，布托尔的《变》，展现的都是这种中立性空间。叙述者观念的变化，其实反映了小说家文化观念的变化。在理想主义的召唤和崇高感的驱使下，小说家确信自己对世界的理解是正确的，确信自己负有塑造人类灵魂的光荣职责，也确信小说可以提供某种价值和真理，因此，他塑造的和谐性空间和背离性空间多少都带有一点理想色彩，多少都带有劝谕功能。随着世界的复杂变化和虚无主义价值观的出现，小说家对自己的使命感、崇高感和责任心发生了怀疑，他不再相信小说可以提供某种价值判断，正如罗布－格里耶所说："在我们的周围，世界的意义只是部分的、暂时的，甚至是矛盾的，而且总是有争议的。艺术作品又怎么能先知先觉预先提出某种意义，而不管是什么意义呢？"①，但小说家毕竟又是生活在这个复杂的世界中，他的职业敏感和道德良知，又使他不能缄默不语。于是，小说家处于一种两难的境地之中：他既想说，又不知道所说的东西有什么意义，不知道人物与其活动空间的关系究竟如何。为解决这一两难处境，小说家只提供现象而不作说明无疑是一个很好的选择，选择的结果使人物和空间都得到表现，但人物是人物，空间是空间，二者似乎没有什么关系，这导致了中立性空间的出现。

总之，和谐性空间、背离性空间、中立性空间的出现，不仅是单纯的文学技巧问题，背后还隐藏着复杂的文化因素，对这些文化因素的探讨，可以帮助我们更好地了解叙事评价的文化层面，了解叙事评价不仅是叙述者叙事技巧的结果，也是叙述者文化观念的反映。叙事评价与文化观念有着难以割舍的内在联系。

---

① 转引自徐岱：《小说叙事学》，中国社会科学出版社1992年版，第214页。

结语

叙事形式的背后

结语：叙事形式的背后

一

从俄国形式主义开始，对文学作品形式因素的关注就开始逐渐取代原先对叙述内容的关注，这一趋势在以后的新批评和叙事学的研究中进一步发展，以至于形成了形式研究"抢夺"或"占据"内容研究的局面，一些较极端的学者甚至否认文学同内容的关联，而仅仅把文学史视作形式的变化史。形式主义学者的这种文学观自然有其深刻的社会历史背景，他们的研究也确实揭示了以往被人们所忽略的某些规律，对人们从一个更深层次上去认识文学本质起到了很大的作用。

但是，形式主义者热衷于文学的"内部研究"，在他们的研究下，文学成了一个只与自身相关的孤家寡人，成了一个封闭的存在。因为切断了文学与生活的联系，文学实际上就成了无源之水、无本之木，这样的文学创作也好，文学研究也好，最终都只能走向绝路。形式主义的研究方法后来逐渐被接受主义美学和新历史主义批评所代替，正是由于这个原因。

在我看来，形式主义者出错的原因之一，在于他们没有充分认识到文学与美的关系，或者说，没有充分认识到文学其实是人"按照美的规律掌握世界"的基本方式之一。按照马克思主义的观点，我认为，形式不仅仅是形式，形式还是人们借以审美的掌握世界的手段，而掌握的结果，也就是具体的美的内容，也要体现在形式中，借助于形式才呈现出来，这样一

283

来，就不能说形式和美的塑造没有关系。恰恰相反，我认为，形式中也有美，形式也是为了美，形式因为美的作品的存在而成为美的形式，美的形式可以更好地表现出作品的美。同时，我认为，形式也不是孤立的，孤立的形式没有意义，形式是相互作用的。正是形式的相互作用，才使叙事作品成为人们的审美对象，成为美的艺术品，具有美的品格，就是说，形式成为体现美的载体。叙事作品作为审美客体，它的形式和内容是结合在一起的，没有脱离形式的内容，也没有脱离内容的形式，内容和形式水乳交融地形成一个整体。如果说形式是关于叙事作品"如何说"的问题，内容则是关于叙事作品"说什么"的问题，"如何说"和"说什么"是一个问题的两个方面，二者互为前提。由此出发，我们可以将叙事作品视为一个美学对象，视为一个有机的整体，看看叙事主体是如何运用形式，使多种形式相互作用，使叙事作品成为美的存在。

叙事作品一个突出的美学内容便是人物。一切叙事总离不开叙人，正是因为有了人，才使叙事充满想象和感情，使作品具有审美价值。人物的栩栩如生、丰富多彩，是多种叙述方法共同作用的结果。

不妨从叙事聚焦、叙事方式和叙事时空等方面来看看《红楼梦》中林黛玉形象的塑造。

就叙事聚焦而言，《红楼梦》在林黛玉出场时，便综合运用了多种聚焦方式。先用零聚焦交代了林黛玉与父亲"洒泪而别"，然后主要通过林黛玉的内聚焦，将贾府中的人物展现出来，同时，也通过贾府中人物的内聚焦，将林黛玉的形象多方面地展现出来。这样，一方面，林黛玉在贾府中不同人物眼中的不同形象得到表现，不同人物眼中黛玉形象的不同，初步显示了黛玉形象的复杂性和丰富性；另一方面，王熙凤、贾宝玉等人在林黛玉眼中的形象，也有了初步的轮廓，使黛玉意识到要以不同的态度对待不同的人，这又将黛玉置于与其他人物的关系之中，使黛玉形象不仅通过自身的性格得到显现，还通过黛玉处理自己与其他人物的关系得到显现，从而使黛玉形象富于立体感，成为审美形象。

从叙事方式来看，林黛玉进贾府，是通过讲述和展示的交错进行来叙述的。先讲述了黛玉"步步留心，时时在意"，交代了人物的性格特征，让读者对人物有一个大致的了解。然后展示了黛玉与贾母、王熙凤、宝玉等人见面的场面，通过具体的生活画面将黛玉的性格特征生动地描绘出来，使之具有可感性、形象性。尤其是通过黛玉在不同场景中的不同表现[①]，将黛玉的聪慧和小心细腻地展示出来，更显示了黛玉的不同凡响。在场面之间又交代了黛玉的"举止言谈不俗"，将黛玉的形象描绘得有声有色，十分逼真。这样讲述和展示有机地结合在一起，使黛玉这一人物形象活脱脱地站在读者面前，成为有血有肉的鲜活的艺术形象。

就叙事时空来看，《红楼梦》对林黛玉这一形象的刻画是通过黛玉在不同时间内的不同表现来完成的：黛玉初来时的拘谨小心、葬花时的伤春忧身，诗会上的才情，焚稿诗的绝望，体现出她高洁的品格和对美好爱情的向往；小说还通过宝玉游太虚幻境，将黛玉的悲剧结局预述出来，使这一形象更加凄美动人。同时，黛玉的活动主要是在大观园这一特定的空间中，大观园中的自由空气使黛玉的才情和灵气得到充分的展现。但大观园只是污浊的贾府中的一块净土。黛玉既享受着大观园的自由，又面临着贾府的压抑，在大观园和贾府的对比中表现出自己鲜明的个性，成为独特的"这一个"，具有极高的审美价值。

当然，叙事聚焦、叙事方式、叙事时空在作品中是水乳交融地交织在一起的，人物形象的塑造，是它们共同作用的结果，在此将它们分别论述，是出于方便的考虑，并不意味着它们在作品中也是彼此分离的。同时，要说明的是，叙事作品作为美的艺术，其内涵是多方面的，情节、景物、情绪等也都是构成美的要素，它们和人物有机地结合在一起，共同成就了叙事作品的美，如果没有这些要素，单单人物是无法使叙事作品成为美的艺术品的；同样，情节、景物、情绪等要素也离不开人物，这些要素之间也不能彼此分离，而是相互作用。另外，所有的美的要素都是多种形式交互作用的结果，多种形式的交互作用，最终使叙事作品成为美的艺术品，成为人们的审美对象。叙事作品是美的艺术品，构成作品的形式中也含有美的成分。

二

不仅形式中有美的成分，而且通过形式的变化还可以发现人们审美观念的变化。作品是作者为了表达一定的美学理想和美学追求而创造的，作品中必然包含着作者对美的理解和把握，必然凝结着作者对美的认识和要求，这些理解和把握、认识和要求体现了作者的审美观念；同时，作品艺术美的形成又离不开多种形式的共同作用，人们对美的理解和把握、对美的认识和要求只有通过形式才能表现出来，这样一来，形式与审美观念之间存在着某种联系，通过形式的变化来了解人们审美观念的变化，也就是很自然的事情了。叙事形式的变化，同样可以反映人们审美观念的变化。要分析叙事形式的变化，就有必要进行比较，通过比较才能分析形式的变化。不妨以中国的传统小说和晚清小说为例。

需要指出的是，正如上文曾经说过的，中国小说的叙事方式总体上是以讲述为主，在讲述中又穿插展示，很难找到明显的讲述和展示的分界线。也如上文所说，中国小说的叙事空间一般说来是和谐性空间，而且小说中的空间是因具体内容的需要而设置的，所以千变万化，很难在上述两类小说中找到明显的区别。这样一来，需要比较的形式便集中在叙事聚焦和叙事时间上。就叙事聚焦而言，传统小说主要是零聚焦。到晚清小说，较多地出现了内聚焦，但叙述者在内聚焦叙事时，又经常像零聚焦那样介入叙事，使人物内聚焦又回到传统的零聚焦。就叙事时间而言，如上文所说，传统小说主要是预述。与传统小说不同，晚清小说中出现了相当多的倒述，引人注目的是，倒述在政治小说中经常被运用，《新中国未来记》《狮子吼》采用倒述便是为了使作者的政治思想鲜明突出①。同时，晚清小

———————————
① 陈平原：《中国小说叙事模式的转变》，北京大学出版社2003年版，第41—43页。

说中的预述仍然不少。无论在聚焦上还是在时间上，晚清小说较之传统小说，都有所变化。

这些形式变化反映了作者审美观念的变化。传统小说的零聚焦，反映了作者强烈的支配欲望，考虑到小说"出于稗官，街头巷语，道听途说之所造"和宋元话本在"勾栏""瓦肆"等娱乐场所表演的实际情况①，我们有理由认为，在当时人们的眼中，小说的主要功能很可能是娱乐。正因为小说的目的在于娱乐，所以叙述者想怎么说就怎么说没有多大关系，因为不管怎么说，都不过是为了娱乐，人们看过后就可以将小说扔在一边，并不将小说中的内容当真。也许到明代的四大奇书，这种小说在于娱乐的看法才让位于小说是"自我修身养性"的观念②。同时，传统小说的预述中，又往往带有鲜明的道德说教倾向。娱乐也好，"自我修身养性"也好，与说教多少都有些抵触。但正是这种抵触，反映出人们的审美观念。一方面，小说是"小道"，是娱乐或"修身养性"的工具，处于社会的边缘；另一方面，小说又应该有劝导教化的作用，对人们的生活和思想观念产生影响，不再在边缘上游荡。这两方面的合力，使小说在社会上处于从"边缘"到"中心"的位置，从"边缘"到"中心"在小说中的最好体现，便是"寓教于乐"，这便是当时人们的审美观念。

晚清小说中的内聚焦是对零聚焦的一种突破，体现了作者在审美上的变革求新精神；而内聚焦又常常受到零聚焦的制约，又反映出作者的变革求新还没有完全超越传统的审美观念，小说家们既能感觉到零聚焦叙事的方便，又能体验到内聚焦所带来的新奇，从而在审美观念上表现出一种既前进又徘徊的情形。从晚清小说的预述和倒述看，可以发现小说作者审美观念上的两难处境。晚清小说家经常谈论倒述，称之为"开局突兀"，显示出对倒述郑重其事的态度③。在他们看来，倒述能更好地表达自己的美

---

① 石昌渝：《中国小说源流论》，生活·读书·新知三联书店1994年版，第230页，严格地说，表演的是"说话"，话本则是书面化的"说话"。

② [美]浦安迪：《明代小说四大奇书》，沈亨寿译，中国和平出版社1993年版，第30页。

③ 陈平原：《中国小说叙事模式的转变》，北京大学出版社2003年版，第39—47页。

学理想和美学要求，《新中国未来记》通过倒述将不同的时空场景拼在一起，从而获得一种强烈反差的艺术效果，体现出作者审美上的创新要求。同时，晚清小说家们对传统小说的预述又恋恋不舍，毕竟他们处身传统之中，受传统影响很深，传统的美学观念顽强地盘踞在他们的脑海中，从而表现出一种审美的习惯性。综合这两方面的情况，晚清小说反映了人们力图变革旧的审美观念，表现出对传统一定程度的背离，当是没有问题的。晚清小说出于政治目的运用倒述，又表明作家认为小说能发挥政治功能，通过审美起到救国救民的效果，梁启超等人大力宣传小说的革新，其出发点便在于小说的救世功用。这就使小说家更多地注意小说对现实生活（尤其是政治）的影响。较之传统小说，这无疑是一种审美观念上的变化。

三

　　形式不仅是美，形式的变化也不仅是审美观念的变化，形式的变化同时也反映了人对自身认识的变化。形式之所以有美，是因为其中包含着人。一切的艺术创造，包括叙事作品的产生，都是因为它们能满足人的某种需要，都是因为它们对人有意义。如果不是为了满足某种需要，如果不是为了追求某种意义，人们是不会进行艺术创造的。艺术创造是在人的情感和想象的驱动下，通过一定的艺术形式来满足人们的某种需要。当形式中渗透着人的情感和想象时，也就是说，当形式向人生成时，当形式变为人的本质力量的确证时，形式才变成了美。诚如马克思所言，艺术乃是人们"审美的掌握世界"的一种方式，就是说，人们可以通过艺术的方式，把自己的情感、意志、智慧、人格等等"本质力量"投射并体现在对象身上，或者说，通过对象化使对象向自己生成，把对象变成自己本质力量的确证。这样一来，美就成为人本质力量的感性显现。

　　人的本质力量是在认识世界、改造世界的实践活动中形成和发展起来的，是在人类进行自由创造的活动中表现出来的，审美便是人认识自我、改造世界的一种方式，是人类的一种自由创造活动。同时，人的本质力量

叙事形式与主体评价

结语：叙事形式的背后

288

不是固定不变的，而是变化发展的，它反映了人们认识世界、改造世界水平的不断深化，反映了人类自身认识的不断深化，人类审美活动的发展变化，正是这种认识世界、改造世界、认识自身的一个重要表现，因此，审美活动的变化反映了人认识能力的变化。

显然，通过审美活动，人们可以"审美的掌握世界"，但是这种掌握，却必须借助于一定的中介，没有这样的中介，客体和主体、主体和对象之间就无法建立联系。这个中介，在具体的艺术活动中，既包括创造作品所使用的种种媒介，也包括媒介使用的结果，就是作品的形式。这就是说，审美活动离不开美的形式，审美活动的变化离不开美的形式的变化。而审美活动的变化又反映了人认识能力的变化，这样看来，美的形式的变化，其实反映了人认识能力的变化，反映了人对世界、对自我认识的变化；美的形式的发展，也意味着人对自我认识的深化，对世界掌握的深化。就是说，人对自身的认识、对世界的掌握可具体落实到形式上。

仍不妨以传统小说和晚清小说为例，对此加以分析。

传统小说的零聚焦与史传叙事和拟书场格局不无关系，这已如上文所论。史传主要是叙述历史英雄人物的故事，英雄很容易成为人们敬仰的偶像；拟书场格局中的说书人，具有绝对的权威，他说什么，听众只能听什么，因此，零聚焦叙述者的全知全能，多少反映了当时人们对偶像的崇拜和对权威的认同。传统小说预述中鲜明的道德说教色彩，大多反映了儒家的道德人伦。话本小说有一种"入话"模式，往往在"入话"中强调某一道德观念，"正话"便在这种道德观念的控制下展开。这反映出人们深受儒教伦理的影响，乐意接受既有的观念。

晚清小说运用内聚焦，常常通过小说中人物的眼光来叙事，显示出人物在叙事中的重要性。内聚焦便于揭示人物或叙述者的心理，使人物或叙述者的情感得到体现。较之传统的零聚焦，内聚焦无疑可反映出人们对权威的挑战精神和对偶像的漠视态度，人们更多的是关注自己，关注别人，关注人的情感。联系到晚清的社会现实，这一点更容易理解。晚清受列强欺压，民族自强的要求迫在眉睫，要强盛，只有变法以自强，既然是变，就不能墨守成规，就要打破传统，打破过去那种对偶像的崇拜和对权威的认同。晚清的内聚焦难以摆脱零聚焦的影响，又反映出生活在传统中的人们，虽然锐意求新，但仍无法摆脱传统思想观念的影响；也反映出小说家们在社会动荡的年代，以精神导师自居的姿态。晚清小说运用倒述，是学习西方侦探小说的结果，反映出当时人们对西方的关注，反映出当时那种"师夷长技"的社会心理；将西方侦探小说的倒述运用到政治小说中，更透露出晚清小说家们救国救民的急切愿望。但预述传统的顽强存在，西方倒述法的引进并不能削弱中国固有的预述的道德说教功能，又反映了当时国人想变革自强又无所适从的尴尬处境。从内聚焦的运用和倒述的运用来看，形式上的变革传统、学习西方，实际上都是当时人们思想观念的艺术体现，反映了当时人们救国救民的热情，反映了人们力图变革以自强的愿望，反映了人们在特定环境下的使命感和责任感。较之过去对儒教伦理的顺从，晚清的人们多少表现出一种叛逆精神，一种创造欲望。总之，一句话，叙事形式反映了人对自身和世界的认识，叙事形式的发展反映了人对自身认识的深化、对世界认识的深化。

综上所述，形式不仅仅是形式，形式中也包含着美；形式的变化反映了人们审美观念的变化；形式的变化也反映了人对自身、对世界认识的变化。从正文的分析中，我们知道，叙事评价可通过形式得到体现，那么，说到底，叙事评价乃是对人的评价、对世界的评价。当然，对叙事研究而言，这是一个新的课题。这里只是尝试性地提出这一问题，至于具体的研究工作，还有待于以后去完成。

主要参考文献

主要参考文献

一、叙事学及相关著作

陈平原：《中国小说叙事模式的转变》，北京大学出版社2003年版。

陈顺馨：《中国当代文学的叙事与性别》，北京大学出版社1995年版。

陈曦钟、侯忠义、鲁玉川辑校：《水浒传会评本》，北京大学出版社1987年版。

董小英：《叙述学》，社会科学文献出版社，2001年版。

董小英：《再登巴比伦塔——巴赫金与对话理论》，生活·读书·新知三联书店1994年版。

傅修延：《先秦叙事研究》，东方出版社1999年版。

高小康：《中国古代叙事观念与意识形态》，北京大学出版社2005年版。

胡亚敏：《叙事学》，华中师范大学出版社1994年版。

林岗：《明清之际小说评点学之研究》，北京大学出版社1999年版。

罗钢：《叙事学导论》，云南人民出版社1994年版。

南帆：《文学的维度》，上海三联书店1998年版。

申丹：《叙述学与小说文体学研究》，北京大学出版社1998年版。

沈贻炜：《电影的叙事》，华语教学出版社1998年版。

谭君强：《叙事理论与审美文化》，中国社会科学出版社2002年版。

王彬：《红楼梦叙事》，中国工人出版社1998年版。

徐岱：《小说叙事学》，中国社会科学出版社1992年版。

许子东：《为了忘却的集体记忆——解读50篇文革小说》，生活·读书·新知三联书店2000年版。

杨义：《中国叙事学》，人民出版社1997年版。

张世君：《〈红楼梦〉的空间叙事》，中国社会科学出版社1999年版。

张寅德编选：《叙述学研究》，中国社会科学出版社1989年版。

赵毅衡：《当说者被说的时候——比较叙述学导论》，中国人民大学出版社1998年版。

赵毅衡：《苦恼的叙述者》，北京十月文艺出版社1994年版。

赵毅衡：《文学符号学》，中国文联出版公司1990年版。

［美］戴卫·赫尔曼主编：《新叙事学》，马海良译，北京大学出版社2002年版。

［美］弗雷德里克·詹姆逊：《语言的牢笼 马克思主义与形式》，钱佼汝、李自修译，百花洲文艺出版社1995年版。

［美］华莱士·马丁：《当代叙事学》，伍晓明译，北京大学出版社1990年版。

［以色列］里蒙－凯南：《叙事虚构作品》，姚锦清、黄虹伟、傅浩、于振邦译，生活·读书·新知三联书店1989年版。

［美］罗伯特·司格勒斯：《符号学与文学》，谭大立、龚见明译，春风文艺出版社1988年版。

［美］罗伯特·斯科尔斯、詹姆斯·费伦、罗伯特·凯洛格：《叙事的本质》，于雷译，南京大学出版社2015年版。

［法］罗兰·巴特：《S／Z》，屠友祥译，上海人民出版社2000年版。

［荷］米克·巴尔：《叙述学：叙事理论导论》，谭君强译，中国社会科学出版社1995年版。

［美］浦安迪：《明代小说四大奇书》，沈亨寿译，中国和平出版社1993年版。

[美]浦安迪：《中国叙事学》，北京大学出版社1996年版。

[美]乔纳森·卡勒：《结构主义诗学》，盛宁译，中国社会科学出版社1991年版。

[法]热拉尔·热奈特：《叙事话语 新叙事话语》，王文融译，中国社会科学出版社，1990年版。

[英]特伦斯·霍克斯：《结构主义和符号学》，瞿铁鹏译，上海译文出版社1997年版。

[法]托多罗夫：《巴赫金、对话理论及其他》，蒋子华、张萍译，百花文艺出版社2001年版。

[美]西摩·查特曼：《故事与话语：小说和电影的叙事结构》，徐强译，中国人民大学出版社2013年版。

[英]约翰·斯特罗克编：《结构主义以来》，渠东、李康、李猛译，辽宁教育出版社、牛津大学出版社1998年版。

[美]约瑟夫·弗兰克等：《现代小说中的空间形式》，秦林芳编译，北京大学出版社1991年版。

[美]詹姆斯·费伦：《作为修辞的叙事：技巧、读者、伦理、意识形态》，陈永国译，北京大学出版社2002年版。

Gerald Prince, *A Dictionary of Narratology*, Lincoln & London: University of Nebraska Press, 1987.

二、小说理论与批评著作

卞孝萱、周群主编：《唐宋传奇经典》，上海书店出版社1999年版。

陈惠琴：《传奇的世界——中国古代小说创作模式研究》，北京师范大学出版社1999年版。

陈焘宇、何永康：《外国现代派小说概观》，江苏文艺出版社1996年版。

黄霖、韩同文选注：《中国历代小说论著选》（上、下），江西人民出版社 2000 年版。

金健人：《小说结构美学》，浙江文艺出版社 1987 年版。

鲁迅：《中国小说史略》上海古籍出版社 2006 年版。

马振方：《小说艺术论》，北京大学出版社 1999 年版。

石昌渝：《中国小说源流论》，生活·读书·新知三联书店 1994 年版。

孙逊：《中国古代小说与宗教》，复旦大学出版社 2000 年版。

吴士余：《中国文化与小说思维》，上海三联书店 2000 年版。

严家炎编：《二十实际中国小说理论资料》（第二卷），北京大学出版社 1997 年版。

严家炎：《金庸小说论稿》，北京大学出版社 1999 年版。

杨义：《中国古典小说史论》，中国社会科学出版社 1995 年版。

张学军：《中国当代小说流派史》，山东大学出版社 1999 年版。

［美］韩南：《韩南中国小说论集》，王秋桂等译，北京大学出版社 2008 年版。

［美］亨利·詹姆斯：《小说的艺术——亨利·詹姆斯文论选》，朱雯、乔似、朱乃长等译，上海译文出版社 2001 年版。

［美］利昂·塞米利安：《现代小说美学》，宋协立译，陕西人民出版社 1987 年版。

［英］卢伯克、福斯特、缪尔：《小说美学经典三种》，方土人、罗婉华译，上海文艺出版社 1990 年版。

［捷克］米列娜编：《从传统到现代——世纪转折时期的中国小说》，伍晓明译，北京大学出版社 1991 年版。

［加拿大］诺思罗普·弗莱：《批评的剖析》，陈慧、袁宪军、吴伟仁译，百花文艺出版社 1998 年版。

［美］W·C·布斯：《小说修辞学》，华明、胡晓苏、周宪译，北京大学出版社 1987 年版。

［美］西利尔·白之：《白之比较文学论文集》，微周等译，湖南人民出版社 1987 年版。

［美］夏志清：《中国古典小说史论》，胡益民、石晓林、单坤琴译，江西人民出版社2001年版

［美］伊恩·P·瓦特：《小说的兴起》，高原、董红钧译，生活·读书·新知三联书店1992年版。

［美］约翰·盖利肖：《小说写作技巧二十讲》，梁淼译，北京十月文艺出版社1987年版。

三、其他著作

程麻：《文学价值论》，人民文学出版社1991年版。

崔大华：《儒学引论》，人民出版社2001年版。

干宝撰，王绍楹校注：《搜神记》，中华书局1979年版。

胡经之、王岳川主编：《文艺学美学方法论》，北京大学出版社1994年版。

蒋孔阳、朱立元主编：《西方美学通史》（第一卷），上海文艺出版社1999年版。

蒋孔阳、朱立元主编：《西方美学通史》（第六卷），上海文艺出版社1999年版。

老舍：《可喜的寂寞——老舍散文》，浙江文艺出版社2014年版。

李达三、罗钢主编：《中外比较文学的里程碑》，人民文学出版社1997年版。

李幼蒸：《结构与意义》，中国社会科学出版社1996年版。

梁漱溟：《中国文化要义》，学林出版社1987年版。

刘叔成等：《美学基本原理》，上海人民出版社1984年版。

鲁迅：《鲁迅随笔精选》，长江文艺出版社2016年版。

牟宗三：《中国哲学的特质》，上海古籍出版社1997年版。

欧阳友权等：《网络文学论纲》，人民文学出版社2003年版。

孙先科：《颂祷与自诉》，上海文艺出版社1997年版。

王德胜：《扩张与危机》，中国社会科学出版社 1996 年版。

王运熙、顾易生主编：《中国文学批评史》（下册），上海古籍出版社 1985 年版。

伍蠡甫、胡经之主编：《西方文艺理论名著选编》（中卷），北京大学出版社 1986 年版。

伍蠡甫、胡经之主编：《西方文艺理论名著选编》（下卷），北京大学出版社 1987 年版。

杨伯峻：《论语译注》，中华书局 2009 年版。

杨清：《现代西方心理学主要派别》，辽宁人民出版社 1980 年版，第 108 页。

叶朗总主编：《中国历代美学文库》（先秦卷·上），高等教育出版社 2003 年版。

易漱泉等选编：《外国文学评论选》（下册），湖南人民出版社 1982 年版。

《英美文学研究论丛》（第一辑），上海外语教育出版社 2000 年版。

郁达夫：《郁达夫文集》（第六卷），花城出版社 1983 年版。

袁珂：《山海经校注》，上海古籍出版社 1980 年版。

张文杰等编译：《现代西方历史哲学译文集》，上海译文出版社 1984 年版。

赵毅衡编选：《"新批评"文集》，百花文艺出版社 2001 年版。

郑振铎：《郑振铎说俗文学》，上海古籍出版社 2000 年版。

朱光潜：《谈美书简》，上海文艺出版社 1980 年版。

朱光潜：《西方美学史》，人民文学出版社 1979 年版。

朱良志：《中国艺术的生命精神》，安徽教育出版社 1995 年版。

朱通伯编选：《英美现代文论选》，上海译文出版社 1991 年版。

朱维之、赵澧主编：《外国文学史》（欧美部分），南开大学出版社 1985 年版。

祖保泉：《文心雕龙解说》，安徽教育出版社 1993 年版。

［法］巴尔扎克：《巴尔扎克论文艺》，袁树仁等译，人民文学出版社2003年版。

［苏］巴赫金：《文艺学中的形式方法》，邓勇、陈松岩译，中国文联出版公司1992年版。

［古希腊］柏拉图：《理想国》，郭斌和、张竹明译，商务印书馆1986年版。

［美］弗·杰姆逊：《后现代主义与文化理论》，唐小兵译，陕西师范大学出版社1987年版。

［美］弗雷德里克·詹姆逊：《政治无意识》，陈永国译，中国社会科学出版社1999年版。

［苏］格·巴·查希里扬：《银幕的造型世界》，伍菡卿、俞虹译，中国电影出版社1983年版。

［德］黑格尔：《美学》（第一卷），朱光潜译，商务印书馆1979年版。

［德］黑格尔：《美学》（第三卷 下册），朱光潜译，商务印书馆1981年版。

［德］康德：《判断力批判》（上卷），宗白华译，商务印书馆1964年版。

［美］雷纳·韦勒克：《近代文学批评史》（第四卷），杨自伍译，上海译文出版社1997年版。

［美］雷内·韦勒克：《批评的概念》，张今言译，中国美术学院出版社1999年版。

［法］罗兰·巴特：《罗兰·巴特随笔选》，怀宇译，百花文艺出版社1995年版。

［德］马克思、恩格斯：《马克思恩格斯选集》（第4卷），人民出版社1995年版。

［英］特雷·伊格尔顿：《二十世纪西方文学理论》，伍晓明译，北京大学出版社2007年版。

［美］王德威：《想象中国的方法——历史·小说·叙事》，生活·读

书·新知三联书店，1998年版。

[古希腊] 亚里士多德、[古罗马] 贺拉斯：《诗学 诗艺》，罗念生、杨周翰译，北京：人民文学出版社1962年版。

[美] 约翰·维克雷编：《神话与文学》，潘国庆等译，上海文艺出版社1995年版。

[美] 约瑟夫·弗莱彻：《境遇伦理学》，程立显译，中国社会科学出版社1989年版。

四、论文

丁永强：《现实主义与新写实主义》，《文艺理论研究》1991年第4期。

韩雪临：《"现实主义冲击波"与内心困惑》，《文艺理论与批评》1999年第3期。

林岗：《叙事文结构的美学观念——明清小说评点考论》，《文学评论》1999年第2期。

邵建：《论海明威小说的现象学叙述》，《外国文学评论》1991年第1期。

申丹：《从国际叙事文学研究协会99年会看叙事文学研究的发展动态》，《外国文学动态》2000年第1期。

申丹：《经典叙事学究竟是否已经过时?》，《外国文学评论》，2003年第2期。

申丹：《究竟是否需要"隐含作者"?》，《国外文学》2000年第3期。

申丹：《美国叙事理论研究的小规模复兴》，《外国文学评论》，2000年第4期。

微周：《叙述学概论》，《外国文学评论》1990年第4期。

吴亮：《马原的叙述圈套》，载《当代作家评论》1987年第3期。

《新写实小说大联展·卷首语》，《钟山》1989年第3期。

[法] 米歇尔·比托尔：《小说技巧研究》，任可译，《文艺理论研究》

1982年第4期。

［法］米谢尔·比托尔：《小说中人称代词的运用》，林青译，《小说评论》1987年4期。

后记

初版后记

修订本后记

初版后记

写这么一本书，多少有点偶然。在攻读硕士学位的时候，由于偶然的机会，我发了一篇非常短的与叙事学有关的文章。攻读博士学位不久，导师应必诚先生问我的论文选题，我开始准备写一位美学家的思想，应先生没有完全否定我的选题，但表示难度很大，并非常随意地提到了我的那篇短文，论文选题当时并没有定下来。几天后，我偶然在政肃路的书摊上发现了几本叙事学著作，买回来仔细地阅读完毕，才决定将叙事学作为自己的论文选题。

但以我的学术素养，要完成这样的论文，可以说是困难重重。首先是论文的角度问题。到底选什么样的角度，我曾经反复了很多次，最终在应老师的指点下才决定从叙事学烦琐的形式分析中挖掘隐含其中的主体评价。其次是要阅读大量的理论著作和文学作品，这无形中增加了我的负担。经过两年的阅读思考和导师的指点、同学的帮助，我终于顺利地完成了论文。

本书便是在学位论文的基础上增加部分内容后修改而成的，和当时提交的论文比起来，在结构框架和某些问题的论述上，都有所变化。本来准备多花点时间仔细打磨，但由于教务繁忙和杂事缠身，对学位论文的思考只能时断时续；而且知道出版的消息比较突然，在有限的时间内来不及进行充分的修改和加工，书中的不足之处一定不少，希望能得到读者诸君的指正。

本书的面世，首先要感谢我的导师应必诚先生和师母邓逸群先生，他们不仅关心我的学业，在日常生活中还给予了我父母般的关怀，特别是当我的家中发生重大变故、我的情绪极度低落时，两位先生给我的鼓励和安慰更是让我感念终生。我至今还记得，2000年10月的某一天，应先生没有吃晚饭就到寝室来找我，我由于心情不好外出散步了，先生没有回去，在我散步回来后不久，先生第二次到了我的寝室，细细地询问了我家中的有关情况，并让我宽心。也许在先生自己看来，这很平常，但在当时心境极差的我看来，这不能不让人感动，毕竟家中的变故、论文的任务对我而言，都是不小的压力。即便是现在，想起这件事，心中仍有一股暖意。我还要感谢我的硕士生导师刘锋杰教授和师母郑丽莎老师，他们一如既往地关心我，在我家中发生变故时，刘老师甚至亲自为我奔波，在我博士毕业后，刘老师仍然关心我的业务，告诫我不要急躁，要踏踏实实，并提供机会让我进一步开展自己的科研工作。此外，王祖德老师和陈文忠老师对我的学业多有指导，在此一并致谢。

本书部分章节曾以论文的形式在《文艺报》《文艺理论研究》《江淮论坛》《安徽师范大学学报》等多家刊物上先期发表，这些论文的发表促使了本书的最终完成，感谢这些刊物对我的支持，感谢凤文学编审对我的指点和严格要求。

本书获安徽省教育厅人文社会科学研究项目资助（项目编号2003jw057），并得到安徽师范大学文学院的出版基金资助。

感谢赵慧平教授和编辑王炘先生，尤其要感谢薛勤老师的耐心和细致，没有他们的帮助，本书无论如何是不会这么快就出版的。

江守义

2003年12月16日于芜湖

修订本后记

本书初版原计划 2003 年出版，后来由于种种原因，出版时已是 2005 年。如今，十几年过去了，叙事学的研究已经有了长足的进展。但对我而言，由于该书是在博士学位论文基础上润色而成的，它是我从事学术研究的基础，所以还是将它修订再版。

此次修订，核对了引文，修改了一些明显错误，基本上保持原书面貌。核对引文时，有些原来的文献找不到了，只好用一些本书初版后才出版的新文献。

自 2004 年在漳州召开全国首届叙事学会议、2007 年在南昌召开首届叙事学国际会议暨第三届全国叙事学研讨会以来，国内叙事学界以后每隔一年就开一次叙事学国际会议，到 2017 年，上海外国语大学主办的会议已经是第六届叙事学国际会议暨第八届全国叙事学研讨会，本书初版时提及的那些国外叙事学家们几乎都在中国的会议上亮过相了。随着和国外专家交流的增多以及国内叙事学研究队伍的扩大，叙事学研究的新成果不断出现，本书的观点或许已经过时，希望能得到学界同仁的指正。

本书初版时，导师应必诚先生曾在"序"中指出，要突破西方叙事学，"结合中国的实际，建立自己的中国化的叙事学"，虽然很艰难，但可以将其作为目标。本书初版后，我在博士后出站报告的基础上出版了《唐传奇叙事》，在国家项目结项成果的基础上出版了《中国古典小说叙事伦理研究》，算是按照先生指引的方向来从事自己的叙事学研究。由于我资质平平，水平有限，先生所说的建立"中国化的叙事学"对我来说，还只是一个遥不可及的理想。但觉得本书提出的"叙事评价",至少在当时,对突破叙事学的形式研究,还是有点意义的。这也是我修订此书的勇气。

感谢侯宏堂总编辑为本书提供再版的机会,更感谢他亲自担任本书的责任编辑,相信他的专业眼光能让本书增色不少。

江守义

2018年1月20日于芜湖